二見文庫

# 忘れえぬ夜を抱いて

リンゼイ・サンズ／上條ひろみ＝訳

**The Highlander's Promise**
**by**
**Lynsay Sands**



Published by arrangement with Avon,
an imprint of HarperCollins Publishers
through Japan UNI Agency, Inc., Tokyo

# 忘れえぬ夜を抱いて

## 登　場　人　物　紹　介

| | |
|---|---|
| ジェッタ（ソーチャ） | 記憶喪失の娘 |
| オーレイ・ブキャナン | ブキャナン兄弟の長男 |
| ユーアン・ブキャナン | ブキャナン兄弟の次男。オーレイの双子の弟。故人 |
| ドゥーガル・ブキャナン | ブキャナン兄弟の三男 |
| ニルス・ブキャナン | ブキャナン兄弟の四男 |
| コンラン・ブキャナン | ブキャナン兄弟の五男 |
| ジョーディー | ブキャナン兄弟の六男 |
| ローリー | ブキャナン兄弟の七男。治療者 |
| アリック | ブキャナン兄弟の八男 |
| サイ・マクダネル | ブキャナン兄弟の妹 |
| グリア・マクダネル | サイの夫。マクダネル領主 |
| キャメロン（キャム）・シンクレア | シンクレア領主 |
| ケイトリン（キャット） | ジェッタ（ソーチャ）の双子の姉妹 |
| アキール・ブキャナン | ブキャナン兄弟の叔父 |

# 1

「釣り?」末弟の声がいやそうなのに気づき、オーレイは苦々しげに口元をゆがめたが、狩猟小屋の戸口に向かう足を止めずに、うなるように言った。「そうだ、アリック――釣りと言ったんだ。ここに来たのはくつろぐためだと言っただろう」

「そうだけど、くつろぐってことは……くつろぐことだと思ったから」

「酒を飲んだり女遊びをすることだと?」オーレイが冷ややかに言った。

「そうそう」アリックが前のめりで応じる。

「いやちがう」オーレイは戸を開け、部屋のなかに陽の光が流れこむにまかせた。弟のほうに顔を向け、顔の傷ついた側にいつもたらしている長い髪をかきあげる。アリックが息をのんで目をそらしたのも無理はなかった。明るく照りつける陽の光は、顔の片側に残る醜い傷跡を目立たせるだけだろうから。

「二日酔いの頭痛にも、おれの顔を見て赤ん坊みたいに悲鳴をあげる、うるさい酒場の女たちにも興味はない」オーレイはどなった。髪が自然と元の位置に戻る。「おれはくつろぐためにここに来たんだ。釣りをするとくつろげる。だから火事のあと、元の場所ではなく海の近くに狩猟小屋を立て直したんだ」落ちつかない様子で戸口の外を見てから、振り向いて言った。「おまえは好きなことをしていいぞ。さもなきゃブキャナンに戻ってもいい。ここにいても酒や女にはありつけないからな」

アリックは落胆を隠さなかったが、首を振って言った。「わかった、それなら釣りでいいよ」足を踏み出しながらつづける。「でも、釣りしかしないつもりなら、二週間もいっしょにはいられないな。せいぜい二、三日ってとこだ」

「好きにしろ」オーレイは興味のないふりをしてそう言うと、小屋から外に出た。その実、若い末弟が長居するつもりがないと知ってうれしかった。どっちみち、ここへはひとりで来たかったのだ。暗い気分のときはひとりでいるほうがよかったし、一年のこの時期はたいていそういう気分になる。明日はオーレイの双子の弟の命を奪い、彼自身の顔に傷を負わせた戦《いくさ》が起きた日だった。やがてこの憂鬱《ゆううつ》な気分がマントのように彼を包み、一、二週間とどまりつづけるのは経験上わかっていた。だからこの旅を計画したのだ。この暗い気分とつきあうにはひとりでいるほうがよかった。家族の者たちは、しきりと干渉しては、なぐさめようとするからだ。だが、何をされても、心配をかけていることで罪悪感を覚えてしまい、みじめさが増すだけだった。

「わかったよ。で、どこで釣りをするんだ?」アリックが兄のあとから小屋を出ながらつぶやいた。

「海だ」オーレイはそっけなく言った。「どこに釣りにいくと思ったんだ?」

「ああ。そうだよな」アリックは不機嫌そうに言った。

「そうだ」オーレイはそう応じると、やれやれと首を振って、釣り具を積んだ馬をつないでおいた場所に向かった。アリックが起きるのを待つあいだ、釣竿《つりざお》や網などの必要な道具を集め、鞍《くら》にくくりつけておいたのだ。

季節にかかわらず、海に行くときは歩きだった。それほど遠くはないからだ。新しい狩猟小屋は、海から吹いてくる冬の冷たい風を回避するべく、木々の繁茂した谷の草地に建てられた。そのため、海までは歩くとそれなりにあったが、馬に乗っていかなければならないほどではなかった……今のように、網や釣り道具を持ってその距離をとぼとぼ歩くことを考えに入れなければ。

馬に乗ると海岸まではあっという間で、ほどなくオーレイとアリックは海岸に置いてある小舟に乗り、沖に向かってこいでいた。

「どこまで沖に出るつもりだ？」数分後、アリックが尋ねた。

「そう遠くまでは行かない」オーレイは辛抱強く返した。

アリックは十秒と黙っていられずにきいた。「もうじきか？」

オーレイはあきれて目玉をぐるりとまわしたが、遠くに何かを見つけ、こぐのをやめてオールを引きあげた。目を凝らして弟の肩の先を見つめ、見極めようとした。

「どうした？」アリックは兄が注意を向けている方向に気づき、振り返って船首の先に目をやった。「何かが水に浮いてる」

「ああ」オーレイはまた舟をこぎはじめた。見えているものがなんなのかはわからなかった。どうやら大きなもののようだ。細長い部分もある。

「なんだろう？」舟の前方にあるものをよく見ようと、腰掛けの上ですっかり向きを変えたアリックがきいてきた。

「わからん」オーレイは正直に言った。

舟を進めながらふたりで前方に目を凝らしていると、アリックが言った。「船のマストみたいだ」

オーレイはうなった。水面から突き出ている大きなものは、たしかに船の見張り台の一部のようだ。横倒しになっており、半分は水面に沈み、残り半分が水面から出ている。

それに近づくあいだ兄弟は無言だったが、やがてアリックが言った。「マストの先のほうに人が横たわっているぞ。女だ」

「女？」オーレイはうそであってほしいと思いながらきいた。横たわっているものがなんであれ、動きもしなければ、助けを呼んでもいない。海に浮かんでいる女の膨れた死体を発見したところで、気分が晴れるわけもなかった。

「あれは胸だと思う」アリックが説明する。

「そりゃそうだ。三十メートルも離れているんだから、わかるのはそれくらいだろう」オーレイは辛辣《しんらつ》に言ったが、さらに舟をこいでいくと、弟の言わんとしていることがわかった。マストの先端の中央に、空を向いている胸らしきものが見えた。

「やっぱり女だ」アリックが自信たっぷりに言った。

オーレイは何も言わなかった。見張り台の横を通りすぎながら、マストの上に敷かれ、水に浮かんでいる帆布に注意を向けていたからだ。そして、深入りするまいと、わずかに視線をずらした。

「きっと船が沈没したんだろう」よく見ようと小舟のなかで身を乗り出して、アリックが声をひそめて言った。「でも――」

「でも、なんだ？」オールの操作に集中しながらオーレイはきいた。

アリックが船首からさらに身を乗り出して見ようとするので、オーレイは舟から弟が落ちるのではないかとひやひやした。ようやくアリックは言った。「マストに縛りつけられてる。どうして女をマストに縛りつけたりするんだ？　もっと速くこげよ、オーレイ！」

「これで精一杯だ」オーレイは言い返したが、今度はオールを片方だけ水につけて舟をわずかに傾け、浮いている死体がよく見えて、距離感がつかめる角度に進路を取った。死体にぶつかりたくなかった。

「嵐で船から投げ出されないようにするためかな？」アリックが言った。

オーレイにもマストの一方の先に縛りつけられている女性が見えてきた。周囲の海面にざっと目を走らせたが、近くでほかに浮いているものはなかった。

「ゆうべの嵐で難破したんだろう」アリックが言った。

オーレイは無言でうなずいた。嵐はふたりが小屋に到着した直後にやってきた。丸太小屋に吹きつける風はひどく激しく、屋根が飛ぶのではないかと心配した。それは免《まぬか》れたが、嵐は何時間も吹き荒れ、収まるまでは眠れなかった。

もう一度周囲の海面を見わたしたが、ほかには何も見えなかった。船が一艘《そう》難破したなら、帆のついたマスト一本を残してほかはすべて沈んだことになる……それはありえないだろう。樽《たる》や木箱や何かが浮いているはずだ。死んだ女性がくくりつけられたマスト一本だけではなく。

「進路を少し左に向けてくれ、オーレイ」突然アリックが言った。「この角度だと手が届かないから、すぐ横を通れるようにしないと」

オーレイは右のオールを水面から上げ、左のオールを強く引いた。

「いいぞ、その調子だ。もう少し近づけば届く」そう言うと、アリックは船首の上にかがみこみ、上体が見えなくなった。

オーレイはもう一度オールを引いたあと、水面から上げた。オールを船のなかに置き、弟を手伝おうと立ちあがって船首に行くと、弟は悪態をついた。

「どうした？」オーレイがきく。

「ナイフはあるか？　ロープがほどけない。とんでもなくきついし、結び目は水のなからしい」

オーレイは舟の脇から身を乗り出して、状況をうかがった。女性はすぐ横にいた。だが、アリックの言うとおりだった。ロープの結び目はどこにも見えない。ほどくのは無理だ。ロープを切るしかない。

「どけ」彼は短剣を取り出して命じた。

アリックはすばやくそこをどき、オーレイが替わった。女性をじっと見ようとかがみこみ、思わず目をみはった。美しい娘だったのだろう、顔は青白く、つややかな漆黒の髪をしている。着ているドレスはずたずたに破れていた。嵐のせいにちがいない。太もものかなりの部分を露出させたまま、膝のあたりでたわみ、マストのへりから水面に消えている。船が沈んだあとマストをすべり落ちたのだろうと思い、上半身に目を向けた。そして、先ほどアリックが指摘した、かろうじて隠れている豊かな胸に。その部分の生地はすねを覆っているものと同じくらいぼろぼろで、胸はほとんど露出していた。だが、それ以外の部分は、胸の下から尻の下あたりまでロープでぐるぐる巻きにされていた。

「生きてるみたいだよ」アリックはそれを聞いたオーレイと同じくらい驚いた口調で言うと、こうつづけた。「胸が上下してる」

「胸を見るのはやめろ」オーレイはうんざりして言った。「この娘は助けを必要としているんだ、いやらしい目つきで胸をじろじろ見るようなやつはお呼びじゃ――」

オーレイのことばは突然消えた。娘が目を開いて、たしかに生きていることを示したのだ。明るくきらめく緑色の目をのぞきこみ、娘が傷跡のある顔に恐れをなして叫びはじめるのを待ったが、彼女は落ちつき払って彼を見つめるばかりだった。とうとうオーレイは言った。「大丈夫だよ、娘《ラス》さん。きみは安全だ。できるだけ早くマストからおろして岸に運んであげよう」

娘は目をまるくし、オーレイは瞳孔のまわりの緑色の部分に金色の斑点が浮いているのがわかるほど、じっくりその目を見返した。やがて娘はささやくように言った。「天使《エンジェル》」

オーレイはわけがわからずに首をかしげた。「それがきみの名前なのか、ラス？」「いいえ」彼女はマストの上で首を振ったが、ひどい痛みを覚えたかのように、すぐに顔をしかめた。そして、目を閉じてなんとかことばを発した。「天使はあなたよ」

意識が混濁しているのだと思ったオーレイが「いや、おれは天使ではなくハイランダーだ」と言おうとすると、娘はつづけた。「死を覚悟していたけど、神さまがあなたを遣《つか》わして助けてくれたんだわ」

そう言われてびっくりしていると、アリックがつぶやいた。「ふむ、意識が朦朧《もうろう》としてるようだな。たいていのご婦人は兄貴を地獄からやってきた悪魔だと思うのに――」

「アリック」ロープの束の下に短剣をすべらせて、切りはじめながらオーレイが低い声で言った。

「なんだ？」

「黙れ」ぴしゃりと言って、最初のロープが切れると、別のロープを切りにかかった。

アリックはせいぜい一分ほど命令に従ったあとで言った。「マストの下側にならなくてすんで幸運だったな。それだとまちがいなく溺《おぼ》れていただろう」

それを聞いてオーレイは一瞬動きを止め、この美しい生き物がそんな終わりを迎えつつあったことを思って顔をしかめたが、すぐに首を左右に振って、ロープ切りを再開した。娘はもう動くことも目を開けることもなく、きっと意識を失っているのだろうとオーレイは判断した。六カ所か七カ所切ると、ロープは突然ほどけて、娘の体から落ちた。たちまち娘は横たわっているマストからずり落ちはじめた。ずり落ちながら抵抗するようにうめく娘の腕を、オーレイは空いている手でとっさにつかんで、水中に沈むのを防いだ。

「大丈夫だ、ラス。おれがつかまえているから」オーレイはそう言って安心させながら、すばやく短剣を鞘《さや》に収めた。そして、娘を舟に引き寄せ、身を乗り出して海から抱えあげた。娘は抱えあげられながら苦悶の声をあげ、彼は重みでよろめいた。娘は小柄だったが、思ったより重かった。長いドレスの残骸が水を吸っていることを考えに入れていなかったのだ。

オーレイは一瞬立ち止まって体勢を立て直すと、向きを変えてさっきアリックが座っていた腰掛けに座った。膝の上に娘を座らせて片腕で支え、ようやく空いた手で、濡れた髪束を顔から払いのけてやることができた。

「ラス、大丈夫か？」と尋ねると、娘がふたたび目を開けたのでほっとした。微笑《ほほえ》みながらオーレイはささやいた。「こんにちは、ラス。きみの名前は？　名前とどこから来たのかを教えてくれれば、安全にそこに送り届けるよ」

「だめ」娘はぎょっとして言うと、自分の声で痛みを覚えたかのように顔をしかめた。そして、きつく目を閉じたままつぶやいた。「彼に殺される」

「だれに？」オーレイか眉をひそめてきいた。「だれに殺されるというんだ、ラス？」

彼女はうめき、もごもごと何か言った。猫《キャット》がどうとか、許婚《いいなずけ》がどうとか、彼がレディ・ホワイトを殺したとか。

「きみの許婚？」オーレイはまた眉をひそめてきいた。「きみの許婚がレディ・ホワイトを殺し、今度はきみを殺すと？」

「ちがう」彼女はうめき、反射的に首を振ったが、悲鳴をあげて頭を抱えることになった。やがて、こう言った。「わたしの許婚じゃない……でも彼と結婚させられる……わたしも最初の妻のように殺される」

オーレイは眉をひそめて、痛みに耐える娘を見つめた。今やその顔に血の気はなく、唇をきつく結んで、引き裂かれるような頭の痛みに耐えていた。

「わかったよ、ラス」オーレイはなだめるように言った。泣きわめく子供をあやすように左右に揺らしながら約束する。「心配するな。きみを助けたことはだれにも言わないから。元気になって体力を取り戻すまでおれたちが守る。そのあとでまた考えよう。すべてうまくいくよ」

驚いたことに、娘はもう一度無理やり目を開けた。そして、激しい痛みに耐えながらオーレイを見つめ、顔を二分する傷跡に片手でそっと触れた。

「ありがとう」娘はささやいた。小さなため息をついて目を閉じ、彼の顔に触れていた手と、自分の頭を押さえていた手が落ちた。表情がゆるみ、痛みが引いて平穏が訪れ、頭ががくりとのけぞった。

「死んだのかな？」アリックが心配そうにきいた。

「いや、気を失っただけだ」オーレイは言った。頭の下に手を移動させ、持ちあげて顔がよく見えるようにした。だが、こぶと擦り傷に気づき、そのまま探ってこぶを数えた。こぶはたくさんあった。多くはひどく腫れていた。

「血が出ている」オーレイが指を離すと、アリックが心配そうに言った。

　オーレイは口をぎゅっと引き結ぶと、手についた血を見てこぶしをにぎりしめた。

「頭にいくつもこぶがある」

「嵐であちこちに投げ出されて、何度もマストに頭をぶつけたんだろう。生きているのが不思議なくらいだ」

「ああ。岸までこいでくれ、アリック。手当てをしないと」オーレイが語気荒く命じた。

　アリックは文句を言わずにオーレイのいた場所につき、オールを取ってすばやく舟を進めはじめた。

「岸に着いたら、馬でブキャナンに行って、ローリーを連れてくるよ」アリックは岸に向かってこぎながら言った。

　オーレイはうなずいた。ローリーはブキャナン兄弟の下から二番目だ。治療者《ヒーラー》の修業を何年も積んでおり、早くもスコットランド一のヒーラーとして知られつつあった。娘を助けられる者がいるとすれば、それはローリーだ。オーレイは腕のなかの娘に目を落としてから言った。「コンランとジョーディーとアキールおじも連れてこい。だが、この娘のことはほかのだれにも言うな」

弟のコンランとジョーディー同様おじは口外しないと信用できるが、娘の存在をほかの者に告げればうわさが広がる危険がある。

「わかった」アリックは舟をこぎながら力強く言った。

オーレイは膝の上の娘を見つめつづけた。ひどく青白くて弱々しく……美しかった。もう一度目を開けて話しかけてほしいものだ。彼の顔を目にしても、娘はみじんも恐れを見せなかった。彼を見ればたいていの女性がするように、大声で叫ぶだろうと思っていた。だが、娘は傷跡にやさしく触れ、彼を天使と呼んだ。肌にはまだその手の感触が残っており、もう一度それを感じたかった。彼女は希望をくれたのだ。自分にひるまない妻やパートナーを持てるかもしれないという希望を――

舟ががくんと揺れて、舟底が砂浜に乗りあげ、いきなり止まった。オーレイは揺れが収まるのを待ってから、娘を抱いたまま立ちあがり、舟首に移動して砂浜におりた。その瞬間、舟が砂を離れて波に浮いた。アリックはあわてて兄のあとを追い、岸に向かって少し舟を引いた。

「ちゃんと引きあげておけ」オーレイがどなる。「来たときにあった場所まで。でないと波にさらわれる」

アリックはうなずいて、必死で舟を引きあげ、オーレイはそれを見届けてから、馬がつないである場所に向かった。だが、そこに着くと立ち止まり、腕のなかの娘から鞍へと目を移した。

「兄貴が馬に乗るあいだ、おれが彼女を抱いているよ」

振り返るとアリックが近づいてくるところだった。うなずいて弟が来るのを待ち、娘を託すと、すばやく馬に乗ってから、上体をかがめてまた彼女を抱きとった。

「ひとりで小屋に運べるか?」アリックが自分の馬に騎乗しながら尋ねた。

「ああ」オーレイは答えた。「ブキャナンに行って、みんなを連れてきてくれ」

「できるだけ早く連れてくる」アリックはそう言うと、馬の向きを変えて出発した。

オーレイは馬と弟が木立のなかに消えるまで見送ったあと、海岸線を見わたした。マストがさっきより近くにあるように見えた。ゆっくりと岸に流れてきたのだろう。おそらく娘はこの午後のあいだに海岸に流れ着いていたのだろうが、相変わらず難破船の残骸はほかに何ひとつなかった。

腕のなかの娘に目を落として眉をひそめた。アリックがローリーを連れてくるまでしばらくかかるだろうが、娘を狩猟小屋に運んで濡れた服を乾いたものに替え、ベッドに寝かせなければならない。ローリーが着くまでに、頭の傷もできるかぎり手当してやらなければ。せめて血を拭き取るくらいは。

娘を胸に押しつけるようにして抱きながら馬の向きを変え、小屋に向かった。すぐに到着し、今度は馬から降りることになった。着地の衝撃を最小限にするため、娘を高い位置できつく抱いた。なかなか骨の折れる作業で、どすんと着地してたじろぎ、不安げに娘の様子をうかがったが、身じろぎもしていない。それも心配で、急いで小屋のなかに運び、まっすぐ二階の寝室に向かった。

新しい狩猟小屋の間取りは、二年まえに義理の妹のミュアラインの命がねらわれたときに焼けてしまった小屋とほとんど同じだった。少し広くして、一階にひとつしかなかった寝室を二階にもふたつ作ったことをのぞけば。その予備の部屋があるにもかかわらず、オーレイは娘を自分の寝室に運んだ。もうひとつの部屋より居心地がよく、広かったからだ。今のところ、家具を備えた唯一の部屋でもあった。もうひとつの部屋には小さなベッドがひとつあるきりだが、彼の部屋にはもっと大きなベッドとベッドサイドテーブルがあり、暖炉のそばには小さなダイニングテーブルと椅子も用意されていた。

ベッドのそばで立ち止まり、腕のなかの娘をのぞきこんでためらった。まだびしょ濡れで、歩くたびにドレスから床に水がたれている。なかに運びこむまえにドレスを脱がせるべきだった。そうしていれば、外からつづく水滴を掃除する手間がはぶけただろう。

顔をしかめて向きを変え、彼女をテーブルに運んで座らせた。倒れないように片手で背中を支え、もう片方の手でドレスを引っ張りはじめたが、これではうまくいかないとすぐに気づいた。濡れているので、第二の肌のようにへばりついている。どうやら女の服を脱がせる器用さもすっかり失ってしまったようだ。以前ならあっという間に脱がせていただろう。練習する機会には事欠かなかった。だがそれも数年まえにやめていた。

その考えを押しやり、短剣を抜いてドレスの襟ぐりの下に慎重にすべりこませ、すばやく切り開いた。ドレスのまえが開いて白い肌が現れ、思わず驚きの声がもれた。娘は白鳥のように真っ白で、海のなかにいた時間と濡れた服のせいで鳥肌が立っていた。目に止まった唯一の色は、ふたつのまるいシナモン色の乳首だけで、それは今きゅっとすぼまって硬くなっていた。寒さのせいもあるのだろうが、興奮したときも同じように見えるのだろうと想像してしまう。

ごくりとつばをのみこんで、無理やり彼女の体から目をそらし、顔を見るようにしながら、ドレスを脱がしはじめた。まずは片方の袖、つぎにもう片方を。

「すまないね、ラス、今はきみの世話をする女性がひとりもいないんだよ」オーレイはもごもごと言いながら、すばやく腕を袖から解放した。袖は比較的すぐに脱げ、ドレスの上半身が落ちて腰のあたりまであらわになったのでほっとした。胸のすぐ下からはじまってドレスの下に消えている傷を目にしたのはそのときだった。彼女をマストに縛りつけていたロープが残した跡だ。黒っぽい線が腹部と脇腹をめぐり、身を乗り出してよく見ると、背中にも大きな傷がひとつあった。マストに縛られた状態で波に翻弄された跡だろう。切り裂いたドレスのすぐ上あたりで腰をつかみ、テーブルから抱きあげた。ドレスの残骸がたちまち床に落ちて、びしゃっと音をたてた。

「ほら、そう悪くなかっただろう？　脱がせるのはもっとたいへんかと思っていたよ――おっと、ちくちょう」

オーレイは床の上の濡れた布から抱えている娘に注意を向け、うめき声をあげることになった。高く抱えあげすぎて、乳房が口のすぐまえに来てしまったのだ。すぐに目を閉じて十まで数えた……もう一度……さらにもう一度。女性と親密にすごしてからあまりにも時間がたちすぎて、これではまるで……極上のエールを目のまえにした飢えた男のようだ。

「自制しろ、このばか」自分に向かってつぶやいた。「いいから彼女をベッドに入れろ」

オーレイは片目を開けてあたりを見まわし、ベッドと今いる場所との位置関係を確認した。そして片目をつぶった状態のまま、そちらに向かいはじめた。半分ほど進んでから、そんなに高く抱きあげなければ、今のようによだれをたらす口のまえに誘惑の源がくることもなかったのだと気づいた。もともと娘は三十センチ近く彼より背が低いのだし、今は床から六十センチは持ちあげている。それほど高く持ちあげる必要はなかったのだ。

自分の愚かさにあきれながら、娘を少し下におろし、もう片方の目も開けて、ベッドに向かった。すばやく娘をベッドに寝かせ、その体を見ないようにしながら急いでシーツと毛皮で覆った。

「よし!」作業を終えたオーレイは、ほっとして体を起こした。そして、満足げに彼女を見おろしたが、むき出しの真っ白な肩が毛皮の上に出ているのに気づき、すぐに眉をひそめた。かがんで毛皮をあごまで引っ張りあげてやり、また体を起こしたが、そこで娘をじっと見た。もちろん、ローリーは診察したがるだろう。部屋にはいってきたら、毛皮を引きおろして——

小声でぶつぶつ言いながら、オーレイは衣装箱に急ぎ、予備にと持ってきた白い麻のシャツを出した。少ししわになっているが、洗いたてだ。それを持ってベッドに戻り、毛皮に手を伸ばそうとしてためらった。認めるのはしゃくだったが、あの完璧な白い肌や硬い乳首を見たら、触れたり、味わったりせずにシャツを着せられるとは思えなかった。これほどの誘惑に耐えられる男はいないし、彼のなかの悪魔はすでに、ちょっとぐらいなめたり吸ったりしてもかまわないだろうと訴えていた。彼女にはわからないだろうから。

最後に女と寝てからかなり長い時間がたっていた。こんなことを考えてしまうのだから、長すぎたようだ、とオーレイは苦々しく思った。

歯を食いしばりながら、かがんでもう一度いちばん上の毛皮に手を伸ばしたが、あることを思いついて手を止めた。自分の賢さにほくそ笑み、毛皮はそのままにして、娘の頭にシャツをかぶせた。それは思ったよりもずっとむずかしい作業だった。あるいはやり方がまちがっていたのかもしれない。まず毛皮をかけたままわずかに彼女を持ちあげて、シャツのすそを頭にかぶせ、襟元から頭が出るまで生地をひたすら引っ張った。

また仰向けに寝かせ、毛皮の下から慎重に片方の腕を引き出し、もう片方も出した。すばやく片方の袖を見つけて腕を通し、片手で腕を送りこみながら、もう片方の手で引っ張る。もう片方の腕も同様にしたあと、両手でシャツのすそをつかみ、毛皮ごと下に引っ張った。毛皮を引っ張っても、娘の体は麻のシャツで隠れるはずだ。

われながらさえているると思いながら、ふたたび毛皮をかけようとしたとき、シャツをうしろまえに着せてしまったことに気づいた。しかも、前面の生地は首から膝の下あたりまで覆っているのに、うしろはまだ肩のあたりにあり、ろくに彼女を覆っていない。シャツを正しい位置に直して、背面もちゃんと隠れるようにしようかと思ったが、首を振って、またあごまで毛布をかけた。やめておこう。せっかく自分を恥じるようなこともせずになんとかドレスを脱がすことができたのだから、それを今さら台無しにするわけにはいかない。

ため息をつき、体を起こして娘を見つめた。枕に血がついているのに気づいて、口元がこわばる。頭の傷のせいらしく、かなりの量の血だった。ローリーを待つあいだに傷を調べて血を拭おうと思っていたのに、ドレスを脱がしたあとすっかり忘れていた。

急いで部屋を出て、水と包帯にするための清潔な麻布を取りにいった。そして、彼女の上体を起こし、胸にもたれさせて、後頭部の傷をやさしく洗浄した。髪がじゃまなため、困難な作業だった。洗浄したくても、長い豊かな髪束のせいでほとんど傷口が見えず、見えた部分もかなりひどい状態だ。そんなわけで、小屋に近づいてくる馬の蹄《ひづめ》の音が聞こえたときは、ほっとしたどころではなかった。

娘をそっとベッドに寝かせたあと、血を拭きとった麻布の切れ端をまるめた。ベッドサイドテーブルに置いた盥《たらい》の、赤くなった水のなかにそれを投げこみ、立ちあがって窓に歩み寄った。

「ありがたい」馬で小屋にやってくるおじと弟たちを認め、オーレイはつぶやいた。彼らが馬を降りてつなぐのを見届けてから部屋を出て、小屋にはいってくる彼らを階段の上から出迎えた。

「オーレイ」兄を見てほっとしたようにローリーが言った。「アリックのおかげで生きた心地がしなかったよ。何があったのかろくに説明もせずに、とにかく急げ急げだからな。兄貴がひどいけがをしたか、その手の緊急事態にちがいないと思ったよ」

「おれもだ」コンランが末の弟をにらみながらうめいた。

「何が起こっているかほかのだれにも知らせるなと言われたし、兄貴たちはブキャナンの訓練場にいて、まわりは兵士たちだらけだったんだよ」オーレイに目を向けられて、アリックが説明した。「それぞれがブキャナンの兵士たちと対戦中だったから、ひとりずつ脇に呼んで事情を説明したら時間がかかると思ったんだ。娘さんは早く助けが必要みたいだったたし」

「そのとおりだ」オーレイが重々しく同意した。

「娘さん？」興味を惹かれたおじのアキールが、アリックとオーレイを見比べながらきいた。

　オーレイは手すりに背を向け、あがってくるよう手招きすると、娘が休んでいる部屋に戻った。たちまち二階に急ぐ彼らの足音が小屋に満ちた。不意にその足音がやんだので振り返ると、ベッドで寝ている娘を見たアキールおじとローリーが、扉をはいったところで立ちつくしていた。みんな部屋にはいるのを遠慮しているようだった。

「はいってくれ！　彼女には手当が必要なんだ」オーレイはいらいらしてどなった。

そのことばを聞いて、すぐにローリーは部屋にはいってきた。

「何があった？」急いでベッドに向かいながらローリーがきいた。

「後頭部にひどい打ち傷がある」オーレイが説明した。ローリーはベッドの縁に腰掛けて身を乗り出し、娘のまぶたを持ちあげた。

「何者なんだ？」

「だれにやられた？」

「ドレスはどうした？」

　弟たちとおじは部屋にはいってくると、ベッドのなかの娘をふくめ、あらゆるものを見落とすまいとしながら、オーレイに質問を投げかけた。

　濡れたドレスを拾いあげたおじが眉をひそめているのに気づいたオーレイは、ほかの質問を無視してまず彼の質問に答えた。「ドレスは切り裂かなければならなかった」

「それは血か？」よく見ようとベッドに近づきながら、ジョーディーがまたきいた。

「ああ」今や枕だけでなくシーツにも血がついているのに気づいて、オーレイはうなった。「頭にひどいけがをしている。マストに頭をたたきつけられたからだろう。釣りに出かけて、マストに縛りつけられているこの娘を見つけたんだ。昨夜の嵐は激しかったから」

「おれが出発したあと、また意識は戻った？」背後からオーレイに近づいて、娘の青い顔を見おろしながら、アリックがきいた。

　オーレイは首を振った。

「じゃあ、だれだかわからないんだね？」とアリック。

「ああ」オーレイが見ていると、ローリーは毛皮を引きおろし、娘を横向きにして、みんなに背を向けるようにした。その姿勢だと頭の傷を診るのがずっと楽だとオーレイは気づき、傷を洗浄しようとしたときそれを思いつかなかった自分にあきれて首を振った。

「兄貴たちが見つけたときは意識があったのか？」オーレイからアリックへ、そしてまたオーレイへと視線を移動させながら、ローリーがきびしい口調できいた。

「ああ」ふたりは同時に答え、オーレイが低い声でつづけた。「少ししゃべってから意識を失った」

ローリーは首を振り、娘の後頭部をつつきまわす作業に戻った。「意識があったなんて驚きだよ、もちろんしゃべったというのもね。いやはや、かなりひどくやられてるな」

「ああ」オーレイも同意見だった。見えるかぎりではたしかにかなりひどそうだ。

「それで、これはマストに当たってできた傷だと？」ローリーは信じられない様子できいた。

「おれたちが知るかぎりでは」オーレイは答えた。

「このあたりの嵐はひどかったんだ」アリックはそう言うと、オーレイに説明した。「どうやらブキャナンの城は被害を免れたらしい。わずかな風と雨ですんだ」

オーレイはただうなずいた。そういうことはときどきある。

「これほどの目にあうとは、彼女にとってはひどいではすまなかったようだな」ローリーが暗い口調で言った。

オーレイはうなった。「マストは急流のなかのコルクのように波にもまれただろう」

「いったいどうしてマストに縛りつけられていたんだ？」娘の様子をうかがおうと、反対側からベッドに近づきながら、アキールおじがけげんそうにそうに尋ねた。

「嵐で甲板から落ちないように、とか」アリックが最初の意見を繰り返した。

「下甲板にいればことたりたはずだ。それなら、荒波にもまれながら何度もマストに頭をぶつけることもなかった」ジョーディーが不満そうに指摘した。

「おまえたちが見つけたとき、彼女はしゃべったと言ったな？」アキールがきいた。

オーレイはうなずいただけだった。代わりにアリックが答えた。「ええ、オーレイが名前を尋ねて、家族に知らせてやると言ったら、やめてくれと。それから、猫とか白いレディとかだれかが自分を殺そうとしてるとか、わけのわからないことをしゃべりはじめたんだ。オーレイは彼女を落ちつかせるために、元気になるまで家族はさがさないと約束しなくちゃならなかった」

厳密に言えばちがったが、だいたいそんなところだったので、オーレイは何も言わず、ため息をついて体を起こしたローリーに意識を向けた。

「どうなんだ？」弟の暗い表情が気に入らず、オーレイは大声で問いかけた。まえにも見たこともある表情だった。何をしたところで患者は助からないと思ったときに。

「危険な状態だ、オーレイ。だが、助けるために全力を尽くす」ローリーは厳粛に言った。「傷口をよく見て洗浄できるように髪を切らなければならないな。それと、沸かした湯と清潔な麻布と薬草が必要だ」

「薬草を持ってこなかったのか？」オーレイは驚いてきいた。

「持ってきたけど、兄貴が無事だとわかって、階下《した》のテーブルに置いてきたんだ。この娘さんがここにいるとは知らなかったから」

「おれが薬草を持ってくるよ」とアリックが言って、部屋から出ていった。

「おれは湯を沸かして、使えそうな清潔な麻布を探してくる」ジョーディーが申し出て、アリックのあとを追った。

いっとき部屋のなかが静かになったあと、アキールがオーレイのほうを見て言った。

「つまり、また命をねらわれている娘さんの到来か」

「そのようですね」オーレイはそう言って、肩をすくめた。どうやらそれがブキャナン兄弟の習慣になりつつあるようだった。今では兄弟のうちふたりが、命をねらわれた娘を助け、その娘と結婚している。これが三度目になるのだろうかと思わずにはいられなかった。もしそうなら、幸運にもこのベッドのなかの美しい娘を勝ち取るのはどの兄弟だろう。落ち着きなく重心を移動させながら、オーレイは言った。「彼女の話は支離滅裂でした。でも、許婚ではない男と無理やり結婚させられそうになっていて、その男は最初の妻を殺しているので、自分も殺されると思っているようです」

「猫と白いレディというのは？」コンランが尋ねた。

オーレイは肩をすくめた。「飼い猫とレディ・ホワイトという人と船に乗っていたのかもしれない」

男たちは納得したようにうなずき、娘に目を戻した。

「元気になるまで家族はさがさないと約束したなら、約束は守らなければならないだろう」少ししてから、アキールが厳粛に言った。

「はい」オーレイはきっぱりと言った。それだけははっきりしていた。

「でも、嵐で転覆した船をさがすのはそれほどむずかしくないはずだし、その線でいけば彼女がだれなのかもわかるだろう」コンランが指摘した。「少なくともそれぐらいなら彼女の家族に接触しなくてもわかる」

「たしかにそうだな」オーレイは認めたが、きびしく付け加えた。「だが、彼女がここにいて生きていることは、おれが言うまでだれにも知らせるなよ」

コンランがうなずいたあと、全員の目が扉を向いた。アリックがローリーの薬草袋を持って急いで戻ってきたのだ。

「ありがとう、アリック」ローリーは袋を受け取ると、みんなに命じた。「オーレイ以外は全員部屋から出てくれ」

ほかの者たちがうなずいて戸口に向かうあいだ、ローリーは付け加えた。「湯が沸いたら、麻布といっしょにジョーディーに持ってこさせてくれ」

「わかった」と三人ともが答えた。

三人が出ていってしまうと、オーレイは意外そうにローリーを見た。「おれに何をさせようというんだ？」

「彼女の頭を剃《そ》るのを手伝ってほしい」

彼は驚いて、娘のふさふさとした美しい黒髪を見た。

「後頭部だけだ。ちゃんと見えないと傷を洗浄できないからな。髪はまた伸びる」薬草袋からものものしいナイフを取り出して、ローリーは言った。娘に向き直り、小声で付け加える。「生き延びればな」

最後のことばを聞いて、オーレイの胸は締めつけられた。ローリーは娘が助からないかもしれないと思っているのだ。彼も最初にそう思ったように。思わずベッドのなかの小柄な青白い娘を見つめた。繊細で弱々しく見えるが、実際はそうでないに決まっている。痛みに耐え、家族のもとには送り届けないと彼が請け合うまで持ちこたえたことを考えれば、根性があって精神力の強い女性にちがいない。彼女は生き延びる、とオーレイは思った。それを確実なものにするために、自分の力でできることはなんでもしよう、と。

## 2

眠たげに目を開けて、ベッドの横の椅子に座っている男性を興味深く見つめた。目が乾いてごろごろし、口はからからで、体じゅう痛くて力がはいらなかったが、今それらは意識の外にあった。意識の大部分は、隣にいる男性に向けられていた。見覚えがある気がするが、どうしてかはわからなかった。見ても名前は思い浮かばないけれど、ハンサムで長い髪は鳶《とび》色、額から鼻の横を通ってあごまでつづく、ほとんど顔を二分するような傷跡がなかったら、あまりにも美しすぎる顔をした人だ。

目を細めてじっくり傷跡を観察した。斧でつけられた傷のように見える。あるいは剣先で。比較的まっすぐな傷で、えぐれているわけでも、赤く盛りあがっているわけでもない。少なくとも五、六年はたっているのだろう。さらに傷跡を観察したあと、ほかの部分に注意を向けた。男性は大柄で、肩幅は彼女の二倍はあった。見えるかぎり胸はとても美しい。下に目を向けると、脚も長くたくましいことがわかった。プレード（スコットランド高地地方の男性が身につける格子柄の布）を身につけているが、今は着くずれて、とても適切とは言えないほど脚が露出していた。

それを言うなら、この男性に関して適切なところはあまりなかった。そもそもこの部屋にいるべきではないのだ……彼女の父親か兄弟か夫でないなら。父親にしては若すぎた。兄弟だろうかと思いながら、男性の胸から脚に目をやって、心のなかで首を振った。肉親に対してこういう感覚を覚えるのはおかしいので、おそらく兄弟ではないのだろう。少なくとも、そうでないことを願った。

そう考えて眉をひそめた。どうしてわからないのだろう？　絶対に知っているはずなのに。だが、わからなかった。自分の名前すらわからないと気づいてぎょっとし、頭のなかを探って思い出そうとした……何かを。なんでもいいから。だが、そうしたところで頭が痛くなっただけだった。それもひどく。

眠っていたオーレイは、ずきずきする首の痛みで目を覚ました。くそっ、また眠りこんでしまった、と気づいて顔をしかめ、目を開けるとジェッタも目を開けてこちらを見ていたので、思わず固まった。考えてみれば妙なものだ。娘の本名はわからないが、看病をするようになってほどなく、オーレイも弟たちも彼女をジェッタと呼ぶようになっていた。その名前を思いついたのはオーレイだった。美しい漆黒《ジェット・ブラック》の髪からの発想で、長く美しいのは今ではサイドとトップだけにもかかわらず、彼女にぴったりの名前だった。傷を洗浄するために、後頭部の髪はすっかり剃り落としてしまったからだ。

だが、いま彼女は目覚めているのだから、すぐに本当の名前がわかるだろう、と思いながら、オーレイは体を起こした。少なくとも、彼の顔を見たとたんに叫びだしたりはしていない。それに勇気をもらい、もう一度彼女の顔を見た。それはそうと、彼女はいつから起きていたのだろう。おれを見ていたのか？　恐ろしい傷跡に気づいただろうか？　おそらく気づいただろう。見逃しようがないのだから。いまいましいことに、城の主寝室にある磨かれた銀の鏡を見れば、それ以外は目にはいらなかった。ほかの者たちとて同じだ。それはわかっていた。彼の傷跡を見て女たちが叫び、子供たちが泣くことは有名だった。だが、よく叫ばれたのは傷を負ったばかりのころだ。最近の反応は、嫌そうに口元をゆがめるとか、嫌悪感に身震いするとか、ただ目をそらして彼を見ないようにするなど、もっと控えめなものになっていた。

「あなたはわたしの夫なの？」かすれた声で娘に尋ねられ、オーレイは驚いて目をぱちくりさせながら彼女を見た。

「なんだって？」

「だって、わたしの部屋にいていいのは夫か兄弟だけでしょう」彼女は説明し、片方の眉を上げて問いかけた。「兄弟ではないわよね？」

「まさか、ちがうよ」オーレイはあわてて言った。もう三週間も彼女を見守り、世話をし、定期的に薄いスープでのどを湿らせ、床ずれを起こさないように毎日ベッドの上で寝返りを打たせてきたのだ。そのあいだの彼の思いは、兄弟愛とは似ても似つかないものだった。

「それなら、あなたはわたしの夫なのね」彼女は笑みを浮かべて答えを導き出し、オーレイはそんな彼女をぽかんと見つめた。予想外の反応だ。実際の許婚は彼との結婚を拒み、高額の婚礼金も受け取ることなく、彼女によれば「生涯彼の胸の悪くなるような顔を見ながら日々をすごすよりは」と別れを選んだ。だがこの娘は、おれが夫だと知ってもなお微笑んでいる、と気づいて驚いた。

「わたし、病気だったの？」

彼女はわからないことばかりでいらいらしているようだが、過度に警戒しているわけではなさそうだった。オーレイはうなずいて、ようやく言った。「三週間寝こんでいた」

　彼女は驚いて目を見開いた。「三週間も？　なんの病気で？」眉をひそめてきいたあと、推測した。「熱があったの？　きっとそうね、病気になったことも覚えていないし、そんなふうになるのは熱があるときだけだもの」

「ちがう。頭を打って、昏睡状態だったんだ」

「頭を打った？」彼女は目をまるくしてきき返した。「だから覚えていないの？」

　オーレイは心配そうに椅子の上で身を乗り出した。「何か覚えていることはあるかい、ラス？」

「何も覚えていないの」彼女はベッドの上に起きあがって、悲しげに言った。「あなたのことも、この部屋も、自分の名前さえも記憶にない。わたし——」そこまで言うと力なく首を振り、痛そうに顔をしかめてぎゅっと目を閉じた。

「大丈夫か？」オーレイはすぐに立ちあがり、ベッドに近づいて彼女の上にかがみこんだ。「まだ頭が痛むのか？」

「少し」彼女は弱々しく言った。本当とは思えなかった。痛みは少しどころではないのだろう。

「さあさあ、旦那さま」

　あわてて体を起こし、扉のほうを見ると、メイヴィスがせわしげに部屋にはいってくるところだった。背の低いまるまるとした女で、黒っぽい髪には灰色の筋が大量にはいっている。婦人は盆を持ってぺちゃくちゃしゃべりながらはいってきた。

「ジェッタさんのために、また薄いスープを持ってきました。昨日旦那さまがたが仕留めたウズラで作ったんですよ。あなたがたは――おや！」ジェッタが起きあがっているのを見て、メイヴィスは突然立ち止まり、目をまるくした。そして、当惑した様子で言った。「お目覚めになったんですね」

「ああ」オーレイは侍女の驚いた顔を見てかすかに微笑んだ。狩猟小屋に侍女のメイヴィスを連れてこようと提案したのはローリーだった。彼女はジェッタの世話を手伝ってくれた。男ではどうにもできない方面の世話もあり、その手の世話はメイヴィスがひとりで請け負っていた。

「スープをありがとう、メイヴィス」彼はようやく言った。

「そんな、いいんですよ、旦那さま。ローリーさまをお連れしましょうか？」急いでテーブルに盆を置きながら、まだしかめたままの娘の顔を心配そうに見て、年配の侍女は尋ねた。

「ああ。たのむ」オーレイは侍女が急いで出ていくのを待って、ジェッタに向き直り、眉をひそめた。彼女はまだ目を閉じており、今では頭を抱えていた。痛みはよくなるどころか増しているらしい。なすすべもなくしばらく見つめていたが、やがて向きを変えて、メイヴィスが盆を置いたテーブルに足早に歩み寄った。盆には薄いスープとリンゴ酒のグラスが置かれていたが、オーレイが探していたのは、テーブルの上のウィスキー《ウシュク・ベーハ》の皮袋だった。それをつかんでベッドに戻った。

「さあ、ラス」ベッドの彼女の横に座り、急いで皮袋の栓を抜きながら静かに声をかけた。「これを飲んでごらん。効くかもしれない」

ジェッタはうめいたが、目も開けなければ、頭も上げなかった。

オーレイは「ラス」と言いかけたが、どすどすと階段をのぼる足音が聞こえてきたので、口をつぐんで扉のほうを見た。

「ジェッタが目覚めたとメイヴィスからきいた」すぐにローリーがせかせかと部屋にはいってきながら言った。

「ああ」オーレイがほっとして立ちあがり、ジェッタのほうを示すと、頭を抱えていた彼女の両手が落ちた。「でも痛むらしい。止めてやってくれ」

ローリーはそのたのみに驚いた顔をしたが、すぐにベッド脇に移動して患者にかがみこんだ。そのときになってようやく、彼女がまたベッドに横たわって、深い眠りにはいってしまったことにオーレイは気づいた。

「さっきは起きていたんだ」困った顔で弟に言った。

「何かしゃべったか？」まぶたを持ちあげて彼女の目を調べながらローリーがきいた。

「ああ」弟は何を見ているのだろう、目から何がわかるのだろうと思いながら、オーレイはもごもごと言った。「何も覚えていないと」

ローリーは驚いて兄のほうを見た。「何も？」

「自分の名前さえも」オーレイは低い声で言った。

「ふむ」ローリーはまた診察に戻って言った。「驚くことではないのかもしれない。後頭部を打っているんだ。実際、目覚めるとも思っていなかった」

「記憶は戻ると思うか？」彼女の寝顔に視線を向けて、オーレイはきいた。

ローリーは体を起こし、少しのあいだ考えていたが、やがて首を振った。「なんとも言えないな。戻るかもしれないし、戻らないかもしれない。頭のけがはやっかいなんだ。生きているだけでも幸運だよ」

オーレイはうなずいた。そして、咳《せき》払いをして言った。「彼女はおれを夫だと思っている」

ローリーは驚いた顔で彼を見た。「ちがうと説明したのか？」

オーレイはためらったあと、顔をしかめて首を振った。「同じ部屋にいてもいいのは夫か兄弟だけのはずだと彼女が言ったから、動揺させたくなくて、つい……」そう言って肩をすくめた。

ローリーはちらりと兄を見てからつぶやいた。「そうか」そして、もう一度彼女のほうを見た。

「まだ頭の痛みはとれないのか？」少ししてオーレイが尋ねた。「けがをしてからもう三週間だぞ」

ローリーはため息をついた。「頭のけがは――」

「やっかいだから」オーレイが冷ややかに引き継いだ。娘を発見してから何度も聞かされてきたことばだ。わからないことを尋ねられるたびに、頭のけがはやっかいだから、待って様子をみなければならない、とローリーは答えてきた。「つまり、なぜ頭が痛むのかわからないということか」

「ほとんど飲まず食わずだったからというだけのことかもしれない。日に何度か薄いスープを数滴流しこむだけでは、食事とは言えないからな。命をつなぐのもやっとだ。見ればわかるだろう」彼女を指し示してつづける。「発見されたときより、かなり体重が落ちてしまっている」

「そうだな」オーレイは不機嫌に同意し、どうして今までそれに気づかなかったのだろうと思った。いや、体重が落ちていることには気づいていたが、これほどやせてしまっていたとは、今まで気づかなかったのだ。目の下にくまができて頬はこけ、顔も手も手首も骨が浮き出て骸骨のようだった。

「固形物を運ばせよう。つぎに目覚めたときのためにリンゴ酒も」オーレイは判断し、扉に向かいかけた。

「兄貴」と言うローリーに止められた。

オーレイは扉のまえで振り向いた。「なんだ?」

「彼女が目覚めても、兄貴が夫でないことは教えないほうがいいかもしれない。少なくとももうしばらくのあいだ」ローリーはまじめな顔で言った。「快方に向かいつつあるとはっきりするまでは。体力はすぐには戻らないだろうし、よくなってきたと確信できるまで、あまり動揺させるのはよくないかもしれない。記憶を失っているというだけでもショックなはずだ。彼女をできるだけ安心させる必要がある。知らない他人ではなく、愛情深い夫に世話されていると思っているほうが安心してもらえるだろう」

「そうだな」娘に目をやりながら、オーレイは厳粛に言った。いや、ジェッタだ――まだしばらくはこう呼ばなければならないだろう。少なくとも、本当の名前を彼女が思い出すまでは。もし思い出せばだが。思い出さないでほしいという思いもあった。そうすれば、ずっと夫だと思っていてもらえるし、彼女を手元に置いておくことができる。

そのことに思い至った瞬間、オーレイは踵《きびす》を返して部屋を出た。ずっと手元に置くなどできるわけがない。冒険のあと家までついてきてしまった子犬ではないのだ。いずれは話さなければならないだろう。自分は彼女の夫ではないことも、彼女がどういう状況でここにいるかも。おれたちが結婚していないと知って、きっと彼女はほっとするだろう。毎朝この醜い顔を見ずにすむのだから。それどころか、ここにいなくてもいいとわかれば、すぐにここを出ておれから離れたがるだろう。

歯をくいしばってそんなことを考えながら、足早に階段に向かい、娘のために固形の食事を用意するようメイヴィスに伝えようと階下におりた。今度ジェッタが目覚めたときのために、食べ物と飲み物を用意しておかなければ。彼女が苦しんでいるのを、なすすべもなく見ているのにはもう耐えられない。食べ物と飲み物が効かなければ、ローリーが始終作っているあのまずい薬、痛みを抑えて眠りをもたらす薬にたよろう。だが、彼女を眠らせたいわけではなかった。目覚めるまで永遠に待たされることになりそうだから。

つぎに彼女が目覚めたとき、室内は暗かった。真っ暗というわけではないが、窓から射しこむ日光はない。唯一の光源は暖炉だった。ぼんやりとした明かりのせいで、あらゆるものが影を落としていた。

前回は目覚めたとたん痛みに襲われたことを思い出し、起きあがることも身動きもせずに、まずは目だけを動かした。頭を動かさずにできるかぎり室内の様子をうかがう。右側のベッドサイドテーブルには、ゴブレットと火のついていないろうそくがあった。その向こうに鎧戸《よろいど》をおろした窓が見えた。部屋の左側も同様だったが、ベッドの足元のすぐ向こうを見ると、暖炉のまえにテーブルと椅子が二脚置かれていた。左側のベッドサイドテーブルには何ものっておらず、壁際に大きな衣装箱がふたつあって、ベッドのそばに椅子が一脚置かれていた。今回その椅子にはだれも座っていないようだ。夫はいない。そうわかってがっかりした。彼に質問したかったのに。ここはどこ？　とか、わたしの名前は？　とか、あなたの名前は？　とか。

だが、その答えなら前回目覚めたときにいくつか得ていることを思い出した。ここはおそらくスコットランドだ。夫はスコットランドの衣服を身につけ、あの伝統的なプレードからひどく魅力的な脚を露出していた。聞きまちがえようのないスコットランドなまりもあった。前回目覚めたとき部屋にはいってきた侍女もだ。つまり……スコットランド人と結婚して、スコットランドに住んでいるということだろう。わたし自身がスコットランド人とは思えない。自分がしゃべることばにはイングランドなまりが聞き取れたし、頭のなかでもスコットランドなまりではなくイングランドなまりで考えている気がした。

あとは……。

侍女がジェッタと呼んでいたのを不意に思い出し、そのとき痛みに襲われたこともよみがえってきて驚いた。

「ジェッタ」と声に出してつぶやき、そのひどくしわがれた声に顔をしかめた。のども口のなかもひどく乾いていた。ベッドサイドテーブルの上のゴブレットを思い出し、それに目をやって唇をかんだ。前回は起きあがったことでひどい痛みに襲われたのでは？　ゴブレットの中身を確認し、もし何かはいっていた場合飲むために起きあがったら、また痛みに襲われるだろうか？

その可能性を思うとなかなか起きあがれなかったが、のどの渇きには勝てなかった。寝返りを打って横向きになり、ゴブレットに手を伸ばして持ちあげ、まずは中身がはいっているか確認した。何もはいっていないのに痛みをともなう危険を冒すわけにははいかない。

液体がはいった重みを確認するとジェッタは意を決し、口元を引き締めて懸命に体を起こし、両脚を床に移動させてベッドの脇に座った。思ったよりたいへんな作業だったので驚いた。最初のときは起きあがることがこれほどたいへんとは思わなかったが、あのときは痛みに気を取られていたせいで、起きあがることができたのだろう。ため息をついて飲み物に手を伸ばしたとき、床の上の人影に気づいて動きを止めた。一瞬恐怖がこみあげたが、すぐに顔の傷跡から夫だと気づいて力を抜いた。口元がほのかな笑みを形作る。なんてすてきな男性なのだろう。さっきは彼がいなくてがっかりしたが、妻の眠りを妨げないために、自分は床に敷いたわら布団の上で眠っていたのだ。なんて思いやりのあるやさしい行動だろう……。

不意にのどにこみあげたものをのみこんで、もう一度ゴブレットに手を伸ばすと、今度は手に取ることができた。

ゴブレットを落としそうになって、自分がいかに弱っているかに気づいた。もう片方の手を添えなかったら、取り落としていただろう。子供のように両手でゴブレットを持ち、口に運んで飲んだ。中身はリンゴ酒で、生ぬるくなっていたが、甘く芳醇《ほうじゅん》で、ごくごく飲んだ。がっつきすぎだし、焦りすぎた。胃がうねりだして、ようやくそれに気づいた。一瞬もどしてしまうかと思ったが、じっと座って息を止めているうちに、ようやく吐き気は治まった。

ほっと安堵《あんど》の息を吐いて、ゴブレットをテーブルに置き、夫のほうを見ると、彼の名前も知らないのだと気づいた。この質問の答えも聞きたかった。ちょっとみっともなくはあるが。「ねえ、旦那さま、名前を教えていただける？」ときくなんて。

そう考えて顔をしかめ、夫からしぶしぶ視線をそらして、もう一度部屋のなかを見まわした。テーブルには食べ物がのっているらしく、たぶん食べるべきなのだろうが、まだ胃が本調子ではなくあまり食欲はなかった。それに、これまでのわずかな動きだけでもう疲れてしまい、テーブルまで行って戻ってこられる自信がなかった。

横になってもう少し眠るほうがいいのはわかっているが、どうしても夫に目が行ってしまう。本来なら同じベッドで眠るべきなのに、彼女のために自分を犠牲にしている彼に、ひどく心を動かされていた。彼には体にかける毛皮さえない。なんと、プレードにくるまってまるくなっているだけだ。ジェッタはベッドの上のかけものを見て、毛皮はこの一枚しかないのに気づき、顔をしかめた。ためらったあと、枕を取ってわら布団の夫の頭の隣に置き、毛皮を引きずりながらベッドからすべりおりると、彼の横に向かった。

彼を押しのけないよう気をつけて、かたわらにまるくなり、夫と自分に毛皮をかけた。なんとかやり遂げたとき、夫が眠たげにうなり声をあげながら寝返りを打って、背後から彼女を抱くような姿勢になり、動きを封じるかのように腕をまわした。ジェッタは自分がしたことに対して何か言われるかと思って待ったが、深い寝息以外は何も聞こえてこなかったので、止めていた息をため息にして吐き出すと、そのまま眠りこんだ。

射しこむ朝日に目覚めたオーレイは、眠たげに身じろぎをして、温かい毛皮の下にもぐりこんだ。だが、手と腕の下で毛皮がもごもごと言って動いたので、不思議に思って目を開けると、海から助けあげた娘がいた。ぎょっとして、見つめることしかできなかった。彼はわら布団の上に横向きで寝ており、隣で仰向けに寝ているジェッタの脚に片脚をかけ、腹部に腕をまわして、片方の乳房に満足げに手を当てていた。我が物顔で気安く指を這《は》わせていた。その権利もないのに。

そう思いながらも、無意識に指に力がはいり、柔肌をつかんでしまう。ジェッタはうめき、愛撫《あいぶ》に身をよじらせたが、オーレイはほとんど気づかなかった。直に触れている乳房の感触を楽しむことで頭がいっぱいだったからだ。彼のシャツの代わりにメイヴィスが提供したぶかぶかのシュミーズのまえは、腰のあたりまで開いており、彼の手が包んでいる乳房と、もう片方の乳房があらわになっていた。

　オーレイはその裸の乳房を見て、この球体ほど完璧なものは見たことがないと思った。ジェッタの胸を作るとき、神はそうとう気前がよかったのだろう。ふくよかでまるく、乳首は濃いシナモン色で、今は興奮で硬くなっている。そう気づいて、あわてて手を離した。

「あなた?」ジェッタは眠そうにつぶやいた。

「なんだ」とオーレイが低く答えると、彼女はぎこちなく微笑み、両腕をまわしてぎゅっと抱きついてきたので、彼も腕をまわして抱きしめた。だが、体を離すと、キスせずにはいられなくなった。軽く唇に触れる程度のキスのつもりだったのに、最初は驚いて固まっていたジェッタがキスを返してくると、計画は変更になった。オーレイはキスを深め、舌を差し入れて彼女の口のなかを探った。リンゴ酒の味がして、口をつけたまま微笑むと、彼女はぎこちなくキスを返してきた。自分が何をしているのかジェッタがわかっていないのは明らかだったが、彼の動きを真似し、必死でついていこうと努力しているようだ。乳房をつかまれると、自分も彼のたくましい胸に手を這わせさえし、彼の硬くなったものが腰に当たると、下半身を覆っている彼の脚に股間を押し付けた。

　オーレイはのどの奥でうめきながら、脚で彼女の脚を割り、太もものあいだに膝を入れた。そして、脚の付け根を膝で圧迫した。ジェッタはよろこびのあえぎをもらし、両手で彼の肩につかまって、舌を出し入れしながららせんを描いたり吸いこんだりする彼のキスを必死でまねようとしていた。興奮のあまり今にも燃えあがりそうだった。オーレイがふたたび乳房に触れ、今度は愛撫したりにぎったりしようとしたとき、寝室の扉が開く音がした。

「オーレイ？」

　ローリーの声だと気づいて固まったが、すぐに毛皮を引きあげて床の上のジェッタを隠しつつ、彼女から離れて立ちあがった。

「なんだ」しわがれた声で返事をしながら、毛皮ごとジェッタを抱きあげた。体を起こしてどなる。「彼女がベッドから落ちてしまったようだ」納得してもらえそうな唯一の言い訳がそれだった。ほかにどうすれば彼女がわら布団でいっしょに寝ることになるというのだろう？

「落ちた――？」ローリーは驚いて口を開いた。

「ちがう。わたしは落ちてないわ、あなた」ひたすらオーレイを見あげながら、ジェッタが口をはさんだ。「かける毛皮もなくあなたが床に寝ているのを見て、ベッドから毛皮を持ってきていっしょに寝ることにしたのよ」

「そうか」オーレイは困惑しながら彼女を見つめたあと、ベッドの上に下ろした。

「目が覚めたんだね」ローリーがジェッタの様子を見にベッドに向かうあいだに、オーレイは体を起こした。「今朝は顔色もいいようだ。よかった」

オーレイはジェッタを見て、たしかに顔色がよくなっていることに気づいた。ふたりのあいだに生まれた情熱のせいなのか、じゃまがはいったことによるきまり悪さのせいなのかはわからなかったが。どちらにしても、頰がすっかりピンク色になっている。そう思ったとたん、彼女は恥ずかしそうにうつむいてしまった。

「リンゴ酒を全部飲んだんだね」ローリーはつぎにそう言った。

オーレイは弟がテーブルに置いた空のゴブレットを見た。

「それで、ちゃんと飲みくだせたのかな？」ローリーがきく。

「ええ」ジェッタは恥ずかしそうにささやいたあと、咳払いをして付け加えた。「一瞬もどすかと思ったけど、胃が落ちついたら飲みくだせたわ」

「それはいい兆候だ」ローリーはそう言うと、身を寄せて彼女の胸に耳をつけた。

ジェッタがびくっとして固まり、オーレイのほうを見たので、笑顔で安心させた。

「心臓の音を聞いているだけだよ、ラス」と説明し、弟が眉をひそめたのに気づくと、心配そうに尋ねた。「どうした？」

「鼓動が速い」ローリーはつぶやき、体を起こしてもう一度ジェッタを見ると、真っ赤になっていたので、驚いて眉を上げた。疑わしげにゆっくりとオーレイのほうを向く。

「おまえがノックもなしにはいってきたからびっくりしただけだろう」オーレイは弟と目を合わせずにもごもごと言った。

「そうか。だろうな」ローリーは冷ややかに言うと、おだやかな笑みを浮かべてジェッタを見た。「今日は何か覚えてる？　名前とか、出身は？」

「わたしの……名前はジェッタよ」彼女は答えた。

オーレイは自分がつけた名前が彼女の本名だったのかと思ってどきっとしたが、すぐに彼女はこう白状した。「昨日侍女がそう呼んでいるのを聞いたわ」

「そうか」ローリーは暗い声で言った。「じゃあ、今回新しく思い出したことはある？」

彼女はすまなそうに首を振った。「いつか思い出せるのかしら。どう思う？」

ローリーはためらったが、正直は最善の策だと思ったらしい……少なくとも今は。

「わからない。きみは後頭部にひどいけがをした。実際、命を落とさなかったのが不思議なくらいだが、体の機能は損なわれていないらしい。記憶以外は。体に不具合はないよね？」

「と思うけど」ジェッタはゆっくりとそう言ってから、しかたなく肩をすくめた。「たとえばどんな？」

ローリーはかすかに微笑んだ。「そうだな、視界がぼやけることは？」

「ないわ」彼女はすぐに言った。そう言うことができてほっとしているようだ。

「においや味はわかる？ リンゴ酒を飲んだとき――」

「においも味も問題なかった」彼女は言った。

「しゃべり方も問題ないようだな」ローリーは指摘した。「ということは、けがの影響は記憶だけのようだ」

「そう」と言ったものの、彼女は不満そうにつづけた。「感謝しなければいけないのはわかってるけど、記憶がないというのは大ごとだわ。たとえば、どうしてわたしは頭にけがをしたの？」

ローリーにあとはまかせたという視線を向けられたので、オーレイは咳払いをして言った。「船が難破したんだ」

ジェッタはそれを聞いて目をしばたたいた。「難破して頭を打ったの？　どうやって？」

オーレイはその質問に眉をひそめたものの、こう答えた。「きみはマストに縛りつけられていたんだ。船がばらばらになって、きみはマストごと波にもまれることになった。それで何度もマストに頭をぶつけることになったんだよ」少なくとも、そういうことだったのだろうと彼は理解していた。納得できる説明はそれしかなかった。残念ながらそれ以外のことは何もわかっていないのだから。弟たちがひそかにきいてまわってくれたが、彼女が乗っていた船の名前はまだわからなかった。それどころか、彼女を見つけた日からその一週間まえまで、難破した船はないということだった。

「それで、あなたが助けてくれたのね？」

オーレイはまばたきをして考え事を追いやり、問いかけた彼女のほうを見たが、答えたのはローリーだった。「ああ、オーレイとアリックがロープを切ってきみをマストから離し、岸に運んできたんだ」

「アリック？」ジェッタがけげんそうな顔できき返した。

「いちばん下の弟だよ」ローリーが説明した。

彼女は目をまるくした。「あなたたちは三人兄弟なの？」

オーレイが「八人だ」と答えたにもかかわらず、ローリーは「九人だ」と言った。「ごめん」とつぶやいて、ローリーが訂正する。「八人だ。以前は男八人女ひとりの九人きょうだいだった。でも、数年まえに兄がひとり死んだから、今は八人だけだ」

「八人だけ？」彼女はおもしろがって言った。「それでもずいぶん多いと思うけど」

「たしかに」ローリーは笑みを浮かべて言ったあと、何気なくきいた。「じゃあ、きみは兄弟や姉妹がたくさんいたわけじゃないんだね？」

「それは……」ジェッタは眉をひそめた。頭のなかに問いかけて答えを探しているのだろう。

オーレイは彼女が思い出すかどうか見守っていたが、額が痛むらしく片手を上げて額をもみはじめたので、声をかけた。「気にしなくていい、ラス。そのうち全部思い出せるよ」

「ええ」彼女はため息をついてから言った。「あなたが教えてくれてもいいんだけど。そうすれば苦労して思い出そうとしなくてすむわ」

オーレイは固まったが、ローリーがこう答えたので救われた。「自力で思い出すほうがいいんだ、ラス。そうすれば、それが正しい記憶で、教えられたことを言っているわけじゃないとわかるから」

「そうよね」ジェッタはつぶやいた。混乱するのも無理はないとオーレイは思った。彼女がさがしている答えを何ひとつ知らないと彼が白状しなくてすむように、ローリーが考えた作戦は、どうにもあまり論理的ではないような気がした。彼女にだって記憶と教えられたことのちがいぐらいわかるはずではないか?

オーレイは首を振りながらベッドに背を向けてつぶやいた。「メイヴィスを呼んでくるよ。シーツを替えてきみの体を洗ってもらおう。そのあいだおれは何か夕食になるものを仕留めにいく」

「あら、あなたにはここにいてほしいのに」

小さな叫びを聞いて、オーレイは扉のまえで足を止めた。ゆっくりと振り向き、彼女を見つめた。ジェッタの頰はまだ紅潮していた。キスを交わした直後ほどではないが、赤いことに変わりはない。彼を引き止めようとする顔のまわりで、髪が黒い波となって悩ましく乱れている。裸の胸を隠すために胸のまえで毛皮をつかみ、捨てられた子供のような顔つきをしていた。大股でベッドに戻り、彼女のかたわらに横たわって、キスでその表情を消したいという気分にさせるには、それだけで充分だった。

だが残念ながら、目覚めたとたんわら布団の上で彼女がぴったり寄り添って寝ていることに気づき、キスをはじめてしまったさっきとちがって、寝起きで頭がまともに働いていない状態というわけではない。今ははっきりと目覚めているし、理性も働いている。ジェッタは自分たちが夫婦だというまちがった認識のもとにあのような態度をとったので、まったく問題はないが、オーレイは自分たちが夫婦でないことを充分承知しているのだから大問題だ。あんなふうにキスしたり触れたりするべきではなかった。いくらそうしたくても。だが、心からそうしたいと思ったのだ。くそっ、もしローリーが来るのがあと二分でも遅かったら、オーレイは床の上で娘を自分のものにしていただろう。だから今は、求められても誘惑から遠ざかり、無事彼女に回復してもらうのがいちばんいいのだとわかっていた。

だが、そばにいられないわけを説明しようとしたのに、ついこう言ってしまった。

「長くはかからない。メイヴィスが風呂やそのほかの世話を終えたら、きみと朝食をとるために戻ってくるよ」

ジェッタはその返事にもあまりうれしそうではなく、出ていくことにまた文句を言われるのかとオーレイは思ったが、彼女は不意にひとつ深呼吸をすると、なんとか落ちつこうとしながらうなずいた。「わかったわ。ありがとう」

彼女は冷静で落ちついているように見えたが、震える唇をかんだのにオーレイは気づいた。何か自分には理解できないことが起きているのではないかと思い、眉をひそめて、問いかけるようにローリーを見た。

ローリーはもごもごとジェッタに断りを告げ、立ちあがって兄のあとから部屋を出た。

扉を閉めた。そして、話しはじめるまえに、一、二メートル離れたところに移動した。

「どうして——?」オーレイは言いかけたが、ローリーは片手を上げて兄を黙らせ、

「最初はしばらく感情的になるだろう」話を聞かれない程度に部屋から離れると、弟は厳粛に言った。「そして、兄貴にべったりになる」

「べったり?」オーレイはうろたえた。自分のベッドのなかの娘を見守ってきたこの三週間、いつしか彼女が目覚めたら何をするだろうと妄想していた。彼を見たとたん、悲鳴をあげて部屋から走って逃げるというものから、いっしょにチェスを楽しんだり、湖のほとりでピクニックをしたり、燃え盛る暖炉のまえで愛を交わす妄想まで。そのなかに娘が感情的になってべったりするという妄想はなかった。

「彼女は自分の心を制御できないんだ。自分自身についても過去についても、何も記憶がないから」ローリーは指摘した。「だから怖くなって兄貴を求め、そばにいてほしがるのはごく自然なことだ。夫だと思っているんだから」

「なるほど」だんだんわかってきて、オーレイはゆっくりと言った。「アリックと

ジョーディーをもう一度ききこみにやったほうがいいかもしれないな。三週間まえに難破した船のことをきいてまわれば、彼女の名前ぐらいはわかるかもしれない」

「それはいい考えかもしれない」ローリーは神妙に言った。「ほんとうの名前がわかれば、記憶を取り戻すのに役立つだろう」

「ああ」オーレイはつぶやき、眉をひそめてその問題について考えた。弟たちには前回同様、彼女がここにいることは明かさないよう念を押さなければならないだろう。

そのとき、ローリーの話がまだつづいていることに気づいた。

「――だが今、彼女にわかっているのは、といってもそれは事実ではないんだが、兄貴が夫だということだけだ。彼女はそれを――自分自身に対しても――認めようと認めまいと、不安になって愛を求めるだろう。おれたちは辛抱強く彼女に接し、安全で守られていると感じさせなければならない。だから兄貴に夫のふりをしろと言ったんだ。彼女は今なぐさめを必要としているし、自分の家にいて、愛情深いやさしい夫がいると信じているほうが、弱って記憶をなくし、他人のなかでひとりぼっちでいると思うより心が休まるだろう」

「なるほど」オーレイは少し緊張を解いて言った。

「もう少し体力が戻ってきて、自分自身にもものごとに対処する能力にも自信が持てるようになったら、夫ではないと打ち明けても大丈夫だ」ローリーは言った。「そのころには、おれたちに害はないと、いっしょにいても安心だとわかってくれているだろうし」

オーレイはうなずいた。

「でも、兄貴が彼女の夫ではないことは、忘れないでいてくれるよな?」ローリーは静かに付け加えた。

「当たり前だろう」オーレイは怒った声で言って、弟をにらんだ。「彼女はおれが守ってやらなければならない存在だ。それを利用したりはしない」

「それを聞いて安心したよ」ローリーはそう言ってうなずいたが、さらに言い添えた。「おれが部屋にはいったとき、兄貴はそれを利用しようとしているみたいだったから」

オーレイが弟を見つめるばかりで返事をしないので、ローリーは言った。「彼女にキスやそれ以上のことをしていたんじゃないのか。ベッドに運んだとき、彼女の頬は真っ赤だったし、鼓動は太鼓のように激しく速かった。胸のまえで毛皮をつかんで隠していたが、メイヴィスが着せたシュミーズはまえが大きく開いていたし」

「おまえには関係ないだろう、ローリー」オーレイは冷ややかに言った。

ローリーはためらったあと、背筋を伸ばして言った。「いや、あるね。彼女はおれの患者だし、話し方や、身につけていたドレス、というかその残骸から判断して」冷静に付け加える。「彼女はどこかの令嬢だ。もし彼女を汚したら、結婚しなければならなくなるぞ、オーレイ。兄貴が気の毒な娘の立場を利用して、どこかの尻軽女のように扱うのを、黙って見ているわけにはいかない。彼女は兄貴を夫だと思っているんだから」

オーレイはローリーを見つめるしかなかった。頭のなかでは弟に言われたことばが鳴り響いていた。〝もし彼女を汚したら、結婚しなければならなくなるぞ〟。どういうわけかそのことばは、ローリーが意図したほど恐ろしくは感じられなかった……そして、そのことがひどく怖ろしかった。

## 3

ジェッタはベッドの上に起きあがってもぞもぞと動き、もう一度部屋のなかを見まわした。夫とその弟は出ていったかと思うと、すぐにまた浴槽を運んできて、湯を入れた桶《おけ》ふたつを持ったメイヴィスがそれにつづいた。男たちは浴槽を置くと、急いでまた出ていき、何度も湯を運んできた。

メイヴィスが満足するまで湯がたまると、老婦人は男たちを部屋から追い出した。ジェッタに手を貸してベッドからおろし、着ていたひどくぶかぶかのシュミーズを脱がせて、湯にはいるよう促した。ジェッタが体を洗っているあいだ、メイヴィスはベッドからシーツをはがし、新しいシーツを敷くことに注意を向けていたが、やがてジェッタのところに戻ってきた。

メイヴィスはとても有能な女性だった。ジェッタが風呂を使うのを手伝い、背中を流して髪を洗い、体を覆う黄色いあざに舌打ちし、あれこれと意味もないことについてしゃべりまくり、体を拭いてあらたなぶかぶかのシュミーズを着る手伝いをし、彼女をベッドに戻した。

ジェッタは自分の着ているシュミーズを見おろして意気消沈し、ため息をついた。メイヴィスによると、寝こんでいるあいだにかなり体重が落ちてしまったらしく、シュミーズがそれを証明していた。このだぶだぶ具合はほんとうにみっともない。ドレスを着たらどんなふうに見えるのか心配になった。このシュミーズのように、胸元が大きくあいてしまったら、ひどくみだらな姿になってしまう。針と糸を持ってきてもらって、今からドレスの寸法を詰めはじめたほうがいいかもしれない。

そう思ったら、壁際の衣装箱に目が行き、どちらが自分のものだろうと考えていると、扉が開いて、食べ物の盆を持ったオーレイがはいってきた。夫の姿にジェッタはたちまち顔を輝かせ、笑顔で彼を迎えた。

「狩りはもうおしまい？」彼が暖炉のそばのテーブルに盆を置くのを見守りながら、彼女は尋ねた。

「ああ。太った上等なウサギを一羽と、キジを二羽、それにシカを一頭仕留めた」彼は報告しながらベッドに近づいた。「こうしているあいだにローリーがさばいてくれている。メイヴィスは夕食にシカ肉でシチューをこしらえる予定らしい。それまでしのげるよう、きみのためにこれを用意してもらった。お腹はすいているかい？」

「ええ。わたし――まあ！」突然抱きあげられ、ジェッタは驚いて息をのみ、彼の肩につかまった。

「楽にして」彼はそう言って、彼女をテーブルに運んだ。「落とさないから」

「わかったわ」ジェッタはささやき、抱かれながら力を抜こうとした。なんといっても、彼はわたしの夫なのだ。そうしたければ、どこへでもわたしを運んでいける。だが、彼の腕のなかにいることを楽しみはじめたところでテーブルに着き、椅子の上におろされた。

「ありがとう」オーレイが体を起こすと、彼女はつぶやいた。そして、肌がひどく露出しているのに気づき、赤くなってシュミーズの襟元を引きあげた。襟ぐりの位置がかなり低くなってしまったせいで、乳首の上のほうが見えていて、あの朝のキスと愛撫が思い出され、さらに赤くなった。もっと慎み深く体を隠そうとしながら、気づかれていないかたしかめようと夫のほうをうかがったが、もちろん気づかれていた。そして、その表情からすると、彼もあの朝のことを思い出しているようだった。

ジェッタは緊張してつばをのみこみ、急に乾いてしまった唇をなめて、ゆっくりと目を伏せた。するとあいにく、奇妙にゆがんだテントのようにまえの部分が突き出た、彼のブレードをまともに見ることになった。彼女がぽかんとそれを見つめていると、オーレイは不意に移動して、向かいの椅子に腰をおろした。

「食べ物だ」オーレイはかすれた声で、彼女のほうを見もせずに言った。

うなずいて彼が運んできた盆の上を見たジェッタは、たちまちあんぐりと口を開けた。「ちょっと、あなた！」

「どうした？」オーレイが心配そうにきく。

「いやだ――もう、こんなにたくさん持ってくるなんて」彼女はうろたえながら言った。

彼はほっとして、盆から食べ物をいくつか取り、ジェッタのまえに置いた。「力をつけるためにたくさん食べないと」

「そうだけど――頭を打つまえのわたしがこんなにたくさん食べていたなら、シュミーズがこんなにぶかぶかなのも無理ないわ」見たところ、盆の上には十人に充分いきわたるだけの食べ物があり、彼はそのほとんどを彼女のまえに置いていた。

「シュミーズ？」彼は眉をひそめてきいた。

「ええ」彼女は片手を上げ、視線を気にしてまた胸元を押さえながら顔をしかめた。

「けがをするまえは、ずいぶん太っていたのでしょうね」

なぜか彼の唇から短く低い笑いがもれ、何がおかしいのかわからないジェッタは、不思議そうに彼を見た。

彼女の困惑に気づいて、オーレイは説明した。「それはきみのシュミーズではないんだよ、ラス。メイヴィスが親切に貸してくれたものなんだ。きみが着ていたドレスは嵐でぼろぼろになってしまった。初めはおれのシャツを着せていたんだが、メイヴィスは自分のシュミーズを着せたほうがいいだろうと思ったんだ」

「まあ」ジェッタはほっとしたが、すぐに眉をひそめた。「それなら、わたしのほかのドレスはどこにあるの？」彼女は尋ねたあと、彼より先に自分で答えた。「ああ、そうよね、船といっしょに沈んでしまったのよね」

「そうだ」オーレイは小声で言った。

「つまり」ジェッタはため息をついて目を閉じた。「わたしは記憶だけじゃなくて、衣類もすべて失ったのね」

両手に彼の手を感じ、彼女は目を開けた。

「心配するな。新しいドレスを手に入れてやる」彼女の手をやさしくにぎりながら、彼は言った。

「ありがとう、あなた」ジェッタはゆがんだ笑みを浮かべて言った。彼のやさしさに突然涙がこみあげそうになった。すばやくまばたきをして涙を引っこめようとしたがうまくいかず、もどかしげに涙をさっとぬぐった。

「大丈夫か？」オーレイが目を細めて彼女を見ながらきく。

「ええ。わたしはただ――」彼女はいらいらと首を振った。「なんだかすごく感情的になっているみたい。親切にされるたびに泣きたくなるの。ばかみたいよね」

「きみはひどいけがからの回復途中にあるんだよ、ジェッタ。辛抱するんだ。少し感情的になるだろうとローリーが言っていた。一時的なものだ」

ジェッタはそれを聞いてほっとした。さっきもメイヴィスに手伝ってもらいながら、少なくとも三回は泣きだしそうになっており、そのことにちょっと動揺していたのだ。ふだんはこんな泣き虫ではないはずだった。無理に深呼吸をひとつして、なんとか気分を落ちつかせ、半笑いを浮かべて、目の前の食べ物のことを考えてみたが、結局首を振った。「全部は食べられないと思う」

「食べられるとは思ってないよ」彼はおかしそうに言った。「何を食べたい気分なのかわからなかったし、長いこと食べていなくて胃が受けつけないかもしれないから、選べるようにいろいろ持ってきたんだ」

「まあ」彼女はつぶやき、思いやり深い行動にまた涙があふれそうになった。

幸い、オーレイは彼女の感情的な反応を無視してつづけた。「スープから試してみるのがいいかもしれないな。重すぎるものはまだ胃が受けつけないだろうから」

「ええ」ジェッタは片手で涙をぬぐい、もう片方の手でスープを引き寄せた。最初はふたりとも黙って食べ、ジェッタはスープに集中し、オーレイはそれ以外のほとんどのものをがつがつ食べた。あらまあ、十人ぶんはあると思ったけど、オーレイの場合はふたりぶんにもならないんだわ、と思ってジェッタは愉快になった。夫はとてつもない食欲の持ち主だ。

「おればかり見ていないで、スープを飲みなさい」不意にオーレイに言われ、ジェッタは食べるのを中断して彼を見つめていたことに気づいた。

にっこりして、スープに注意を戻したものの、すぐに首を振った。「もうひとさじも飲めないわ。ごちそうさま」

「もっと食べなくちゃだめだよ、ラス」オーレイは困った顔で言った。「やせすぎだし、体力を取り戻さなければならないんだから」

ジェッタは自分が情なくなって肩を落とした。さきほど風呂にはいるためにメイヴィスに手伝ってもらってシュミーズを脱いだとき、初めて自分の裸体を見て思わず声をあげてしまった。乳房以外はがりがりで、皮膚が骨に張りついていた。あまり魅力的には見えず、どうしてあの朝オーレイがあんなふうにキスする気になったのか不思議だった。おそらくわたしたちは恋愛結婚だったのだろう。愛がなかったら、歩く骸骨のようなわたしにあんなキスや愛撫をしたいとは思わないはずだ。

「またあとで何か食べたくなるかもしれないな」オーレイはまじめに言った。ジェッタは冷めたスープの残りを見つめるばかりだったからだ。スープは半分近く飲んでいたが、これ以上は胃に納めておけそうになかった。

彼女はほっとして笑みを浮かべ、顔を上げてうなずいた。「そうね」

オーレイはしばし彼女を見つめてから、食事の残りを盆に戻しはじめた。「じゃあ、チェスか何かしようか？　それとも休むほうがいいか？」

「チェスがいいわ」ジェッタはすぐにそう言って、テーブルの片づけを手伝いはじめた。作業はすぐに終わった。オーレイは壁際の衣装箱から見事な細工のチェスセットを持ってきて、ふたりで時間をかけてテーブルの上に並べた。

「美しいわ」手を止めてナイトをじっと見ながらジェッタがつぶやいた。繊細に彫られた馬の頭は本物そっくりだった。

「ああ」オーレイは自分のナイトを見つめながら、わずかに声を震わせて言った。「何年もまえにユーアンが両親への贈り物として彫ったものだ」

「ユーアン？」彼女は興味を惹かれてきき返した。「彼もここにいるの？」

「いいや」オーレイは馬の頭をチェス盤に置いた。「死んだ」

「八番目の兄弟ね。男きょうだいはいま七人しかいないけれど、ほんとうは八人いたって」彼女は彼とローリーが言っていたことを思い出してつぶやいた。

「ああ。でも、実を言うと、ユーアンは八男じゃなくて二男なんだ」オーレイが訂正した。「おれのすぐあとに生まれた双子の弟でね」

「ほんと？」ますます興味を惹かれた。「じゃあ仲がよかったのね？」

「男ふたりの兄弟に可能なかぎり」彼はまじめに答えた。

ジェッタはためらってから尋ねた。「どうして亡くなったの？」

「戦《いくさ》で」彼の声は低く、その表情から、ユーアンのことを語るのはまだひどくつらいらしいとわかった。彼女は話題を変えてきいた。「ではあなたは長男で……領主なのね？」

オーレイはうなずき、チェスの駒を並べつづけた。

「そう」ジェッタは窓の外に目をやったが、見えるのは木々だけだった。夫に視線を戻してしばらく見つめてから、咳払いをしておずおずと声をかけた。「ねえ？」

「なんだ？」彼は上の空で答えた。

「領地はどこなの？」彼女は遠慮がちに尋ねた。

オーレイは驚いて、うつろな目を上げて彼女を見た。

ジェッタは顔をしかめて指摘した。「何も覚えていないのよ。わたしが領主夫人をしているお城がどこにあるのかも」

「ブキャナン」そのことばはうなり声のように聞こえた。「おれはブキャナンの氏族《クラン》の長で、領主だ」咳払いをして付け加えた。「だが、おれたちが今いるところはちがう。ここは狩猟小屋だ。海からきみを引きあげたあと、ここに連れてきたんだ……回復を待つために」

ジェッタはうなずいた。それならここがこんなに静かなのも納得がいく。だからわたしを連れてきたのだろう。城が静かになることはめったにない。

「ブキャナン」彼女はそうつぶやいて、自分の駒を並べる作業に注意を向けた。

「ジェッタ・ブキャナン。レディ・ジェッタ・ブキャナン。レディ・ブキャナン」

駒を並べ終えて顔を上げると、オーレイはまだ駒を並べる作業に戻らずに、彼女をじっと見つめていたので、ジェッタは動きを止めた。

「何か問題でも、あなた？」けげんそうに尋ねた。

彼は口を開けてはためらい、また閉じたあと、首を左右に振って、駒を並べる作業に戻った。「いいや。さあ、初期配置がすんだ。きみからだ、ラス」

ジェッタはうなずき、盤上をじっと見ると、ポーンをひとつ取って動かした。

「やり方を知っているようだな」お互いに何度か駒を動かしたあと、オーレイが言った。

「そうね」彼女は誇りと安堵が入り混じった笑みを彼に向けた。「すべてを忘れたわけではないみたい」

彼がビショップを動かすのを見て、ナイトを動かしてからきいた。「妹さんはどんな人？」

オーレイは驚いてジェッタを見た。「サイか？」

「それが名前？」

「ああ」彼女がもう一度ナイトを動かすのを見て、駒の配置をじっと見ながらきく。

「なぜ妹のことを？」

ジェッタは肩をすくめた。「そんなにたくさん兄弟がいるというのが想像できなくて。たくさんの男兄弟に甘やかされてわがままになりそう。そうでなければ――」そこまで言うと、彼が噴き出したので、彼女は不思議そうに眉を上げた。

「そうでなければ、のほうだ」彼はおかしそうに言った。「サイは甘やかされてなどいない」

「そうなの？」彼女は笑顔できき返した。

「ああ」彼はきっぱりと言った。「サイは闘士だ。長いあいだ、おれたちのしつこいいやがらせに耐えてこなければならなかったんだから」

ジェッタは彼の声に愛情を聞き取って微笑み、こう尋ねた。「年は？」

「妹が生まれたとき、おれは十一歳だったから」オーレイは言った。「今は二十二歳か二十三歳のはずだ」

「じゃあ、わたしより一歳か二歳下ね」とつぶやいたあと、ジェッタははっとして、驚いた顔を彼に向けた。「わたし、自分の年を思い出したわ！」

オーレイは目を見開いた。「誕生日は覚えているか？」

ジェッタは動きを止めて考え、しばし頭のなかを探った。どこかにかならずあるはずだ。それはわかっていた。年齢を覚えているのなら、誕生日も記憶になければおかしい。それ思い出せさえすれば――

「ラス？」オーレイがきびしい声で言った。

ジェッタは顔を上げ、困惑しながら彼を見た。「何？　どうしたの？」

「額をさすっているな。また痛みはじめたのか？」彼は静かに尋ねた。

ジェッタは眉をひそめた。実を言えば、頭がずきずきしていた。痛みは突然襲ってきて、どんどん悪化していたが、どうしても思い出したかった――

じっとジェッタを見ていたオーレイは、誕生日を思い出そうとする彼女の眉間のしわが深くなっているのに気づいた。思い出そうとするのはやめろと言おうとしたとき、椅子の上の彼女の体が突然揺れはじめた。急いで立ちあがり、椅子から落ちそうになった彼女を受け止めた。

口を引き結んで彼女をベッドに運んだ。ベッドに寝かせて扉に向かい、扉を開けてローリーを呼んだ。

「どうした？」階段をのぼって急いで兄のもとにやってきたローリーが尋ねた。「彼女は自分の年を思い出した」部屋のなかに戻り、先にたってベッドに向かいながらオーレイは告げた。「だが、つぎに誕生日を思い出そうとしたら――」オーレイは首を振り、ふたりはベッドに着いた。「それがひどい痛みをもたらしたらしい。気を失ってしまった」

ローリーはかがみこんでジェッタのまぶたをめくり、目を調べた。そして、頭を胸につけて鼓動を聴いた。「そのまえはどんな具合だった？」

「調子がよさそうだった」オーレイは言った。「おれが部屋に来たときは、ベッドの上に起きあがっていた。それで、彼女をテーブルに運んだ。ボウル半分近くスープを飲んだ。ふたりでチェスのゲームをはじめて、それから……」肩をすくめた。

「どうして自分の年を思い出したんだ？」ローリーが兄の横で体を起こしてきいた。

「わからない」彼は眉をひそめて言った。「サイのことを尋ねてきて、年をきかれた。二十二か二十三だと答えたら、『じゃあ、わたしより一歳か二歳下ね』と言ったんだ。思い出したことに興奮している様子だったから、おれは誕生日を覚えているかときいた。そうしたら……」気を失った彼女の姿を示した。

ローリーは口元を引き締め、ジェッタを見てつぶやいた。「つまり、記憶は自然にやってきたわけか。まるで思いつきのように」

「思いつき？」オーレイは驚いた顔をした。

「つまり、思い出そうとしたわけじゃなかった。サイの年を聞いたら自然に出てきたんだ。頭のどこかで自動的に自分の年齢と比較し、記憶が自然にそれを受け入れた」彼は説明し、さらに言った。「でも、ほかのことを意識的に思い出そうとすると、頭が痛くなって気を失った」

「そうだ」オーレイは考えこみながら言った。「最初に痛みに襲われたのも、何かを思い出そうとしたときだった」

「ふむ」ローリーは眉をひそめて首を振った。「体のほうはもう起きて歩きまわれるほどなのかもしれないが、心はまだ癒えていないんだよ、オーレイ。無理に何かを思い出そうとして痛みに襲われることについては、それしか説明がつかない」まじめな表情でつづける。「心が完全に癒えるまえに無理に記憶を取り戻そうとすれば、大きなダメージを与えることになりかねない」

「つまり、骨折した足が完全に治るまえに歩くようなものだということか？　せっかく治りかけたのにまた元に戻ってしまうと？」

「ああ、そのとおりだ」ローリーはそう言ってため息をついた。「自然に頭に浮かぶのを待って、無理に記憶を取り戻そうとするなと、彼女に言う必要がある」

オーレイはその意見に不満を示した。「おまえが彼女の立場なら、思い出そうとするのをやめられるか？」

「無理だな」ローリーは顔をしかめ、しばし考えこんだ。そしてようやく首を振った。「兄貴に何ができるかはわからない。でも、彼女が思い出そうとするのを止めるために、できるだけのことをしてくれ。そういう状況になったら、彼女の気をそらすか何かして。でないと、眠り薬を処方して、目が覚めるたびに薬で眠らせなければならなくなる。どっちにしろ、そうするべきなのかもしれないんだ。思い出そうとするたびにどれくらいダメージを受けているのかわからないからな。そうだ、これからその薬を――」

「だめだ」オーレイはあわてて言った。娘を薬で眠らせておくという考えは気に入らない。ローリーにけげんそうな顔で見られて、オーレイは言った。「まずおれが彼女の気をそらしてみる。それでだめなら眠り薬にたよってもいいが、まずはおれにやらせてくれ」

ローリーは悩んでいるようだったが、結局うなずいた。「わかった。でも、気をそらすことができなかったら知らせてくれ。眠り薬を調合するから」

オーレイは渋々ながら同意し、出ていく弟を見送ってから、またジェッタを見おろした。表情を見るかぎり、痛みは無意識の世界にまで彼女を追いかけていったようだった。だが、彼女が苦しむのはこれで最後になるようにしよう、と彼は決意した。

目を開けると、心地よいふんわりとしたまどろみをまぶしい陽の光に刺し抜かれ、ジェッタはまたまぶたを閉じた。この部屋はなんて明るいの。ということは、外はこの二倍も明るいにちがいない。晴れた暖かい日なのね。もといた土地では、こんな日はめったになかった。彼女が育ったイングランド北部では、たいてい朝から雨か、そうでなくてもすぐに雨になった。

「あっ」ジェッタは声をあげ、びっくりしてぱっと目を開けた。

「大丈夫か、ラス？」

頭をめぐらせて一瞬ぽかんと夫を見つめたあと、満面の笑みでまくしたてた。「イングランド北部で育ったことを思い出したわ」

それを聞いて彼の目が少し大きくなったが、ジェッタはほとんど気づかなかった。もう眉間にしわを寄せてイングランド北部のどこなのか、思い出そうとしていたからだ。

「ラス」オーレイは言った。

「なあに？」まだ記憶をさぐりながら、彼女はおざなりに返した。

「お腹はすいたかい？」彼はきいた。「スープを運んできたら、また少し飲めそうか？」

イングランド北部のお城か村の名前を思い出せる？　ジェッタは自分に問いかけた。

「ジェッタ」

これがはじまりだ、と彼女は思った。思いついたイングランド北部の村と城の名前をリストにしよう。もし思いついたら。今は何も思いつかない――そのとき、不意にオーレイにキスされて、突然何も考えられなくなった。目を閉じて横たわったかと思うと、温かい唇がしっかりと重ねられ、考えていたことは頭からすっかり洗い流された。

一瞬、ジェッタは驚きのあまり愛撫に反応できなかったが、やがてあの情熱がふたたび掻《か》き立てられ、口を開いて自分からキスを返した。その瞬間、オーレイは唇を離して、彼女にぎこちない笑顔を向けた。「もっとスープがほしいかい、ラス?」

「ええ」ジェッタは吐息交じりに言った。実のところ、今は何をきかれてもイエスと答えていただろうが。心から望んでいたのは、彼がキスをやめずにいてくれることだけだった。だが、イエスという答えを聞いたとたん、彼は体を起こして彼女から離れ、扉に向かって歩きだした。なんらかの理由でメイヴィスかローリーが扉の外の廊下にいたにちがいない。部屋から出ていくのでも大声で命じるのでもなく、オーレイがだれかとぼそぼそ話しているのが聞こえた。

ため息をついて一瞬目を閉じたあと、またぱっと開けた。

「イングランド北部」彼にキスされるまえに考えていたことを思い出してつぶやく。これで年齢と、イングランド北部の、どこか雨の多いところで育ったことがわかった。

記憶が戻りつつあるのだ。ゆっくり、少しずつではあるが、それでも戻ってきていることには変わりない。これっていいことよね？

「テーブルについて食事にしようか？」

そうきかれて目を開けると、オーレイが指示を終えてベッドに戻ってくるところだった。テーブルに目をやり、うなずいて体を起こしたが、毛皮とシーツをはだけるやいなやオーレイに抱きあげられた。ジェッタは抵抗せず、おとなしく抱かれて彼の首に腕をまわしながら打ち明けた。「あなたに運ばれるのって好きよ」

「そうなのか？」彼は愉快そうにきいた。

「うーん」ジェッタはつぶやき、軽く伸びをして彼のあごにキスをした。「自分が小さくて、愛されている気分になるから」

「きみは小さいし、愛されているよ」彼はかすれた声で言った。

「そうね」彼女は言った。「メイヴィスが話してくれたわ。わたしが眠っているあいだに餓死しないように、あなたが何度もスープをのどに流しこんでくれていたって。彼女が代わりにやりますと言っても、あなたは自分がやると言い張って、お城の仕事でどうしてもできないときだけ、彼女にたのんでいたとか。それも片手にも満たない回数だったそうね」もう一度あごにキスしてささやいた。「ありがとう」

「どういたしまして」低くかすれた彼の声に、ジェッタの背中はぞくっとした。

彼が足を止めたので、あたりを見まわすと、テーブルに着いていた。下におろされるのだろうと思い、彼にぎゅっと抱きついてささやいた。「あなたを夫にできて、わたしは世界でいちばん幸運な妻だわ」抱きついていた腕をほどいて体を離し、さらに告げる。「きっとわたしはあなたのハンサムな顔を見た瞬間に恋に落ちたんでしょうね」

オーレイが体を硬くしたのがわかり、ジェッタは首をかしげて不思議そうに彼を見た。「どうしたの？」

「おれをからかっているのか、ラス？」彼は刺すような視線を彼女に向けながら、うなるように言った。

「からかう？」困惑してきき返す。

「おれはハンサムな男なんかじゃない」オーレイは暗い声で言った。「昔はそうだったが、今はちがう。ユアンが死に、おれが顔を負傷した戦《いくさ》以降は」

ジェッタが傷に目を向けると、見られているのを意識した夫はびくっとした。今やオーレイは殴られるのを待つかのようにひどく身がまえており、これまでこのことについて夫婦で話し合ってこなかったのだろうか、とジェッタは思った。傷跡は彼の魅力をそこなってなどいないと、わたしは言ってあげていなかったの？　本当に？　けがで記憶を失うまえのわたしはそんなにばかだったの？

「あなたが鏡のなかに何を見ているのか知らないけど」彼女は神妙に言った。「わたしにはハンサムな男性に見えるわ。それどころか、その傷跡が好きよ。なかったらあまりにも美男子すぎるもの。それに、ちょっと悪魔っぽく見える」

「おれが悪魔のように見えると思うのか？」彼女のことばを完全に取りちがえたオーレイは、硬い口調できいた。

ジェッタは眉をひそめ、彼の顔を両手ではさむと、まっすぐ目が合うように自分のほうに向けた。そして、きっぱりと言った。「悪魔じゃないわ、ちょっと悪魔っぽく見えると言ったの。傷跡のせいでちょっと危険な感じに見えるのよ。襲撃と略奪をしにやってくるヴァイキングとか、盗みと陵辱の相手を探している山賊とか、誘拐しにきてわたしを連れ去る戦士みたいに」

幸い、彼はいくらかこれをおもしろがってくれたらしく、不意に笑みを浮かべてこう言った。「ずいぶん好みが偏ってるな、ラス」

「それは、ええと……」ジェッタはためらったが、魅力的だと思われていることに夫が気づいていないなら妻として失格なので、すぐに正さなければと思った。この人はわたしが寝こんでいるとき、召使にまかせるのではなく、自分で世話をしてくれたのだ。そして、目覚めてからは、やさしく気遣いながら接してくれた。彼は善良で魅力的な男性で、自分は妻として幸運だと思っていることをぜひ伝えたかった。

咳払いをして彼女は言った。「わたしはあなたをとてもハンサムだと思っているわ。あなたのキスも愛撫も好きよ……」ごくりとつばをのみ、勇敢につづけた。「それに、あなたに身をまかせることを思うと、体に震えが走って、あなたがほしくなるの」

初めはこの告白のせいでオーレイが凍りついてしまったように見え、ジェッタは気まずかった。事故で記憶を失うまえの結婚生活はどんなものだったのだろう。傷跡のせいでわたしは彼を避けていたのだろうか？　あるいは、新妻の恥じらいが夫への嫌悪と取られていたのだろうか？　過去に彼を傷つけていたのかもしれないと心配になり、ジェッタはこの問題をはっきりさせてくれそうな記憶をさがしはじめた。何をしたかがわかれば修復もできるはずと、作業に集中し、頭のなかを探るうちに、そのせいでたちまち頭がずきずきしはじめて気が動転した。痛む額をさすろうと片手を上げたとき、オーレイが急に彼女の脚から手を離した。

ジェッタは落とされるのかと思ってあっと声をあげたが、オーレイが離したのは脚だけだった。足が床に着くと、両手で彼女の腰をつかみ、唇に顔を寄せた。

「ああ」と言う間もなく、唇が重ねられた。とても情熱的で激しく、頭のなかが真っ白になるようなキスだったので、テーブルの上に座らされたことにもほとんど気づかなかった。少なくとも、彼の両手が体の上で動きはじめて、もう自分を抱いていないのだとわかるまでは。手は背中にまわってさすったりもんだりし、彼女をきつく胸に押しつけたあと下へとすべっていき、テーブルの上のお尻をつかんでまえに引き寄せると、脚のあいだにはいりこんで体をこすりつけた。

体を貫くなじみのない感覚に驚いたジェッタは、彼の両肩をつかむとなりふりかまわぬ熱っぽさでキスに応えた。彼に両脚をからめて強く引き寄せながら、自分の腰も動かして彼がしているように体をこすりつける。

「あなた」オーレイが突然キスをやめて身を引くと、ジェッタは抗議の声をあげた。引っ張られるのを感じて下を見ると、ぶかぶかのシュミーズは引きさげられ、もう胸を隠してはいなかった。さらに袖を引っ張って脱がされ、シュミーズは落ちて腰のまわりにたまり、上半身があらわになった。体を隠そうとするより先に、オーレイが片方の乳房を温かくたくましい手で包んでもみはじめた。片手で胸を愛撫し、もう片方の手で肩を支えながら、ゆっくりとジェッタの上体をうしろに倒していく。身を乗り出して彼女をテーブルの上に寝かせ、望んでいた体勢になった。片方の乳房をとらえて半分近くを吸いこみ、ゆっくりと戻して硬くなった先端部分だけを口のなかに残す。そして、軽く歯を当てたあと、もう片方の乳房に注意を向け、同じ行為を繰り返すためにもんでいた手を離した。

ジェッタはうめいて身もだえ、彼の下でもがきながらも情熱的な遊戯に耐えていたが、やがてこれ以上耐えられなくなり、両手を彼の髪にからませて、もう一度キスしようと彼の顔を引き寄せた。今度は彼女のほうが攻撃者となり、舌を突き入れて、彼の舌とからませた。大胆にも片手を下に這わせて、ぴったりと押しつけられている硬いものに触れようとしてみた。だが、もう少しで届くというとき、オーレイはキスを解いて片足で椅子を引き寄せ、その上に座った。

ジェッタは何が起こっているのかわからず、困惑して彼を見つめた。あのすてきな情熱はすべて消えてしまったの？　わたしはテーブルからおりて、何事もなかったようにもうひとつの椅子に座らなければいけないの――

「あなた！」彼女は驚いて声をあげた。いきなり両脚をつかまれて、お尻がテーブルから落ちそうになるまで引き寄せられ、シュミーズの裾の下に頭を突っこまれたからだ。そして彼は、片方の太ももを下から上へとキスしはじめ、つぎにもう片方の太ももも同じようにした。「あなた、お願い」やめてほしいのかつづけてほしいのか、自分でもわからないままジェッタがつぶやくと、さらに広く脚を開かされ、脚のあいだに頭がもぐりこんで、彼の口が欲望の中心を見つけた。ジェッタはあっと声をあげてテーブルの上で小さく跳ね、脚を閉じて万力のように彼の頭を締めつけながら、両手を伸ばしてその頭を覆っているシュミーズの生地ごとつかもうとしたとき、ひどく感じやすい部分を彼の舌がざらりとなめた。

「ああっ！」ジェッタは叫び、ぱっと目を開けたかと思うとまたぎゅっと閉じた。そんなことができるなんて想像もしなかったことをされながら。それはキリスト教徒の目から見れば、決してすべきではないことでもあった。オーレイがまた脚を押し広げ、唇と歯と舌で味わえるように抱えているのがわかった。でも意識のほとんどは、オーレイが感じやすい部分をなめ、吸い、歯を当てることで体を走り抜け、えも言われぬ悦《よろこ》びをもたらす感覚に向けられていた。

これはあらたな発見だった。こんなにも強烈な感覚を忘れることができるとは、ジェッタには信じられなかった。家族や愛する人は？　それはもしかしたら記憶からこぼれ落ちるかもしれないが、この狂おしいほどの情熱は？　どうしてこれを忘れていたのだろう？　どうして目を開けた瞬間にこれを請《こ》い求めなかったのだろう？　ああ、まるで魂が引き出されていくみたい。体じゅうが弓のようにしなり、彼に与えられるものがほしくて震えている。ジェッタはあえぎ、心臓は早鐘を打っていた。このままつづけられたら頭がおかしくなりそうだと思ったが、もしやめられたら死んでしまうのは確実だ……そのとき、彼女のなかで何かが砕けた。細い糸が限界まで引っ張られて切れたように、快感があふれ出す。甘い絶頂に圧倒されて、唇から叫び声がもれ、体が痙攣《けいれん》した。

ジェッタがほんの少しわれに返って目を開けると、もうそこはテーブルの上ではなかった。またオーレイに抱かれて、ベッドに運ばれようとしていた。実際、もう着いており、彼がかがんで彼女を寝かそうとしたので気づいたのだった。ジェッタはすぐに彼の首に腕をまわし、体を起こそうとする彼を引き寄せてキスをねだった。オーレイはためらったあと、唇に軽くキスしてから彼女の両手をつかんで言った。「扉のところにだれかいる」

そのことばを証明するように、大きなノックの音が響いた。どうやらノックはしばらくつづいていたようで、絶頂の快感に圧倒されていたジェッタは、最初のノックには気づかなかったらしい。手を離してしぶしぶベッドに横たわり、彼が体を起こすのを許した。

「おれがたのんだスープをメイヴィスが持ってきたんだろう」彼は笑みを浮かべて言

うと、彼女の両手をぎゅっとにぎって離し、扉へと向かった。

ジェッタは目を閉じ、オーレイが扉を開けて、ローリーらしき人物と話しはじめるのを、うとうとしながら聞いていた。少なくとも、聞こえてきたのはローリーの声のようだった。なんの話をしているのかは聞き取れなかったが、若いほうの男性は動揺しているようだ。なんの興味も覚えずにそう思っているうちに、眠りのやさしいひだのなかに引きこまれた。

## 4

「いったいあのかわいそうな娘さんに何をしたんだ？　叫び声が井戸まで聞こえたぞ」

　オーレイはローリーをにらみつけて廊下に出ると、ジェッタに聞こえないように扉を閉めた。だが、閉めながら、メイヴィスにもジェッタの情熱の叫びは聞こえてしまっただろうか、と気になった。あの娘は声をあげるのが好きなようで、オーレイとしてはそれがとても気に入ったのだが、ちょっとやっかいなことになるかもしれない。

「ありがたいことに、メイヴィスは聞いていないよ」ローリーが彼の懸念に答えて言った。「おそらくね。料理に使う野生の薬草や香辛料を集めに出かけているんだ。おれが井戸からくんできた水を加えて少し薄めたら、スープを階上《うえ》に運ぶと言ってた。運がよかったよ。もしここにいたら、かわいそうな娘が兄貴に殺されるのを止めようと、部屋に飛びこんでいたかもしれない。それで、いったいどういうことだったんだ？　彼女が悪夢でも見たのか？」

　オーレイは眉を上げ、不機嫌そうに首を振った。「そんな質問をするということは、おまえもたまには医術の勉強をやめて、地元の尻軽女のもとでも訪ねたほうがいいということだな」

　ローリーはそれを聞いて固まったが、すぐに目を細めた。「オーレイ、あんたまさか——？」

「ちがう」彼はきっぱりと否定し、居心地の悪さをやわらげようと姿勢を変えながら説明した。「おれはただ……気をそらそうとしたんだ」もちろん、厳密に言えばそうでないことはわかっていた。最初は彼女をテーブルに運んで食事をさせることで気をそらすつもりだった。だが、彼女に魅力的だと言われ、彼に身をまかせることを想像して楽しんでいると言われたとき、オーレイは……まあ、正直なところ、衝撃を受けたし、驚いたし、ものすごくうれしかった。それでついやりたかったことを——

「オーレイ」ローリーがぴしゃりと言った。弟の声の調子でいらだちのレベルを判断するのは、これが最初ではなかった。「彼女の気をそらせろとは言ったが、兄貴に彼女の純潔を奪う権利があるという意味じゃない。おれは——」

「彼女は純潔なままだ」オーレイはいかめしく口をはさんだ。そのとき、ローリーの背後に廊下を歩いてくるメイヴィスを認め、弟に警告の視線を向けてから、うなずいて侍女に声をかけた。「帰ってきたのか」

「ええ」彼女は微笑んだ。「必要なものはすぐに見つかりましたよ。昔このあたりに庭があったはずだと思いましてね。すぐ近くでいろんな種類の薬草や香辛料を見つけました」

「それは助かる」オーレイはもごもごと言った。

「はい」メイヴィスは微笑み、ローリーのほうを見て、彼にも微笑みかけた。「水を足してくださって助かりましたよ。あたしが戻ったとき、スープはまた煮立っていましたけどね」

ローリーの顔にしまったという表情が浮かんだのに気づいて、オーレイは眉を上げた。結局弟はスープに水を足さなかったようだ。ジェッタの叫び声のせいでたのまれていたことを忘れてしまったにちがいない。弟の反応を侍女に気づかれまいとして、オーレイは言った。「ありがとう、メイヴィス。ジェッタはやせすぎだから、体力を回復するためにできるだけたくさん、できるだけ頻繁に食べる必要があるからな」

「そうですよ、恐ろしいほどやせてらっしゃるんだから」侍女は真顔で言うと、オーレイに盆をわたした。「料理番が城でいつも作っている甘いペストリーを作ってみようと思っているんですよ。みんなあれが大好きだから、あのお嬢さんの体重を増やすのに役立つでしょう」

「いい考えだ」オーレイが同意すると、メイヴィスは戻っていった。彼女が話の聞こえない階段まで行ってしまうと、オーレイは弟に目を戻した。弟の目にはまだ怒りが燃えていた。「彼女の純潔は損なわれていない。おれには彼女を守る責任がある。それを悪用して信頼を裏切ったりしない」

ローリーは冷ややかに片方の眉を上げた。「彼女は兄貴を夫だと思ってるんだぞ。もし結婚していないと知ったら、キスやそれ以外のことをさせたと思うか？　この状況だとキスだけでも信頼を裏切ることになる。少なくとも彼女に本当のことを話すまでは」

「本当のことを話すなと言ったのはおまえだぞ」オーレイはいらいらと指摘した。

「回復が遅れるかもしれないからって」

「ああ、そうだ。今でもそう信じているよ。頭のけがはやっかいだし、完全に回復するまでは、できるかぎりたくさん休んで、できるかぎり安全で快適だと感じる必要があると思う。そして、いかなる興奮も避ける必要がある」

「くそっ」オーレイは食いしばった歯のあいだからつぶやき、息をひとつついて気を静めてから言った。「わかったよ。いかなる形でも彼女を興奮させない」

ローリーは満足してうなずいた。「よし」

オーレイは首を振り、扉のほうを向きかけた。

「おっと、忘れるところだった」

「なんだ？」オーレイは立ち止まっていらいらと尋ねた。

「さっきアリックが来た」

オーレイは片方の眉を上げた。「何の用で？」

「コンランとジョーディーが、三週間まえに難破したかもしれない船のことをきいてまわるために昨日出発したと、兄貴に伝えに」

「コンラン？」オーレイは眉をひそめた。「その役目はアリックとジョーディーに割り当てたと思うが」

「そうだが、自分とジョーディーがやったほうがいいとコンランが判断したらしい。そうすれば計画が滞ることなく、アリックはそのままサイのところに行けるから」

ローリーは説明した。そして、口元をゆがめてさらに言った。「どうせコンランは自分がその役目を振られたくなかったから、自分がアリックの代わりをして、アリックがマクダネルに行かざるをえないようにしたんだろう」

オーレイはそれを聞いて眉を上げた。「アリックはサイのところに行くつもりだったのか？」

ローリーはうなずいた。「ああ、ジェッタが目覚めたという兄貴からの知らせを受け取って、みんなで話し合ったんだ。それで、アリックがサイのところに行って、ジェッタに着られるような余分なドレスがないかきくことにした。目が覚めたんだから、すぐにメイヴィスから借りたシュミーズ以外のものを着たくなるんじゃないかと、みんな思ってね」

「いかん、それはだめだ！」オーレイはすぐに言った。

「だめ？」ローリーは驚いてきき返した。

「ジェッタのことを聞いたら、サイはどういうことなのか探ろうと、馬に乗ってまっすぐここにやってくるぞ。今いちばん起こってほしくないことだ。代わりに布地商人を見つけるようアリックに伝えろ。なかにはドレスの完成品を売る商人もいるはずだ。ドレスが買えなくても、布地を買えば、ブキャナンの女たちの何人かに縫わせることができる」

ローリーは「それが」とつぶやくと、何やら困った様子で急に足元に目を落とした。

「なんだ？」オーレイは目を細めてきいた。

「いや、誤解させてしまったかな。アリックはもうここを出たよ。いまサイのところに向かっている」

「なんだと？」オーレイはどなった。

「ああ」ローリーはすまなそうに言った。「あいつが着いたのは、おれたちが狩りから戻って、兄貴がジェッタと朝食をとるために二階に向かった直後だったんだ」

「それをいま伝えているのか？」オーレイがかみつく。

ローリーは肩をすくめた。「忘れていた」

「どうするんだ、ローリー！　サイは夜明けにはここに来るぞ」オーレイは激怒して言った。

「来ないかもしれないぜ」ローリーは言った。「運がよければ、アリックがマクダネルに着いたら、サイはエディスかミュアラインかジョーンを訪ねていると言われるかもしれないし」

「おれの運がそんなによかったことがあるか？」オーレイはむかつきながらきいた。

「うーん」ローリーはそう言ってにやりとした。「兄貴の言うとおりだな。サイは夜明けにはここに来る」

オーレイは悪態をつきながら向きを変え、肘で押して扉を開けた。部屋にはいると、片足で蹴って、笑っている弟の顔のまえで扉を閉めた。

「あの野郎」彼はつぶやき、ベッドに向かいはじめた。だが、歩みはゆっくりになり、やがて止まった。顔をしかめて運んできた盆を見る。ジェッタはぐっすり眠りこんで小さくいびきをかいていた。


むずむずする鼻を掻こうと寝ぼけて伸ばした手が目を突いた。幸い目は閉じていたが、その衝撃で目が覚め、薄暗い部屋をぼんやりと見わたす。窓のほうに目をやると、夜明けまえの薄明が鎧戸のまわりからもれていた。まだ早いとわかり、もう一度寝るつもりで目を閉じたが、小さないびきに気づいてぱっと目を開け、起きあがってベッドの横の床を見おろした。

そこで夫がぐっすり眠っているのを見て、ジェッタの唇に笑みが浮かんだ。九日まえのテーブル上での密事以来、夫は毎朝起きると部屋から出ていってしまう。この九日間というもの、目覚めて最初に見るのは、朝の身支度を手伝いにやってくるメイヴィスの顔だった。オーレイが合流するのは、ジェッタが起きて、朝食のためにテーブルについてからだった。目覚めるとすでに彼の姿がないこと以外の変化は、あれから一度もキスをしてくれないことだ。あれほどの悦びを与えてくれた、それ以外の刺激的なこともしてくれない。

そのことに思いが向くと笑みが消えた。何が起こったのかジェッタにはわからなかった。彼はわたしに腹をたてているの？　もうわたしを魅力的だと思わなくなった？　頭のうしろの禿《は》げた部分を気にして手をやった。その部分は傷の手当をするために剃られたらしい。もう傷は治っているが、髪はまだ二、三センチしか伸びていなくて、さわると変な感じだ。きっと見た目も変なのだろうと思い、ジェッタは顔をしかめた。

でも、目覚めるまえはこの短い髪さえなかったのに、彼にキスをやめさせることにはならなかったのだ……テーブルの上でのことも。どうしてあれ以来彼が触れてくれないのかはわからなかったが、このことが結婚生活にとって何を意味するのか心配になってきた。もうやさしさや気配りがなくなったというわけではない。朝の身支度やら何やらを終えてメイヴィスが部屋を出ると、オーレイは戻ってきてずっといっしょにすごしてくれる。チェスやそのほかのゲームに興じ、弟妹たちの話や子供のころの話をしてくれる。食事も毎食いっしょにとってくれるし、もっと食べさせようとして、甘いものや軽食をしょっちゅう持ってきてくれる。

実際、これ以上の夫は望めないとジェッタは思った。オーレイはとてもやさしいし、気配りができる。でも、キスや愛撫をしてくれないことだけは別で、それが悩ましかった。彼が与えてくれたあの悦びをもう二度と味わえないなら、この先彼と暮らすことに耐えられるとは思えない。それどころか、今もつねに切望していた。彼の手が、あるいは腕が、彼女の手に触れただけで、それどころか唇を見つめられただけでも、興奮と期待で心臓が跳ね、早鐘を打った。それなのに、できるのは彼を見つめることだけ。ジェッタは彼にキスして触れてもらいたかった。だが、彼はしてくれない。もうしたくないと思われているらしいことに彼女は傷つき、困惑していた。

無言で彼を見つめながら、なぜなのだろうと考えていると、突然気づいた。あのときテーブルの上ですばらしい感覚を味わわせてもらっているあいだも、そしてそれ以前も、自分はうめいたりうなったり叫ぶ以外ほとんど反応していなかったことに。ろくにキスを返してもおらず、お返しに彼に触れることもしなかった。とんでもなく自分勝手だったばかりか、してもらっていることを望んでいないと思わせてしまったのかもしれない。楽しんでいたこと、あんなふうにかまってもらいたいことを、彼に知らせなければならない。考えうるかぎりでいちばんいい方法は、それを示すことだ。

詰めていた息をそっと吐くと、ジェッタは背筋を伸ばして足を床におろし、ベッドに座ったまま夫をじっと見つめた。彼は横向きに寝て、ブレードのなかでまるくなっていた。これはやっかいかもしれない。プレードをはずそうとすれば彼を起こすことになってしまう。ジェッタが少しでも彼の興味を掻き立てることをするまえに彼が起きてしまったら、彼女の試みははじまるまえに終わってしまうだろう。

唇をかみながら、しばし彼を見つめていたが、やがて微笑むと、一番大きな毛皮をベッドから引っ張って膝に乗せた。それをしっかりつかんで立ちあがり、自分と夫のあいだの床に落として、やさしく慎重に彼にかけた。そして体を起こし、あとずさってベッドの縁に座って待った。永遠に時間がかかるように思え、うまくいかないのではと不安になってきたころ、彼が眠そうにつぶやいて仰向けになり、熱くなりすぎた体から毛皮とプレードをもどかしげに押しのけた。

計画がうまくいったので、ジェッタは思わず飛びあがって、手をたたき、歓声をあげそうになったが、なんとかこらえた。だが、作戦であらわになったものを見ると、そんなことをする気さえ失った。

オーレイは毛皮を押しやるだけでなく、プレードもはだけていた。体を覆っているのは麻のシャツだけで、今はそれもお腹のあたりでからまり、腰から下がまる見えになっている。

ジェッタは何を見ることになるかわかっているつもりだった。裸の赤ちゃんを、男児も女児も見たことがあるので、本能的にわかっていた。だが、男の赤ちゃんについていた小さなお道具は、縮れ毛のなかにうずくまって眠っている目のまえの怪物とは似ても似つかなかった。

なんてこと！　わたしはこれをどうすればいいの？

一瞬、その疑問が頭のなかに響いた。残念ながら答えは思いつかず、ベッドのなかに戻って、彼が起きて部屋を出ていくまで、眠っているふりをしようかとも考えた。だが、そこで覚悟を決めて首を振った。彼が与えてくれる悦びを楽しみたいなら、こちらも少しは与えるべきだろう。彼がしてくれたことを、こちらからすればいいだけのことだ。それでいいはず……よね？

ジェッタは顔をしかめながらそっとベッドからおり、彼のそばにひざまずいて、眠っているお道具から寝顔へと視線を向けたあと、どうやってはじめればいいのだろうと思案した。オーレイは太ももの下から上に向かってキスすることからはじめ、それから……とはいえ、実はあのときはひどく興奮して、ガチガチになっていたし、彼が何をしていたかより、彼がもたらす感覚のほうに集中していたのだった。

たしか、キスして、甘噛《が》みして、なめていた、とジェッタは思い出した。わたしもそれをすればいいのだ。むずかしくないわよね？

彼の隣にひざまずいて、片方の膝の内側にキスし、もう片方にもしたあと、両腿のもう少し上、さらにもう少し上にキスをした。顔を上げると、眠っていた怪物が目を覚ましてゆっくりと伸びをしているのが見え、驚いて目をぱちくりさせた。思わず唇を噛んでしまったが、すぐに胸を張り、怪物そのものの下から上へと唇を押し付けると、それは長くなり、立って気を引こうとしはじめたので、ジェッタは目をまるくした。先端にキスするころにはなんとも印象的な状態になりつつあったが、試しに口にすっぽりふくんでみたところ、それはひどく硬く、さらにふくらんでのどの奥を圧迫した。

目を見開いて根元をにぎり、無理なくふくんでいられるところまで唇を戻した。すると、夫が長いうめき声を上げたのでびっくりした。ぱっと彼を見ると、まだ眠っていたのでほっとしたが、表情は苦しげで、頭と両手が落ち着きなく動いていた。脚もだわ、とジェッタは気づいた。正解だったのかもしれないという証拠に気をよくして、ゆっくりともう少し唇を進めたあとまた引くと、オーレイが彼女の名前らしきことばをうめいたので、ジェッタは彼を口にふくんだまま笑みを浮かべた。

これはいい兆候のはずだ。ほかの女の人の名前をうめかれたらがっかりだものね、と思い、ゲームを先に進めることにした。するりとそれを口から出し、手でつかんで、トウモロコシを食べるときのように口のまえに持ってきた。そして、左右についばむようなキスをしていった。だが、残念ながら効果はないようだ。その行為に夫はうめかなかった。眉をひそめ、上向きにしてもう一度先端に口をすべらせると、また飢えたような低いうめきが聞こえたのでほっとした。

わかったわ。彼のお気に入りはこれね。よかった。これならできる、と思い、上下に長くゆっくりと口をすべらせた。目下の行為に集中するあまり、オーレイが突然ジェッタとうめいて彼女の髪に指をからませたとき、ジェッタはびっくりして思わず歯を立ててしまった。夫は痛みに叫び声をあげ、自分がしたことに気づいた彼女は、すぐに手を離して跳びのき、目を見開いて彼のほうをうかがった。

「ああ、あなた、ごめんなさい」ジェッタはおろおろと叫び、そのあいだオーレイは虐待された器官を両手で押さえて、胎児のようにまるまった。うめきは長々とつづく悪態に変わった。「だって、びっくりしたんだもの。ああ、ほんとうにごめんなさい。嚙むつもりじゃなかったのよ。痛かった？」

「ああ、くそっ」彼は敷いている毛皮に顔を押しつけてうめいた。

「ええと、痛いのはわかってるわ」彼女はあわてて言った。「もしかして、嚙み跡をつけちゃったりとか……」そこで唇を嚙み、彼の両手と太ももで隠されている部分に目をやった。「見せてもらえるかしら、けががどのくらいひどいのか確認したいから」

「だめだ」オーレイはどなった。毛皮に顔を押しつけているせいで声がくぐもっていた。

「でも――」

「ベッドにはいりなさい」彼は言った。今度はわざわざ毛皮から顔を上げて。

彼の声は石のように硬かった。それに気づいたジェッタは、どうすることもできずに一瞬彼を見つめたが、やがてのろのろとベッドにあがり、シーツの下にもぐりこんだ。すっかり台無しにしてしまったようだ。彼はもうわたしに触れたいとは思ってくれないだろう。夫はおだやかでやさしくしてくれるけれど、情熱を分かち合ってはくれず、その理由もわからない状態で、残りの結婚生活をすごすことになるのだ。

涙があふれて顔の両側に流れ、髪のなかにはいりはじめるなか、ジェッタは洟《はな》をすすった。最悪なのは、この結婚がほぼ完璧なことだった。記憶はあまりないとはいえ、心の底ではわかっていた。オーレイのようにすばらしくて思いやりのある夫を持つほど幸運な女性は、そう多くないということを。彼がたいていの人よりもずっと思いやりがあってやさしいのはまちがいないし、どうして彼が自分と寝てくれないのかを明らかにすることができれば、この結婚は考えうるかぎり完璧に近いものになっただろう。だが、失敗してしまった。本格的に涙が流れはじめ、ジェッタは洟をすすった。

失敗した。甘い唇が重ねられることも、手と口で触れられる悦びも、幸福な男女が寝室でするそのほかのどんなことも、味わうことはもう二度とないのだ。そう思うと思わずしゃくりあげてしまい、ジェッタはみじめさにきつく目を閉じた。

「ジェッタ？　どうした？　なぜ泣いている？」

ぱっちりと目を開け、驚いてオーレイを見ると、彼は床から立ちあがってベッドの上にかがみこみ、心配そうに彼女を見ていた。傷つけたのは彼女のほうなのに、逆に心配してくれている。なんてやさしい人なの、と思ったジェッタは、さらに激しく泣いた。

「ジェッタ」オーレイはびっくりした声で言うと、ベッドの彼女の横に座り、膝の上に抱えあげた。胸に押しつけて背中をさすりながら尋ねる。「どうした、ラス？　おれを嚙んだときけがでもしたか？」

ジェッタはばかげた質問に驚いて目を開けると、涙混じりの笑い声をあげ、首を振った。「いいえ、もちろんちがうわ。ただ――本当に嚙むつもりはなかったのよ、あなた」

「ああ」彼は安堵のため息のような声で言った。「わかっている」

「本当にごめんなさい」

「わかっているよ」彼女の背中に小さな円を描きながらつぶやく。「あれは事故だった」

「ええ、でもこれで何もかも台無しにしてしまったわ」悲しげに言うと、彼の手が止まった。

「何を台無しにしたんだ、ラス？　いったい何をしようとしていた？」彼はきいた。

その声から、ジェッタにはいま彼が顔をしかめているのがわかった。

「あなたを悦ばせようとしていたの」彼女は恥ずかしそうに言った。「キスもしてくれないし、触れてもくれなくなったのは、そうしてほしくないんじゃないかと誤解されたからかもしれないと思ったのよ。だってわたしは……あなたにしてもらっているとき、死んだ魚みたいにただ横たわっていたから。だから、あなたに示したかったの――」

「きみは死んだ魚みたいに寝てはいなかったよ」オーレイが愉快そうに口をはさんだ。「男ならだれでも望むように、情熱的に応えてくれた」

「そうなの？」彼女は驚いて彼を振り返って見た。

彼はまじめな顔でうなずいた。

「それなら、何かあなたを怒らせるようなことをしたの？」ジェッタは眉をひそめて尋ねた。

彼はけげんそうに眉を上げた。「いいや。どうしてそう思うんだ？」

「あれ以来、キスしてくれないし、触れてもくれないから。そうしてほしくないと思われているか、何かあなたを怒らせるようなことをしたか、単に飽きられて、もう望まれていないのかと思ったの。髪は剃られているし、やせすぎだから」

「ああ、ラス」オーレイは片手を彼女の頬に当ててやさしく言った。「きみは怒らせることなどしていないし、おれがきみに飽きたりするわけがない。それどころか、その反対だ。いっしょにいるときは、キスしたり触れたいという思いとつねに闘っているんだから」彼はそう言って、彼女の口元に目を落とし、顔を近づけた。

「本当？」ジェッタは自信なさげにささやいた。

「ああ、本当だとも。おれが一日じゅう考えていることといえば、気絶しそうなほどきみにキスして、裸のきみを眺められるようにシュミーズを脱がせ、美しいその胸を手のひらで包んで愛撫してから口にふくみ、おれの名前を呼んでもっともっとせがむまでしゃぶることだけなんだから」

「まあ」それを想像すると体がうずき、ジェッタは小さく声をあげた。

「きみがほしいよ、ラス」もう口で言う必要はなかったが、オーレイはうなるような声で告白した。求められていることは彼女にもわかっただろう。今まさに硬くなったものが、彼の膝に座っている彼女の尻に押しつけられているのだから。「本当だ。こんなにだれかを欲したことはこれまで一度もない。おれに考えられるのは、きみをベッドに寝かせ、脚を開かせてきみが叫び声をあげるまで甘い情熱を味わうことだけだ。そしてきみのなかに――」突然彼女が伸びをして彼にキスし、ことばはそこで途切れた。

ジェッタはそれ以上耐えられなかったのだ。彼のことばと、頭に浮かんだその光景のせいで、体がうずいてうるおい、そのとおりのことをしてもらいたかった。それ以上を望んでいた。口を使ってもう一度彼にうめき声をあげさせたかった。彼を裸にして、自分の体でぴったりと覆いたかった。ほしかった……そう、すべてがほしかった。そして、その欲望のすべてをキスにこめた。相手の唇を開かせ、舌を差し入れるのは彼女のほうだった。相手の体に手を這わせて腕と胸に触れ、背中に手を伸ばしてお尻をつかむのは彼女のほうだった。

オーレイはキスされた瞬間固まったが、彼女が臀部《でんぶ》をつかんで胸をこすりつけてくると、急に熱っぽく動きはじめた。舌を突き出して彼女の舌にからめ、両手ですばやくシュミーズをおろして乳房を求めた。

乳房をもまれ、乳首をつままれて、ジェッタはあえいだ。つぎの瞬間、突然ベッドの上に押し倒され、驚いて声をあげた。

オーレイはキスを解くと、首から耳に向かってキスしながら、うなるように言った。

「脚を開いてくれ」

ジェッタはすぐに従った。そして、彼が脚のあいだにはいりこみ、シュミーズの薄い生地越しに感じやすい中心部分に腰をこすりつけると、うめき声をあげた。オーレイもうめいてふたたび唇を重ね、腰を動かして彼女の脚の付け根を刺激しながら飢えたように激しくキスした。ジェッタはすすり泣きのような声をもらして身もだえ、彼の腰に両脚をからませて、その動きを促した。動きのせいでふたりのあいだの布がずれ、腰をこすりつけられるうちに、互いの肌が直《じか》に触れ合うのを感じた。彼は硬くて熱く、うるんだ部分をそれがすべる感触に、ジェッタは彼と口を合わせたままうめき、腕をつかむ指に力をこめた。だが、そこでオーレイはまた固まった。

やめてほしくなくて、ジェッタはキスを解いて叫んだ。「あなた、お願い」

そのことばを聞いた彼は、行為をつづけるどころか、目を閉じて額を彼女の額に寄せた。「ラス、おれを殺すつもりか」

今度はジェッタも固まり、困惑して眉をひそめた。「わからないわ。どうしてやめるの？」

「まったくどうしてだろうな」オーレイは苦々しげにつぶやいたあと、げんなりしたように言った。「してはいけないからだ、ラス」

「でも、したいのよ」彼女は彼の拒絶に当惑しながら言った。「わたしたちは夫婦よ。わたしは――」そのとき扉が開き、ふたりはそちらに顔を向けた。部屋にはいってきたのはローリーで、ふたりの姿勢を見るやいなや足を止め、鋭い怒りの視線をオーレイに向けてきびしく言った。「兄貴、話がある」そして、くるりと向きを変えて、扉に向かった。静かに部屋の外に出て扉を閉めた。

「まずいな」オーレイはつぶやくと、彼女の上から向きを変えて、ベッドの上に仰向けになった。

ジェッタは迷ったすえに起きあがり、シュミーズの裾を引っ張りおろして体を隠してから、袖を腕に引っ張りあげた。慎ましく体が隠れると、不安そうにオーレイを見た。

「あなたの弟はなんだか……」

「怒っている？」彼女が口ごもったので、オーレイが代わりに言った。

「ええ」と言ったあと、彼女は咳払いをしてつづけた。「理由を知っている？」
「ああ、理由なら知っているよ」彼は冷ややかに認めた。「おれたちがしていたことのせいで、おれにあきれているんだ」
ジェッタは眉をひそめた。「あら、そんなのおかしいわ。わたしたちは夫婦なのよ。
それに、ノックもしないではいってきた彼のほうが怒られるべきじゃない？」
オーレイはしばし無言だったが、やがて起きあがって足を床につけた。立ちあがっ
たあと、床にひざまずき、プレードをたたんでひだを作りながらもごもごと言った。
「おれはきみにキスも愛撫も、それ以外のこともするべきじゃなかったんだ」
「どうして？」彼女はうろたえながら尋ねた。わたしたちは夫婦だ。それにこれが気
に入っている。もう一度してほしかったし、それ以上のこともしてほしかった。「わ
たしたちは夫婦よ。夫婦の営みを持つのは当然のことだわ。したければできるはずで
しょう――少なくともわたしはしたいわ」自信なさそうに付け加える。
「ラス、おれもしたいよ」彼は顔を上げて彼女を見ながらまじめに言った。「それは
わかっているだろう？」
彼女はまだ張り切っている彼の体の一部に目を落とし、顔を赤くしてうなずいた。
「だが、実を言うと、きみが知らないこともある」彼は重々しく言った。

「どういうこと？」ジェッタはけげんそうに尋ねた。

オーレイはブレードのひだをたたみ終わるまでためらっていたが、ようやく言った。「回復するまできみを興奮させないようにとローリーに言われたんだ。回復の妨げになるかもしれないし、症状がぶりかえすかもしれないからと」

彼がブレードを身につけるのを見守ったあと、目をまるくしてジェッタは尋ねた。「だからあれ以来、キスしてもくれなければ触ってもくれなかったの――？」そこまで言ったとき、彼が立ちあがって身をかがめ、彼女の唇にすばやくしっかりとキスをした。

背中をまっすぐにし、大股で扉に向かいながら、オーレイは言った。「メイヴィスを寄越そう」

ジェッタは情熱的な幕間が終わってしまってがっかりしながら、ため息をついて彼を見送った。

# 5

「自分を抑えられないなら、彼女とふたりきりですごすのはやめてもらわなくてはならないぞ」オーレイが廊下に出て扉を閉めた瞬間、ローリーは噛みつくように言った。「彼女はおれの患者だ。おれは――」

「抑えられる」オーレイはぴしゃりと言い返して、弟の話をさえぎった。「抑えようとしていたんだ。一週間以上まえ、おまえに注意されてから、キスもしていなかったんだぞ。だが、今朝彼女が――」そこで突然口ごもった。目覚めたらジェッタがかたわらにひざまずいて彼のものを口にふくんでいたなどと、弟に話したくなかった。

なんということだ、考えただけで岩のように硬くなってしまった。彼女があんなことをしたなんて、まだ信じられなかった。理由を説明されてからは信じられたが……いや、やっぱり信じられない。たしかに、一日の迎え方としてはすばらしかった……彼女がおいしい牛肉でも食べるように歯を立てるまでは。思い出しただけで身震いしてしまう。あの時点で、彼はまだ半分眠っていた。彼女が与えてくれる快感にどっぷり浸りながら、覚醒に向かって泳いでいると、つぎの瞬間、ガブリ！　すっかり目覚めてわめきはじめたときは、快感は記憶にすらなく、痛みに押しやられていた。

ため息をついて弟を見やりながら言った。「おれにキスしてもらえなくなって彼女は傷つき、飽きられたのだと思って、おれの興味を惹こうとしたんだ」

「どうやら成功だったようだな」ローリーはにこりともせずに言った。

「ああ、だがおれはキスしただけだ。純潔は奪っていない。彼女は処女のままだ。おまえが出ていったあと、治るまでは興奮するとよくないことを説明したから、何も問題はない。彼女はもうあんなことはしないだろうし、おれはこれからも自分を抑える」

ローリーは一瞬神妙な顔で兄を見てから、ため息をついてうなずいた。「わかった。でも、もう一度だけ言っておくぞ、兄貴。純潔を奪ったら、結婚しなければならなくなる」

オーレイはいらだたしげに弟をにらんだ。「彼女のためを思って言っているのはわかるが、おれは長兄で、ブキャナンの領主だ。おれにやりたくないことをさせることはできない」口元を引き締めて付け加える「彼女にやりたくないことを強要することも許さないからな」

しばし口をつぐみ、そのことばが理解されるのを待ってから、尋ねた。「ところで、どうして部屋に来た？　何か問題でも？」

ローリーは顔をしかめて言った。「ない。いや、あるかな。兄貴が叫んでどなるのを聞いた気がしたんだ。それで、無事かどうかたしかめにきた」

今度はオーレイが顔をしかめる番だった。何があったのかをローリーに話すわけにはいかない。そこで、黙りこんだまま、ジェッタに歯を立てられたことに触れずに、叫び声とどなり声をあげた理由を説明できないものかと考えた。

「あれはおれが見ていた夢だったのかもしれないな」ローリーが出し抜けに言った。

「ああ」オーレイはほっとしてすぐに言った。「きっとそうだ」

ローリーはうなずき、階段のほうを向いたが、去っていきながら言った。「メイヴィスも同じ夢を見て起きたというのは妙だが」

オーレイは目を閉じてため息をついた。ここを建てるとき、もっとよく考えるべきだった。壁が紙のように薄くて、音が筒抜けではないか。だが、ここを建てさせたとき、音は問題ではなかった。当時彼の人生に女性はいなかったし、実のところ、今後女性が現れるとも、そのせいで音が問題になるとも思っていなかったのだ。

「メイヴィスを呼んでジェッタの身支度を手伝わせるよ」

オーレイは目を開けて、ローリーが軽やかに階段をおりていくのを確認すると、向きを変えて寝室に戻った。部屋にはいって扉を閉め、ベッドが空なのを見て立ち止まった。驚いて目をしばたたかせながらあたりを見まわすと、ジェッタは窓辺にいた。鎧戸を引き開けて外に身を乗り出し、夜明けの光のなかで小屋のまわりの空き地を眺めている。

「気をつけろよ、ラス」急いでそばに行きながら彼は言った。

心配されて、彼女は小さく笑った。「落ちたりしないわ、あなた。ただ……新鮮な空気があまりにも気持ちよくて。それに、この部屋以外のものを見たかったの」

オーレイはかすかに眉をひそめ、小屋を取り囲んでいる木々を眺めた。美しい眺めだった。おだやかな風にそよぐ高くて太い木々、鳥たちの鳴き声、ジェッタの目と同じくらい緑に輝く草。彼自身は、この四週間のほとんどの時間を、この部屋でジェッタを見守りながらすごしてきたが、ときどき外に出かけていた。城の仕事をするためにブキャナンへもたびたび帰ったが、ジェッタが目覚めるまえはごく短時間ですませていた。ジェッタが意識を取り戻してからは小屋を離れていないが、早朝メイヴィスが身支度を手伝っているあいだ、外に出ることはあった。食用の肉を手に入れるために狩りに行ったり、馬で近くの湖に行って、体を洗うために水にはいったりするために。海のほうが湖より近かったが、体を洗うには海水よりも真水のほうがよかった。それに、何時間も室内にいたあとで、朝の空気のなか馬に乗るすがすがしさは格別だった。

だが、ジェッタはこの部屋からまったく出たことがない。景色の変化や新鮮な空気は、彼女にいい効果をもたらすかもしれない、と不意に思った。

「もしきみにその気があれば、短い散歩に行くか、馬で出かけてもいいかもしれない」彼は衝動的に言った。「馬で出かけて、海のそばで朝食にするとか」

「本当?」彼女は大きな目を輝かせ、興奮でいっぱいの顔を彼に向けた。

「ああ」オーレイは彼女の表情に微笑みながら言った。そして、眉をひそめて付け加えた。「ローリーがいいと言えばだが。きみの体調が悪化するようなことはしたくない」

「そうね」ジェッタの笑顔が消え、不安が取って代わった。「彼は許してくれるかしら」

オーレイが答えようとしたとき、小さなノックの音がしたので扉のほうを見ると、メイヴィスがはいってきた。うなずいて侍女にあいさつし、ジェッタに向き直った彼は、彼女の腕を取って窓辺から離れさせた。

「メイヴィスがきみの世話をしているあいだに、弟にきいてこよう」彼は約束し、彼女が心配そうに唇を噛んでいるのに気づいて言った。「きっとあいつもいい考えだと思うさ」


「絶対にだめだ」

オーレイはローリーのきつい口調にあきれて目をまわしたあとで言った。「でも、彼女は何週間も二階の部屋に閉じこめられているんだぞ。新鮮な空気は体にいいに決まっているだろう?」

「ほとんどの時間は気を失っていたじゃないか」ローリーは顔をしかめて指摘した。

「意識を取り戻したのはほんの一週間半まえだ。彼女は重体だったんだぞ、オーレイ。今もまだ弱っている」

「そんなことはない」オーレイは言い返した。「たしかにここで目覚めるまえの記憶はないが、それ以外は元気だ。熱はないし、開いている傷もないし、後頭部もほぼ完治している。まだ弱っているとはいえ、日に日に体力を取り戻しているよ。体重も少し戻ってきたし」

「まだ充分じゃない」すぐにローリーは言った。「まだやせすぎだし、ひ弱すぎる。思い切って外に行くなら、もっと体力をつけないと」

「ベッドから出ないでいたら体力なんかつかないぞ」オーレイはいらいらと指摘した。「起きて歩きまわるほうがいい」

ローリーはしばらく黙っていた。その表情から考えているのがわかったので、オーレイは言った。「ではこうしよう。海辺のピクニックだ。彼女は階下におりて、馬のところまで歩くだけでいい。あとは、馬から砂浜に敷いた毛布のところまでと、その帰りだ。そうすれば、彼女は新鮮な空気が吸えるし、運動は最小限ですむし、海を見れば記憶が刺激されるかもしれない。難破した船のことを思い出す可能性もある」

ローリーは興味ありげに兄を見た。「兄貴の妻ではないと彼女に思い出してほしいのか？」

オーレイはそう言われて心が引き裂かれ、ことばに詰まった。すべてを思い出してほしいという気持ちはあった。彼女がキスに応えてくれたこと、彼に惹かれていると認めてくれたことに希望を感じていた。そういう意味では、実は夫婦でないことを知ってもらい、現実にプロポーズしたかった。もしかしたら同意してくれるかもしれない、顔を負傷するまえはずっと当然のことと思っていたように妻子を持てるかもしれない、と強く期待しているからだ。

だが、その一方で、顔の傷跡に対するほかの人びとの激しい拒絶反応と同様、許婚の拒絶にまだ傷ついていた……それはジェッタに知られたくない。結婚しているけれど、結婚していないというこの辺獄《リンボ》がつづくほうがましだ。自分のものでありながら、自分のものにはできないという状態のほうが。自分たちが本当の夫婦ではないと知ってジェッタがほっとし、この状況ではそうするしかなかったのだと認め、毎晩彼を見ることから逃れられてよろこぶのを恐れてもいた。実際、彼女を完全に失うことに比べれば、この奇妙な半夫婦関係のほうがましだった。だが、結局オーレイはこう言った。「自分がだれなのか思い出すのが早ければ早いほど、記憶を失うまえから恐れているものから彼女を守るための備えがしっかりできる」

ローリーが長いことじっとオーレイを見つめているので、口には出さない兄の希望と不安について弟は知っているのではないかとオーレイは不安になったが、ようやくこう言った。「わかった。おれたちで彼女を海岸に連れていって朝食にしよう」

「よかった」オーレイはにっこりして言った。ローリーがいっしょに行くことも気にならなかった。むしろ、おそらくそれが最善だとわかっていた。自分を抑えておくのが楽になるからだ。今ではそれがどんどん困難になってきていた。今朝の妙な行動はまちがいなくそれに拍車をかけるだろう。目覚めるとジェッタが彼のものを口に含んでいるイメージを頭のなかから消せなくなっていたし、それにつづく痛みの記憶も体の反応をやわらげてはくれなかった。そうだ、今後は目付け役がいたほうがいいだろう。

「きれいだわ」ジェッタは吹きさらしの浜辺を見つめて感嘆した。

「見覚えがあるかい？」オーレイは浜辺につづく傾斜道に馬を進ませながら問いかけ、たちまち後悔した。マストに縛られた状態で浜辺を見ていたなら、陸ではなく海から見たはずだからだ。下を向いてジェッタを見ると、彼女は浜辺の記憶をさがそうと眉をひそめていた。「無理に思い出そうとするんじゃない、ラス。力を抜いて、自然によみがえってくるのにまかせるんだ」

「ええ」彼女はため息をついて言った。

オーレイはためらったあとで尋ねた。「〝ええ〟と言ったのは――？」

「力を抜いて、自然によみがえってくるにまかせるという意味よ」ジェッタは笑って言うと、すまなそうにつづけた。「何も思い出せないの」

「いいんだよ」オーレイは彼女をなぐさめ、馬で追いかけてきたローリーのほうを肩越しに見た。「海に近いほうがいいだろう。食事を終えたら、波打ち際を少し歩けるからな。乾いた砂の上よりも歩きやすい」

「そうだな」ローリーはあっさり同意してついてきた。砂浜に着くと、オーレイは海に向かって馬を進めた。

波打ち際からたっぷり三メートル手前で馬を止めた。乾いた砂より濡れた砂の上のほうが歩きやすいのはたしかだが、ピクニックをするなら濡れていないほうがいい。オーレイは自分のまえに座っていたジェッタを抱きあげて身を乗り出し、砂の上に立たせた。そして、急いで自分も馬から降りた。ジェッタが借り物のシュミーズの上に着ているプレードを気にして引っ張っているのに気づき、笑みを浮かべて声をかけた。

「似合っているよ、ラス」

ジェッタは軽く顔をしかめて自分を見おろしながらうなずき、オーレイは提供できるドレスがないことを申し訳なく思った。予備のプレードにひだをつけて、やや品のないシュミーズの上にオーバードレスのようにまとうというのが、思いついたなかでは最善策だった。布のなかで体が泳いでしまうが、少なくとも慎ましく体を隠すことができる。だが、これからたびたび小屋から出ることになるなら、早急に彼女のために衣類を調達しなければ、とオーレイは思った。それに、すぐにもブキャナンに戻らなければならない。城と領民はおじと弟たちのおかげで安泰だとわかっていたが、やはり自分が留守にしているのは申し訳なかった。なんといっても領主なのだから、ほかの者にまかせるのではなく、自分の領民に気を配るべきだろう。

ジェッタの衣類の心配から、アリックのことに思いがおよび、どうしてこんなに時間がかかっているのだろうと思った。サイが貸し出してくれるドレスとともにもう戻っていてもいいはずだ。サイも同行していないならだが。ジョーディーとコンランも報告を携えてもう戻ってもいいころだ。彼らは海岸線を北と南に、南はイングランドから北はスコットランドの先端まで、すべての港に立ち寄りながら、馬を走らせなければならなかったはずだが。

「ここがいいだろう」

オーレイが振り返ると、ローリーがたたんであったプレードを開いてひと振りし、砂の上に敷いていた。

「まあ、すてき。お腹がぺこぺこよ」ジェッタはそう言って、ローリーが選んだピクニック場所へと移動した。

「さあ、座ってくれ、ラス」ローリーは明るく言った。「メイヴィスがバスケットいっぱいに食べ物を詰めてくれた。おいしそうなペストリーに果物、チーズ、ゆで卵に肉も少し」

「すごい、軍隊にでも食べさせるつもりだったのかしら」ジェッタはブレードの上に座り、ローリーが取り出しはじめた食べ物を、目をまるくして見ながら言った。そして、オーレイに微笑みかけると、いたずらっぽく言った。「でなければ、ブキャナン兄弟ふたりぶんね」

「ははは」オーレイは皮肉っぽく言って、ブレードの彼女の隣に座ったが、からかわれて思わずにやけてしまった。ローリーのけげんそうな顔つきに気づいて、オーレイは説明した。「おれはとてつもない食欲の持ち主だと思われているんだ」

「そうか」ローリーはそう言うと、ジェッタに微笑みかけてきっぱりと言った。「それはちがうよ。ドゥーガルのほうがよく食べるし、いちばん下の弟のアリックはオーレイとドゥーガルを合わせたよりも食べる」

「まさか！」ジェッタは信じられずに叫んだ。「オーレイの二倍も食べるなんて不可能だわ」

「男は女よりもたくさん食べる」オーレイは愉快そうに言った。「父親を見て知っているだろう」

「いいえ。父はあなたのようには食べなかった。飲むほうが好きだったの」彼女は言った。

それを聞いてオーレイは固まり、ほんの一瞬後にジェッタは息をのんで叫んだ。

「まあ！　父が食べるより飲むほうが好きだったと思い出したわ！」

オーレイはローリーと視線を合わせたあと、彼女の手をにぎって、なだめるように言った。「ああ。そうだな。無理に思い出そうとしなくていいが、今それ以外に何か思い出したかい？　だれかの姿が頭に浮かんだとか？　おじさんの名前か何かが思い浮かんだとか？」

「わたし……」ジェッタは眉をひそめたが、彼にやさしく手をにぎられると、額の力を抜いて息を吐いてから言った。「小柄な男の人の姿がぱっと浮かんだわ。あなたや弟さんたちみたいにたくましくもなければ、背も高くない。細身で、わたしとそれほど変わらない身長で、頭が禿げてた」彼女はゆっくりとそう言うと、首を振って彼と目を合わせた。「それで全部よ」

「よくやった」彼はまた彼女の手をぎゅっとにぎって言った。「どんな小さいことでも、自然に思い出せるのはいいことだ。残りもいずれよみがえってくるってことだから。そうだろう、ローリー？」彼は弟のほうを見てきいた。

ローリーは笑顔でうなずいたが、弟の様子から、実はそれほどいいと思っていないのがわかった。口元がゆがみそうになったが、ジェッタを不安にさせたり怖がらせたくなかったので、笑みで渋面を隠して、もう一度ぎゅっと手をにぎった。「さあ。お腹がぺこぺこなんだろう。食べよう」

三人は食べはじめ、ローリーとジェッタは食べながら談笑したが、オーレイはどちらかというと口数が少なかった。思い出すのはいいことじゃないのかと尋ねたときの、弟の顔つきについて考えながら、視線はジェッタと弟のあいだを行ったり来たりした。気になってたまらず、ローリーを問いただしたかったので、ジェッタがもう充分食べたと言って、波打ち際に歩いていったときはひどくほっとした。プレードを引っ張りあげて、両手を洗える深さまで水にはいっていく彼女を眺めながら、オーレイは神妙に尋ねた。「記憶が戻ってきているのはいいことじゃないのか？」

「もちろん、どんな記憶でも戻るのはいいことだよ」ローリーは重々しく言った。「でも、一気に戻るんじゃなくて、細切《こまぎ》れなのが気になるんだ。ほんとうによくなっているなら、今ごろは自然にすべての記憶が戻っているはずだ」

「思い出そうとしないほうがいいと言ったじゃないか」オーレイは眉をひそめて指摘した。「おまえにそう言われたから、彼女にも伝えた。だから思い出そうとするのをやめ、自然に浮かんでくるにまかせている」

「ああ、知っている」ローリーは言った。「無理に思い出さないようにして、気を楽にすれば、記憶が勝手に戻ってくるんじゃないかと期待したんだ。そうはならなかったらしい」

「今度は思い出そうとしてほしいのか」オーレイは理解した。

ローリーはうなずいた。そして、あわてて言った。「もちろん、それでまだ痛みを感じるかどうか様子をみるよ。もし痛むようなら、すぐにやめさせる。痛まなければ……」

「痛まなければ、どうするんだ？」

オーレイはすばやく頭をめぐらせて、戻ってくるジェッタを見た。笑みを浮かべ、興味津々の顔をしている。ローリーの最後のことばをいくらか耳にしたようだが、それよりまえの話は聞いていなかったようだ。もし聞いていたら、笑みを浮かべてはいないだろうから。

「すっかりきれいになったかい？」オーレイは立ちあがりながらきいた。

「ええ。メイヴィスのペストリーはおいしいけど、手がべたべたになるわね」彼女は笑って言った。そのとき、馬の蹄の音がしたので、あたりを見まわした。

「だれかがこちらにやってくる」ローリーがふたりの横に立って言った。しばらく緊張気味に眺めていたが、さっき通った道をやってくる騎手が見えると、力を抜いた。

「サイモンだ」

「だれ、その人?」道のほうに向かいはじめたローリーに、ジェッタが尋ねるのが聞こえた。

「ブキャナンの若い兵士だ」ローリーが答える。「ここで休んでいてくれ。なんの用かおれたちがきいてくる」

オーレイが顔を向けると、ジェッタはまじめな顔でうなずいて、おとなしく待つためにブレードの上に座った。

「なんの用だろう?」オーレイと並んで歩きながら、ローリーが尋ねた。

「わからない」オーレイは正直に言った。「おそらくやっかいごとだろう。だが、ひとりしかいないということは、それほど深刻な問題ではないと思いたいが」

「そうだな」ローリーは冷ややかに同意し、騎手がそばにくるまで口をつぐんでいた。

「領主殿」サイモンは手綱を引いてあいさつをした。「狩猟小屋に行ったら、メイヴィスにここだと言われまして」

「そうか」オーレイは答えた。「何があった、サイモン?」

「おじ上にローリーさまを呼んでくるように言われました」サイモンはすまなそうに

言った。「ケイティーが矢傷を負って手当てを必要としています」

「侍女のケイティーが？」オーレイは驚いて尋ねた。

「はい」サイモンは暗い声で言った。

「馬を連れてくる」ローリーはすぐにそう言うと、急いで馬が待っている場所に向かった。

「どういうことだ？」オーレイはきいた。「どうして侍女が矢傷を負う？　訓練場での事故か？」

サイモンは首を振った。「わたしが聞いた話では、ケイティーはイグサに混ぜるラベンダーを摘みに出かけていたようです。あなたに命じられた仕事を終えてコンランさまとブキャナンに戻る途中だったジョーディーさまが彼女を見つけ、馬で城まで送ろうと申し出ました。ケイティーはジョーディーさまのうしろに乗り、背中に矢を受けたんです」

オーレイは眉をひそめた。ジョーディーがその侍女とよくいちゃついているのは知っていた。ことの次第に心を痛めていることだろう。

「だれに射られた？」彼はきいた。「狩りの流れ矢か、それとも――？」

「わかりません、領主殿」サイモンは悲しげに言った。「アキールさまが調べているはずですが、ケイティーが運びこまれると、すぐにローリーさまを連れてくるようにと言われたので」

　オーレイはうなずき、馬に飛び乗ってすばやく戻ってくる弟のほうを見た。「準備はいいか？」

「ああ。幸い、今日は薬草を持ってきている。外出がジェッタに応えたときのためにね」ローリーはそう言うと、鞍からさがっている袋をたたいた。そして、海岸のほうを見て言った。「兄貴とジェッタもいっしょに城に戻るほうがいいかもしれない。サイモンはメイヴィスを連れてあとから来ればいい」

　オーレイはそうしようかと本気で考えたが、首を振った。「おれたちがいたら足手まといだ。それに、ジェッタには服がない」

「ああ、そうだった」ローリーはそう言ったが、出発せずにその場で顔をしかめている。

「おれといても彼女は安全だと約束するよ」オーレイはまじめに言った。「おまえがいないあいだに彼女に付け入るようなことはしない」

　ローリーはため息をついてうなずき、馬の向きを変えたサイモンに、いま来た道を先に行かせた。「ジェッタの容体が悪くなったり、おれが必要になったらかならず知らせてくれ」

「わかった。道中気をつけてな」オーレイはつぶやくように言い、弟がサイモンのあとを追うのを見守った。ふたりの姿が見えなくなると、ジェッタのもとに向かった。驚いたことに、彼女はすでに食べ物を片づけていて、オーレイが彼女のいる場所に着いたときには、荷造りを終え、みんなが座れるようにローリーが広げたプレードをたたみにかかっていた。

「散歩や何かがしたければ、すぐに帰らなくてもいいんだぞ」彼はやさしく言った。

ジェッタは手を止め、驚いて彼を見あげた。「ブキャナンで何かあって、みんながあなたを必要としているんでしょ」

オーレイは首を振った。「必要とされているのはローリーだ。門の外で侍女のひとりが背中に矢を受けた。彼女の手当てをするために、アキールおじがローリーを呼んだんだ」

「まあ、かわいそうに」ジェッタはプレードをたたみはじめながら、顔をしかめて言った。「矢を取り除くのはとてもむずかしいのよ。はいった方向から引き抜こうとすると、傷をさらに悪化させてしまうかもしれない。もしできるなら、羽根のついているほうの矢尻を折って、押し出すほうがうまくいくことは多いけど、背中から射られたとなると……」彼女は首を振った。「助けようとして殺すことになりかねないわ」

オーレイは片方の眉を上げて、ジェッタがブレードを半分に折り、さらにそれを半分に折るのを見守った。「何度も矢傷の手当てをしてきたようだね」

「ええ、母は死ぬまえに、治療について知っていることをすべて、姉妹とわたしに教えてくれたの……」ジェッタはそこまで言うと、四分の一の大きさになったブレードを持ったまま、驚いて目をまるくした。不思議そうに目を見開いてささやく。「わたしには姉妹がいるんだわ」

「名前は覚えているか？」オーレイはきいた。

「ええと……」彼女は集中して目を細め、思い出そうとした。

「思い出そうとして頭が痛くなったら、すぐにやめるんだぞ」彼は心配そうに言った。

「姉妹とお母さんのことを思い出したように、姉妹の名前も思い出すかもしれないと思っただけだから」

「だめだわ」彼女はため息をついて言ったが、明るい表情で彼に微笑みかけた。「でも、あなたは知ってるんだから教えてくれるわよね」

オーレイは一瞬固まったが、落ちつけと自分に言い聞かせて首を振った。「きみが自力で思い出したほうがいいと、ローリーが思っているのは知っているだろう」

「そうだったわね」ジェッタはため息をつき、やがて反論した。「でも、姉妹がいることは思い出したわ。あなたはほんとうの名前を教えるだけでいいのよ」

オーレイは目をそらし、しばし良心と闘った。ジェッタに姉妹の名前を教えることはできない。知らないのだから。そこがつらいところだった。正直に、知らないと言いたかった。その一方で、言いたくない気持ちもあった。彼女を動揺させないほうがいいとローリーに言われたからだ。言えば、夫婦ではないと認めることになり、それを認めた瞬間、彼女は彼のもとを離れたがるだろう……彼女を失いたくなかった。

オーレイはたたんだプレードを受け取り、食べ物の残りがはいったバスケットを取りあげて、もごもごと言った。「小屋に帰ろう」

ジェッタはがっかりしたようだったが、おとなしくうなずいた。「どうせもう太陽は出ていないものね。嵐が来そうよ」

空を見あげると、たしかにそのとおりだった。雷雲が空に広がり、たちまち日光がさえぎられる。肌寒くなってきており、雲が開いて雨が降りだすまえに海岸を離れられれば運がいいだろう。バスケットにプレードをかぶせて片手に持ち、もう片方の手でジェッタの腕を取ると、できるだけ早く歩かせて馬のところに向かった。早歩きか駆け足で移動したいところだったが、足場の悪い砂の上を歩くのはやっかいだし、ジェッタは病の床から出たばかりなのだ。

馬のところに着いたとたん雨が降りだしても、オーレイはそれほど驚かなかった。驚いたのは、土砂降りになったことだ。悪態をつきながら、バスケットにかぶせたはずのプレードに手をやったところ、そこになかったので、あわててあたりを見まわした。出発地点に残されているのが見え、歩きはじめてすぐにバスケットから落ちたのだとわかった。取りにいきかけたが、そのままにしておくことにした。ジェッタにプレードをかけて、できるだけ濡れないようにしてやりたかったのだが、それを取りにいって戻るころには、どっちにしろ彼女はびしょ濡れになっているだろう。プレードはそのまま放っておいて、馬に乗るために彼女にバスケットをわたした。上体をかがめて彼女の脇の下をつかみ、バスケットごと抱えあげて自分のまえに乗せた。

帰りは行きよりもずっと早かった。本来ならもっと早かっただろう。ふだんより慎重に馬を進めるべきなのはわかっていた。これほどの嵐だと馬は足元がおぼつかなくなるし、ジェッタは長いあいだ寝こんでいてまだ弱っているので、この状況で病気がぶり返すのではないかと心配だった。なんとしてでも彼女を小屋に連れて帰り、できるだけ早く濡れた服を脱がせて、暖かな火にあたらせたかった。自分の体を盾にしてできるだけジェッタが濡れないようにしながら馬に乗ったが、それも無駄な努力だったらしく、小屋のまえで手綱を引くころには、ふたりともびしょ濡れになっていた。

　ジェッタを抱きあげて馬から降り、小屋の玄関まで運んだ。幸いにも機転が利く彼女は、手がふさがっている彼の代わりに手を伸ばして扉を開けた。おかげですんなり運びこむことができた。彼女をおろして一階を見まわし、顔をしかめる。メイヴィスの姿はどこにもなく、ジェッタに階段をのぼらせたくなかったので、料理用ストーブで暖をとるように言い、馬の世話をするためにまた外に出ていった。

　馬は機嫌が悪く、雨に打たれながら足を踏みならしていた。放っておかれたのが気に入らないのだろう。オーレイが手綱を取ると、馬は待ちかねたようについてきて、小走りで小さな厩《うまや》に向かった。嵐を逃れて小さな建物にはいると、両者ともほっとした。馬のこともジェッタと同じくらい心配しているオーレイは、馬の世話をなおざりにはしなかった。たっぷり時間をかけて鞍をはずし、体を拭いてやってから、馬房に入れた。

　厩の両開きの扉に向かったオーレイは、片方の扉を開けたところで、驚いて一瞬立ち止まった。嵐が移動しているのが見えた。雷は相変わらず空を震わせており、遠くにはいくつも稲光りが見えたが、雨は止んだか、どこかほかの場所に移動したようだった。ほっと息をつき、厩の外に出て扉を閉め、小屋に向かった。

小屋につづく草地を半分ほど進んだところで、腕にバスケットを提げたメイヴィスが森から出てくるのが見えて、歩く速度をゆるめた。侍女は少し濡れていたが、びしょ濡れというほどではなく、嵐が通りすぎるまで雨宿りできる場所を見つけたらしかった。顔を上げたメイヴィスがオーレイに気づき、彼はうなずいてあいさつすると、彼女を待った。

「お帰りなさいませ、旦那さま」彼女は近づいてきながら粛々と言った。「そのご様子じゃ、嵐にあわれたんですね」

「ああ。戻りはじめたところでやられた」

メイヴィスはうなずいた。「嵐がやってきたとき、運よくわたしは戻るところで、そばに大きなオークの木がありましてね。雨がいちばんひどいあいだはそこで雨宿りをしていました」彼女はそう言ってから、手にしたバスケットを示した。「昼食用に卵が少しないか見にいったんです」彼女は説明し、バスケットにはいった卵に彼の目を引きつけた。「たまたまウズラの巣を見つけたんで、娘さんにパピンを作ってさしあげようと思いましてね、そうしたら、さらにいくつか巣が見つかりました。わたしたち全員にいきわたるだけ作れますよ」

食べたばかりにもかかわらず、金色のソースのなかのポーチドエッグを思い浮かべると、オーレイの顔にほのかな笑みが浮かんだ。

「サイモンにはお会いになったんですよね？」侍女はそう言って、ふたたび彼の注意を引いた。

「ああ。おまえがおれたちの居場所を教えたらしいな」

メイヴィスはうなずいた。「ちょうどわたしが卵をさがしにいこうとしていたら、彼が来たんです。最初は教えられないと言ったんですよ。初めて小屋を出て遠出するお嬢さんの邪魔をしたくないですからね。でも、事情を聞いて、彼をあなたのところにやるべきだと思ったんです。ローリーは彼といっしょに出発したんですか？」

「ああ」オーレイはつぶやくように言った。「サイモンはおれたちがちょうど朝食を終えたところに来て、ローリーはすぐに彼と出発した」

メイヴィスはうなずき、疲れたようなため息をついてから、小屋の玄関に向かった。

「恐ろしい話ですねえ、ケイティーのことですけど」

「ああ」オーレイは神妙に言うと、侍女のあとから小屋にはいり、扉を閉めた。

「娘さんは部屋に戻ったんですか？」メイヴィスは料理用ストーブに向かいながら、あたりを見まわしてきいた。

「そのようだ」一階にだれもいないのに気づいて、オーレイはつぶやいた。階段の上の二階を見あげると、ふたりの部屋の扉は閉まっていた。

「彼女もあなたと同じくらい濡れてしまったんですか？」メイヴィスは目を細めてきいた。

「残念ながら、そうだ」オーレイは不本意ながら認めた。「料理用ストーブで温まるようにと言っておいたんだが――」

「きっと、できるだけ早く濡れた服を脱ぎたかったんですよ」メイヴィスは言った。そのことばに、彼は立ち止まった。オーレイは階段に向かっていたが、動きを止め、彼女が裸でいるところにはいっていったら、弟との約束を守るのがむずかしくなるのはまちがいなかった。

「これはひとまず置いておいて、料理するまえに娘さんの様子を見てきます。濡れてしまったならお風呂で温まりたいかもしれないですからね」メイヴィスはバスケットをテーブルに置いて言った。そして、階段に向かいながら足を止め、悲しげに首を振った。「ケイティーもかわいそうにねえ。長い黒髪をしたほんとにきれいな娘なんですよ。それに、気立てもとてもよくてね。あんな子を殺そうとする人がいるなんて信じられませんよ」

「事故だと思っていたんだが」メイヴィスがそうは思っていないようなので、オーレイは驚いて言った。「猟師の流れ矢が当たったものだと」

メイヴィスはびっくりして彼を振り向いた。「猟師の流れ矢？　あの娘は跳ね橋に着いたところで射られたんですよ。そんなところでだれが狩りをするんです？」

オーレイはそれを聞いて固まった。「跳ね橋？」

「ええ、サイモンはそう言ってました」彼女はきっぱりと言った。「ジョーディーさまをねらったとも考えられませんし……矢がケイティーの体を貫通してジョーディーさままで届くようにするつもりだったなら別ですけど。背中のまんなかあたりをまっすぐ射られたとサイモンが言ってました」メイヴィスはまた首を振り、ぶつぶつ言いながら階段をのぼりはじめた。「いや、やっぱりケイティーに恨みを持ってるやつのしわざだね。それと、弓矢の知識がある人間だ。まったくいやだねえ、なんて世の中になっちまったんだろう、ケイティーみたいなきれいな若い娘が……」

あとは聞こえなかった。侍女は階段をしゃべりながらのぼっていき、一段ごとに声が遠くなっていった。オーレイはけわしい顔で向きを変え、外を見ようと窓に近づいた。メイヴィスの言ったことがほんとうなら、ケイティーに矢が刺さったのは殺人未遂だ、と考えながら。領主としては今こそそれについて調べなければならない。犯人を見つけて罰を受けさせなければならない。ブキャナンの人びとの安全は領主の責任だ。本来なら今この瞬間にも城に向かっていなければならなかったのだ。狩猟小屋でぶらぶらし、本人は彼の妻だと思っているが、実はそうではない娘と一線を超えないよう努力するのではなく。

　こぶしをにぎりしめて窓に背を向け、頭のなかであれこれ算段しながら、二階に急いだ。ジェッタを連れていくわけにはいかない。彼女には着るものがないのだから。だが、ここにひとり残していくわけにもいかない。とりあえずメイヴィスは置いていくが、護衛としておじと六人ほどの兵士を呼ぼう。自分が戻るまで。あるいは、いましいドレスを手に入れて、彼女をブキャナンに呼び寄せるまで。そして自分は、いまケイティーに矢を射った犯人を急いで見つけよう。それほどむずかしくないはずだ。考えてみれば、ケイティーは若く美しい娘だ。だれかが彼女を傷つけたいと思う動機としては、彼女の美しさか、ジョーディーの寵愛《ちょうあい》を受けていることによる嫉妬しか思いつけない。この数カ月、ジョーディーはあの娘にかなりご執心だということを隠しもしなかった。それどころか、あの娘と結婚したいと言われても、オーレイは驚かなかっただろう。

　階段をのぼりきり、廊下を歩きながら、オーレイはその考えに眉をひそめた。実際にそんなときが来たら、どうするかはわからない。ジョーディーは貴族の嫡男で、ケイティーは料理女の私生児だ。この手の縁組は、通常ならとうてい考えられない。少なくとも、たいていの人にとっては。だが、オーレイは別になんとも思わなかった。ジョーディーの将来と、この縁組をみんながどう受け止めるかについては、考えてやらなければならないが。

考えこみながら寝室のまえに着き、扉を開けて大股でなかにはいってから、そもそもなぜ自分が階下で待っていたのかを思い出して、突然立ち止まった。メイヴィスがジェッタの着替えを手伝っていたからだ。ふたりはまだその作業を終えていなかった。ジェッタは一糸まとわぬ姿でベッドのかたわらに立っていた。彼女が着ていたシュミーズとプレードは足元の床の上で濡れた小山となり、メイヴィスが着替え用に乾いたシュミーズを持ってこようとしていた。一瞬でオーレイは美しい裸体の隅から隅まで視線をめぐらせた。目覚めてからの一週間半で少しふっくらしたことや、最後に見たときはまだうっすらと汚らしい黄色をしていたあざが、今はすっかり消えていることに気づき、視線を顔に移すと、彼に気づいた彼女は明らかに恥ずかしそうに、目をまるくして彼を見つめていた。

だが、体を隠そうとはしていない、と彼は気づいた。なぜ隠す必要がある？ジェッタはオーレイを夫だと思っているのだし、夫は妻の裸を見る権利がある。

「行かなければならない」ようやく彼は言った。

「まあ、旦那さま」メイヴィスは驚いて言った。目をまるくして彼を見てから、彼とジェッタを見比べると、シュミーズを娘の頭にかぶせて袖に腕を通させた。それから侍女は彼のほうを見て、礼儀正しく尋ねた。

「なんとおっしゃいました？」

「行かねばならない」ジェッタを見つめたまま、オーレイは繰り返した。頭のなかではまだ、彼女の輝くばかりの裸体を見ることができた。

「行くって、どこへ？」メイヴィスが辛抱強く尋ねる。

オーレイはようやく侍女に視線を向けた。そのときになってやっと思考が戻ってきた。頭をひと振りし、咳払いをして言った。「ケイティーの問題を調べるためにブキャナンに戻る。アキールおじと何人かの兵士を呼んで、おれがいないあいだおまえたちの警護をたのむつもりだ」

危険を承知でジェッタのほうをちらりと見ると、がっかりしているようだったので、ため息をついて言った。「すまない、ラス。きみも連れていきたいところだが、まだ衣類がない。むこうにいるあいだにそれもなんとかして、きみのためにきれいなドレスを持ち帰るよ。そうすればもうここに閉じこもっていなくてもよくなる」

彼女の顔をさまざまな感情がよぎるのがわかった。動揺、不安、恐怖や落胆もあったが、やがてなんとか冷静な表情を作ると、うなずいて言った。「わかったわ、あなた。安全な旅を」

オーレイはうなずき、扉のほうを向いたが、そこでためらった。こんなふうに彼女を残していくのは正しくないような気がした。向きを変えて彼女に近づき、額に軽くキスするつもりで身をかがめた。だが、ジェッタは最後の瞬間に上を向き、彼は唇にキスすることになった。唇が重なった瞬間、オーレイは軽いキスにするつもりだったのをあきらめ、深く口づけた。

ジェッタをその気にさせる必要はなかった。小さなため息とともにすぐに口を開き、両手を首にからめてきたので、オーレイも彼女の腰に手をまわして引き寄せ、さらにその両手を下に這わせて尻をつかんだ。ぎゅっとにぎって軽く持ちあげ、わずかに体を起こすと、その動作で互いの下腹部がこすれた。やがて彼女をそっと床におろし、名残《なごり》惜しそうに唇を離した。

「行かなければ」彼はまたつぶやいた。「領民たちの安全を守るのはおれの責任だ」

「わかってるわ」彼女は神妙に言った。「気をつけてね、あなた」

「きみも、おれが戻るまで無事でいてくれ」彼はかすれた声で命じ、驚いて眉を上げているメイヴィスを無視して扉に向き直ると、気が変わって彼女をベッドに連れていきたくなるまえに、大股で歩いて急いで部屋から出た。彼の血のなかに狂気のようなものをもたらす女性だ。彼女に触れまいとしてきたこの数日はつらかった。何がなんでも彼女の身元を明らかにして、事態を改善しなければ。すぐにもそうしなかったら――ローリーと約束したにもかかわらず――遅かれ早かれ関係を持ってしまい、彼女はオーレイと結婚しなければならなくなる。

その案に心惹かれないというわけではない。つねにジェッタがそばにいる人生。彼の顔の傷跡など見えないかのように温かく迎え入れ、熱っぽく応えてくれる妻。唯一の問題は、実はふたりが結婚していないことを知られたら、そのすべてが消えてしまうのではないかということだ。今の彼女は、自分が置かれている状況で精一杯やっているにすぎない。実はふたりは夫婦ではなくて、彼のもとから去ることができるとわかれば……そうするだろう。

それがアダイラのしたことだった。オーレイとアダイラは生まれたときから婚約していて、隣人として育ち、いずれ結婚することを知っていた。それでお互いなんの文句もなかった。ふたりは愛し合ってさえいた。少なくとも、彼女はそう言っていたし、彼もそれを信じていた。だが、戦《いくさ》で傷を負って帰郷すると、彼女は損なわれた彼の顔をひと目見て、恐怖の悲鳴をあげた……そして、人間ではなく怪物だと言って、結婚を拒《こば》んだのだ。

アダイラの父親はそれに反対し、結婚は予定どおりおこなうと告げたので、アダイラは自殺するか逃げて修道女になると言って脅した。ありがたいことに、オーレイの父親は彼女に同情し、婚約を破棄した。そのころになると、彼自身アダイラと結婚する気はなくなっていた。結局彼女は思っていたような女性ではなかったし、妻に怪物と思われながら暮らしたくなかった。たとえそうでも、父親が婚約を破棄しなかったら、契約を守って結婚していただろうが。彼の地位にあればそうするのが当然とされていた。

大股で外に出たオーレイは、草地のはずれに建てた小さな厩に馬を取りにいき、鞍をつけてまたがった。馬を庭に進ませ、馬上から寝室の窓に目をやる。窓辺でジェッタが馬に乗った彼を見ているのに気づき、一瞬止まってしばし彼女を見あげた。やがて、波を描くように腕を上げ、馬の向きを変えると、出発した。小屋をあとにするのは驚くほどつらかった。

ジェッタを海から引きあげたのは四週間以上まえで、そのうち十二日以上は意識を失っていたが、もっと長いあいだ生活の一部だったかのような気がした。彼女が現れるまえの生活を思い出すのもむずかしいほどだ。どうしてこんなことになったのかわからないが、なんとかしなければならなかった。もっと強い心を持たなければ……さもないと、彼女に去られたとき、生きていけないだろう。

# 6

「さあ、もう行ってしまわれましたよ」オーレイが木立のあいだに消えるのをふたりで見守ったあと、メイヴィスはやさしく言った。「座ってください、ラス。火のそばで髪を乾かしてさしあげますから。そのあとはわたしといっしょに階下《した》に行きましょう。お昼においしいパピンを作ってさしあげますよ」

「わたしたち、朝食をとったばかりよ」メイヴィスに促されて窓から離れながら、ジェッタは笑って言った。

「そうですけど、お嬢さんの髪を乾かしてパピンを作るころにはお昼になりますよ」

年配の侍女はそう答えて、ジェッタを暖炉のそばに連れていった。そして、彼女をそこに残して、テーブルから椅子をひとつ引いてきた。

ジェッタが言われるまま椅子に座って目を閉じると、侍女は仕事に取りかかった。まず、清潔な麻の布で髪から水分をあらかた吸い取ったあと、それを脇に放って、まだ湿っている髪のブラッシングをはじめた。長い髪の上から下へと何度もゆっくりブラシを動かして、濡れた髪房を頭皮とうなじから引っ張り、髪房がブラシといっしょに持ちあがったあと、また平らになるようにする。そうするうちに髪が乾くのだった。それは奇妙に心地よく、充分乾いたとメイヴィスが判断するまえに、ジェッタは眠ってしまいそうになった。

「さあ、これでいいでしょう」メイヴィスはブラシを置いて言った。ジェッタの様子を見て、かすかに眉をひそめる。「少しお疲れのようですね、ラス。まだあたしといっしょに階下に行く気はありますか？　それとも、昼寝をするほうがいいですか？」

「いいえ、とんでもない！　昼寝はけっこうよ」ジェッタは急いで立ちあがり、もっときびきび見せようとしながら言った。「階下に行くわ」目覚めてから二度目の部屋から出るチャンスだ。それも二度とも同じ日に。絶対にふいにしたくなかった。そう思っただけで気分がかなり明るくなった。

「よろしい。ではテーブルにいてください。あたしが料理をするあいだ見ていられますよ」メイヴィスは明るく言うと、ジェッタを扉に向かわせた。「料理をしながらケイティーという娘のことを全部話してあげましょう」

「矢を受けた娘のことね?」ジェッタはきいた。オーレイが来るまえ、侍女は服を脱ぐのを手伝いながら、その話をしてくれたのだ。

「ええ、あのかわいそうな娘です」廊下を歩きはじめながら、メイヴィスは首を左右に振って言った。「あなたはちょっとあの子を思わせるところがありますよ。やっぱり小柄で、長い黒髪をしているんです。もちろん、あの子の髪はすっかりありますよ、ローリーはあなたの後頭部の髪を剃らなきゃならなかったわけですけど。それをのぞけば、あなたとあの娘はよく似ています」

ジェッタは顔をしかめ、気になって後頭部に手をやった。

メイヴィスはその行動に気づいて舌を鳴らした。「まあまあ、心配することはないですよ。すぐにまた生えてきますから。それに、旦那さまは気にされていないようですよ。あなたにぴったりくっついて、かたときもそばをはなれないんですからね。あの方があんなにうれしそうなのは見たことがありませんよ。少なくとも、あのスチュアートのばか女があの方の心をずたずたにしてからは」

侍女が激しく罵るのを聞いたジェッタは驚いて目をまるくし、きき返した。「スチュアートの……?」

「ばか女」メイヴィスは階段をおりながらそう言うと、憎々しげに首を振った。「あたしが汚いことばを使うことはそんなにないし、ほかの女性をそんなふうに呼びたくはありませんけど、あの娘さんはそう呼ばれてもしかたないですよ。性格の悪い人でしたから。傷を負ったオーレイさまとの結婚を拒んだときは、ああやっぱりと思いましたもの」

「傷痕のせいで彼との結婚を拒んだの？」ジェッタは憤りを覚えてきいた。

「ええ、それも手ひどくね。彼は怪物だと言ったんですよ、これから死ぬまで毎日あの顔を見なくちゃならないなら、死んだほうがましだとも。それもあの方がまだ病床にあって、生きるか死ぬかってときにですよ」

「ほんとうにばか女だわ」ジェッタはつぶやいた。あんなに親切な人にそんな残酷になれる人がいるのかと思うとぞっとした。

「ね、あたしの言ったとおりでしょう？」メイヴィスは満足げに言った。「ええ、アダイラ・スチュアートは真性のばか女ですよ。たいていの貴族たちにはきれいでやさしいと思わせてましたけど、彼女と関わるわたしやほかの使用人たちはちがいました。男性全般と貴族のご婦人にとってアダイラは舌の上のハチミツのようだけど、部屋に使用人とふたりだけになると、たちまち本性を現すんです」

「使用人たちにつらくあたったの？」ジェッタは渋面をつくって尋ねた。使用人にはつねに親切にするようにと母に教えられていた。母は彼女に、だれにでも親切にしなさいと教えた。農民と使用人にはとくに。そういう人たちの生活はきびしく、彼らの一日は長く、骨の折れる労働ばかりなのだから、その労働をさせている人間が親切にしてあげなければいけないのだと。もちろん、父は決して――

ジェッタは突然何かを思い出したことに気づき、不意に歩くのをやめた。ところが、何かを思い出したと気づいた瞬間、それは頭のなかで熱い太陽の下の水たまりのように干上がった。

「どうしたんです、ラス？　大丈夫ですか？」メイヴィスが心配そうにきいた。

「ええ」ジェッタはため息をつき、無理に微笑んで、侍女とともに階段をおりつづけながら言った。「あなたのことばを聞いて、以前母に言われたことを思い出したの」

「記憶が戻ったんですね？」メイヴィスはよろこんでいるようだった。

「ええ、ちょっとだけね」そう言って彼女はかすかに微笑み、侍女の手をぎゅっとにぎって言った。「あなたが話をつづけてくれたら、もっと思い出すかもしれないわ」

「まあ、それなら、顔が青くなるまで話しつづけますよ、ラス。そうしますとも」彼女は朗らかに請け合い、ふたりは階段をおりきって一階に着いた。侍女は両側にベンチが置かれた大きな木のテーブルにジェッタを案内して言った。「さあ、ここに座ってください。旦那さまの心をずたずたにした、あの意地悪女のことを全部話してさしあげますからね」

ジェッタはうなずき、テーブルに落ちついて、メイヴィスがまくしたてるのを見守った。だが、少しすると、顔を上げて空気のにおいをかぎ、かすかに眉をひそめた。

「何か燃えているの？」

そうきかれてメイヴィスは固まり、自身の鼻を上向けてぴくぴくさせたあと、さっと火のほうを向き、驚きの叫びをあげながらあわててそこに駆け寄った。「あたしのシチューが！」

ジェッタは立ちあがってあとを追い、メイヴィスの肩越しにのぞきこんだ。侍女は小声で悪態をつきながら、木のスプーンで火にかけたシチューをつきはじめた。

「ローリーさまが水を足すのを忘れたんじゃないかと思って、確認するつもりだったのに」メイヴィスはいらいらとつぶやいた。「あの方はいつもたのんだことをし忘れるんだから。ひとつのことを一分も覚えていられないのに頭がいいと思われてるなんてね」彼女は舌打ちし、ため息まじりに付け加えた。「きっと、あんまりたくさんのことを考えてるもんだから、ひとつのことにかまけていられないんだろうね」首を振りながらつぶやく。「あたしが確認するべきだったのはわかってるし、そうするつもりでいたんですよ。でも、ローリーさまは水を足したって言ってたし、それからサイモンが来たり、卵をさがしに出かけたりして、そしたら嵐になったもんだから、すっかり忘れてしまって……」

いらだちで舌打ちしながら、侍女はスプーンを脇に置いて、やけどをしないための布切れを取りにいくと、鉤《かぎ》から鍋をはずして火からおろした。「扉を開けてもらえますか、ラス」

ジェッタは急いで扉に向かい、メイヴィスが外に鍋を運べるように扉を開けたが、通りすぎる侍女にこう提案した。「まだ食べられるかもしれないわ。焦げたところをすくい取れば——」

「だめですよ、ラス。シチュー全部が焦げた味になります。でも大丈夫ですよ。お昼にはパピンを作るつもりでしたし、夕食のためのシチューを作る時間はまだたっぷりありますからね。さあ、あなたはなかで座っていらっしゃい。すぐにこれを捨ててきてしまいますから」

ジェッタは厩のほうに歩いていく侍女を見守った。おそらく厩に向かっているのだろうと思ったが、侍女は足を止めて重い鍋を傾け、厩の横にある木の根元の地面に中身を捨てた。ジェッタはため息をついて扉を閉め、言われたとおりテーブルに戻って待つことにした。

ジェッタはびくりとして目覚め、がばっと起きあがると、自分を目覚めさせた音の発生源をさがしてあたりに目を走らせた。一瞬、自分のいる部屋の見慣れなさに困惑し、戸惑う。たしかにここは、フィットンにある自分の寝室ではなかった。あの部屋のほうがずっと広かったし、ベッドには天蓋があり、光や音を遮断できるカーテンがついていた。だがこの部屋は——

狩猟小屋だわ、と突然気づき、頭がはっきりしたところで、ベッドの縁から脚を出しておろすと、まだベッドの横に敷かれていたわら布団の上に着地した。夫がいつも眠っているわら布団だ。眠っていたというべきか。彼はブキャナンに向かい、今夜はそこで眠らないのだから。わたしはこの部屋をひとりで使うんだわ、と思って、あたりを見まわすと、先ほどの困惑はすっかり消え失せた。

メイヴィスがパピンを作るあいだは階下にいっしょにいたが、濃厚なソースを添えたそのおいしい卵料理を食べてしまうと、ジェッタは急に疲れを感じた。そんなわけで、少し横になって休んだらどうかとメイヴィスに勧められると、反論もしなかった。侍女は二階までいっしょに来て、ジェッタをベッドに入れてくれた。覚えているのはそこまでだった。だが、それほど長く眠っていたわけではないようだ。鎧戸を開けた窓から明るい陽の光が射しこんでいるのがわかった。

「こいつは毒にやられたんだ！」

ジェッタは外から聞こえる叫び声に眉をひそめ、外を見ようとベッドから立ちあがって窓辺に向かった。下を見ると、六人ほどの男たちが厩の横の木のまわりに集まっていたので、目をまるくした。彼らはメイヴィスがシチューを捨てた木の根元に横たわっているものを囲んでいる。全員が同時にしゃべっているので、何が話題になっているのかわからなかった。

「いったいなんの騒ぎだ？」

ジェッタは小屋から出てきた男性にすばやく目をやった。最初はオーレイにちがいないと思った。背丈も体格も大股なところも、声までが夫にとてもよく似ていたからだが、すぐに髪のグレーの筋に気づいた。ブキャナンにいるあいだジェッタたちの護衛をするために来てもらうとオーレイが言っていた、おじのアキールにちがいない。それが正解だとわかったのは、メイヴィスが小屋から飛び出して、「どうしたの、アキール？　何か問題でも？」と叫びながら男性に駆け寄ったときだった。

ジェッタは侍女を見てちょっと驚いた。メイヴィスはいつもと様子がちがっていた。

服がちょっと乱れているし、顔も赤い。それに、オーレイのおじを見る目つきや声のかけ方は……実のところ、雇い主というより愛人に対するもののようだった。アキールがメイヴィスを見る様子もまた、何かあることを語っていた。ふたりは明らかに恋人同士だ、とジェッタは判断した。アキールは男たちから離れて、メイヴィスを止めようとした。彼女の腕を取り、やさしく小屋のほうに誘導しながら、耳元で何やらささやくと、彼女は顔をくもらせた。

ジェッタはふたりが小屋のなかに消えるのを見届けてから、木のそばの男たちに視線を戻した。何人かが移動していたので、ひとりが地面の上に座って、膝に死んだ犬のようなものを抱えているのが見えた。悲しみでいっぱいの顔で、腕のなかのものを前後に揺すっていた。

階下に行って何が起こっているのかたしかめようと、心配顔で窓から離れかけたとき、木立のなかでひらめくあざやかな色が目を引いた。動きを止めて、厩の向こうの森のなかに目をこらしたところ、たしかにだれかが木々のあいだを縫って遠ざかるのが見えた。あざやかな色合いの服を着た、すばやく動く人物。だが、わかったのはそれだけで、その人物は完全に姿を消した。

きっと兵士たちのひとりだわ、とジェッタは自分に言い聞かせた。用を足す場所か、犬を埋める場所をさがしていたのだろう、と思いながら扉に向かった。ほかの男たちはだれひとり明るい色の服を着ていないのが気になったが、ジェッタは扉を開けて階段の上に出た。

「ああ、ラス。いま様子を見にうかがおうと思っていたんですよ。大騒ぎのせいであなたを起こしてしまったんじゃないかと思って」

メイヴィスが階段から駆け寄ってきたので、ジェッタは立ち止まって不安そうに年配の侍女に微笑みかけた。「何があったの？」

「それが、ひどい話なんです。ロビーという若者の犬が毒にやられてしまって」ジェッタの腕を取り、いま来た道を戻らせながら、彼女は悲しそうに言った。「かわいそうに。いい犬だったのに。男の子たちはみんなあの犬が好きでした。でも、わたしが捨てた焦げたシチューを食べて……」彼女はつらそうに首を振った。「シチューを捨てた木の根元に、毒のある草が生えていて、シチューといっしょに食べてしまったんでしょう。あんなことになった理由はそれしか思いつきません。でも、かわいそうに犬は死んでしまった」

「まあ、ひどい」死んだ犬を見ていたにもかかわらず、ジェッタは動揺して言った。何があったのかを聞くのは、若者の膝の上に横たわる犬を見るよりも応えた。実のところ、さっきは犬が眠っているように見えたのだ。だが、事情を聞くと、自分の犬のジェゼベルが死んだときどんなに悲しかったかを思い出して——

「ええ、ほんとにそうですよ。それに、申し訳ない気持ちでいっぱいです。あたしがシチューを別の場所に捨てていたら……」メイヴィスは首を振った。「かわいそうな子。とってもいい犬だったんですよ」

今はあらたな記憶がよみがえったことを話すときではないと判断したジェッタは、うなずくだけにして、おとなしく寝室に連れ戻された。だが、このあらたな記憶のおかげで、目が覚めたときも別の記憶がよみがえったことを思い出した。自分の寝室があった場所……ええと、どこだったかしら？　たしか、故郷にある自分の寝室のことを思ったとき、その場所の名前を思い出したはずだ。いま頭のなかに残っているのは、カーテンつきのベッドのようなもののぼんやりしたイメージだけだった。記憶は夢の名残のように頭のなかから消えていた。

「かわいそうな犬」メイヴィスはまたつぶやいて、扉を閉めた。「こちらへどうぞ、あなたが着ていたプレードはもう乾いているはずです。それを着れば階下《した》に行けますよ。あなたが目覚めたので、アキールが話したがっています」

「外にいたのはアキールおじさまだったのね？」ジェッタは推測が当たったことによ

ろこびながら尋ねた。

「はい。彼と若い人たちはあなたが眠ってから着いたんです。旦那さまが戻られるまで、わたしたちの警護をするようにと言われて」メイヴィスは説明しながら暖炉のそばの椅子に掛けておいたブレードに触れ――どうやら乾いていたらしい――それを床に置いてひだをつけはじめた。

ジェッタは彼女のそばに歩いていった。「わたしにやらせて、メイヴィス。やり方を覚えたいの」

「では、沈んだ船に関しては、まだ何も手がかりなしか?」オーレイは渋面で尋ねた。ようやく機会が持てたので、ジェッタが乗っていた船についての情報を集めているあいだにわかったことを、弟から聞こうとしているところだった。ジョーディーに会おうと、ローリーがケイティーの手当てをしている部屋にも行ったが、彼に話をきくのは気が引けた。ジョーディーは顔色が悪く、侍女のことで動揺していたので、そっとしておくことにし、コンランを階下に連れていって、話をすることにした。だが、コンランが首を振るのを見て、期待したようにはいかなかったことを知った。

「ああ。ジョーディーとアリックが最初に調べた以上のことはわからなかった。

ジョーディーの方も同じだ」彼はそう付け加えたあと、説明した。「戻る途中で会って話したんだ。そこからはいっしょに帰路についた。ケイティーに出会うまで」口を引き結んで、彼はつづけた。「おれが先に行くべきじゃなかった。ふたりのうしろを走って見張るべきだった」

「こんなことになるなんてわかるはずないだろう」オーレイはきっぱりと言った。「それに、おまえがうしろにいても、何も変わらなかったかもしれない」

「そうかもな」コンランは悲しそうに言って、ため息をついた。「とにかく、ジョーディーもおれも、三週間まえの嵐で沈んだ船については何も耳にしなかった。やれやれ、もうあれから五週間になるのに」彼は暗い調子で言った。「手がかりなしだ」

「それでも、ジェッタはどこかから来たはずだ」オーレイはいらだちでうなるように言った。

「そうだな」コンランは同意してからきいた。「彼女が縛りつけられていたのが船のマストというのはたしかなのか？」

「ああ。見張り台はほぼ無傷だったし、帆もまだついていた。マストでまちがいない」彼は答えた。

「それなら、いったい船に何があったんだろう？」コンランの声もしだいにいらだちはじめた。

オーレイは顔をしかめたが、不意に動きを止めた。

「どうした？」コンランがすぐに尋ねた。「何か思いついたのか？」

オーレイはしばらく無言で、ふと浮かんだ考えを吟味した。やがて、うなずいた。

「船は沈んだわけではないのかもしれない」

その考えにコンランは驚いて眉を上げた。「では、彼女が縛りつけられていたのはマストではなかったと？」

「いや、あれはマストだ」オーレイは断言した。

「それなら――」

「昔、親父が船で旅をしたときのことを話してくれた。すごい速さでやってくる嵐や、帆をおろすまえに見張り台のすぐ下でマストを折ってしまう強風のことも」

コンランはしばし考えこんだ。「同じことが起きたのかもしれないと思うのか？マストの下の方が折れただけだと」

「ああ」オーレイはうなるように言った。「マストは根元のあたりが弱っていて、嵐で折れたのかもしれない」

「ジェッタをくくりつけたまま」コンランがゆっくりと言った。

「だが、船は沈まずにすんだ」オーレイがけわしい顔でつづけた。

「嵐の被害にあって、修理のために港にたどり着いた船についてはひとつふたつ聞きおよんでいる」コンランが報告した。

「マストを失った船はあったか？」オーレイが鋭く尋ねた。

コンランは首を振った。「わからない。どんな被害かはきかなかった。沈んだはずの船をさがしていたから」

オーレイは悪態をついた。

「もう一度馬で出かけて、被害にあった船のことをきくよ」コンランは申し出た。

「いや。だめだ」オーレイはぶっきらぼうに言った。「おまえはジョーディーといっしょにここにいてやってほしい」

コンランが驚いて眉を上げたので、オーレイはむずかしい顔でこの状況についてしばし考えた。ケイティーが矢を受けたとき、城壁で見張りについていた兵士たちの話はまだ聞けていない。オーレイがブキャナンに到着して、アキールおじと兵士たちを狩猟小屋に向かわせ、ジョーディーと話すまでのあいだに、城壁にいた兵士たちは交代してしまっていたのだ。だが、何か重要なことを目にしていたらアキールに報告しただろうから、いずれにせよそれほど期待はできないかもしれない。森も兵士たちに捜索させていたが、それにもあまり希望をもっていなかった。彼の考えでは、ケイティーを襲った犯人をつかまえる唯一の道は、もう一度彼女を襲わせることだった。「ジョーディーをなぐさめるため？　それとも、ケイティーを守るために？」オーレイが考えこんだままなので、コンランがしびれを切らしてきいた。

オーレイは自分の考えを話すべきか迷ったが、結局「両方だ」とだけ言った。

「じゃあ、犯人はまたケイティーをねらうと、兄貴は思っているんだな」コンランは眉をひそめて言った。「ジョーディーは知っているのか？」

「いいや」このことでジョーディーを不安にさせても意味はない。あの娘のことをもう充分に心配しているのだから。「おまえが警護していることは、あいつにもほかのだれにも知られないようにしろ。そうすれば、ジョーディーが便所に行くために部屋を出たときが、もう一度ケイティーを襲うチャンスだと犯人は考えるはずだ」

「どうやってジョーディーに知られずに警護をしろと？」コンランが眉を寄せて尋ねた。

「秘密の通路だ」オーレイは言った。「おれに用事をたのまれて馬で出かけたと見せかけて、秘密の通路を使って戻れ。そこから部屋を見張るんだ」

「ああ、そういうことか」コンランはすぐに理解していった。「それで兄貴は今朝城に戻ったとき、ケイティーを昔のサイの部屋に移したんだな。彼女がいた客用寝室は通路が使えないから」

「そうだ」

「犯人がもう一度襲おうとするまえに、ケイティーが死んだらどうする?」コンランがきいた。「ローリーは彼女が回復することにあまり望みを持っていない。矢を射った人間は、最初の襲撃の傷で彼女が死ぬのを待っているのかもしれないぞ」

オーレイはけわしい顔で考えた。その可能性は充分にある。それに、あの娘が死んでしまったら、再襲撃の必要はなくなり、犯人を見つけることはできなくなる。それはまずい。ケイティーのためにも、犯人に裁きを受けさせなければ。

「彼女は回復してきていると、ローリーに言わせる」オーレイは言った。そしてそれを大広間にいる大勢の人びとに聞かせよう。娘の容体はどうだ、とオーレイが尋ね、思ったよりずっと体力があって、回復してきている、とオーレイに答えさせるのだ。

「それならうまくいくだろう」コンランはうなずいて言った。「彼女がよくなってきていると知ったら、犯人は再襲撃を試みる可能性が高い」彼はエールを手にしてごくごくと飲んだ。飲み物を置き、もう一度うなずいて言った。「わかった。おれはすぐに出発する」

オーレイは首を振った。「もう夕食が近い。こんな遅くに旅に出てはかえってあやしまれる。出かけるのは朝にしろ」

コンランは不満そうな顔で首を振った。「一晩中ジョーディーとケイティーに警護をつけないでおくのは気に入らないな。明日の出発に向けて早めに休むと言うよ。それで、今夜自分の部屋からこっそり通路にはいる。明日の朝は馬で出発して、通路から戻り、部屋の警護をつづけるよ」

オーレイはすぐに首を振った。コンランに今夜一晩中見張りをさせたうえ、明日もさせるわけにはいかない。「今夜はおれが見張る。おまえは明日の警護に備えて休め」

「本気か？」コンランは驚いてきいた。

オーレイは意外そうな顔をした。「そんなに驚くな。ここの仕事だってちゃんとやるさ」

「まあ、普通ならそうだよな」コンランは言った。「でもそれだと兄貴は休めないじゃないか。明日の朝からは寝る暇もないぞ。この一カ月留守にしていた兄貴が戻って、ブキャナンの住民の半数が文句をぶつける気まんまんでいるんだからな」

「わかっている」オーレイは冷ややかに言った。おじを狩猟小屋に送り出し、ジョーディーに会いにいくまでこれほど長い時間がかかったのは、そのせいもあった。なんらかの問題を抱えた領民にひっきりなしに呼び止められては、なんとかしてやらなければならなかったからだ。実際、じゃまがはいることなく今コンランと会話ができているることに驚いているほどだった。そう思ったのが運の尽きだったのか、城の扉が開いて、厩番頭がはいってきた。あたりを見まわし、テーブルにいるオーレイを見つけると、急いで近づいてきた。

「おれのことは心配しないで眠れ」オーレイは弟にそう言って立ちあがった。「四週間というもの眠る以外ほとんど何もしていなかったんだ。ひと晩やふた晩寝なくても大丈夫だ」

コンランをテーブルに残し、オーレイは何が問題なのかを確認するために。厩番頭のほうに歩いていった。

# 7

扉が軽くノックされたとき、オーレイはぐっすり眠りこんでいた。寝ぼけ眼《まなこ》をしばたたいて窓のほうを見ると、早朝の弱い光が射しこんでいた。太陽はまだそれほど高くないと気づいて、不機嫌な顔でベッドの上に起きあがる。ジェッタが現れてから、五週間近くも床に敷いたわら布団をベッド代わりにしていたあとなので、ベッドで寝るのは妙な気がした。だが、ここで眠っていたわけではないことを突然思い出した。少なくとも、長時間にわたっては。コンランがジョーディーとケイティーの警護を代わってくれたのはついさっきのはずだ。おそらく、眠っていたのは十分ほどだろう。

そう考えてうめき声をあげ、ベッドからおりてナイトシャツ姿で部屋を横切った。ジェッタがこの姿を見たらからかうだろう。その先を考えて首を振り、偽りの妻のことを頭から追いやった。

狩猟小屋をあとにしてから、できるかぎりジェッタのことを考えまいとしてきた。

だが、それはとんでもなく困難だということがわかってきた。馬で小屋を出発した瞬間から、見るものすべてがジェッタを思い出させるようなのだ。馬の尾は彼女の髪と同じ漆黒だ。明るい日差しの下の草は、彼女の目と同じ緑色にきらめいていた。嵐が去って頭上の空を満たすふわふわした白い雲は、磁器のような彼女の肌を思わせた……城に戻る旅がはじまって最初の数分でこの始末だった。それがここに着くまでずっとつづき、今もまだつづいていた。

城に着いてから、ローリーにたのんでケイティーの様子を見せてもらったときも、ベッドに横たわってじっと動かない顔色の悪い黒髪の侍女は、まだ意識が戻らないころのジェッタを思い出させた。侍女も小柄で、髪が黒いのも同じだった。実際はそれほど似ているわけではなく、ジェッタにのぼせあがっているせいで、何を見ても彼女に見えてしまうだけだとわかっていたが。その後おじと話すために階下に行き、ケイティー襲撃事件についてくわしく報告を受けた。召使たちが直ちに彼のためにペストリーの朝食を用意した。メイヴィスのペストリーもおいしいが、ここの料理人が作るペストリーは絶品なので、ジェッタのために狩猟小屋に少し持ち帰ろうとオーレイは思った。

実のところ、ジェッタにつながること以外、何ひとつ考えられなくなっていた。そのことに気づいたオーレイは、彼女に感じている魅力が消えることは決してないのだ、と認めるしかなかった。それがわかると、未来もはっきりと見えた。ジェッタはいずれ自分たちが夫婦ではないと知って彼のもとを去っていき、オーレイは打ちひしがれるだろう。単純な話だ。傷跡のせいでアダイラに去られたときもつらかったが、ジェッタを失うことに比べたらなんでもなかった。彼女を失ったら立ち直れないのではないかと思った。

その考えにいらだちながら扉を開け、ノックした人物をにらみつけた。相手がアリックだとわかると、にらみ方がさらにきつくなった。「いったいどこに行っていた？」

弟はびっくりして目をまるくし、眉間にしわを寄せた。「ローリーから聞いてないのか？　サイとグリアのところだよ」

「ああ、それは聞いた」オーレイは認めた。「だが、聞いたのは二週間まえだぞ。どうしてこんなに長くかかった？」

「マクダネルに着いたら、ふたりは留守だったんだ」アリックは説明した。「ニルスとエディスを訪ねるために北のドラモンドに向かったということだった。それで、おれはマクダネルでひと晩休んでから、ふたりを追ってドラモンドに向かった。ところが、おれが着くころには、ドゥーガルとミュアラインに会いにカーマイケルに出発したあとだった。それで」彼は明らかに憤慨しながら言った。「当然エディスは、ひと晩休んでから追いかけるようにと言い張って……」

オーレイは弟の長いだらだらした説明を上の空で聞いていた。いや、実はまったく聞いていなかったのかもしれない。頭のなかを占めていたのは、ジェッタはエディスとミュアラインとジョーンとサイを気に入るだろうか、ということだった。妹のサイは友人たちととても仲がよく、うちふたりはブキャナン家の兄弟と結婚しているので、それはとても好ましいことだった。ジェッタはきっと彼女たちを気に入るだろう。ひとりだけ親戚ではない友人のジョーンも。そして、易々《やすやす》と女性たちのグループになじむにちがいない。もちろん彼女たちもジェッタを気に入るだろう。彼女は聡明で愛らしくてすばらしいユーモアのセンスがある。どうすれば愛さずにいられるというのか？

愛さずにはいられないはずだ。オーレイは自信たっぷりにそう判断し、話を終えようとしている弟に注意を戻した。「ようやくふたりに追いついて、マクダネルに戻ったんだけど、ジェッタのことを説明したとたん、サイがここに来ると言いだしたんだ。もちろん、まずは衣類を荷造りし直さなくちゃならなかったし、グリアにはすまさなければならない仕事があったりして、すぐには出発できなかったけど。それで、ようやく今ここにいるというわけ」アリックは話し終えた。

「たしかに今はここにいる」オーレイは冷ややかに言った。「だが、どうしてこんな朝早くおれの部屋の扉をたたいた?」

アリックは顔をしかめた。「ほら、サイがどんなだか知ってるだろう。自分でここにあがってきて兄貴を起こすってうるさいから、先に知らせておいたほうがいいと思ったんだ」

「知らせるとは、何をだ?」オーレイはいやな予感を覚えながらきいた。

「ええと……あの……」

オーレイは目を細めた。「ジェッタを海から救出したことはサイに話していないんだろうな?」彼は問い質した。「ほかには何を話した?」

アリックは顔を困った顔をした。「何も話すつもりはなかったんだ。でも、つい口がすべって」

オーレイはうんざりしたように鼻を鳴らし、向きを変えて部屋のなかに戻ると、プレードをつかんでひだを寄せはじめた。「サイに何を知られた?」

「ええと……その……」アリックはためらい、神経質に唇をなめながら、オーレイがひだを寄せたブレードを身につけて固定するのを見守った。

「なんだ？」オーレイは振り向いて弟をぎろりとにらんで催促した。

アリックはひるみ、すまなそうに白状した。「何もかも」

「ばか野郎」オーレイはどなり、弟の横をすり抜けて部屋を出た。

「だって、サイがどんな手を使うかは兄貴も知ってるだろう」あわてて兄のあとを追いながら、アリックはぶつぶつ言った。「ジェッタのことを知ってから、しつこくおれをつつきまわして、とうとうすべての情報を手に入れてしまったんだ」

オーレイは鼻を鳴らした。アリックのことだから、たいしてつつきまわされなくても話したにちがいない。こいつは老婦人のようにおしゃべりなのだ。

「でも、そのほうがいいよ」アリックは断言した。「別に悪いことをしてるわけじゃないんだからさ。あの娘さんの命を救って、世話をし、元気になるようにみずから介抱したりしてるんだから。兄貴が彼女に食べさせたり楽しませたりして、ずっとそばにいることをサイに話したんだ。たぶん好奇心をそそられてるだけだと思う」

「ほう」オーレイは冷ややかにつぶやいた。一瞬たりとも信じていなかった。好奇心だけでないことは疑いの余地もない。妹は彼が答えたくない質問、それについては考えたくもない質問をしにきたのだ。たとえば、ジェッタがだれで、どこにいて、どういう家柄なのかを、どうしてもっと熱心に調べなかったのか？　そして、本当の夫婦ではないことをいつ、どうやってジェッタに話すつもりなのか？

小声で悪態をつきながら、オーレイは背筋を伸ばして階段をおりた。妹はそうしたければ最高に相手をいらいらさせることができるし、今回はまちがいなくそうするだろう。彼女は生まれながらの庇護《ひご》者で、必要だと感じればいつでも他人のために立ちあがり、彼らの権利のために戦う。おそらくサイは、今すべき正しいことは、ジェッタにすべてを話し、彼女がだれでどこから来たかを全力で調べることだと思うだろう。問題は、彼が乗り気ではないことだ。そうすべきなのはわかっている。だが、したくなかった。それに、ジェッタを危険にさらすことになるかもしれない。彼女が生きていると家族に知らせることを考えるまえに、どういう状況なのかを知る必要がある。

それには、彼女がだれで、どこから来たかを調べなければならない。これまでおれがやってこなかったことだ、と思って罪悪感を覚えた。そう感じるのは、あまり熱心に調べてこなかったからだ。沈んだ船が一艘もなかったのは予想外だったが、それならほかにも彼女の出身地や名前を知る方法はたくさんあったはずだった。彼はそのどれもやってみようとしなかった。

どうしてしなかったのか？　ジェッタのことが好きだったからだ。彼女と話すのが好きだったし、彼を見るときの彼女が好きだった。彼の顔をじっと見る表情には恐れも嫌悪もなかった。失ったのは記憶だけではなく、視力にも問題があるのではないかと思い、ローリーが視力を調べて、問題なく見えていると確認するまで信じられずにいた。彼女は顔の傷跡を見ても恐怖を感じないらしく、それは彼にとって奇跡だった。ジェッタは美しく、意識がなかったあいだに失った体重が少し戻ってきて、日ごとに美しくなっている。それに、彼のことが好きなようだった。心から。

「ジェッタの家族やほんとうの名前や状況については、どうやって調べるつもりなの？」

オーレイは考え事をやめて、そう質問した妹をにらみつけた。彼がテーブルに着かないうちに、サイは立ちあがって近づいてきた。いたずらをしたわんぱく坊主をとっちめるように。予想したとおりだ。妹のことならよくわかっている。

「おれからもおはようと言わせてもらおう、妹よ。ここへの旅が平穏無事だったならいいのだが」オーレイはそばまで来ると、身をかがめて妹の頰に口づけながらおだやかに言った。体を起こし、まだテーブルについてペストリーを食べている妹の夫のグリア・マクダネルにうなずいてあいさつする。彼を見て、オーレイの腹が鳴った。

「オーレイ」サイは警告するように言い、兄の注意を引き戻した。「アリックの話によると、例の娘さんは何も覚えていないけれど、兄さんを夫だと思っていて、兄さんは同じベッドでいっしょに寝ているそうね。どうしてそんな、彼女の弱みにつけこむようなことができたの？　兄さんは――」

「どちらも後悔するようなことを口にするまえに、そこでやめておけ」妹の痛烈な非難をさえぎって、オーレイが冷ややかに言った。サイは口をつぐんだが、なおも怒りと落胆の目で兄を見つめていた。ひとまずそれを無視し、アリックをにらみつけて言った。「彼女をベッドに寝かせて、おれは床の上のわら布団に寝ていることは、話してくれなかったようだな？」

「どうして話せるんだよ？」アリックは驚いてきいた。「知らなかったのに」

　オーレイはその訴えに目をしばたたかせ、寝る場所の取り決めについて、ローリー以外とはちゃんと話し合っていなかったと気づいて顔をしかめた。それどころか、ジェッタが来てから、だれともなんについてもあまり話し合っていなかった。何週間も彼女とともに狩猟小屋のなかにいて、最初は眠っている彼女を見守り、目覚める兆候はないかとうかがいながら、ずっとベッドのそばですごした。目覚めてからは、食べ物や飲み物を勧め、ここでの生活や実際には存在しない人びとについて彼女が思い出そうとするあいだ、ブキャナンやその領民についての質問に答えながら、彼女のそばですごした。

「じゃあ、彼女に手を出してはいないのね？」サイがきいた。

「あたりまえだ」オーレイはかみつくように言って、またサイに注意を向けると、その顔にたちまち安堵が広がるのに気づいた。信じてもらえたことをうれしいと思うより、妹に見損なわれていたと思い知らされたことのほうにむっとした。一、二度ジェッタの純潔を奪いそうになったことは棚に上げよう。実際は奪っていないのだから。そしてこれからも。サイならわかってくれてもよさそうなのに。

「おれがどんな人間か知っているだろう、サイ」彼は怖い顔で言った。「どうしておれがあんな気の毒な状態の美しい娘の純潔を奪うなどと、一分でも考えられるんだ？」

「最初は思わなかったわ」サイはすまなそうに白状した。「でもアリックが――」

オーレイは手を振って彼女を黙らせ、妹を迂回《うかい》してテーブルのまえに座ると、自分のためにリンゴ酒を注いだ。それを飲み終えないうちに、ペストリー各種がのった盆が彼のまえに置かれた。まだ温かいペストリーをひとつ取り、口のなかに放りこんで食べはじめた。

「ごめんなさい、オーレイ」サイはそう言ってため息をつき、隣に座って彼の腕に手を置いた。「兄さんがそんな人じゃないのはわかってるわ。アリックの話は大うそだって気づくべきだった。いつもそうだもの」

「おい！」アリックが文句を言った。「うそをついたわけじゃないぞ……実際は。彼女はオーレイのベッドに寝てるって言ったんだ。だってほんとにそうなんだから。兄貴が同じベッドじゃなくて、床に寝てるなんて知らなかったんだよ。それに、彼女が兄貴を夫だと思ってるのはほんとだし」彼は指摘した。

「そう。そのこともあるわ」サイはもごもごと言い、眉を上げてオーレイを見た。

「最初に目覚めたとき、彼女がそう判断したんだ」オーレイは言った。「自分の寝室にはいれるのは夫だけなはずだと思ったらしい。治療者にもかかわらず、ローリーがいることにも動揺していた。それで、訂正しないほうがいいとローリーに言われたんだ。必要以上に動揺させて、症状がぶり返すといけないからと」

「ええ、それはアリックが説明してくれたわ」サイはおずおずと言った。「でも、危険な時期はすぎたんだから、話せるはずよ。そうじゃない？」

「ローリーはそう思っていない」オーレイは肩をすくめて言った。「あいつにきいてみてくれ」

「わかった」サイはなだめる必要があるかのように兄の腕をやさしくたたき、咳払いをして言った。「それで、彼女の家族をさがすのはどうするの？」

オーレイは固まり、サイの夫のグリアのほうを向いてにらんだ。まるで彼女の発言が義理の弟のせいでもあるかのように。

「そんなふうに見ないでくれよ」マクダネルの領主は冷ややかに言ったあと、こう指摘した。「彼女はきみの妹で、おれが出会ったときはもう立派な大人だったんだから。おれが彼女をこんなふうにしたわけじゃない。ありのままの彼女を愛しているよ」

義弟の贔屓目《ひいきめ》にうんざりと舌打ちし、オーレイはリンゴ酒を取ってひと口飲んだ。

「オーレイ？」サイがきつい口調で言った。「彼女の身元や家をさがすために何をしてきたの？」

「あの嵐で沈んだかもしれない船のことを、おれたちにきいてまわらせたことはサイに話したよ」アリックがあわてて言った。そして、サイのほうを見て思い出させた。

「言っただろう、きいたかぎりでは、そんな船はなかったって」

「ええ。そのときはそうだったんでしょう」サイはまじめに言った。「でも、そのあと人をやって調べさせた？　彼女が乗っていた船が目的地に着いていないことに、今ごろだれかが気づいているかもしれないでしょ？」

オーレイはまたアリックをにらみ、末弟は顔をしかめた。

「そのことも話そうとしたんだよ、サイ」アリックはうんざりしながら言った。「おれがブキャナンを出るまえに、ジョーディーとコンランがもう一度ききこみに出かけたって」

「それで？」サイは突き刺すような視線をオーレイに向けながらきいた。「どうなったの？」

「沈んだ船の情報はまだはいっていない」オーレイはうなるように言った。

「それなら、船は沈まなかったのかもしれない」サイはすぐに言った。「海にマスト以外の残骸は浮かんでいなかったとアリックが言ってたわ。嵐でマストは折れたけど、ほかは無事だったのかもしれない」

そう意見したサイはとても得意そうだったので、水を差すのはしのびないと思いながらもオーレイは言った。「それはおれも考えたよ、サイ。だから、もう一度コンランとジョーディーをききこみに行かせるつもりだった。だが、ジョーディーはケイティーのそばを離れたがらないだろうし、コンランは……いま留守にしている」

「それならほかの人を送ればいいでしょ」サイはすぐに言った。「兵士のだれかでも、ジョーディーとコンランと同じようにききこみくらいできるはずよ」

「だめだ」オーレイは急に言った。そのとき、ローリーがテーブルにやってきた。

「どうして？」彼女はきいた。

「かなり微妙な状況だから、だれでも信用するというわけにはいかないんだよ、サイ」オーレイにその気がないようなので、ローリーが説明した。そして、眉をひそめて尋ねた。「彼女が命をねらわれていること、アリックからきかなかったのか？」

「聞いたわ、彼女は猫と、白いレディと、彼女を殺そうとしてる偽の許婚のことを話してたんでしょ」サイは言った。「でも、まったくわけがわからない。熱に浮かされてしゃべっただけという可能性はないの？」

そう言われてオーレイは固まった。それは考えていなかった。たしかに可能性はあるが、しばらく考えてから首を振った。「それはあまり重要ではない。家族の話が出たら怖がっていたし、彼女を殺そうとしているかもしれない人たちのもとに返すわけにはいかない」妹を冷ややかに見つめてつづけた。「おれがそんなことをすると思うか？　おまえだって、ミュアラインをあの兄のところにやったり、人殺しの家族のもとにエディスを残したくはなかっただろう」

「それとこれとは別よ」サイはすぐに言った。

「そうかな？」彼女の夫がやさしく言った。

自信なさげに唇をかみながら、サイはグリアのほうを見て尋ねた。「彼女の家族もミュアラインやエディスのところみたいな人たちだと思うの？」

グリアはそれについて考えてから言った。「このかわいそうな娘さんの場合はそうじゃないとわかるまで、慎重にやるというオーレイは正しいと思う。せっかく彼とアリックが海から救出し、彼とローリーが時間をかけて看病して回復させても、彼女を見殺しにするような家族にわたしてしまっては元も子もない」

サイはわずかに肩を落としてため息をつくと、一瞬オーレイのほうを見てから、ようやく言った。「それなら、安全だとわかるまで彼女がここにいることは明かさずに、彼女の身元を調べる方法を考えなければならないわね」

オーレイはうなり声をあげただけで、ペストリーをひとつ取った。ようやくわかってもらえたか。ペストリーをかじり、おいしさに小さなため息をついた。

「彼女に会いたいわ」サイがそう言って立ちあがった。「階上《うえ》の兄さんの部屋にいるのよね？」

オーレイは首を振り、口のなかのものを飲みこんでから答えようとしたが、ローリーのほうが早かった。

「彼女はまだ狩猟小屋にいる」

「人殺しの家族がさがしているかもしれないのに、ひとりで置いてきたの？」彼女は動揺して尋ねた。

「ひとりではない。アキールおじとお供の兵士たちがいっしょだ。メイヴィスもいる。それに、彼女の家族は彼女があそこにいることを知らない」オーレイはあわてて言った。「知るわけがない。彼らが何者なのかもわからないんだから」うんざりしたように指摘する。「それに、彼女をここに連れてくることはできなかった。服がないんだ」

「ああ、そうよね」サイの表情が晴れた。「それはアリックから聞いたわ」

オーレイはようやく緊張を解いた。サイは突然立ちあがって城の玄関に向かった。

「それならすぐに対応できるわよ。ジェッタのためにドレスを持ってきたの。これから狩猟小屋に行って、彼女にわたすわ。そうすれば会えるもの」

「兵士諸君！」グリアはどなり、ペストリーをいくつかつかんで立ちあがった。

テーブルの端のほうで十二人のマクダネルの兵士たちがいきなり立ちあがり、女主人のあとを追いはじめたので、オーレイは驚いて眉を上げた。義理の弟に視線を戻して尋ねた。「何かおれたちに話していないことがあるのか？」

グリアは動きを止めて、けげんそうに義理の兄を見た。「どういう意味だ？」

「長旅というわけではないだろう。狩猟小屋に行って帰ってくるだけなら、兵士たちは必要ないはずだが」彼は指摘した。「妹の命をねらっているやつがいるのか？　またしても？」

「いや」グリアは微笑んだ。「そうじゃない。ドレスの箱を積んだ荷馬車を引いて、警護をする必要があって」

マクダネルの領主は急いで出ていき、残されたオーレイは彼を見送った。

「いったい衣装箱と荷車はいくつあるんだ？」彼はひとりごとをつぶやいた。

「衣装箱六個と荷車三台だよ」アリックが答え、オーレイは弟のほうを見た。

「六個？」信じられずにきき返す。

アリックはいらいらと舌打ちした。「兄貴の部屋でサイをさがす旅の話をしたとき、やっぱり聞いてなかったんだ」

「六個？」オーレイが繰り返す。

「言っただろ！」末弟はむっとして言った。「マクダネルに着いたらサイとグリアはいなかった。ニルスとエディスに会いに、ドラモンドに出かけたところで、おれがドラモンドに着いたころには、そこも出たあとだった。カーマイケルにドゥーガルとミュアラインに会いにいったんだ。でも、おれがドラモンドでひと晩やっかいになったとき、かわいそうなジェッタのことを聞いたエディスが、自分もドレスを送りたいと言って、衣装箱ひとつぶんのドレスをおれに託したんだよ」アリックは説明した。

「衣装箱を運ぶのに馬に引かせる荷車と引き具までくれたんだ。もちろん、衣装箱をのせた荷車を引いていたら進む速度は遅くなって、カーマイケルに着くころには、サイとグリアはまた出発したあとだった。ふたりはシンクレアに向かったということだった。おれはカーマイケルでひと晩やっかいになり、ミュアラインはジェッタの話を聞いて、やはりドレス入りの衣装箱を持っていってほしいとたのんできた。それから——」

「当ててやろう」オーレイが冷ややかにさえぎった。「おまえがシンクレアに着くころには、サイとグリアはもう出発していたが、ジョーンとキャンベル・シンクレアはひと晩泊まっていけと言い張り、話を聞いて、衣装箱をひとつ託したんだな」

「いや、衣装箱三個だ」アリックは暗い表情で訂正した。

「三個？」オーレイが驚いて繰り返す。

「ああ、ドレスが一個、あとの二個は生地の反物だ。ジェッタが好きなデザインのドレスを作れるようにとジョーンがくれたんだ」アリックは説明し、うんざりしたように付け加えた。「もっと大きな荷車とそれを引くのに馬がもう一頭必要になった。それで、いやになるほどゆっくりと進むしかなくなった」

「ああ、そうだろうな」オーレイはうなった。

「つぎの目的地はふたたびマクダネルで、そこでようやくサイとグリアに追いついて、サイにもドレスの衣装箱を託された。でも、大きな荷車一台より中くらいの荷車三台のほうが、もっと早く旅ができるだろうということになった」

「つまりおまえははるばるシンクレアまで行ったというわけか」オーレイは首を振りながらつぶやいた。

「この一週間であちこちに行くことになったよ」アリックはうらめしそうに言うと、兄を非難した。「兄貴の寝室でおれが話したこと、ほんとにひとことも聞いてなかったんだね？」

オーレイは一瞬弟を見つめ、質問に答えることなくうなるように言った。「それで、おまえはジェッタのことを全員にしゃべったのか？」

「えーっと」アリックは弱々しく言った。「それは……」

オーレイは目を閉じた。

「それはつまり、一週間以内にまた仲間が増えるということだ」ローリーが朗らかに割りこんできた。

「一時間以内のほうがありうるかも」アリックがすまなそうに言った。「みんなすごくジェッタに会いたがって、昨日の夜マクダネルに使者を送って、明日の朝ブキャナンに着くと知らせてきた。それでおれたちはこんなに早く出てきたんだ。サイがここでみんなを迎えたがったから」

「なんてことだ」オーレイはうんざりしながらつぶやいた。さらに三人の女性、彼の人生にうるさく口出しする妹を手伝おうという、とても美しく、とても親切で、とてもやさしい世話好きたちに、わが家は侵略されようとしているのだと気づき、その考えに愕然《がくぜん》として顔をしかめた。アリックをにらんでそっけなく尋ねる。「エディスがドレスのはいった衣装箱を提供してくれたなら、どうしてそのままブキャナンに戻らなかった？　どうしてサイを追いつづけた？　必要なのはドレスだったんだぞ」

「そうだけど、兄貴はサイやほかのみんなを結婚式に呼びたいんじゃないかと思ったから」アリックは当然のことのように言ったあと、つづけた。「全員来ることになれば、また呼びにいかなくてすむだろう」

「結婚式？」オーレイはわけがわからずにきいた。

「兄貴の結婚式だよ……ジェッタとの。彼女とベッドをともにしたということは、結婚したいんじゃないかと思って」

「ベッドをともにしたわけじゃない――彼女はおれのベッドにひとりで寝てるんだ」

オーレイは怒りにまかせてどなった。「彼女は純潔なままだ」

「そうだけど、そのことはほかのだれも知らないし、彼女はまちがいなく高貴な家柄の娘だ。自分は夫だと言って、ベッドをともにしているとみんなに思わせておきながら、結婚しないわけにはいかないよ。今や彼女は傷物なんだぜ、兄貴と寝ていようがいまいが」アリックは言った。オーレイは不意に理解した。アリックがサイを追いかけたのは、増援部隊を呼ぶためだ。家族全員を引きこんで、彼が渋ったときには、無理にでもジェッタと結婚させるつもりなのだ。くそっ、まいった。なんとかして阻止しないかぎり、ジェッタは望もうと望むまいと彼と結婚させられてしまう。

オーレイは立ちあがって玄関の扉に目をやった。サイより早く狩猟小屋に着いて、ジェッタを連れて逃げることしか考えられなかった。どこへ逃げればいいかはわからないが、意に反して結婚させられないようにするには逃げるしかない。

「ゆうべ、言わなかったか？　城壁にいた兵士たちに、ケイティーが矢で射られたのを見たかどうかききたいって」不意にローリーがまじめな口調できいた。

オーレイは足を止め、けわしい顔で彼を振り返った。本心を言えば、ローリーにまかせたかった。弟はこの五週間というもの、彼とジェッタの交流のこととなるとずっとこの調子だったので、いいかげんもううんざりしていた。それに、あれは黙示録の四騎士よろしく四人の婦人たちがやってくることを知るまえの話だ。四人ではなくて三人か。ひとりはすでにここに来ているのだから。

「サイは兄貴を愛している」ローリーは神妙に言った。「ミュアラインとエディスもだし、ジョーンも兄貴が好きだ。それに四人とも親切だ。ジェッタに危害を加えることはないし、兄貴を傷つけるようなことはしないよ」そのことばが理解されるのを待って、こうつづけた。「それに、ジョーディーとケイティーはここで兄貴を必要としている」

オーレイはためらったが、また椅子に座ってため息をついた。黙示録の四人の女騎士が来ても来なくても、彼には果たさなければならない責任があった。

# 8

「ああ、そうだよ、顔に傷を負うまえのオーレイは、くったくのないとても愉快なやつだった」アキール・ブキャナンはジェッタに言った。「それ以後はいかめしくて寡黙になった。悪いのはあのばい……娘だ」彼はあわてて訂正したあと、つづけた。「彼の許婚だよ。負傷した彼を、傷んだエールのように捨てた」

ジェッタは神妙にうなずいた。「アダイラのことならメイヴィスが話してくれました」

「そう、アダイラだ」アキールおじは嫌悪感をにじませながら言うと、首を振ってつづけた。「それまでの彼女はすばらしく感じのいい娘に見えた。だが、オーレイが負傷すると……」アキールの口元がこわばった。

「彼女はどうなったんですか？」ジェッタは興味を覚えてきいた。メイヴィスは話してくれなかったからだ。「その後結婚はできたんですか？」

「ああ」口元が怒りにゆがんだ。「結婚式がとりやめになるかならないかのうちに、どこかの侯爵の相続人か何かと駆け落ちしたといううわさを聞いたよ。それもはるばるフランスまで。あの娘にはお似合いかもしれないな。フランス人はみんな、自分たちがほかのだれよりもすぐれていると思っているし、アダイラもそうだから。もっとも、母親がフランス人だから、生まれつきなのかもしれないが」

ジェッタは眉を寄せ、アキールが言ったことについて考えた。彼のことばが記憶のなかの枝に引っかかった。おそらく、メイヴィスからこの話を聞いていたからだろう。部分的にではあるが。あるいは、頭を負傷するまえに全部聞いたのかもしれないと思い、その枝がつかめるようになるまで浮かんでくるのをしばらく待ったが、わずかな引っかかり以外、何も得られなかった。

ため息をついてあきらめ、メイヴィスには尋ねることを思いつかなかった質問をアキールにした。「では、わたしと夫はどうして婚約できたんでしょうか？　普通なら、わたしが生まれたときか幼いころに、両親が縁組を手配するはずですよね。でも、オーレイは子供のころからアダイラと婚約していたのだから、わたしたちは生まれたときから婚約していたわけではないのでしょう。わたしの許婚は幼いころに亡くなって、オーレイの許婚になれる状態だったのかしら？」

「ええと……それは……」アキールおじは助けを求めるかのようにきょろきょろしたが、ジェッタをのぞけばそこにいるのは彼とメイヴィスだけだった。兵士たちは全員外にいて、半数が交代で小屋を警護し、残りの半数は厩の横に設置した小さなテントで眠っていた。アキールおじ自身は小屋の二番目の寝室を使い、メイヴィスはジェッタの部屋のわら布団の上で眠った。冷たく硬い床の上のわら布団で寝る必要はないと思い、ベッドの半分を使うようにと言ったのだが、侍女はそれを辞退し、わら布団のほうが慣れているし、〝やわらかくてお熱い〟ベッドではよく眠れないからと言い張った。

「何を気にしているんだ、メイヴィス？」明らかにジェッタの質問から逃れるために、アキールおじが突然尋ねた。

ジェッタ自身も気になりはじめていたので、アキールにならって、窓辺でぎょっとしたように立ちすくんでいる侍女に目を向けた。

「笑い声が聞こえたような気がしたんですよ」開いた鎧戸の向こうの光景から目を離さずに、メイヴィスはもごもごと言った。

アキールはジェッタと苦笑を交わした。「それはそうだ、兵士たちだって笑うことはある」

「いいえ、兵士たちじゃありません。あれはご婦人の笑い声です」メイヴィスは小声で言った。まだ耳を澄ましているのだ。「ああ！　あれはサイお嬢さまです！」

ジェッタはびっくりして目を見開き、シュミーズの上にプレードをまとった自分の姿を見おろした。今朝はメイヴィスが来るまえに目覚め、自分でひだをつけたプレードを身につけてから、部屋を出て階下におりたのだった。作業に慣れていないのは一目瞭然だろう。プレードはよじれ、ひだは均一ではなく、幅が広かったりせまかったり、斜めになっていたりした。全体としてはみっともない袋をまとっているように見えているのだろうが、自分とメイヴィスとアキールしかいないときは気にしていなかった。だが、夫の妹が来たとなると……。

「まあ、どうしましょう」ジェッタはつぶやいた。こんなみすぼらしい格好をしていたら、夫に恥をかかせることになってしまう。「わたし――」

「座りなさい、ラス」立ちあがって部屋に逃げ戻ろうとした彼女に、アキールがきびしく言った。「サイは身なりのことであれこれ言ったりしない。そのままで大丈夫だよ」

「まあ、見てください！　レディ・ミュアラインとレディ・エディスもごいっしょですよ！」メイヴィスは興奮気味に言った。

「ニルスとドゥーガルの奥方の？」オーレイの話に出てきた名前だと気づき、ジェッタは驚いてきいた。彼はローリーの言いつけを守って、ふたりの結婚生活についてはほとんど話してくれなかったが、子供のころのことや彼女と結婚するまえのことは話してくれていた。弟たちのことや、そのうちのふたりがどうやってそれぞれ生涯の伴侶、エディスとミュアラインに出会ったのかも。

「彼女たちも家族だからね、ラス」アキールはきっぱりと言い、力になろうというように彼女の両手に自分の手を重ねたが、それは彼女が逃げないようにするためでもあった。「ミュアラインとエディスもきみが着ているもののことをあれこれ言ったりしないよ」

「それに、お友だちのレディ・ジョーン・シンクレアもいらっしゃいます」メイヴィスはうれしそうに付け加えた。「あらまあ！　ドゥーガルとニルスとグリアとシンクレアのご領主のキャンベルまで」彼女は調理場のほうを見て言った。「ペストリーを作っておいてよかったですよ。でも、昼食用に作るつもりだったウサギのシチューは、二倍の量にしたほうがいいですね」

ジェッタはうめき声をあげて目を閉じ、メイヴィスは急いで料理用ストーブに向かった。来客がはいってきたとき受けることになる屈辱を思って悶々としていると、アキールがジェッタの手を離して言った。「わかったよ、ラス。好きなようにしなさい」

安堵の息を吐き出すと、ジェッタはいきなり立ちあがったが、たちまちめまいの波に襲われてテーブルにつかまった。

アキールはすぐに立ちあがって彼女を抱きあげた。「まだ本調子ではないんだね、ラス？」

「ただの立ちくらみです」彼女は弱々しく言った。

「ふむ」彼は低い声で言った。「部屋に運んであげよう。だが、警告しておくよ」アキールは階段のほうに顔を向けて言った。「サイたちは小屋にはいるやいなやまっすぐきみに会いにくるだろう。つまり、われわれは避けられないことを引き延ばしているにすぎない」

「ご亭主たちまでついてくるなんて」ジェッタはつぶやき、アキールおじの肩に両腕をまわすと、思わず笑みを浮かべた。

「どうした、ラス？」彼女を抱いて階段をのぼりながら、笑みを向けられていることに気づいた彼は尋ねた。

「あなたを見ていると、二十年後の夫を見ているようで。とてもオーレイに似ていらっしゃるから。ローリーにも」

「ああ」彼はにやりとした。「ブキャナンの血だ。とても濃いんだよ。ブキャナンの男たちはみんなよく似ている」

「サイもですか?」肩越しに入り口扉のほうを見ながら、興味があったので尋ねた。

「いいや、サイはちがう。ありがたいことにね」彼はそっけなく言った。「ブキャナンの特徴は女性の顔にはあまりそぐわないんだ。わたしの女きょうだいのモレートがそれを証明している。彼女のことはとても愛しているが、女性として魅力的とは言えないね。モレートには許婚がいたが、一度顔を見ただけで彼女を拒絶したよ。毎朝男のベッドで目覚めるようなものだと言ってね」

ジェッタはその知らせを聞いてうろたえ、目を見開いた。「モレートはどうなったんですか?」

「ああ、許婚にそう罵倒されたあと、修道院にはいったよ。思いやりのないろくでなしと結婚するより、尼僧になるほうがましだと言って。ひじょうに残念なことだ。見た目こそブキャナンの若者のようだったかもしれないが、母に似ているところもあったからね。気立てがやさしくて、子供の世話もできた。いい妻と母になれただろう」

アキールは思い出にため息をつき、やがて明るく言った。「幸い、うちのサイはその真逆だ。サイは母親の長い黒髪と美しい顔を受け継ぎ、わたしの兄弟である父親からは性格を受け継いだ。見た目は絵のように美しく、兄弟たちと似ていないが、行動の仕方はそっくりだ」

「まあ」ジェッタは弱々しく言った。ほかに何を言えばいいかわからなかった。アキールの話から頭に描いたのは、黒髪で乳房のあるオーレイをもっとかわいらしくしたような人物が、剣を手に飛びまわっている姿だった。

「さあ着いた」アキールは明るく言って、ジェッタを寝室に運び入れた。部屋に足を踏み入れるやいなや、階下で小屋の扉が開く音が聞こえ、笑い声と話し声が小さな家を満たした。アキールは苦笑いしながらジェッタをベッドの横に立たせて言った。

「到着したようだ。あと二分でご婦人たちは、きみに会いにここに飛びこんでくるだろうから――」そこまで言うと首をかしげ、階段を駆けあがってくる突然の足音に耳を澄ました。まるで暴走だ。

「一分以内に訂正だ」アキールがぼそっと言ってさっと脇にどくと、数人の女性たちが部屋に駆けこんできた。にこにこ顔のメイヴィスを引っぱりながら。

いや、引っぱって抱きしめながら、だ。ジェッタには女性たちが侍女を戸口から引きずりこみ、交代で抱きしめてあいさつをしながら、寝室になだれこんできたように見えた。あいさつが終わった今、部屋は静かになり、四人の女性たちは動きを止めてジェッタを見つめた。

　ジェッタは見つめ返した。おそらくおびえた雌鹿のように見えただろう。そして、メイヴィスを目でさがした。侍女が愛情たっぷりに四人を見つめているのに気づき、ジェッタは緊張を解いた。この人たちはわたしの家族なのだ。やってきた四人のうち三人は。四人目は友だちということだが、わたしの友だちでもあるのだろう。そうでなければなぜはるばる旅してきたりするの？

　歓迎の笑みを顔に貼りつけ、背筋を伸ばして女性たちを見わたした。ブロンドがふたり、赤毛がひとり、そしてジェッタ自身にそっくりな、長い真っ黒な髪の女性がひとり。ジェッタはそれに気づいてかすかに笑みを浮かべた。夫が妹についてしていた説明のとおりだ。「妹はきみと同じ長い黒髪をしているが、きみの髪がすてきなウェーブを描いているのに対して、妹の髪はまっすぐだ」

「サイ」ジェッタはそう言って、長い黒髪の女性に微笑みかけたあと、赤毛の女性のほうを向いて「エディス」と言い、最後にブロンドのふたりのほうを向いて厳かに言った。「ミュアラインとジョーン」

「わたしたちがわかるの？」エディスが驚いてきいた。

ジェッタは唇をかみ、鼻にしわを寄せたあと、ため息をついた。

「いいえ」と認める。「思い出したのかという問いなら、残念ながらちがうわ」彼女は申し訳ない気持ちで言った。「でも、わたしの大切なオーレイがあなたたちひとりひとりについてくわしく話してくれたから、サイは黒髪であなたは赤毛だと知っていたの」エディスにそう言ったあと、残りのふたりの女性に向かって言った。「ミュアラインとジョーンはふたりともブロンドだって聞いていたから、あなたたちがミュアラインとレディ・シンクレアだということはわかるけど、どちらがどちらかはわからないわ」

「まあ」エディスが口元にかすかな笑みを浮かべ、ほかの三人に向かってぼそぼそと言った。「わたしの大切なオーレイ、ですって」

「わたしも聞いたわ」ブロンドのひとりがため息をついた。「それってすてきじゃない？」

ジェッタはちょっと恥ずかしくて赤くなりながら、近づいてくるオーレイの妹に目をやった。サイは両腕をつかんでじっと見つめてきたが、確信が持てないという顔つきをしていた。

「兄の傷跡は気にならない？」サイが単刀直入に尋ねた。

ジェッタは目を見開いたが、すぐにきっぱりと答えた。「気にならないわ」

「ほんとに？」サイがしつこく食いさがるので、先ほどの不安を思い出し、今度はジェッタが眉をひそめた。

「事故のまえは気にしていたの？」不安になって尋ねた。「記憶を失うまえのわたしは、彼に不親切だったりつらくあたったりしていたのかしら？　もしそうだったら……」

「もしそうだったら？」ジェッタが口ごもったので、サイが先をうながした。

「わたしはばかだわ」彼女は悲しげに言った。「あの人はこの世でいちばん親切で思いやりのある男性だし、傷跡があってもそれは変わらない。彼はハンサムだわ。傷跡は整った顔に粋な雰囲気を加えているにすぎない。頭を打つまえはそれがわからないほど愚かで目が見えていなかったのだとしたら、わたしはばかで浅はかな子供だったということね」

サイが突然にっこり笑ってジェッタを引き寄せ、ぎゅっと抱き締めて「ようこそ、きょうだい」と言ったので、ジェッタは当惑した。

ふたりはすぐにほかの三人に取り囲まれ、走り寄ってきた三人はふたりを囲んで抱きついた。メイヴィスもすぐにそれに加わり、全員がひとつのかたまりになって歓迎の叫びをあげた。ジェッタは困惑しながらも、受け入れられたことに感動し、涙ぐんだ。粒《つぶ》が滝になるまえに、涙はこみあげてきたときと同じくらいすばやく引っこみ、女性たちは興奮気味にしゃべりながら離れはじめた。

「衣装箱を運びあげるように兵士たちに伝えてくるわ！」ブロンドのひとりが宣言して、扉に向かった。

「わたしはブラシを取ってくる。連れて帰るまえに彼女の髪をなんとかしなくちゃ」もうひとりのブロンドが興奮気味に言った。

「お風呂の用意をさせるわ」と宣言して、エディスはメイヴィスのほうを見た。「ここに浴槽はあるわよね？」

「ええ、ありますとも」メイヴィスは扉に向かった。「男衆に言って、水といっしょに運ばせましょう」

「あら、いいのよ、メイヴィス」エディスは侍女を追いながら言った。「わたしが手配するわ。あなたに余計な仕事をさせるつもりで言ったんじゃないの。料理のほうはどうなってるの？　すごくいいにおいがするけど」

「昼食用のおいしいシチューですよ」メイヴィスは誇らしげに言った。「でも、食べる人たちがかなり増えたから、量を倍にしないといけませんね」

「それなら、お風呂の手配はわたしがやるから、あなたは料理のほうをお願い」エディスはてきぱきと指示した。

「もっとウサギが必要になりますね」メイヴィスは懸念を口にした。

「わたしが狩りに行くことになりそうだな」アキールがおどけた口調で言って、まだこの場にいることをジェッタに思い出させた。扉に向かいながら、言い添える。「昼食だけでなく夕食にも必要になるだろうから、兵士を数人連れていこう」

「夕食の心配はいらないわ」サイが告げたので、アキールは扉のまえで足を止めることになった。「夕食の時間までにはみんなブキャナンに戻っているはずだから」

「本当に?」彼は興味を示した。「オーレイはその計画を知っているのか?」

サイは肩をすくめた。「わたしがジェッタを連れて帰ることは想定しているはずよ。だいたい、彼女がここに残った理由はドレスがなかったからというだけでしょ。それならもう解決したわ。それに」彼女はいくぶんずるそうな笑みを浮かべてつづけた。「ブキャナンの人たちは領主の奥方が無事なのを見ればきっとよろこぶわ」

アキールはそれを聞いてにやりとし、うなずいて同意すると、ジェッタのほうを見て言った。「きみの世話はご婦人たちがちゃんと見てくれるし、わたしがウサギを狩りにいっているあいだ、兵士たちがここで警護してくれるからね。わたしが必要になったら、兵士を寄越して知らせなさい」

「ありがとうございます」ジェッタはささやき声で言った。

彼は笑顔で彼女にウィンクすると、扉を開けて出ていった。

ジェッタは彼を見送ってから、サイのほうを見て尋ねた。「本当に今日ブキャナンに行くの？」

「そうよ」サイはきっぱりと言った。「この状況ではそれがいちばんいいと思う」

ジェッタは粛々とうなずいたが、相手の目のなかにひらめくものを認め、自分はサイが想定していることをちゃんと理解しているのだろうかと思いながら、ため息をついて言った。「夫に再会できると思うとうれしいわ。彼が出かけた瞬間からもう恋しかった。ブキャナンに帰ることでわたしの記憶が戻ると期待されるのは困るけど」

サイは首をかしげて興味深げに彼女を見た。「きっかけにならないと思うの？」

ジェッタは首を振った。「心から愛しているはずの男性といっしょにいても記憶が戻らないんだから、お城を見たところでたかが知れているわ」

サイはふと動きを止めてつばをのみこんだ。涙らしきもので目をうるませながら尋ねた。「兄を愛しているのね？」

「どうして愛さずにいられるの？　彼はすばらしいわ」夫の話をするのがうれしくて、

ジェッタは満面の笑みで言った。「わたしが病気のあいだ、彼は心から心配して、ほんとうに辛抱強くずっと看病してくれたのよ。それに、あの人がわたしにキスしたり、触れたり、それから――」自分が何を言おうとしているかに気づいて、ジェッタはことばを切った。顔の熱さから、赤くなっているのがわかった。

「キスしたり、触れたり、それから……？」サイはもごもごと言ったあと、それとなく尋ねた。「もしかして、あなたと兄はまだ……？」

最後まで言わないでくれたことに感謝しつつ、ジェッタは急いで首を振った。今はまちがいなくトマトのように真っ赤になっているだろうと思いながら説明する。「回復するまではどんな種類の興奮もよくないとローリーに言われたの。でも一度だけ、オーレイが……」そこでやめてごくりとつばをのみこみ、テーブルの上で悦ばせてもらったことを思い出して身震いした。だがすぐに首を振り、咳払いをしてつづけた。「その、実際に床入りしたわけではないんだけど、あることをしてくれて、すごく興奮したの。でも、わたしを興奮させないようにとローリーに言われてから、そういうことはしていないわ」

「なるほど」サイの笑い方を見て、〝実際に床入りしたわけではない〟とは何を意味するのか、この人は知っているんだわ、とジェッタは確信した。にやけるのを抑えて、サイは尋ねた。「でも、兄にキスされたり触れられるのが好きなのね?」

「ええ、もちろん」ジェッタはそう言ってため息をついた。「オーレイは何から何までほんとうにすばらしいの。彼のような夫がいる自分の幸運が信じられないわ」

「でも、兄はあなたの夫よ」サイはきっぱりと言った。「あなたたちがそのままでいられるようにしないと」

ジェッタはけげんそうに彼女を見た。「そのままでいられるようにする?」

「お待たせ!」エディスが大勢の兵士たち引き連れて部屋に飛びこんできた。彼らが重い足取りで荷物を運ぶあいだ、彼女は言った。「浴槽と冷たい水を持ってきたわ。お鍋をいくつか火にかけてお湯もわかしてる。そっちもあと数分で準備できるわよ!」

「わたしが様子を見てくるわ。それに、日が落ちるまえにブキャナンに戻ることをグリアにも伝えないと」サイはそう言って扉に急いだ。「食べさせる口が増えることを料理人に知らせるために、兵士のひとりを先に向かわせるだろうから」

ジェッタは困惑顔で彼女を見送った。オーレイが話してくれたので、グリアがサイの夫だということは知っていたし、ここにとどまるのではないので、荷解きをするのではなく出発の準備をするよう彼に知らせる必要があるのもわかるが、サイにはそばにいてほしかった。〝そのままでいられるようにすること〟についてもう少しききたかったのだ。どういう意味なのかもわからなかった。どうしてサイは、オーレイとジェッタがそのままでいられるようにする必要があるのだろう？　そうはならないような事情があるのだろうか？　頭のけがのせいで、夫が彼女を遠ざけようと考えているとか？　もしかしたら、妻に思い出してもらえないのが気に入らないのかもしれない。子供がいるなら、この記憶障害が子供たちにも受け継がれるかもしれないと気にしているとか？　ああ神さま、まさか彼はわたしを遠ざけませんよね？

「お待たせ！」

そう告げてはいってきたブロンドの女性のほうを見た。彼女のあとから衣装箱を運んできた男たちを見て、ジェッタは目をまるくした。最初に見えた衣装箱は三つだったが、最初の一団が部屋にはいったあとも、まだ男たちはつづき、ひとつの衣装箱をふたりの男が抱えて、最終的に六個の衣装箱が運びこまれた。

「これは……？」ジェッタは衣装箱を興味津々で眺めながら、小さな声で言った。

「ドレスよ」エディスが興奮気味に答えた。

「まあ、ほとんどはドレスね」ブロンドの女性が訂正した。「そのうちふたつの箱には布がはいってるわ。あなた好みの新しいドレスが作れるように」

「そうなの」エディスはにっこりして言った。「ジョーンのところには彼女のおじさまが送ってくださる布がたくさんあるから、あなたのためにって衣装箱ふたつに布を詰めてくれたのよ」

「ジョーンね」ジェッタはつぶやき、教えてくれたエディスに微笑みかけて感謝を伝えた。ふたりのブロンドのどちらがだれかわかったからだ。彼女はジョーンに心からの笑みを向けた。「ありがとう。本当にご親切にしていただいて」だが、ひとつずつ置かれる衣装箱を見ながら、わずかに顔をくもらせた。「わたしの持ち物はすべて船が沈んだときになくなったと夫に言われたけど、なんだか信じられないの」

だれも何も言わないので、ジェッタは眉をひそめて女性たちに視線を戻した。「わたしたちはどこに行こうとしていたの？」

「それは、ええと……」エディスは口ごもり、助けを求めるようにほかのふたりを見た。

「それはわたしたちも知らないのよ」ミュアラインが静かに言った。「ドゥーガルの話では、オーレイはこの時期によく休暇を取るということだけど、どこへ行くつもりか聞いた覚えがなくて」

「わたしもよ」エディスとジョーンが同時に言った。

ジェッタはがっかりして顔をしかめ、衣装箱に目を戻して考えを口に出した。「ドレスを一着残らず荷造りしたということは、かなり長い休暇だったのね」少し考えたあと、初めてここで目覚めたときから部屋にある、ふたつの衣装箱に目を向けると、さらに顔をくもらせながら付け加えた。「でも、どうしてオーレイの衣装箱はなくなっていないの？」

「ああ、あの衣装箱はこの狩猟小屋が建て替えられたときからここにあるのよ」ミュアラインがあっさりと言った。

「建て替えられた？」ジェッタはきき返してから、オーレイに聞いた火事の話を思い出して首を振った。「ああ、そうだったわ、最初の狩猟小屋はドゥーガルとあなたが交際中に全焼したのよね」

「そうよ。わたしのいとこと父親のちがう兄のせいでね」とミュアラインが乾いた声で言って、自分も首を振った。「ドゥーガルとわたしは新しい狩猟小屋を建てる費用を出させてほしいと言ったんだけど、オーレイは聞き入れてくれなくて」いらだって いるかのように舌を鳴らしてつづけた。「とにかく、あの衣装箱はこの小屋が完成した日からずっとここにあるの。オーレイは予備のプレードや何かをそこに入れているわ。小屋に来るときたくさんの衣類や武器を運ばずにすむように」

ジェッタはうなずいたが、さらに尋ねた。「どうしてわたしもそうしなかったの?」

女性たちは困った様子で視線を交わし合ったが、やがてほっとしたようにその視線を扉に向けた。サイがはいってきてこう言ったからだ。「お湯はもう沸くけど、待っているあいだに衣装箱のなかのドレスを確認したほうがいいわ……どれを選ぶにしろ、空気に当ててしわを伸ばす必要があるから」

女性たちは砂漠にもたらされたわずかな水であるかのようにその提案に飛びつき、全員が一度に話したり動いたりしはじめた。彼女たちが衣装箱に突進して、吟味できるように次々とドレスを取り出しはじめると、たちまちジェッタの疑問は頭から追いやられた。

# 9

「その顔つきからすると、城壁にいた兵士の話はそれほど役に立たなかったようだな」ローリーが言った。

オーレイは首を振った。「ああ。何かを見た者はひとりもいなかった」と言って、テーブルの弟の隣に座る。

「やつらはまったく何も見なかったのか？」ローリーは眉をひそめてきいた。

オーレイは肩をすくめた。「射手は森に隠れていたにちがいない。ジョーディーがうしろに手を伸ばして、馬から落ちはじめたケイティーを受け止めるまで、そして、彼女の背中に矢が刺さっていることに見張りのひとりが気づくまで、異変に気づいた者はいなかった」

「ちくしょう」ローリーがつぶやいた。

「ああ」まったく予想どおりだったとはいえ、オーレイは暗い表情で同意した。役立つ情報は何も得られないのではと思いながらも、もしかしたらというわずかな希望を持ってはいたのだ。ため息をついて、近くにいた侍女に目で合図すると、弟のエールと自分自身を示して、何がほしいかを知らせた。侍女がうなずいて小走りに出ていくと、彼は言った。「兵士たちをもう一度、城の周囲の森に送り出した。今度はもっと広い範囲をさがさせている。それでもまだ何も見つかっていない。犯人は正体を明かす手がかりを何も残していないんだ」

ローリーは眉をひそめた。「つまり、だれが矢を放ったのかわからないということか?」

「まったく見当がつかない。もう一度襲ってこないかぎり、それを知る方法も」オーレイは認めて言った。

「それでコンランはケイティーの部屋の外の通路で寝ずの番をしているのか?」ローリーがきいた。「二度目の襲撃に備えて?」

オーレイはするどく弟を見た。「あいつがあそこにいたとどうして知っている?」

「聞こえたからさ」ローリーは冷ややかに言った。「ゆうべ聞こえた音はおそらく兄貴だな。ふたりとも雄牛みたいにどすどす歩きまわっていただろう」

オーレイは顔をしかめてうなずいた。「知らせてくれてよかった。もっと静かにするようやつに伝えるよ。おれももっと静かにするよう気をつける」

「それがいいだろうな」ローリーはおだやかに言った。

「ああ、だが、あいつがあそこにいることはだれにも言うなよ」オーレイは小声で言った。「コンランはおれの用事で出かけていると思われているんだからな」

「ほんとうに二度目の襲撃をしてほしいと思っているのか」ローリーがまじめに言った。

「犯人をつかまえて、ケイティーとジョーディーのために報いを受けさせるには、それしか思いつかなかった」オーレイは言った。「もし犯人が二度目の襲撃をしなかったら、どこからさがしはじめればいいかもわからない」

ローリーはうなずいた。

「だれにも部屋にはいる口実を与えないように気をつけるよ。侍女でさえね。はいる者がいれば、よからぬ目的があることになる」

「それがいい」オーレイは低い声で言ったあと、尋ねた。「ケイティーの様子は？」

ローリーは何も言わずに首を振った。

生きてはいるが、そう長くはもたないと思っているのだと解釈し、オーレイはぐったりしながら片手で首の後ろをもんだ。昨夜、夕食の席でローリーに質問して、ケイティーは順調に回復していると言わせるつもりでいた。残念ながら、すっかりそれを忘れていて、気づいたときはもう遅すぎた。コンランと計画したことを思い出すころには、オーレイはすでにケイティーのいる部屋の外の通路にいたのだ。顔をしかめて彼は言った。「今度みんなのまえでおれが尋ねたら、彼女は驚くほど順調に回復していて、すぐに起きて歩きまわれるようになるだろう、とうそをついてくれ」

ローリーは説明を求めなかった。オーレイがやろうとしていることを理解している証拠に、ただうなずいた。

オーレイはつぎの質問をした。「ジョーディーの様子は？」

「ケイティーの枕元から離れずに祈っている」ローリーは沈んだ様子で言うと、こうつづけた。「彼女が天に召されても、受け入れないだろう」

「彼女が死んだら、あいつの気がまぎれるようなことを考えなければならないな」オーレイは静かに言った。

「運がよければ、助けを必要としているジェッタの姉妹が三人か四人いることがわかるかもしれないぞ」ローリーは皮肉っぽく言い、オーレイのけげんそうな顔に気づくと、肩をすくめて付け加えた。「サイにはもう助けを必要としている友だちはいないけど、花嫁を必要としている兄弟はまだあと三人いるんだぜ」

「ジェッタには少なくともひとりは姉妹がいる」オーレイが知らせた。「おまえがブキャナンに出発したあと思い出したんだ。それに、花嫁を必要としている兄弟は三人ではなくて四人だ」オーレイは訂正した。

「ジェッタが来たから兄貴の相手はもう決まっているのかと思っていたよ」ローリーがおもしろがって言った。

「おれもそう思っていた」オーレイは冷ややかに言った。「そういうおまえも自分を除外しているようだが」

「えっ」ローリーは目を見開いた。「いや、おれは別に……その、必要としているわけじゃ……」口ごもり、顔をしかめて話題を変えた。「ジェッタといえば、サイとご婦人たちは狩猟小屋に着いたそうだ。今日のうちに彼女を連れて戻ってくるらしいぞ」

「なんだと？」オーレイは驚いて弟を見つめた。

ローリーはうなずいた。

「アキールおじが先に兵士をひとり送ってきたんだ。夕食の人数が増えるから準備ができるよう料理人に知らせるためにね。兵士が着いたとき、兄貴はケイティー襲撃時に城壁で見張りに立っていた兵士たちに話をききにいっていたから、おれが報告を受けたんだ。婦人たちはジェッタを風呂に入れて準備させているということだが、夕食の時間までに彼女を連れて帰るつもりらしい」

「くそっ」オーレイは言った。ジェッタにはそばにいてほしいし、サイが彼女を連れてくるつもりなのもわかっていた。とはいえ、すぐにもジェッタがやってくるとなると、彼女がブキャナンに来ることによって引き起こされる問題が、つぎつぎと頭に浮かんだ。たとえば、ふたりが夫婦ではないことをだれかが話してしまうとか。

「ジェッタをここに連れてくるなんて、サイはいったい何を考えているんだ？」彼は動揺して言った。「彼女がおれを夫だと思っていることはあいつも知ってるのに」

「そうだな、サイが考えているのはそのことかもしれない」ローリーはおだやかに言った。「ジェッタが到着して――大勢の人たちのまえで――兄貴を夫と呼んであいさつし、兄貴が彼女を妻と呼べば、いや妻と呼ばなかったとしても、夫であることを否定しなければ、結婚したことになるからな。法的に結婚したのと同じことに」

そのことばが頭のなかで鳴り響いて、オーレイは目をしばたたき、小声で言った。

「くそっ」

それは考えていなかった。彼にあいさつしただけで、彼女の運命は決定し、法的に彼の妻になる。彼女を手放さずにすむ。教会からも社会的にも、正式な夫婦と認められる。儀式も神父も必要とせずに。

心惹かれる考えだった。ジェッタとの婚約。彼女をほんとうに妻にする。彼女とベッドをともにすることができる……。

だが、ほんとうは夫婦でなかったのに、簡単に言ってしまえばだまされて彼と結婚していることにされたのを、もし彼女が知ったら……その考えに顔をしかめ、首を振った。

「なぜだ?」ローリーがきいた。「あの娘が好きなんだろう」

「ああ」オーレイは素直に認めた。

「彼女が本当の妻になるのは歓迎なんだよな?」

オーレイは人のまばらな大広間に目をやった。部屋にいる人びとはほんのわずかで、遠くのテーブルに座っている休憩中のひとにぎりの男たちと、掃除中のふたりの侍女、あとは彼にエールを運んでこようとしている娘だけだった。どこかジェッタを思わせるその娘に一瞬目が留まる。何がそう思わせるのかはわからなかった。顔は土で汚れ、髪は見えず――頭をスカーフで覆っていた――歩き方が明らかにジェッタとはちがう。この娘の足取りは自信たっぷりですばやいが、ジェッタは歩くとき、ゆっくり慎重に歩く。まだあまり歩いていなかったし、もっと体力が戻るまではそれほど歩くこともないだろうが。

これもまた、何を見てもジェッタを思い出してしまう例の現象だと判断し、弟に意識を戻して無言でうなずいた。もちろん、ジェッタをほんとうの妻にするのは歓迎だ。まさか彼女が……いや、だれにしろ、よろこんで結婚してくれる女性が見つかるほどの幸運に恵まれるとは、考えたこともなかった。実際、相手がいやがっていないというのはとてもありがたく、同意してくれるなら相手がどんな女性であってもよしとしただろうが、それがジェッタとなると……ああ、相手が彼女なら、むしろ望むところだ。彼女は聡明で、愛らしくて、おもしろくて、やさしくて、情熱的で、美しい……そして、心から彼に好意を持ち、求めているように見える。顔の傷跡に対する拒絶反応もまったくない。ジェッタは完璧で、彼女がほんとうの妻になってくれることをオーレイは心から望んでいた。だが……。

「そうすれば彼女は、記憶を失うまえにひどく恐れていた相手と結婚せずにすむんだぞ」ローリーが思い出させた。「それに、彼女も兄貴のことが好きみたいだ。兄貴と夫婦だということにとても満足しているように見える」

「ああ、だが、おれたちは夫婦ではない」オーレイは指摘した。「彼女をだまして夫婦になるなんて。そんなことはできない。そんな扱いは彼女にふさわしくない」

ローリーはまじめにうなずいた。「それなら、彼女が兄貴を夫と呼ぶのをだれにも見られないところで迎える方法を考えたほうがいいぞ。さもないと、あとで彼女から結婚を求められる」

オーレイはそう言われてかすかに微笑んだ。「彼女の本当の夫になるのがいやだと言っているわけじゃない。無理強いしたくないだけだ。彼女がおれに無理強いするのはまた別の話さ」彼は苦笑しながら言った。

「なるほど」ローリーも微笑んだ。「つまり妻にしたいわけだ。ただ、彼女に無理強いしたくないだけなんだな？」

「そうだ」オーレイは認めた。そのとき、だれかが背後をうろついているのに気づいて振り返ると、そこに例の侍女がいた。

「エールをお持ちしました、旦那さま」侍女はそう言って、オーレイのまえに飲み物を置いた。

「ありがとう」彼はそうつぶやいたあと、侍女が背を向けるまえに彼の傷跡に目をやって、おぞましげに口元をゆがめたのに気づいてぎくりとした。口を固く閉じてテーブルに向き直り、エールを手に取る。こんな反応をされるのはひと月ぶりだった。それ以前でさえ、負傷から月日がたつにつれて見ることは少なくなっていた。傷に対してそんな反応をする侍女をメイヴィスが目にしたら、やめさせるか、彼と直接関わることのない仕事をさせるようにしていたからだ。オーレイがそのように命じたことはなく、たのんだことさえなかったが、メイヴィスがそうしていることは知っていた。そのため、最初のころ、城の女中は頻繁に入れ替わることになった。今もたびたび入れ替わっているらしく、大広間に見慣れない女中たちがいることもあった。たとえば、件《くだん》の侍女にはかすかに見覚えがあったが、大広間を片づけている残りの侍女たちのうち、少なくとも三人には見覚えがなかった。

「メイヴィスがここにいて見ていなくて、あの侍女は幸運だな」ローリーが静かに言った。

「そうだな」オーレイはぼそぼそと言い、じっと飲み物を見おろしてから、弟を見てきいた。「ジェッタはほんとうに傷跡のことを気にしていないと思うか？　それとも、隠すのがうまいだけなのだろうか？」

「ジェッタが少しでも兄貴の傷跡を気にしていたら、メイヴィスがすぐさま気づいて、彼女を排除する方法を見つけていたはずだ」ローリーは正直に言った。

「まあ……そうだろうな」オーレイはつぶやいたが、ほんとうだろうかと思いながら、エールに目を戻した。もしかしたらジェッタは嫌悪感を隠すのがうまいだけなのかもしれない。あるいは、何度も頭を打ったせいで、脳をやられてしまったのかもしれない。

「昨日の夕食のとき、コンランから聞いたよ。実は船は嵐で沈んだわけではなくて、マストだけが折れたのかもしれないという兄貴の説を」ローリーは突然言った。

「そうか」不意に睡眠不足が意識され、オーレイはだるそうに言った。

「充分ありうると思う」ローリーは言った。「その手の痛手を負った船はないか、人を送ってきいてまわらせるべきだ。そのやり方なら、彼女の身元がわかるかもしれない」

「そうだな」とオーレイは同意したが、あまり熱はこもっていなかった。身元がわかれば、彼女を失うことに一歩近づくのかもしれない。あるいは、身を守るためによろこんで彼と結婚することを意味するのかもしれない。問題は、そんな理由でジェッタに自分と結婚してほしくないということだった。そのほうがましだからではなく、心から望んで妻になってほしかった。だが、傷跡に対する侍女の反応を目にしたあとは、その可能性を信じるのはむずかしくなってきた。ジェッタとともにすごしたこの二週間は、たいていの人に怪物と思われているのを忘れることができていたのに。あの侍女はしっかりと思い出させてくれた。

咳払いをして軽く背筋を伸ばし、オーレイは言った。「アリックは帰ってきたらまた行かせてもいいが、ジョーディーは行かないだろうし、コンランも行かせるわけにはいかない。襲撃犯をつかまえるために、ケイティーとジョーディーを見張っていてもらう必要がある」

「アキールおじはどうだ?」ローリーが言った。

オーレイはその提案に眉をひそめた。「馬で遠くまで行ってもらうには年を取りすぎている」

「でも、コンランの代わりにジョーディーたちを守ることならできるぞ」ローリーが指摘した。

オーレイは少し考えてから首を振り、ものうげに手を髪にすべらせた。「彼も昔のように若くはないんだ、ローリー。見張りについて一時間もしないうちに通路のなかでうとうとして、犯人にまた襲撃され、今回はケイティーとジョーディーが命を落とすことになったら困る」

ローリーは不満そうだったが、その点については反論しなかった。ただこう尋ねた。

「じゃあ、調べないつもりか?」

オーレイはしばし無言で考えた。彼女の身元がわかれば、彼女を失うことになるかもしれない。だが、身元を明らかにしてけりをつけるのは、早い方がいいのでは？ 彼女のそばに長くいればいるほど、それだけ失うのがつらくなるのだから。彼は背筋を伸ばして言った。「いや。調べる。兵士のなかからだれを送るか選ばなければならないだろうが。微妙な問題を扱いながら口が固い、信用できる人物が必要になるからな」

「そんなやつがいるかな？」ローリーが不安そうにきいた。

「それが問題だ。おれにはわからない。おそらくそういう人物はいるだろうが、これまではいつもおじか弟たちのだれかにたよってきたから……」

「だから、兵士のなかに信用できる人物がいるかわからないというわけか」ローリーは納得したあと、苦笑した。「あてにできる兄弟がたくさんいるのは便利だったが、今ではそれも減ってきているし……」

オーレイは声を出さずに笑い、首を振った。「ドゥーガルとニルスが死んだみたいな言い方だな。あいつらだってまだ家族の一員だぞ」

「だが、もうここに住んでいない」ローリーは指摘した。「彼らには妻がいて、それぞれ気にかけなければならない家庭がある」

「ああ」オーレイは言った。「そして、おれたちなしでもなんとかやっている。おれもそうするさ」彼は請け合った。「とにかく、だれがいちばん信じられて、おまえたちが結婚して出ていったあと、だれがいちばん副官にふさわしいか、考える必要がある」

ローリーはそのことばに驚いて眉を上げた。「おれたちを追い出すのか、オーレイ？」

「そうじゃない」オーレイは断言した。「ここはいつだっておまえたちの家だ。ただ、あんなに幸せそうなドゥーガルとニルスを見ていると、残ったおまえたちにもいずれそれぞれ妻や家族や家庭をもたせてやりたいと思うんだ。みんな立派な男たちだし、それにふさわしいからな」

「兄貴もな」ローリーは真面目に言った。「しかも、ジェッタが着いたとき妻として迎え入れれば、それがかなうんだぞ」

「ああ、そうだが……」彼は一瞬飲み物を見おろしたあと、顔を上げて言った。「夫婦ではないという真実を告げてから、なんの策略もなく結婚してくれるかどうか、たしかめなければ」そして、こう付け加えた。「いつがいいと思う？」

ローリーはそうきかれて顔をしかめた。「正直、わからない。彼女が記憶を取り戻して、自分でそのことに気づくほうがいいような気がするけど」

「もし記憶が戻らなかったら？」オーレイは真顔で尋ねた。

ローリーは渋面を作った。「どうして兄貴がさっさと彼女と結婚して、自分のものにしてしまわないのかわからないよ。そうすればおおっぴらに彼女の家族も名前も調べられるじゃないか。彼女は気にしないと思うよ。兄貴のことが好きなんだから。顔の傷跡だって気にしていないんだぞ」

弟は励まそうとしたのだろうが、ローリーのことばを聞いたオーレイは、全身を貫いた苦痛を隠すために目を閉じた。〝顔の傷跡だって気にしていないんだぞ。〟ローリーが気づいていようといまいと、そのことばは弟が兄の顔を、メイヴィスが彼のまえから排除した侍女たちと同じように悲惨だと思っている、ということを物語っていた。そして、ジェッタがそう思っていないことにあらためて驚いた。

「ああ」彼はようやく言った。「おれは彼女をだまして結婚したりしない。彼らがブキャナンに着くまえに、途中まで馬で迎えにいってくる」

ローリーはいらいらしながら兄をにらみつけ、こう予言した。「それでもジェッタは兄貴を見たら夫と呼びかけると思うよ」

「ああ、だが、聞くのは家族と友人だけだ」オーレイは指摘した。だれも彼の望まないことはしないだろうという自信があった。

「グリアの兵士たちもいるぞ」ローリーが言い返す。

「そうだな」オーレイはわずかに顔をしかめてつぶやいた。

一瞬ふたりとも黙りこみ、やがてローリーが尋ねた。「寝る場所はどうするつもりだ？　狩猟小屋と同じように、彼女はここでも兄貴と同じ部屋で寝るつもりでいるぞ」

オーレイはその問題について考えてから言った。「主寝室とその隣の部屋はつながっている」

ローリーはかすかに微笑んだ。「夫婦のベッドに赤ん坊を入れないための、唯一の方法だったと親父が言ってたな。兄貴とユアンとベッドをともにしたみじめな三カ月のあとで思いついたらしい。お袋は初めての子である兄貴たち双子を、子供部屋で寝かそうなどとは思いもしなかった。目が届くよう、近くに置きたがった。それで、親父は妥協案としてふたつの部屋をつなげた。双子は子供部屋で寝かせるが、扉を開けておけば、泣いても聞こえるし、すぐに駆けつけられる」

「しかも、そのあとさらに七人も子供が生まれたから、重宝したわけだ。今回も重宝するぞ。彼女には主寝室を使わせる。そして、おれはつづき部屋のほうを使う、とみんなに知らせる」

「でも、実際は兄貴も主寝室を使うんだな？」ローリーが推測した。

「ああ。狩猟小屋のときと同じように、床に敷いたわら布団で寝るが、おれに会いに主寝室にはいってくるやつはいないだろう」

「それならうまくいきそうだな」ローリーはうなずいて言った。

オーレイは驚いたように眉を上げた。「彼女と同じ主寝室で寝るというおれに抗議したり、純潔を奪うなと警告しないのか？」

「その必要はないからね」ローリーはちょっといらついた様子で言った。「ずるをして彼女と婚姻を結ぶことに乗り気でないなら、純潔を奪うことで無理やり結婚に持ちこんだりもしないだろう。ここにいるどんな男より兄貴といるほうが彼女は安全かもしれない」

オーレイは苦笑した。皮肉なのは、これまで以上に彼女を求めているのに、悦びの甘い一夜のためでなく、生涯そばにいてほしいために、彼女に手を出すまいとこれまで以上に固く決意していることだった。「やれやれ、形勢逆転か」

そのつぶやきを聞いたローリーは、興味を惹かれて尋ねた。「どういう意味だ？」

「狩猟小屋でおまえは、行儀よくしろとか彼女の純潔を守れとか、おれにくどくど言っていたよな。それが今はおまえが彼女とベッドをともにしろとそそのかしていて、おれが抵抗している」

「たしかに」ローリーはかすかに笑みを浮かべて認めた。やがて、まじめな顔つきになって言った。「ジェッタが目覚めてからの二週間ほど幸せそうだった兄貴をおれは知らない。少なくとも、顔を負傷してからは。ジェッタを連れて海岸で朝食をとったときはほんとうに笑っていたし、彼女を見るときの兄貴の目は……」わずかに目を伏せて、テーブルの上の両手を見つめた。「彼女とならきっと幸せになれるよ、オーレイ。おれはそれが見たいんだ。おれたちみんなそうだ」

オーレイはうつむいて自分の飲み物を見つめた。言えることは何もなかった。彼もジェッタといっしょなら幸せになれると思ったし、望んでいるのもまさにそのことだった。

「さて、兄貴は考えることがたくさんあるだろうし、おれはケイティーの様子を見にいかないと」ローリーは立ちあがりながら言った。「もしケイティーが……そのときは知らせるよ」

「ああ」オーレイはつぶやいた。みなまで言われなくてもわかっていた。ケイティーが死んだら知らせる、ということだ。ローリーは彼女が死ぬと思っている。だが、ジェッタのことも助からないと思ったのに、彼女は生き延びた。生命は驚きに満ちている。ケイティーに強い意志があれば、彼女も生き延びてみんなを驚かせてくれるだろう。階段に向かうローリーを見送りながらオーレイは思った。

弟が階上に行ってしまうと、飲み物に視線を戻してため息をついた。たしかに考えることはたくさんあった。ここで弟たちやおじと同じくらい信頼できるのはだれか。ついにそのときが来たら、自分たちがほんとうは夫婦ではないことをどうやってジェッタに伝えるか。自分と結婚してくれるよう、どうやって説得するか。

残念ながら、ジェッタのことを考えはじめた瞬間、彼の考えはくねくねと別の道に向かいはじめた。サイとその友人たちは今、彼女にブキャナンに行く〝準備をさせている〟とローリーは言っていた。それは彼女に風呂を使わせたり、服を着せたりしているということだろうと思い、今は準備のどの段階だろうと考えた。裸で湯気の立つ風呂に足を踏み入れたところだろうか？　もう風呂をすませて、今は裸で立ち、ドレスを次から次へとかぶせられているところだろうか？　頭のなかの彼女はおおむね、最後に見たときのように裸で立っていた。そんなイメージで頭がいっぱいの状態では、まともなことを考えようとしても無駄だった。

それでもオーレイはがんばった。すべての問題について考えた——ケイティーとジョーディーのために仇《かたき》を討つことから、兵士のなかでだれが弟たちと同じくらい信頼できるか、そして、ジェッタが乗っていた船のことをきいてまわらせるために送り出すのはだれがいいかということも。考えて、考えて、考えて、ジェッタのことが頭に浮かぶと、無理に頭から追い出して考えつづけるうちに、ブキャナンの手前でジェッタと同行者たちを迎えるつもりなら、もう出かけなければならない時間がきてしまった。

タイミングはぴったりだったことがわかった。城を出て十分もたたないうちに、オーレイはジェッタたちの集団と行き合った。曲がり角を曲がって彼らを見つけると、手綱を引いて待ちながら、ひとりひとりに目を走らせて本能的にジェッタをさがした。見つからないので顔をしかめ、いったい彼女はどこにいるのだろうと思いはじめた。集団には妹のサイ、その夫と兵士たち、ふたりの弟ドゥーガルとニルス、その妻たちと兵士たちのほか、侍女のメイヴィスと、オーレイが送りこんだおじとその兵士たちもいた。ジェッタを置いてくるはずがない。メイヴィスとおじがそんなことをするはずがなかった。それでも、ジェッタの姿は見えず、ドレスのはいった衣装箱を積んだ荷車さえ見えなかった。

「いったいジェッタはどこにいるんだ?」集団が近くまで来て止まると、オーレイはどなった。全員の目がおじに向けられたので、そちらを見ると、おじが体のまえを覆っているブレードを持ちあげて、胸にもたれてぐっすり眠っているジェッタを見せた。オーレイは驚いて眉を上げた。

「彼女がまだ回復途中で疲れやすいことを忘れていたの」サイがすまなそうに説明した。「大騒ぎしてすっかり疲れさせちゃったみたい。小屋の周囲の草地からも出ないうちに、アキールおじさまの膝のうえで眠っちゃったのよ」

オーレイはすぐに緊張を解き、自分の馬をアキールの馬に寄せて、無言でジェッタを見つめた。彼女をおじから引きはがして自分の膝に抱きたくてたまらなかったが、残り短い旅のあいだこのままそっとしておいてやりたいという気もした。

「そうしたければ、おまえが運んでやるといい」アキールは愛しげにジェッタを見おろして静かに言った。「たぶん起きないだろう。道中ずっと子羊のように平和に眠っていたんだから。うるさくても揺すられても目覚めずにね。おまえの馬に移してもきっと大丈夫だ」

オーレイが無言でうなずいて手を差し出すと、おじはブレードをのけて慎重にジェッタを抱きあげ、甥《おい》に託した。おじの言ったとおりだった。ジェッタは移動させられてもほとんど気づかなかった。眠たげにむにゃむにゃと言って、頭を彼の胸にもたせかけて息を吸いこむと、だれだかわかったらしく、目を閉じたまま微笑んで「あなたね」とささやいた。

においでわかってくれたことに顔をほころばせ、オーレイはおじが差し出したプレードを受け取って彼女にかけながらつぶやいた。「そうだ、妻よ。もうすぐ着くから休んでいなさい」

ジェッタが何やらつぶやき、また深い眠りに落ちてしまうと、オーレイは彼女にプレードをしっかりたくしこんで顔を上げた。そして固まった。おじと弟妹たちとその配偶者たち全員の馬がすぐそばに来ており、にこにこしながら彼を見ていたからだ。やさしい笑顔はたちまち渋面に変わり、彼はどなった。「彼女は重体だったんだぞ。こんなに疲れさせたらだめじゃないか」

返事を待たずに急いで馬の向きを変え、ブキャナンに向かったオーレイに、家族たちがつづいた。ブキャナンに乗り入れ、まっすぐ城の入り口に向かった。ジェッタをしっかり抱いたまま馬からすべり降り、駆け寄ってきた若者にうなずいて手綱をわたした。馬を若者にまかせ、ジェッタを抱いて正面の階段をのぼり、玄関扉のまえで初めて足を止めた。

「代わりに開けましょうか、領主殿？」

声のしたほうを見ると、兵士のひとりであるカレンが階段をのぼってくるところだった。扉を開けるためにまえに出たカレンに、彼は「たのむ」とつぶやいた。

カレンはうなずき、オーレイがジェッタを運びこむあいだ扉を押さえていた。背後で扉が閉まる音を聞いて、カレンは外に残ったのだろうと思いながら、オーレイは階段をのぼって主寝室の閉じた扉のまえまで来た。するとまたカレンが現れてその扉も開けた。領主のあとをついてきたらしい。

「ありがとう」オーレイは驚いて言った。

「ここでも手が必要になるかと思いまして」兵士はにっこりして言った。

「助かったよ」オーレイは静かに言った。そして、この男の先を見る能力を胸に留めた。

「扉を閉めたら自分の仕事に戻ります、領主殿」カレンは厳粛に言った。

「ご苦労」オーレイはつぶやき、ようやく部屋に足を踏み入れた。カレンは宣言どおりそっと扉を閉め、オーレイはジェッタをベッドに運んだ。

ベッドに寝かせても、彼女は目を覚まさなかった。上掛けをかけてやったあと、体を起こしてしばらく彼女を見つめた。眠っている彼女はとても愛らしく、のどかな笑みを浮かべていた。オーレイは一本の指でそっとその頬をなでた。

触れられると、ジェッタは瞬きをして目を開けた。

「あなた？」眠そうにつぶやいた。

「ああ、そうだよ。寝ていなさい、ラス」彼は静かに言った。彼女がまた目を閉じると、彼は体を起こして階下に向かうために部屋を出た。大広間にはいってテーブルに向かった。比較的人はまばらで、入り口近くに数人の男が座っているだけだった。

# 10

「お飲み物をお持ちしましょうか、旦那さま?」テーブルに近づくと、侍女のひとりが声をかけてきた。

「ああ、エールをたのむよ、マギー」相手がだれだか気づき、笑顔で通りすぎながらつぶやくように言った。笑みを向けられた侍女は、一瞬驚いて目をまるくしたが、すぐにうなずいて足早に飲み物を取りにいき、オーレイはいちばん上座のテーブルの自分の席についた。腰をおろすかおろさないかのうちに、玄関扉が開いて、大人数の彼の家族たちがはいってきた。しゃべりながらはいってきて、大広間を横切り、階上に向かうあいだもしゃべり詰めだった。彼らを見守っていたオーレイは、男たちも階上に向かったのでちょっと驚いた。だが、女たちがそれぞれの部屋に向かい、落ちついて荷解きをするあいだ、男たちはケイティーとジョーディーとローリーが今いる部屋に行くのだろう、と気づいた。ジョーディーとケイティーの様子をたしかめるつもりなのだ。

オーレイは一瞬、自分もケイティーの部屋に行こうかと思ったが、すぐに思い直した。一晩中眠らずにいたのでへとへとで、単純に客たちを追いかけるエネルギーがなかった。ジョーディーとローリーとの話を終えたら、どのみち彼らはここに来るだろう。旅のほこりを洗い流す飲み物を求めて。

「エールです、旦那さま」

オーレイは顔を上げて、まっすぐに座り直し、侍女がそのまえにエールを置いた。

「ありがとう、マギー」

「どういたしまして、旦那さま」侍女はそう言って、にっこり笑ってからさがった。

オーレイは彼女を見送ったあと、階上を見あげて、ジェッタはいつまで眠るつもりなのだろうと思った。意識を取り戻してから最初の一週間は、かなりの時間を眠ってすごしていたが、この一週間はだいぶ回復していた。とはいえ、妹と義妹たちとジョーン・シンクレアがやってきたことでかなりの興奮を強いられたのだろう。寝すごして夕食を抜くようなことにならなければいいが。体重はいくらか戻ってきたものの、海から引きあげたときに比べるとまだかなりやせている。食事を抜くなど言語道断だ。だが、睡眠は彼女のためになるだろうから、あとで部屋に運べるように、料理人に言って食事の盆を用意させよう。

「ローリーから聞いたよ。人を送ってジェッタの乗っていた船のことを調べさせたいが、兵士のだれを信用してその仕事を任せればいいのかわからないと」

オーレイが顔を上げると、ドゥーガルがテーブルの隣に座ろうとしていたので驚いた。弟の背後の動きに気づいて目をやると、ニルスとアキールおじとグリア・マクダネルとキャンベル・シンクレアが、付近のテーブルにつこうとしていた。ローリーとジョーディーのところから戻ってきたらしい。

「ローリーのおしゃべりめ」オーレイは冷ややかに言うと、そばにいた侍女の視線をとらえ、エールのお代わりをたのんだ。

「ああ。いつものことだ」ドゥーガルはくすっと笑って言うと、まじめな顔になってつづけた。「だが、その気持ちはわかるよ」

オーレイは驚いて弟のほうを向き、問いかけるように片方の眉を上げた。

ドゥーガルは肩をすくめて言った。「おれもカーマイケルで同じ問題を抱えていた。あそこの人間をひとりも知らなかったから、微妙な状況になると、最初はだれを信用すればいいかわからなかった」

「おれもドラモンドで同じような状況だった、最初はな」ニルスも真顔で話に加わった。「だれが信用できるか調べるのにはしばらくかかるだろうが、いずれ見つかるよ」

「悠長なことは言っていられない」オーレイはいらいらと姿勢を変えながら言った。

「ジェッタの身元と彼女の抱えている事情を知りたければ、信用できる部下が今すぐ必要だ」

「きみの弟たちとおれとグリアが、交代で階上のコンランの代わりを務めることもできるぞ。そうすれば、コンランとアリックを調査に送り出せる」キャムことキャンベル・シンクレアがおだやかに言った。「四人でやれば担当時間が短くなるし」

「五人だ」オーレイが訂正した。「おれも見張り役に加わる」

「六人だ」アキールおじが断固として言い放った。「一時間や二時間の見張りができないほど老いぼれてはいないぞ」苦い顔でつづけた。「それ以上になると居眠りをしてしまうかもしれないが、二時間までなら大丈夫だ」

オーレイは少し考えてからうなずいた。男たちの顔を順に見て言った。「しばらくかかるかもしれない。おそらく二週間はかかるだろう。そんなに長くいてくれるのか？」

シンクレアの領主はおだやかに肩をすくめた。「とっとと引き返してうちに帰るつもりでここまで来たわけじゃないよ。少なくとも数日は滞在する予定だったし、もっと延ばしても問題はない」

「おれたちもだ」グリアも言った。「それに、きみとジェッタのあいだの問題が解決するまで、サイをここに置いて帰るわけにはいかないし。ついでに言うと、サイは彼女が気に入っている。きみたちの結婚を現実のものにするために、できることはなんでもするだろうね」

「それを話しておれを動揺させるつもりなら、がっかりすることになるぞ。おれもサイの健闘と幸運を願っているんでね」オーレイは白状した。

「幸運なんか必要ないわ。彼女は兄さんを愛しているもの」

そのことばに驚いて、オーレイが座ったまま振り返ると、妹がテーブルに近づいてくるところだった。サイは長兄と夫の背後まで来ると、そのあいだに立って期待するように待った。マクダネルの領主がかすかに微笑んでキャムのほうを見ると、ベンチシートに座っていた相手は、すぐに席を移動してサイを通した。

「彼女がおれを愛していると思うのか？」妹が席につくと、オーレイは興味津々できいた。

「思うんじゃなくて、知ってるのよ」彼女はまじめに言った。「彼女から聞いたから」

オーレイはしばらく妹を見つめた。サイの言ったことがなかなか頭にはいっていかず、聞きまちがいだろうと思って尋ねた。「おれを愛していると、彼女がおまえに言ったのか?」

「ええ」サイは唇を笑みの形にしてやさしく言った。「ジェッタはあなたを愛しているわ、オーレイ。あなたはすばらしいと思ってる。親切で、聡明で、やさしくて、キスと愛撫でその気にさせてくれると。信じて、オーレイ。彼女はたしかにそう言ったし、うそを言っているとは思えない。ジェッタはあなたを愛しているの」

オーレイが妹を見つめて、彼女のことばを受け入れようとしているあいだ、テーブルにいた男たち、彼のおじと弟たちと義弟たちは口々におめでとうと叫び、全員が立ちあがって彼に近づくと肩をたたいた。

「花嫁を見つけたな、甥っ子よ」

「おめでとう、兄貴。おれもうれしいよ」

「おめでとう。ジェッタはすてきな女性だ」

「彼女は幸運な女性だな。ふたりのためにうれしいよ、兄貴」

オーレイはごくりとつばをのみこみ、背中をたたかれながらなんとか笑みを浮かべたが、頭のなかはひどく混乱していた。ジェッタはおれを愛している。彼女はサイに、おれを愛していると言った。もしかしたら、本当は夫婦ではないと明かしたあとも、彼女を失わずにすむかもしれない。

「みんな何がそんなにうれしいの？」

男たちは全員動きを止め、広間を横切ってテーブルにやってくる女性たちに笑顔を向けた。満足がいくまで部屋を整え終えたらしく、エディス、ミュアライン、ジョーンが一同に加わった。

「兄に話したところなの、ジェッタに愛されていると」サイがにこやかに言った。

「そうよ」エディスが微笑んだ。「あなたを『愛しいオーレイ』と呼んでいたわ」

ミュアラインもうなずいた。「それに、あなたほど親切で思いやり深い男性はいないと言っていた」

「あなたはハンサムだとも言っていたわ」ジョーンが付け加えた。「傷跡のおかげで整った顔が粋な雰囲気になっていると」

「ほほう」ドゥーガルがにやりとして兄の肩を軽くパンチした。「聞いたか？　ハンサムで粋だとさ」

「彼女は兄貴を求めているんだよ、オーレイ」ニルスが満面の笑みで言った。「これは愛だ。やったな、兄貴。これでいつでも神父を呼びにやれるぞ」

「そうよ」サイがすかさず言った。「早ければ早いほどいいわ、彼女を失いたくないなら」

オーレイは体をこわばらせながら、妹に向かって問いかけた。「彼女を失う？」

「信頼は愛の一部よ、兄さん」彼女はまじめにさとした。「別の情報源から知るまえに、兄さんから彼女に、夫婦ではないことを告げる必要があるわ。でないと、彼女は自分で突き止めてしまうかもしれないし、ことによっては逃げたりするかもしれない」

「逃げる？」オーレイが鋭くきき返す。

「わたしならそうするわ」サイは暗い表情で言った。

「おまえが逃げる？」彼はうろたえてきいた。

「ええ。自分で突き止めたらね」彼女は断言した。「だって、ただうそをつかれていただけじゃなくて、知っている人たち全員に、知り合いといえばその人たちだけなのに、うそをつかれていたわけでしょう」首を振りながらきっぱりと言った。「いい、よく聞いて。もし自分で突き止めたら、彼女はわたしたちのだれひとりとして信じられなくなるし、ここにいて安全だとは思えなくなるわよ」

オーレイは狼狽《ろうばい》のあまり口を開けて妹を見た。少ししてから、サイは片方の眉を上げて尋ねた。「記憶のない状態でどこかで目覚めて、家族だと思っていた人と何週間もすごしたあとで、信頼していた人たちが本当は赤の他人で、ずっとうそをつかれていたんだと知ったら、兄さんならどうする?」

オーレイは口を閉じ、激しく歯ぎしりをした。どうすることもできなかった。ローリーは彼女に言うべきではないと説いて、それらしい理由を述べ、サイは話すべきだというもっともな理由を訴えている。ふたつの方法に引き裂かれているような気分だった。ジェッタの回復を遅らせたくなかったが、その一方で、彼やここにいるほかの者たちを信用できないと思わせたくもなかった。サイの言うとおり、夫婦ではないことを彼からではなく、別の方面から知ったらそうなるだろう。

最悪なのは、彼が実際はまったくうそをついていないことだった。オーレイは自分が夫だと言ったわけではない。彼女がそう思ったのだ。彼はそれを正さなかっただけだった。最初に正さなかったのは……その機会がなかったというだけだ。だが、その後、否定するなとローリーに言われ、よろこんで夫だと思わせておいた。実際、彼女が妻であるふりをするのを楽しんだ。楽しみすぎた。今ではそれを現実にしたくなっていた。だが、もし彼女が別方面から真実を知り、手酷《ひど》い裏切りと感じて逃げてしまったら、現実にはできなくなる。

「おまえはオーレイをむずかしい立場に追いこんでいるぞ、サイ」オーレイが黙ったままでいると、アキールおじが言った。「ローリーは彼女の健康を損ねるかもしれないから言うなと助言し、おまえは話さなければ彼女に信じてもらえなくなり、彼女との未来を失うかもしれないと言う。彼女の健康と未来、どちらかを選べと迫っているのだ。どうして選べる？　オーレイはジェッタを愛している。彼女の健康を損ねることも、彼女を失うことも望まないだろう」

オーレイは固まった。おれは彼女を愛しているとは言わなかった……それとも言ったのか？　いや、たしかに言っていない。彼女が好きだし、心から妻にしたいと思っていることは認めたが、愛を口にしたことはなかったはずだ。

「ええ、そうね」サイはため息をついて言った。「不可能だわ」

「もしかしたら内容を話さなくても伝えられるかも」エディスがおずおずと言った。オーレイのほうを見てつづける。「彼女に愛していると伝えてから、言うのをローリーに止められていることがあって、話していいと言われるまえにきみが知ってしまうのではと心配だ、もしそんなことになったら、おれがきみを愛していることを思い出してほしい、と言うの」

「そんなことを言えばジェッタはよけい知りたがるだろう」ドゥーガルが予言して、首を振った。「結局話してくれる気はないのかと言って怒るかもしれない」

「そうね」ミュアラインが悲しげに同意した。そして、こう提案した。「いっそのこと、彼女に愛していると言って、いつでも彼女の好きな日にもう一度結婚したい、死ぬまでずっといっしょにすごしたいから、と伝えたらどうかしら」

「それならうまくいくかもしれないわ」ジョーンが言った。「結婚していなかったことがばれても、彼女さえ望めばオーレイが結婚するつもりだということは伝えてあるわけだから」

「そうね」残りの婦人たちが同時に言った。

オーレイは彼女たちを見て首を振った。この婦人たちが彼の人生に干渉せずにはいられないのを忘れていた。すべては彼女たちのせいなのだ。ジェッタをブキャナンに連れてきて、結婚していないのを知られる危険性を高めたのは彼女たちなのだから。

「たいへん、ジェッタが来るわ」エディスが声をひそめて知らせた。

オーレイは頭のなかを混乱させたままエディスを見た。階段のほうを見ている。その視線をたどると、ローリーが階段からおりてくるところだった。階段を三分の一ほどおりたところで、弟は全員が自分のほうを見ているのに気づいて、驚いたように眉を上げた。そのうしろを見ると、階上の廊下を階段に向かって歩いているジェッタがいたので、オーレイは呼吸を止めて見つめた。彼女はほんとうに美しかった。

さっきは彼女に会えたうれしさのあまり、顔ばかり見ていたので、彼女が着ているドレスにはほとんど注意を払っていなかった。それは美しい深緑色のドレスで、アリックといっしょに見つけたときの彼女ならぴったりのサイズだっただろうが、意識を失っていたあいだにやせてしまったので、今はちょっと大きすぎた。体重は少し戻ったものの、ドレスを満たすにはまだ充分ではなかった。それでも、そのドレスを着た彼女は美しかった。クリスピン（ヘアネット）でトップとサイドの髪を束ね、うしろでまとめて流しており、残りの髪と同じ色合いの黒っぽいベールで部分的に覆っていた。

大量の髪を失った後頭部を隠せるよう、妹とその友人たちが作るか貸すかしてくれたのだろう。ありがたいことだ。髪がなくてもオーレイは気にしていなかったが、ジェッタは明らかに気にしていたからだ。もしかしたら、髪を失ったことだけでなく、まともな服を持っていなかったことも気にしていたのかもしれない。狩猟小屋ではおずおずと人目を気にしていたのに、今は自信たっぷりに歩いており、オーレイを見つけると唇に幸せそうな笑みが浮かんだ。

口角を上げて笑みを返しながら、オーレイはすぐに立ちあがって階段のほうに向かった。ジェッタはまだ回復途上なので、階段をおりるのはつらいのではないかと思ったのだ。彼女が階段の上に着き、自分がおろしてやるからそこで待つようにとオーレイが言おうとしたとき、かたわらから突然黒っぽい影が現れて彼女を押した。

あまりにも急な出来事で、オーレイは自分の目が信じられなかったが、ジェッタがまえにつんのめると、彼は怒りの雄叫びとともに階段に突進した。

階段をおりていたローリーは、その叫びを聞いて急に立ち止まり、何事かと振り返った。転がり落ちてくるジェッタを見て、おりていた階段をまたのぼりはじめたが、彼が追いついて落下を止めるまでに、彼女は少なくとも二、三回階段に頭をぶつけていた。

オーレイがふたりのところにたどり着いたときには、ローリーは彼女を階段に座らせて、その横でしゃがみこんでいた。

「ジェッタ？」オーレイも彼女の横にしゃがみこんで心配そうに声をかけた。

「大丈夫よ」頭を上げてなんとか笑みを浮かべながら、彼女は言った。「ローリーにも伝えたように、足首がちょっと痛いけど、髪とクリスピンが頭を守ってくれたわ」

「やっぱり診察させてほしい」ローリーはけわしい表情で言った。「重い頭のけがから回復したばかりだし――」

「わかったわ」ジェッタはいらいらしつつもあきらめたような口調で言った。

「じゃあきみの部屋に戻ろう」ローリーはそう言って、彼女を立たせようとした。

「ちょっと待ってくれ、ローリー。おれが先に行く」オーレイが暗い声で言った。

「そうか？　どうしてだ？」ローリーは驚いてきいた。

「だれかが彼女を突き落としたからだ」キャム・シンクレアがけわしい顔で言うと、ローリーとジェッタの先に立って階段をのぼっていくオーレイのあとを追った。

「なんだって？」ローリーはぎょっとして言った。

「そうよ」オーレイはジェッタがそう言うのを聞いた。「だれかがわたしを押したの。でも、だれかはわからなかった」

「ほんとうよ、ローリー。だれかが背後から近づいて彼女を押すのを見たわ」サイが怒りもあらわに言った。

「いったいだれが？」ローリーがすぐに言った。

一瞬静かになったあと、サイは悔しそうに認めた。「わからない。あっという間の出来事で、そのだれかは陰にいたし、黒い服を着ていたから。わかったのはだれかがいたという印象だけ」

「わたしもわからなかった」エディスが言った。「階段の上は暗かったから」

「階上のたいまつが消えている」アキールが言った。

「そうなの」ミュアラインが口をはさんだ。「階段をおりるとき気づいたわ。どうしてたいまつがついていないのかしら？」

二階に着いたオーレイは目を細めて廊下を見わたした。ミュアラインの言ったとおり、たいまつはついていなかった。少なくとも、階段の近くにあるものは。廊下の端のほうのたいまつはまだ火が燃えていたが、ジェッタを押した人物を照らしたはずのたいまつはすべて消えていた。

「廊下にはだれもいないぞ」背後でキャムが言い、オーレイが振り返ると、ついてきたのはシンクレアの領主だけではなかった。ドゥーガルとニルスとグリアもいた。アキールおじはジェッタとローリーとともに階下にいた。

「ああ」もう一度廊下に視線を投げながら、オーレイはようやく言った。「だが、階下に行くにはここを通るしかないから、犯人はまだ階上《うえ》にいるはずだ。だからおれは急いで階上に行かず、まず立ち止まってジェッタの無事をたしかめたんだ」

「ほかの部屋も調べるか？」グリアがきいた。

オーレイはうなずいた。「だが、ひとりは階段の上に残ってもらいたい。ジェッタを押した人物が、まだ調べていない部屋からそっと出て、もう調べた部屋にはいりこむかもしれない」

「おれがここに残って階段を見張る」ニルスが申し出た。「そのあいだに、兵士たちが廊下に置いていったドレスの衣装箱も調べておくよ」

「ありがとう」オーレイはつぶやいた。「では、ドゥーガルとキャムは階段の右側の部屋を、グリアとおれは左側の部屋を調べよう」

オーレイは男たちがうなずくのを待って、すぐに左手に向かった。グリアもついてきたが、オーレイを通り越して隣の部屋に向かった。ジョーディーがケイティーに付き添っている部屋の扉を開けたオーレイは、長い黒髪を枕の上に広げ、青白い顔でベッドに横たわる娘を見て、一瞬狩猟小屋に戻り、病床のジェッタを見ているような気がした。

その考えを振り払って弟のほうを見ると、椅子の上で手脚を投げ出していたので、わずかに表情がやわらいだ。ジョーディーは目を閉じてこっくりし、かすかにいびきをかいていた。ジェッタが意識を取り戻すまえ、部屋にはいってきたローリーは何度もこんな光景を目にしていたにちがいない。椅子の上で手脚を投げ出して眠っていたのがオーレイだったというだけで。

弟から視線をはずし、部屋のほかの場所をざっと見て、ジェッタを押した人物がこの部屋にしのびこんで隠れていないかたしかめたあと、そっと静かに扉を閉め、隣の扉に移動すると、ちょうどグリアが出てきた。義弟は彼と目があうと首を振って部屋に異常がないことを伝え、ふたりはつぎの部屋を調べにかかった。そうやって、廊下の突き当たりの部屋まですばやく調べ終えた。しかし、キャムとドゥーガルはもっと早く、廊下の右側の部屋を調べ終えたあと、途中からオーレイたちに加わった。

「何もなしか？」オーレイがふたりにきき、グリアは扉を開けて彼とサイの寝室として割り当てられた部屋にはいった。訪問するといつもならサイの昔の部屋に宿泊するのだが、そこは今ケイティーが使っているので、客用寝室のひとつを使っているのだ。

「ああ」キャム・シンクレアが硬い声で言った。

それを聞いて、オーレイは最後の部屋に目を向けた。扉を押し開けてグリアのあとからなかにはいり、立ち止まって部屋のなかを見わたしたが、どこにも隠れる場所がないことはひと目見ただけでわかった。

「サイは相変わらず部屋を片づけられないんだな」背後でドゥーガルがおもしろがっている様子で言った。

オーレイは何も言わなかったが、そこここに投げ散らかされたドレスに目をやった。

「城ではサイの侍女のジョイスが後片づけをするんだが、ローナとソーチャとエイルサの世話をさせるために置いてきたんでね」ベッドをまわり、かがんでその下をのぞきながら、グリアが説明した。「サイは子供たちを置いていくのをいやがったんだが、おれの従者のアルピンが、まだ生後半年の三つ子に旅をさせるのは酷だと言い張ったんだ」彼は冷ややかにつづけ、ベッドの下の捜索を終えると、体を起こしてにやりとしながら言った。「それで、留守のあいだジョイスの手伝いをさせるために彼も置いてきた」

「アルピンはあまりうれしくないだろうな」ドゥーガルがおもしろそうに言った。

「いや、むしろその反対だと思うよ」グリアはいくつかドレスをつかんで、それ以外のものがないかたしかめながら、苦笑いをして言った。「がっかりしているのかと思ったら、あいつは娘たちが大のお気に入りでね。とにかく過保護で、いつも進んで遊び相手になっているんだ。娘たちとの留守番に満足しているようだった」

「アルピンはいい子だな」さらにドレスをかき分けながら、キャムがつぶやいた。

「それに、彼の言っていることは正しいよ。赤ん坊と旅をするのはたいへんだ。だからうちもバーナードを母と父のところに置いてきたんだ。ジョーンもおれもあの子がいなくて淋しいが、おしめが取れたと思ったら、今度は歯が生えてきたせいでぐずってばかりで、旅をするのはとてもじゃないが無理だ。幸い、母は孫息子とすごすのが大好きでね、歯が生えはじめていようといまいと」グリアのほうを見てつづけた。

「三人の赤ん坊に同時に歯が生えてきたら、さぞかしたいへんだろうな。大いに楽しんでくれ、友よ」

「娘たちがいると、毎日が楽しみだよ」グリアは偽りのない口調で言った。それが本心であることはみんな知っていた。グリアは自分の家族である四人の女性を熱愛していた。サイと彼女が授けてくれた三人の美しい娘たちを。

「この部屋にはだれもいない」隠れ場所になりそうなところをすべて調べたあと、ドゥーガルがまじめな顔で言った。

「それなら、何かを見落としているにちがいない」オーレイがけわしい顔で言った。

「だれかがジェッタを押したのはたしかなんだから」

「そうだな」キャムがそう言って、眉を上げた。「じゃあ、もう一度さがすか？」

「そうしよう」全員が同時に言った。

「今度は左右を交代して調べるべきだと思う」サイとグリアの部屋を出ると、オーレイは言った。「グリアとおれは、ドゥーガルとキャムが最初に調べた寝室をもう一度調べる。おまえたちはおれたちが調べた部屋をたのむ」

「それがいい」キャムがうなずいて言った。「お互いが見落としたことに気づくかもしれない」

グリアとドゥーガルはつぶやいて同意を示し、また二手に分かれて調べはじめた。

二度目の調査を終えると、四人は階段の上のニルスのもとに集まった。言うまでもなく、何も見つからなかった。だれも犯人をつかまえられなかった。四人は半円を描くようにニルスを囲んで立ち、どうしたものかと顔を見合わせた。

「ジェッタのうしろに人がいたのをたしかに見たんだ」オーレイがけわしい顔で言った。「横から出てきて、手を伸ばして彼女を押した」

「おれも見た」キャムが言った。

「おれもだ」とグリア。

ニルスとドゥーガルもうなずいた。

「部屋では見つからなかったということは、どういうことかわかるよな」ドゥーガルが静かに言った。

「秘密の通路だ」オーレイが低い声で言った。

「だが、秘密の通路のことを知っているのは家族だけだぞ」ニルスが眉をひそめて言い返したあと、顔をしかめて付け加えた。「もちろん、キャムとグリアもだが」

ケイティーの部屋の警護を手伝ってもらうために、ふたりには秘密の通路のことを伝えてあった。だが、外の出入り口の場所や、どこをどう行けば階上から洞窟のトンネルに出られるのかは知らせていなかった。ふたりが知っているのは、それぞれの部屋から通路にはいる方法と、通路を使ってケイティーの部屋へ行く方法だけだ。

「そうだが、ジェッタがだれかに押されたときは全員が階下《した》にいた」ドゥーガルが指摘した。「つまり、おれたちのうちのだれかではない。だが、階段を使わずにおりることはできないはずだ。通路以外にその方法があるというなら、ぜひ拝聴したいね」

「ジョーディーはおれたちといっしょにはいなかったぞ」ニルスは指摘した。「アリックとコンランも」

「アリックは料理人に追加の肉を届けるために狩りに行っている」オーレイが静かに言った。「少なくとも二、三日はみんなに滞在してもらうことになるから、食事を作る料理人はもっと肉が必要なんだ。それに、コンランはもうジョーディーとケイティーの警護にはいっている」

「通路のなかにいるのか?」キャムは興味を惹かれてきいたあと、指摘した。「もしジェッタを押した人物が通路を使って逃げたなら、コンランが見ているかもしれないぞ」

キャムが話し終えないうちに、オーレイは急いでケイティーの部屋に戻ろうと向きを変えていた。

# 11

オーレイがケイティーの寝ている部屋に飛びこんだとき、ジョーディーはまだ椅子の上で手脚を投げ出してぐっすり眠っていた。彼のこともついてきた男たちのことも無視して、暖炉の横の壁に直行し、両手と片足を使って三つの岩を同時に押して、うしろにさがった。かちりと音がして、石壁の一部が内側からせり出してきた。それが止まるのを待って、さらに引き開け、その向こうにある空っぽの空間に目を凝らした。

「どうした？」ドゥーガルがオーレイの背後に近づいて尋ねた。無人の通路を見て、困惑しながらきく。「コンランはどこにいる？」

オーレイは暗い表情で首を振った。コンランは義務を怠《おこた》るようなタイプではない。ここで部屋を見張っていたはずだ……だれかが去らせたのでなければ。きびすを返し、炉棚からろうそくを取って、暖炉で火をつけた。

「おれが通路を調べる」ドゥーガルが兄の横に歩み寄って言った。「兄貴はここにいたほうがいい」

「おれもいっしょに行くよ」ニルスもそばに来て言った。

オーレイは黙ってうなずき、ろうそくを差し出した。ドゥーガルはそれを取り、ニルスを従えて通路にはいっていった。

ふたりの弟が姿を消すと、オーレイはジョーディーに注意を向けた。男たちが部屋にはいってきても目を覚まさなかったことが急に気になり、ジョーディーのそばに行ってかがみこむと、胸に耳を当てた。

「生きているか？」グリアが心配そうにきいた。

「ああ」オーレイはケイティーのほうを見た。少しためらってから、かがみこんで彼女の胸にも耳をつけた。最初は何も聞こえなかったが、弱い鼓動の音が聞こえた。もう一度聞こえるまで待ってから体を起こした。「こっちも生きている。だが、ふたりともローリーに診てもらったほうがいいな」

「連れてくるよ」グリアが申し出て、部屋の外に向かった。

「どうしてジョーディーは目覚めないんだ？」眠っている男に近づきながら、キャムは眉をひそめて言った。

睡眠不足で疲れているというだけならいいが、とオーレイは思った。ケイティーが傷を負ってからずっと、弟は看病をつづけてきたのだ。だが、薬を盛られたという可能性もあった。弟のそばに戻り、強く肩をたたいた。ジョーディーはうめき、最初はその手を振り払おうとしたが、オーレイがもう一度たたくと、ゆっくりと目を開けて、顔をしかめた。

「オーレイか。なんだよ？」彼は迷惑そうな様子で尋ねたかと思うと、いきなり体を起こしてケイティーのほうを見た。

「彼女は無事だ」オーレイは低い声で言った。

ジョーディーは力なくまた椅子に沈みこんでため息をつき、だるそうに両手を顔にすべらせて、完全に目覚めようとした。「それならなぜ起こしたんだよ？」

「おまえがまだ生きているかたしかめるためだ」オーレイがそっけなく言った。

「ああ。おれは元気だよ。背中に矢が刺さったのはおれじゃないからな」ジョーディーはとげとげしく言うと、眉をひそめ、オーレイからキャム、そして開いている秘密の通路の入り口に目をやった。「何があったんだ？」

「ジェッタが階段からだれかに突き落とされて、コンランが消えた」オーレイはぶっきらぼうに言った。

「なんだって？」ジョーディーの驚きはすぐに心配に変わった。「ジェッタは無事なのか？　だれに突き落とされた？」

「だれがやったのかはわかっていない。だが、彼女は無事だ。今はローリーがそばについている」オーレイは通路のほうに目をやって考えた。自分も弟たちといっしょに、壁のなかの暗くてせまい通路にはいるべきではなかったか？　もし彼らに何かあったら——

「コンランも消えたと言ったよな？」ジョーディーにきかれて、オーレイは弟に視線を戻した。

オーレイはうなずいただけだったので、キャムが説明した。「コンランは矢を放った人物がもう一度彼女を襲うのに備えて、通路のなかできみとケイティーを見張っていたんだ。ジェッタを階段から突き落とした人物をさがしていたら、コンランがいなくなっているのに気づいた」

「ジェッタを突き落とした犯人はこの階にいるということか？」ジョーディーが心配そうにきいた。

「ああ。あるいは、いたか」ニルスがもう階段を見張っていないことを思い出し、オーレイは低い声で言った。犯人はもう階段をおりて逃げているかもしれない。

「そいつがコンランも連れ去ったと思っているのか？」とジョーディーがきいて、兄の注意を引き戻した。

「わからない」オーレイはそう言って大股で扉に向かった。「あいつは――」そのとき、コンランがドゥーガルとニルスを引き連れて通路から飛び出してきたので、足を止めて通路のほうに向きを変えた。最初の反応は安堵だった。すぐにみんなを不安にさせたことに対する怒りがつづいた。オーレイは怖い顔でどなった。「いったいどこにいた？」

「用を足しに行っていたんだよ」コンランは申し訳なさそうに言ったあと、部屋のなかを見まわした。「さっきはローリーもジョーディーもいたし、ほんの数分なら大丈夫だと思ったんだ。戻ってきたら、ドゥーガルとニルスが通路のなかにいて驚かされたよ」

オーレイはため息をついて首を振った。用を足すために席を外した弟に腹を立てることはできなかった。

「ごめん、オーレイ。タイミングが悪かったようだ」コンランは言った。「でも、ほんとうなのか？　ドゥーガルとニルスが言ってたけど、だれかがジェッタを階段から突き落としたというのは？」

「ああ」彼はつぶやくように言った。「だが、謝ることはない。休憩が必要なことを考えるべきだった。おれも昨夜は一、二度便所に行かなければならなかったし」片方の眉を上げて尋ねた。「便所に行って戻ってくるあいだに、だれかを見たり、何か音を聞いたりしていないか？」

「何も。そういえば、便所の横にある通路の出入り口から出たとき、廊下に置いてある衣装箱のひとつでドレスをさがしているジェッタを見かけたけど、おれには気づかなかったみたいだ」

「それは彼女が階段をおりはじめる直前のはずだ」キャムがつぶやくと、オーレイはうなずいた。

「きっとそうだろう」コンランは言った。「戻るときはもういなくなっていた。それ以外はだれも見ていないし、何も異常はなかった」

オーレイはそれを聞いて口元をこわばらせた。コンランが何か役に立つものを見ていると期待するのは都合がよすぎたかもしれないと思っていると、部屋の扉が開いたのでそちらに目を向けた。ローリーが不機嫌そうな顔で部屋にはいってきて、すぐにグリアがつづいた。

「ジェッタの足首に布を巻いていたら、グリアが呼びにきた。今度はなんだよ？」治療者はいらいらしながら問いかけ、コンランと秘密の通路の開いた入り口に気づいた。

「コンランが通路にいることは秘密なんじゃなかったのか？」

「まあな、だがもう秘密ではなくなった」オーレイが顔をしかめて言った。「ジェッタは大丈夫か？」

「足首をひねったようだ」ローリーは不機嫌に言った。「少しのあいだ足を引きずることになるだろうが、布を巻けば歩けるはずだ」眉を上げて尋ねた。「ここで何があった？　またたれかけがをしたのか？」

「たぶんだれも」オーレイは言った。「グリアにおまえを呼んできてもらったのは、ケイティーとジョーディーを診てもらうためだ。なんならコンランも診てもらおうかと思ったが、大丈夫のようだ」

「おれたちがここに来たとき、コンランの姿が消えていて、ジョーディーはぐっすり眠りこんでいるように見えたんだ。それで最悪の事態を恐れた」キャムが説明した。

「だが、コンランは便所に行くために席を外しただけで、ジョーディーは最終的には目を覚ましたし、ケイティーもおそらく大丈夫というか、以前と変わらない状態だと思う」

「確認のために彼女を診てくれ、ローリー」オーレイが低い声で言った。

ローリーはうなずいて、すぐにベッド脇に行った。

「どうしてコンランが通路にいることが秘密だったんだ?」ケイティーを診察するローリーを見守りながら、ジョーディーがきいた。

「おまえをこれ以上心配させたくなかったんだ」オーレイは打ち明けた。「それに、通路からコンランが見張っていれば、おまえが見張っていなくてもすむ」

「便所休憩をしても見張りをつづけられるように、通路にふたり配置するべきかもしれないな」グリアが思案顔で言った。

オーレイは首を振った。「その必要はない。見張りがいることはもうジョーディーも知っているわけだから、部屋でだれかが彼に付き添う必要はない。ジョーディーかローリーが部屋にいるときは、通路のなかで見張るのはひとりでいいだろう」ジョーディーに注意を向けてつづける。「ローリーはときどき部屋から出ているようだが、おまえはまだ出ていない。おそらく部屋から出たほうがいいぞ、兄弟。そうしたくないのはわかるが、ローリーがそばについているときと便所に行くとき以外は、おまえが彼女のそばから離れないから、おれたちが見張っていても今までは時間の無駄だった。ふたりがここにいて見ていたら、だれも彼女を襲いにこようとは思わないだろう」

ジョーディーは顔をしかめた。「彼女をおとりにするつもりなのか?」

「つねにだれかが見張っているようにする」オーレイは請け合ったあと、片方の眉を上げてきいた。「彼女に矢を放った犯人をつかまえるほかの方法があるのか?」

ジョーディーはかすかに眉をひそめたが、すぐに両手で顔をこすって首を振った。「いいや。かわいいケイティーを傷つけたいと思うやつがいるなんて想像できない。これ以上ないほどやさしい娘なのに」

「変わりはない。危害も加えられてはいないようだ」ローリーは体を起こして言った。「それどころか、わずかだが回復してきている」

「本当か?」ジョーディーが見るからに顔を輝かせてきいた。

「ああ」ローリーはそう言って、苦笑した。「またひとりだめかと思われた娘さんを助けてしまいそうだな」

オーレイはケイティーを見ながらうっかりジェッタとまちがえてしまいそうなことに、あらためて驚いた。黒い髪、白い顔、小柄な体に豊かな胸……。顔立ちはちがう。ジェッタの目の方が大きく、唇はもう少しふっくらしているし、ケイティーの顔がハート型なのに対し、ジェッタは卵形だ。だがそれ以外の点で、ふたりの娘は姉妹のようだった。

「ここがすんだら、ジョーディーとケイティーを休ませてやろう」ローリーが不意に言った。

その顔つきから、弟が自分に話があるのだと気づいたオーレイは、ジョーディーから離れた。うなずいて扉に向かったが、扉に着くと立ち止まり、振り返ってコンランに言った。「みんなが交代でケイティーとジョーディーを見張ってくれることになった。各自の時間を決めてからおまえに伝える」

それを聞いてほっとしたらしく、コンランはうなずいた。オーレイはほかの者たちを連れて部屋から出た。階段近くまで進んでから足を止め、ローリーと顔を合わせ、問いかけた。「何かおれと話し合いたいことがあるんじゃないのか」

「ああ」ローリーは静かに言うと、ほかの男たちをふくめてあたりをうかがってから言った。「話したいことがあるんだ、オーレイ。あの部屋にはいるたび、この二カ月のあいだと同じく、狩猟小屋の寝室にはいったときのような気がするんだよ。つまり、ケイティーはあのベッドに横たわっていたジェッタにそっくりなんだ。それに、おれたち兄弟はみんなよく似ている。とくに、ジョーディーは兄貴の若い版だ」

「若くて傷のない版だ」オーレイがつぶやく。

「ああ。だが、馬に乗っているところを遠くから見たら、ふたりの姿はたやすく兄貴とジェッタにまちがえられる」彼はまじめに指摘した。

「ケイティーが矢を受けたのは、ジェッタとまちがえられたからだというのか？」キャムが静かに言った。驚いてはいないようだ。

ローリーはためらってから言った。「もしかしたらな。だが、あのときジェッタはまだここに来てもいなかった。それに、ブキャナンの人間がジェッタを傷つけたがるなんて、信じられるか？」

「矢を放った者はここの人間とはかぎらないぞ」キャムが指摘したあと、みんなに思い出させた。「ジェッタの家族や、殺されると彼女が恐れている人物のことがあるんだから」

「ああ、だが彼女の家族は彼女がここにいることを知らない。だれも知らないんだからな」ローリーが言った。さっき自分が言ったことに今は反論したいようだ。

「おれたちが知るかぎり、彼女の家族は彼女がここにいることを知らない」そうでない可能性についても考慮しなければ、と思いながらオーレイは神妙に訂正した。だが、すぐに首を振った。「はっきりわかっているのは、ケイティーが矢を射られ、ジェッタが階段から突き落とされたことだけだ」

「ああ。だが、ケイティーはジェッタに似ているから、遠くから見てまちがえられたのかもしれない」ドゥーガルがまじめに言った。「それに、ローリーの言うとおり、ジョーディーも遠くから見て兄貴にまちがえられた可能性がある。それを言ったら、おれたち全員がそうだが」

「そして、ケイティーが矢を受けたことで、兄貴とローリーが、その後ジェッタがブキャナンに来ることになり、今度は彼女が階段から突き落とされた」ニルスが言った。

オーレイは驚いてみんなの顔を順に見た。「ふたつの襲撃は関係していると思っているのか?」

「いや、そういうわけではないよ」ローリーが言った。「あらゆる角度から考えているだけだ」

「だが」今度はキャムが言った。「この敷地内に犯人がふたりいるという説より、ケイティーがジェッタにまちがえられたというほうがありそうだ。ジェッタがだれかに殺されると恐れていたのを、おれたちは知っているわけだからな」

「ああ」ドゥーガルも言った。「だが、彼女の家族は彼女がここにいるとどうしてわかったんだ? 秘密の通路から逃げたのだとしたら、なぜ通路のことを知っていた?」

「知らないはずだ」オーレイが断言した。「少なくとも、通路のことは知るはずがない。それに、おれの見たところ、彼女は結婚させられることになっている相手ほどには家族のことを恐れていない」

「その相手については、何かわかっているのか？」キャムが興味を示してきいた。

オーレイは首を振った。「いいや。わかっているのは、彼女の許婚ではないのに、なぜか彼女はそいつと結婚させられることになっていて、そいつに殺されると恐れていることだけだ」間をおいてから、彼はつづけた。「襲撃者がジェッタの家族という説は消えたな。どうにかして彼女がブキャナンにいることを突き止めたとしても、彼女が死んでしまったらだれとも結婚させることはできないのだから」

「ああ、たしかに」ローリーが同意してから言った。「では、ふたりの襲撃者がいるということか、ケイティーをねらう者とジェッタをねらう者が」

「それとは逆に、ジェッタがケイティーとまちがえられて、階段から突き落とされたのでなければ」ドゥーガルが言った。

オーレイがその意見に驚いて目をぱちくりさせていると、ニルスが言った。「毒入りシチューのことはどうなんだ？」

「なんだって？」オーレイはぎょっとしてニルスを見た。「毒入りシチューだと？」

「ああ、そのことを報告するのを忘れていたよ」ドゥーガルは顔をしかめ、メイヴィスが捨てた焦げたシチューを食べて死んだ、ロビーの犬のことを急いで説明した。そして、最後にこう言った。「メイヴィスはシチューを捨てたところに毒のある植物があって、犬はシチューといっしょにそれを食べたのかもしれないと言っていたが……」

「でも今は、メイヴィス説ではなく、シチューに毒がはいっていたのでは、と思っているんだな」オーレイは静かに言った。

ドゥーガルは気まずそうだった。「あらゆることを考慮するべきだと思う」

オーレイはこめかみをもみながら、頭のなかを整理した。「そうだな、では、わかったことをあげてみよう。ケイティーが矢を受けた。ジェッタとメイヴィスが食べるはずだったシチューを食べて犬が死んだ。シチューには毒がはいっていたのかもしれないし、はいっていなかったかもしれない。そして、ジェッタが階段から突き落とされた」

「ああ、だが、だれをねらった矢だったのかはわかっていない。ケイティーが標的だったのかもしれないし、ジェッタとまちがわれたのかもしれない」ドゥーガルが言い添えた。

「それに、シチューのこともたしかではない」グリアが言った。「メイヴィスがシチューを捨てた木の根元に、毒のある植物があったのかもしれないし、シチューに毒がはいっていて、ローリーがメイヴィスにたのまれたのにシチューに水を足し忘れたおかげで、メイヴィスとジェッタは死なずにすんだのかもしれない」

「でも、ジェッタがケイティーとまちがえられて階段から突き落とされたという説は却下だな」キャムがまじめに言った。「襲撃者は彼女のかなり近くにいたのだから、別人とまちがえるわけがない」

オーレイは息を吐くと、向きを変えて階段の手すりに歩み寄り、階下のテーブルを見おろした。大広間は今やさまざまな活動でにぎわい、夕食に訪れた人びとでテーブルは満席だったが、彼の目はたちまち上座のテーブルにいる女性たちを見つけた。ベンチシートに座ったジェッタを囲んで集まり、彼女の髪のことで大騒ぎをしているようだ。

「頭を調べるためにローリーがクリスピンをはずしたんだ」ニルスが兄の隣に立ってつぶやいた。「婦人たちはそれをつけ直そうとしているようだな」

「クリスピンが頭を守ってくれたおかげでけがはなかったと、彼女は言っていなかったか？」にわかに心配になってオーレイは言った。けがをしたと知っていれば、彼女のそばを離れなかったのに。

「そう言っていたし、実際そうだったよ」ニルスが安心させた。「でも、ローリーは念のために調べたんだ」

「そうか」彼は少しほっとした。

「といっても、無傷だったわけではない」ニルスがそう言うと、オーレイはまた全身警戒態勢となったが、それもこうつづけるまでのことだった。「転んだときに足首をひねったんだ。ローリーは最初折れていると思ったようだが、そうではないとわかった。でも、痛くて歩けないらしい。アキールおじがテーブルまで運ばなければならなかった」

このことはすでに知っていたが、オーレイは不機嫌な顔で階段に移動した。

兄が階段をおりるまえに、ニルスが言った。「あの矢がケイティーとジェッタのどちらをねらったものだったのか、シチューに毒がはいっていたのかどうかは、どうやって解き明かす？」

「それは問題ではない」オーレイがきっぱりと言うと、男たちは彼のことばにひとり残らず老婦人のように息をのんだ。彼らのほうを向いて、オーレイはつづけた。「だれかがケイティーに矢を放ち、ジェッタを襲った。どちらも確実に起きたことだ。ふたりの女性を昼夜問わず警護したい。秘密の通路とトンネルも封鎖するつもりだ」

「そんなことができるのか？」キャムが興味を惹かれて尋ねた。

オーレイは「ああ」とだけ言って、わざわざ説明はしなかった。洞窟の出入り口も、トンネルから階段につづく出入り口も、階段から通路に向かう出入り口も封鎖できるということは。城とトンネルを建設した先祖はぬかりがなかった。秘密がもれることは重々承知していて、この秘密がだれかに知られたときのために、各出入り口を封鎖できるようにしていたのだ。

「二班に別れよう」キャムが提案した。「半分はケイティーの警護、半分はジェッタを見張る」

オーレイは首を振った。「妻には四人の兵士をつけ、おれ自身も見守る。残りのみんなはもともとの計画どおりケイティーを警護してくれ」

みんなが何も言わず、目をまるくして自分を見つめるばかりなので、オーレイはけげんそうな顔をした。「なんだ？」

「ジェッタを妻と呼んだな、兄弟」ドゥーガルが真顔で言った。

オーレイははっとして、言ったかどうか思い出そうとしたが、どうでもいいと気づいた。「言ったとしても、それがなんだ。もし了解が得られれば、彼女は明日おれの妻になる。今夜彼女に真実を話して、結婚を申しこむつもりだ」

「オーレイ」ローリーがけわしい顔で言った。

「回復のさまたげになるかもしれないとおまえが心配するのはわかる」オーレイは低い声で言った。「だが、死んでしまっては回復のさまたげも何もないだろう」

ローリーは口をとがらせた。「結婚すれば安全が保てると思うのか？」

「害にはならないはずだ」彼は重々しく言った。「それに、このことに彼女の家族が関係しているなら、安全は保てるだろう」

ローリーは驚いて眉を上げた。「彼女の安全のためだけに結婚したくはないと言ってなかったか？」

「それが理由でなければいいとは思う」オーレイは神妙に認めた。「だがもし……」ため息をついて肩をすくめる。「自分のプライドを優先して彼女を死なせるよりも、生きていてほしいんだ」

「でも、結婚しても彼女を救えるかどうかわからないんだぞ」ローリーが言った。「襲撃犯は彼女の家族ではないかもしれない。だいたい、ここにいることがどうしてわかるというんだ？」

「アリックかジョーディーが沈没船のことを質問しているのをたまたま聞いて、彼女が縛りつけられていたマストが見つかったのでは、と思ったのかもしれない」オーレイは指摘した。

「それはありうるな」ドゥーガルは考えこみながら言った。「ジェッタを見つけるにはブキャナンまであとをつけてくるだけでよかったわけだから」

キャムはそれを聞いて鼻を鳴らした。「あとをつける必要はなかったはずだ。きみたち兄弟はみんなよく似ている。何年ものあいだ傭兵として働いてきたし、それぞれがさまざまな分野で収入を得ている。ドゥーガルは馬を商い、ニルスは羊、ローリーは治療に従事、というようにね」彼は例をあげて言った。「スコットランド人ならだれでも、ブキャナン兄弟は見ればわかる」

「それは一理あるな」オーレイは静かに言った。「襲撃を仕組んだのはジェッタの家族という可能性が高い。だが、どこかの残忍な男に嫁がせようとしているなら、どうして彼女の死を望むんだ?」彼はいらだたしげに付け加えた。首を振ってつづける。「ジェッタが思い出せばわかってくるだろう。ほんとうの名前はジェッタではないと話し、海から引きあげたときに彼女が口にしたことを伝えたら、記憶が戻るかもしれない」

「そのことを話すのは夕食のあとまで待つほうがいいだろう」アキールおじの声がして、見ると彼が階段の上に立っていた。

オーレイは驚いて、いつから話を聞かれていたのだろうと思いながら彼を見た。

「アリックと数人の兵士たちが狩りから戻ったので、すぐに侍女たちが夕食を運んでくる。ジェッタは空腹らしくて、おまえたちを連れてきてくれとたのまれたよ」アキールはそう言うと、片方の眉を上げた。「わかっているだろうが、体力を取り戻すには食べなければならない。おまえが考えているような話をするには、彼女も体力が必要になると思うがね」

オーレイが階下のテーブルに目をやると、女性たちはみんな席についていた。ジェッタがこちらを見て、励ますような笑みを浮かべるのがわかった。

「わかりました」オーレイは言った。「夕食のあとまで待ちます」

「彼女に話すときは声をかけてくれ」ローリーが静かに言った。「必要ならいつでもおれがいるからな」

オーレイがうなずくと、ローリーは向きを変え、ケイティーとジョーディーとコンランのいる部屋に戻っていった。

扉が閉まった瞬間、オーレイはジェッタを目で追いながら階段をおりはじめた。彼女は今、ミュアラインの話に耳を傾けながらにこにこしていた。その笑顔は美しかった。これから死ぬまであの笑顔を見たいものだ。ジェッタが彼のものになればそれも可能だろう。だが、残念ながら、なってくれるという確信はなく、断られるかもしれないという不安で胃がよじれた。今は食欲などまったくないし、彼女を階上に引っ張っていって、しなければならない会話をすませてしまいたかった。だが、食事を終えるまで待たなければならない。彼女は食べる必要があるのだから。

# 12

「それで、侍女のジョイスが残って娘さんたちの世話をしているの？」

ジェッタは食べ物から顔を上げて、エディスに質問されたサイを見た。

「ええ」サイは言った。「娘たちも連れてきたかったんだけど、まだこんなに小さいのに遠出をさせるつもりかとか、危険な目にあったらどうするのかとアルピンにくどくど言われたものだから、結局折れて、彼とジョイスともどもマクダネルに置いてくることにしたのよ」彼女はつらそうに白状した。「まだ一日しかたっていないのに、もうあの子たちが恋しいわ」

ミュアラインはにっこり笑って言った。「そういえば、あなたは女の子ではなく男の子だけを授かるべきだと思った日があったわ」彼女は首を振ってつづけた。「それなのにあなたは三つ子の――」

「ちょっと待ってよ」サイが口をはさんだ。「どういう意味よ、男の子だけ授かるべきだと思ってたって?」

ミュアラインは驚いた顔をした。「ドゥーガルとわたしの新婚初夜に、床入りについて自分がどんな説明をしたか覚えてないの?」

「覚えてるわよ」サイはすぐに言った。「あれのどこがまちがってるの? われながら見事な説明だと思ったけど」

「見事?」彼女は鼻を鳴らして言った。

「どう説明したの?」ジェッタとオーレイの向かい側から、エディスが興味深げにきいた。

「それは――ちょっと失礼」ミュアラインは突然そう言うと、立ちあがって足早にテーブルをあとにした。

彼女を見送ったジェッタは、男性陣が全員話をやめて、やはりエディスを見送っているのに気づいた。ミュアラインの夫のドゥーガルがおもしろがっている様子なのも。床入りについて妹が妻にどんな説明をしたのか、おそらくもう聞いているのだろう。

「お待たせ!」

ジェッタが声のしたほうに目を向けると、ミュアラインが戻っていた。だが、自分の席には戻らず、全員から見えるようにテーブルの上座にいた。パン一斤と見たこともないほど大きなニンジンを、それも畑から抜いてきたばかりらしい泥だらけのものを手にしている。やけに節くれだってよじれたニンジンで、ジェッタは興味を惹かれた。

「いいこと、ジェッタに説明するわよ、サイがわたしに説明したように」ミュアラインはこれからおもしろくなるわよとばかりにいたずらっぽく笑って言った。そして、ニンジンとパンを置き、代わりに自分とジェッタのワインを手にした。ジェッタに彼女のワインをわたし、自分のワインを掲げて言った。「あの日サイはすごくのどが渇いていたみたいで、自分のワインをひと息に飲み干して……」

ミュアラインはひと息でワインを飲み干し、顔をしかめてテーブルに置いてから言った。「これでいいわ」

ジェッタはワインを持ったまま、今度はニンジンとパンを手にしたミュアラインを不安げに見つめた。ミュアラインは家族全員に見えるようにパンを掲げたあと、ジェッタに向き直って言った。「これはあなたよ」

「パンが？」ジェッタはわけがわからずにきき返した。

「そうよ」ミュアラインは楽しげに言った。「それからサイは、むずかしい顔でパンを見て、こうしたの」テーブルの上にパンを置き、ドゥーガルが差し出した短剣《スキャンドゥ》を取って、パンを半分に切った。そして、半分は取りのけておき、残りの半分のまんなかのやわらかい部分に縦に切れ目を入れた。

どうやら作業は終わったらしく、ミュアラインは体を起こし、半分に切ったパンの硬い皮のほうをつかんで、まんなかのやわらかい面をジェッタに向けると、こう言った。「これがあなた、そしてこれが――」やたらと長くて節くれ立って泥だらけのニンジンをつかむ。「オーレイよ」

「オーレイは風呂にはいったほうがよさそうだな」キャムがおもしろがって言った。

「尻軽女と遊びすぎたようにも見えるぞ」グリアも言った。「あのでこぼこは何かの炎症だろう?」

ミュアラインはオーレイのほうを見てすまなそうに言った。「サイがドゥーガルを表すのに使ったニンジンはそれほど大きくなかったけど、もっと泥だらけで、もっとでこぼこだったのよ」

「そうだろうな」オーレイが静かに言った。

キャムがしのび笑いをしたあと、思わせぶりに眉を上下させてきいた。「へえ、でもどれくらいの大きさのニンジンを使えばいいか、どうしてサイは知っていたんだ?」

「子供のころ、素っ裸で泳ぐおれたちを、サイはよく観察していたからな」ニルスがおもしろがって告げ口した。

「ニンジンはわたしが選んだわけじゃないわ」サイは憤慨して言った。「パン一斤とニンジンを持ってきてと侍女にたのんだのよ」

「そこまで」ミュアラインはからかいの声と笑い声に割ってはいった。「じゃまをしないでちょうだい。サイも言っていたように、そうじゃなくてもむずかしいんだから」

みんなが静かになると、ミュアラインはうなずき、つぎはなんだったか思い出そうとするかのように動きを止めた。少ししてから「ああ、そうだった」とつぶやき、ドレスの胸元にニンジンをつっこんで、胸の谷間に収めた。

「なんてこった」ニルスが驚いて言った。「サイはずいぶん進んだ助言をしたんだな」

ミュアラインは困惑してニルスを見た。ジェッタは無理もないと思った。彼女自身もニルスの意見にいささか困惑していたからだ。だが、ジェッタが困惑しているあいだに、ミュアラインは胸の谷間のニンジンを見おろして、不意に理解したらしく、たちまち頬を真っ赤に染めて、ニンジンを引き抜こうと手を伸ばした。

「だめだ」とドゥーガルが言って、彼女の動きを止めた。「ばかな弟のことは無視してくれ、妻よ。サイがしたようにつづけるんだ」

夫に感謝の笑みを向けてうなずき、ミュアラインはニンジンから手をおろした。そして、胸の谷間にニンジンを残したままつづけた。「さっきも言ったように、サイはとてものどが渇いていたみたいで、ニンジンをここにつっこんで、自分のゴブレットにワインのお代わりを注いだの」

ミュアラインは空のゴブレットを取って、もう一杯飲み干すふりをしてから、またジェッタのまえに移動して、パンと空のゴブレットを掲げた。「いい？　これはあなたで、これが——あら、いけない」ミュアラインはサイのまねをつづけて大げさにいらだちを顔に表し、ゴブレットを置いてニンジンを取ると、またやり直した。「これはあなたで、これがオーレイよ。そしてこれが今夜起こること」そう言って、ニンジンの太いほうの先をパンの切れ目につっこんだ。もちろん、切れ目よりもニンジンのほうがずっと大きいので、実際には、ニンジンの頭でパンをつぶし、何度も繰り返しニンジンをパンにめりこませては引き抜いていた。

「まったくろくでもないことを」

オーレイがぞっとしてつぶやくのを聞きながら、ジェッタはあっけにとられて、ミュアラインがあわれなパンにしていることを見ていた。やがて、ミュアラインが言った。「でも、見た目よりずっとすてきなのよ。先にキスやなんかをしてくれるから、すごく興奮して、彼の顔を思いきりこぶしで殴りたくなるの」

「なんですって？」ジェッタは目をまるくして言った。

「サイがわたしにそう言ったのよ」オレンジ色の野菜がこぶしで、パンがオーレイの顔であるかのように、ニンジンをパンに押しこみながら、ミュアラインは明るく言った。

ジェッタは信じられない様子でサイのほうを見た。「こぶしで殴る？」

「そういう気分になるんだもの」サイは肩をすくめて言った。「この甘い拷問を終わらせて、早く解放してくれないと、こぶしで殴ってしまいそうになるの」

男性陣の反応はそれぞれだった。サイの兄弟たちは笑いだし、アキールおじはあきれたように目をまわして首を振り、キャムはぎょっとしたような顔をして、グリアはただにやにやしていた。

「でも」ミュアラインはつづけた。「サイはこうも言ったの。体のなかで爆発が起きたみたいになって、それがすごくいいのよって」ミュアラインは上を見あげると、絶頂を思い返すようにうるんだ瞳で長いため息をついたが、これもサイとの会話の再現らしかった。きらりと目を光らせて詮索好きな顔つきに変わると、ジェッタのほうを見て「わかった？」ときいた。

すぐにはしゃべれなかったので、ジェッタは弱々しくうなずいた。

「ああ、よかった」ミュアラインはつぶやいて、小道具をうしろに放ると、ジェッタのワインを見てきいた。「それ、飲むの？」

ジェッタは首を振った。

ミュアラインは微笑んだ。「わたしもそう答えたわ。そうしたらサイがつかんで飲み干しちゃった。そのとき思ったの、サイはグリアとのあいだに男の子だけ産んで、女の子は産まないほうがいいかもしれないって。だって、床入りについてのこんな説明を若い娘には聞かせられないでしょう」そう言うと、膝を曲げておじぎをし、話が終了したことを知らせた。

「ブラボー！」ニルスが笑いながら言い、拍手をはじめた。

「ああ、一瞬きみがサイに思えたよ」キャムも笑いながら拍手をして言った。

「これを見るのは二度目だけど、やっぱりおもしろいわ」ジョーンはくすくす笑った。

ミュアラインは満面の笑みでもう一度おじぎをし、テーブルをまわって足早に自分の席に戻った。

ジェッタは唇を嚙みながら、この状況をどんなふうに受け入れているのだろうとサイのほうをうかがったが、サイはまったく動じていない様子で座っていた。ジェッタの心配そうな視線に気づくと、彼女は穏やかに肩をすくめて言った。「だって、ほんとのことだもの」

そのことばを聞いてオーレイがうめいたので、ジェッタが彼のほうを向くと、顔に狼狽が現れていた。けげんに思って、眉をひそめながらドゥーガルのほうに視線を向けた。

ジェッタの義弟は励ますような笑みを彼女に向けながら、オーレイの背中をたたいた。「落ちつけよ、兄貴。大丈夫だって」

「何をみんながそんなにおもしろがるのかわからないわ」サイが言って、ジェッタの注意は夫から彼女へと向けられた。「わたしがミュアラインにした説明はどこもまちがってないわよ。あのとおりのことが起こるんだから」

ジェッタは唇を噛んでおもしろがっていることを隠した。すると、オーレイがドゥーガルに返事をつぶやくのが聞こえた。「ああ、おまえはそう言うだろうさ。このひどい説明を聞いたとき、ミュアラインはもうおまえと床入りしていたんだからな。だが、ジェッタはまだ未経験なんだぞ。あんな話を聞いたあとでは、永遠にその気になれないかもしれない」

そのことばを聞いた者はほかにだれもいなかった。ジェッタ自身ようやく聞き取れたのだが、それでも一瞬、彼女を取り巻く部屋全体が静まり返った。それが自分だけのことだと気づくのに少し時間がかかった。部屋全体が静まり返ったわけではなかった。動いたりしゃべったりしている人びとは見えるが、何も聞こえなかった。銀器が鳴る音も、くったくなくしゃべる声も、笑い声も。すべてが突然無音になり、ジェッタの心だけが、食料貯蔵室に放されたネズミのように、猛スピードで走りまわりながら叫んでいた。

まだ未経験？　わたしたちは結婚を完全なものにしていないの？　どうして？　わたしに魅力を感じなかったから？　彼はわたしと結婚したくなかったの？　それとも、その逆？　わたしが彼との床入りを拒絶したの？　もしかしたら、恐れていたように、記憶を失うまえのわたしは彼の傷跡に嫌悪感を覚えていたのかもしれない。

でも、そんなこと想像できない。オーレイは傷跡があっても魅力的な人だ。もしかしたらわたしは、新婚初夜に恥ずかしさのあまり押し黙ってしまい、それを拒絶と解釈されてしまったのかもしれない。もしかしたら、船の沈没と頭のけがは、誤解のせいでぎくしゃくしていた夫婦関係を修復するための、いい機会だったのかもしれない。うん、それならありえそうだ。もしそうなら、願ってもないこの機会にすべてをやり直そう。夫はすてきな人で、わたしががんばりさえすれば、すばらしい結婚生活が送れることはまちがいないのだから。

その決意がスイッチの役割を果たしたらしく、ジェッタの耳に音が戻ってきて、ミュアラインがこう言うのが聞こえた。「大好きよ、サイ、知ってると思うけど。それに驚いてるの。あなたは男の子だけ産んで女の子は産まないほうがいいかもしれないと思ってたけど、今や三つ子の女の子の母で、あの子たちはとても幸せそうだもの」

「三つ子?」ジェッタは驚いて繰り返し、自分の心配ごとを忘れた。

「そうよ」ミュアラインはそう言うと、まえに身を乗り出してジェッタの向こうにいるサイとグリアを見た。「サイは六カ月まえに三つ子を産んだばかりなの」

「まあ、すごいわ! わたしは三人の女の子のおばさんなのね?」ジェッタは目をまるくして言った。そして、結婚がまだ完全なものでなくてもおばになれるのかしらと思って眉をひそめた。わたしとオーレイは、婚姻を完全なものにしていなくても、法的に結婚したことになるのだろうか?

「わたしたちみんながそうよ」エディスが興奮気味に言って、ふたたびジェッタの注意を引いた。「ジョーン以外はね。でも、ジョーンは名付け親なの」

ジョーンはにこやかにうなずいた。「そして、うちのバーナードは、サイのいちばん上の娘ローナの許婚になるのよ」

「つまり、あなたも家族になるのね」エディスがにっこりして言った。「わたしたち、みんな親戚ね！」

女性たちがみんな笑みを交わすなか、ジェッタはかすかに微笑んで言った。「ローナはかわいい名前ね。ほかの子たちはなんという名前なの？」

「ソーチャとエイルサよ」サイがすぐに答えた。

ジェッタは信じられないというように目をまるくした。「わたしの名前をつけてくれたの？」

ジェッタがそう言ったとき、オーレイは固まった。彼だけではなかった。彼の周囲に座った人びとのあいだに不意に完全な沈黙が訪れ、ハイテーブル（上座の一段高い場所にあるテーブル）にいる者はだれひとり動いてもしゃべってもいなかった。全員が目をまるくしてジェッタを見つめていた。オーレイ自身でさえそうだった。彼がじっと見ていると、何かをさとって見開かれた目が、あふれる感情とともに彼に向けられた。そこには混乱、傷心、恐怖と悲しみ、そして痛みがあった。ジェッタは集中するように眉間にしわを寄せ、少しのあいだ彼を見たあと、自分を満たす知識から逃げようとするように立ちあがった。だが、足に体重をかけた瞬間、痛みに声をあげると、横向きに倒れてベンチから転げ落ち、頭が大広間の床に迫った。

オーレイは「ジェッタ！」と叫んで、跳ねるように立ちあがったが、彼女が床にぶつかるまえに受け止めることはできなかった。失敗に悪態をつきながら、ひざまずいて彼女を腕に抱いた。

「また頭を打った」アリックがその向かいにひざまずいて、おろおろしながら言った。

「階段から落ちたときはクリスピンがクッションになったわ。今回もそうだと思う」

サイもやってきて言った。

「それならなぜまた意識を失ったんだ？」オーレイが暗い声できいた。

「わからない」と言って、サイは心配そうにジェッタを見つめた。

「ローリーを呼んでくる」アリックが体を起こして言った。

「おれの部屋に来るよう言ってくれ」と命じてオーレイは立ちあがり、ジェッタを抱いて弟のあとから階段に向かった。階段をのぼりながらジェッタを見おろし、真っ青な顔が痛みでしかめられていることに気づいた。記憶を取り戻したのだろう、少なくとも一部は。〝わたしの名前をつけてくれたの？〟と言ったあとの彼女の表情が、何かを思い出したことを告げていた。おそらく自分がだれなのかということ、そして彼にとってもっと重要な、だれではないのかということを。彼が夫ではないとわかったのはたしかだ。それが意味することを思うと死ぬほど怖かった。結局彼は自分で彼女に話しもせず、説明もしなかった。そして、サイの言うとおりなら、それはひどくまずいことだった。

「ベッドに寝かせるから、シーツと毛皮をめくって」

サイの指示が聞こえて振り返ると、考えごとをしているあいだに主寝室に着いていたので、オーレイは驚いた。主寝室に着いたのは自分だけではなかった。気づくと家族全員が彼についてきていた。アキールおじから、厳密に言えばまだ家族ではないが、いずれ息子がローナと結婚すればそうなるジョーンとキャム・シンクレアまで。いないのはローリーとアリックとコンランとジョーディーだけだった。

オーレイがそう思ったとたん、ローリーがコンランとアリックを連れて部屋に駆けこんできた。

「ジェッタが頭を打ったとアリックから聞いた。またなのか」ローリーはどなりながらベッドに走り寄った。「何があった?」

「自分の名前がジェッタではなく、ソーチャかエイルサだと思い出したんだ」キャムが重々しく伝えた。

ローリーは驚いて眉を上げた。「どっちなんだ？　ソーチャ？　エイルサ？」

「わからない」心配そうにジェッタを見ながらサイが言った。「ローナとバーナードがいつか結婚することを話していたの。ジェッタはあとのふたりの娘たちの名前をきいた。わたしが教えると、彼女は言ったの、〝わたしの名前をつけてくれたの？〟って」

「そして、気を失った」エディスが不安そうに言った。

「気を失ったんじゃないと思う」ミュアラインが反論した。「立ちあがろうとして、痛めた足首に体重をかけてしまい、声をあげて倒れて頭を打ったのよ」

「どちらにしても、彼女の名前はソーチャかエイルサのどちらかね」ジョーンが指摘した。

オーレイにとってはありがたいことに、ローリーは女性たちの言うことに耳を貸さず、ジェッタを診察するために彼のそばに来た。

「おれがシーツと毛皮をめくるから」ドゥーガルが言った。「彼女をベッドに寝かせろ」

「先にこいつをはずさせてくれ」クリスピンに手こずりながら、ローリーがもごもごと言った。「寝かせるとはずすのがもっとむずかしくなる」

「わたしがやりましょうか？」ミュアラインがそばに来て申し出た。

ローリーは初め返事をしなかったが、しばらくクリスピンと格闘したあと、あきらめてうしろにさがった。「ああ。たのむ」

ミュアラインはすぐに彼と場所を変わり、手早くクリスピンをはずした。そしてうしろにさがり、ローリーがまえに出てジェッタの頭を診察できるようにした。最初は目で、つぎに両手でさわって。

「つまり、彼女の名前はソーチャかエイルサなのね」エディスがつぶやいた。「想像できる？　あなたの娘のひとりと同じ名前だなんて、サイ、これにはきっと何か意味があるのよ」

「そうね」ジョーンが同意したあとつづけた。「でも、変だわ。彼女にはイングランドなまりがあるのに、ソーチャもエイルサもスコットランドで好まれる名前よ」

「もしかしたらお母さまがスコットランド人だったけど、お父さまはイングランド人で、向こうで育ったのかも」ミュアラインが言った。

「新しいこぶもけがもない」ローリーの声を聞いて、ふたたびオーレイは弟に意識を向けた。「彼女を寝かせて、何があったか話してくれ。彼女は自分の名前を思い出したんだな。それだけか？」

「それだけじゃないと思う」オーレイは彼女をそっとベッドに寝かせて言った。「名前以外にも、もっといろいろ思い出したはずだ」

「どうしてそう思うんだ?」ローリーが彼女のまぶたを持ちあげて目をのぞきこむのを、みんなと見守っていたアリックが、驚いてきいた。

「おれのほうを向いたときの表情だ。彼女はひどく……」オーレイはそこでことばを切り、彼女の顔に浮かんだありとあらゆる感情を思い起こして顔をしかめた。「動揺していた」やっとの思いでそう言うと、なおも思案しながらつづけた。「だが、何かを思い出そうとするとき、彼女はいつもああいうつらそうな顔をしたから、すべてを思い出したわけではないのかもしれない。もっと何かを思い出そうとしていた」

「言い換えれば、何を思い出したかわからないということだな」ローリーが言った。診察を終えて体を起こし、オーレイを見ながらつづけた。「思い出したのは名前だけかもしれない。動揺しているのは、おれたちが彼女をその名前で呼んでこなかったからかもしれない」

「それでおそらく、わたしたちがずっとうそをついていたことを知った」サイが暗い顔で指摘したあと、オーレイをにらんだ。「だから言ったのに。彼女が自分で知るまえに、ほんとうのことを話さなくちゃだめだって。もう彼女はどう考えればいいかわからなくなる。そして、わたしたちの望みは彼女の安全を守ることだけなのに、信じてもらえなくなる」

「話すつもりだったんだ」オーレイは言い訳がましく言った。

「本当だ」ローリーが請け合い、鋭い調子でつづけた。「回復のためには家族に守られて安全で愛されていると感じる必要があるから、話すべきではないとおれが言い張ったにもかかわらず、兄貴はその助言を無視して、夕食のあとで彼女に話すつもりだったんだ」

「そして、結婚してほしいともたのむつもりだった」オーレイは彼をにらみつけながら言った。「そうすれば、彼女を大切にして、守るつもりだとわかってもらえるはずだった」

「何から守るの？」

オーレイがすばやくローリーからジェッタへと視線を移すと、彼女は横たわったまま目を開けていた。

# 13

「ジェッタ。気がついたのか」オーレイはほっとして言うと、ベッドのかたわらに座って彼女の手を取った。

「ソーチャよ」彼女はきつい口調で言った。彼と目を合わせずに、取られた手を引き戻して繰り返す。「何から守るの？」

「きみの家族がきみを嫁がせようとしている男と、きみを階段から突き落とした男から」オーレイは静かに言った。手を引き抜かれたことに傷つくまいとしながら、自分の手を膝の上に置いた。

彼女は目をまるくして彼の目を見た。「ほかの人と結婚することになっていたのに、あなたはわたしたちが夫婦だと思わせたの？　わたしに許婚を裏切らせたの？」

「ちがう」彼はあわてて言った。「その男はきみの許婚ではない」

たちまち困惑が彼女の顔を覆った。「でも、今たしか——」

「おれたちが見つけたとき、きみはいくらか意識があって、記憶もまだあるようだった」オーレイはさえぎって説明した。「安心させたくて、家族を見つけて安全に送り届けようと言ったら、きみはひどく動揺した」

「ああ」アリックが近くに来て話に加わった。「家族のところに連れていかれるのがひどく不安みたいだった。ぞっとした様子で、猫と白いレディのことや、許婚ではない男と無理やり結婚させられること、前妻同様自分も殺される、というようなことを口にしていた」話を強調するためにうなずきながら付け加えた。「オーレイはきみを落ち着かせるために、元気になるまで家族のところには連れていかないと約束しなくちゃならなかった」

ジェッタは眉をひそめ、アリックとオーレイを見比べた。

「だが、意識が戻ったとき、きみは何も覚えていなかった」オーレイは誠実につづけた。「自分がだれなのかすら。そして、おれのことを兄弟なのかと尋ね、ちがうと答えると、それなら夫だろうと判断して――」

「あなたはそのまちがいを正してはくれなかった」彼女は鋭い声で言った。

「機会がなかったんだ」そう言って彼は思い出させた。「メイヴィスがはいってきて、そのあとローリーがはいってきて――」

「それに」ローリーが口をはさんだ。「きみが兄貴を夫だと思っていると聞いて、しばらくそう思わせておくほうがいいと言ったのはおれなんだ」

「どうして?」彼女は驚いて尋ねた。

「愛する人がそばにいると思うほうが安心するからだよ。それに、安全で気にかけてもらっていると感じているほうが、たしかに回復は早い気がした。あのときさみはまだとても危険な状態だったんだ」彼は思い出させた。「三週間というもの、少量の薄いスープをのどに流しこむしかなかった。レールのようにやせて、とても弱っていたので、正直生き延びられるかどうかわからなかった。でも、安全と安心を感じているほうが、知らない場所で知らない人たちのなかにいると知るよりも、生き延びる可能性は大きいと思ったんだ」

　ジェッタはため息をつき、ぐったりしたように目を閉じた。

「ジェッタ。いや、ソーチャ」ローリーが話しはじめる。

「ジェッタでいいわ」彼女はすぐにさえぎって言った。みんなが混乱するかもしれないと思って。さっきオーレイにジェッタと呼ばれたときは、自分はソーチャだと訂正したのに、今は反対のことをしていた。だが、彼女も混乱していた。ソーチャが自分の名前だとわかったとはいえ、ジェッタと呼ばれるのに慣れてしまっていた。それに、ソーチャがどんな人物なのかは、記憶を完全に取り戻すまでわからない。今の自分はジェッタ・ブキャナンだという気がした。でも、ジェッタ・ブキャナンではなかったのだ、と思って悲しくなった。

「ではジェッタ」ローリーは厳かにそう言ってからつづけた。「真実を告げないというおれの決断が、きみを動揺させたならすまなかった。でも、その決断はまちがいではなかったと思うよ、ラス。家族内にトラブルを招きはしたけどね。きみへの効果はあった」

「トラブルって?」彼女はびっくりして目を見開きながらきいた。

ローリーはためらったあと言った。「そのことについてはすぐに説明するけど、そのまえに教えてほしい。名前以外にも何か思い出したのか? 苗字《みょうじ》は? 住んでいた場所は? あるいは……なんでもいいんだが」

オーレイは彼女の表情の変化を見ただけで、ローリーの質問に対する答えがわかった。

「いいえ」ジェッタは悲しげに言った。「ソーチャという名前と、母がつけてくれたということだけ。わたしがおぎゃあとこの世に生まれてきた瞬間、母の人生の明るい光になるとわかったから、光という意味をもつソーチャという名前をつけてくれたそうよ。わたしの腕のなかで息を引き取る直前に話してくれた」さっきオーレイが目にした悲しみが、また彼女の顔を覆っていた。彼女はそれをこらえて言った。「もっと思い出そうとしたわ。がんばって思い出そうとしたけど、痛みがひどくてそれ以上耐えられなかった。そして、足首に体重をかけたせいで転んでしまったの」

全員がいっとき黙りこんだ。やがて、オーレイが彼女の手をそっとたたいてつぶやいた。「ほかの記憶もきっと戻るよ」

ほっとしたことに、今度は触れてもジェッタは身を引かなかった。だが、オーレイはそれ以上のことはせず、彼女の手を軽くたたいただけで手を引っこめた。

ジェッタはローリーを見ながら尋ねた。「わたしの正体を隠していたことで起きた家族内のトラブルというのは？　その説明をしてくれると言ったわよね」

「ああ、そうだった」ローリーは咳払いをして言った。「まず、オーレイとおれは、きみに対する兄貴の態度をめぐって何度か大げんかをした。兄貴はふたりが実際は結婚していないことをすぐ忘れてしまうらしかった」

ジェッタはたちまち赤くなり、オーレイは彼女がそのときのことを思い出しているのだろうと思った。ローリーに言われてオーレイ自身も思い出し、しばしその記憶を楽しんだ。彼女の味、興奮したときの叫び声、キスに応える様子……そして、目覚めると彼女の口にふくまれていたときのことを。あれはとくに刺激的だった、と思っていると、だれかに腕を殴られてうっとうめき、驚いてあたりを見まわした。すると、隣にサイが立っており、恐ろしい形相でこちらをにらみつけていたので、オーレイはけげんに思い、問いかけるように妹を見た。妹は意味ありげに兄を見ると、ジェッタのほうにあごをしゃくった。

ジェッタのほうを見ると、彼女はそのことを思い出して、サイに殴られるまえのオーレイと同じよろこびを感じているわけではないことがわかった。それどころか、明らかに恥ずかしさと情けなさから、真っ赤になってベッドのなかで身をよじりたがっていた。

オーレイは渋面をつくり、彼女の手をもう一度そっとたたいて言った。「恥じることはないよ、ラス。きみはおれたちが夫婦だと信じていたんだ。それに、きみの純潔はまだ損なわれていない」

なぐさめられるどころか、そのせいでジェッタはさらに赤くなり、これまで以上に困っているように見えた。ローリーがつづけて、オーレイを救った。「もうひとつのトラブルはサイとのことだ。サイはおれたちがきみに真実を話さないことにひどく憤慨して、そのことでおれとオーレイを責めた。きみにすべてを話すように説得しようとさえした」

「そうよ」サイは肯定した。「あいにく、男ってばかなのよね。少なくともうちの兄弟たちはそう。わたしの言うことに耳を貸そうとしないの」

ジェッタはぎこちない笑みをサイに向けた。

「いちばん大事なことを伝えずに、ここに座ってこんな話をしていることがそれを証明しているわ」サイはそう言うと、オーレイに一瞬しかめ面を向けた。

妹が何を言おうとしているのかさっぱりわからず、オーレイはうめいた。

自分の言っていることに兄がぴんときていないとわかったらしく、サイは怒りを覚えて言った。「グリアに聞いたんだけど、兄さんは夕食のあとでジェッタにすべてを話して、結婚を申しこむつもりだったんでしょう？」

「ああ、そうだ」彼はすぐに認めてジェッタのほうを向き、深くうつむいた。「今夜話すつもりだった」

「どうして？」ジェッタはすかさずきいた。

オーレイは途方に暮れて彼女を見つめた。「何がどうしてなんだ？」

ジェッタはためらってから尋ねた。「こんなに長いあいだ知らせずにきたのに、どうしていま話そうと思ったの？」

オーレイははたと動きを止め、これはやっかいなことになりそうだと思った。そして答えた。「初めから言いたかったが、回復を遅らせたくなかった。だが、きみが階段から突き落とされたことや、そのほかにもいろいろあって、きみの家族か、きみを結婚させようとしている人びとが関係しているのではないかと心配になってきた。それで、結婚したほうが安全だと思い、結婚を申しこむまえに、おれたちは夫婦ではないことを知らせなければならなくなったんだ」

「つまり、わたしに結婚を申しこめるように、真実を話すつもりだった。そして、わたしを守るために結婚したいと？」彼女はかすかに眉をひそめてきいた。

「そうだ」とオーレイは言った。あたりを見まわすと、女性陣は呆然としていた。彼は驚いた顔で、家族たちのさまざまな反応を観察した。弟たちとキャムとグリアは、まったくもって筋が通っているというように、全員うなずいていた。だが女性たちは、少なくともエディスとミュアラインとジョーンは、みんなあきれているようだった。

だが、アキールおじとローリーとサイの反応は、もっともオーレイを困惑させた。ローリーは表情をくもらせているし、アキールおじは首を振ってぐるりと目をまわしながら、どうしてこんなばかに育ててしまったのだと、死んだ兄であるオーレイの父親に問いかけるように上のほうを見ているし、サイは口をぎゅっと閉じて、彼の答えは筋が通っているが、正しいと思っているわけではなく、その理由がどうしてもわからないというような、いくぶん困惑した表情を浮かべている。サイの反応がいちばん不可解だった。婦人はやさしいことばやロマンティックな身振りを期待するものだが、彼はそういう男ではない。だが、見るかぎりロマンティックとは程遠い実の妹が……そう、サイがこの返事をもの足りないと思うなら、まずかったのだろう。

後頭部を掻《か》きながらジェッタに向き直ると、うつむきかげんの彼女の姿勢に気づいた。胸に当てた両手を見つめて、落胆しているように見える。さらに傷いたのだろう。

「おまえが彼女をどう思っているか話してやれ、このたわけ」アキールおじがいらだたしげに言った。

オーレイは一瞬おじをにらんでから、ジェッタに向き直った。顔を上げて期待するように彼を見つめている。そのとき、彼女に好意を持っていることさえ一度も伝えてこなかったと不意に気づいた。これはフェアではないだろう。ジェッタは意識を取り戻して以来、彼への気持ちを繰り返し口にしていたのだから。彼女は彼を求めていると言い、彼のような夫がいて幸運に思うと言い、愛しているとさえ言ってくれた。もちろん、すべてはふたりが結婚していると信じていたからなのだが、だからといってうそだということにはならない。だが、自分は……好きだとさえ伝えていなかった、とオーレイは今になって気づいた。一度流れで、かわいいとか大切に思っていると言ったようなぼんやりとした記憶はあるが、それ以外は彼女をどう思っているかについてひとことも口にしていなかった。どうやら言うべきだったようだ。

ベッドからすべりおりてそばの床にひざまずき、彼女の両手を取って厳かに言った。

「ラス、おれはきみの顔を見た瞬間、美しいと思った。海から引きあげて船に乗せたときから、きみがほしいと思っていた。そして、きみがおれの顔を見ても傷跡にたじろいだり泣いたり叫んだりせず、わたしの天使と呼んだとき、そばにいてほしいと思った」

「ほんとにそう言ったの?」エディスが熱心に尋ねた。

「ああ」アリックが言った。「自分を救うために神が遣わしてくださった天使だと言って、貴重な贈り物であるかのように兄貴の頰に触れたんだ」

「まあ」女性たちは口々にため息をついた。

彼らを無視してオーレイはつづけた。「看病をしていた三週間というもの、きみが助からないのではないかと毎日毎分心配し、その考えがひどくおれをさいなんだ。さが、きみは生き延びた。意識を取り戻し、おれを夫だと思った……」彼は首を振り、大きく息を吸いこんで吐き出してからつづけた。「おれが感じているのが愛なのかどうかはわからない。でも、いつもきみのことを考えている。いっしょにいないときもだ。きみが目覚めてからの日々は人生でもっとも幸せな日々だった」

彼女の笑みが大きくなると、彼は言った。「それだけじゃない。あらゆるところにきみを見てしまうんだよ、ラス。長い黒髪の侍女を見るたびにきみを思い出す。髪がなくても、というか、髪が覆い隠されていてもね」彼は説明し、首を振ってからつづけた。「つねにきみを心配してもいる。ブキャナンに戻らなければならなくなったとき、きみを置いていきたくはなかった。きみといっしょにいるのが好きなんだ。いっしょにチェスをするのも、ナインメンズモリス（世界最古のボードゲーム。中世イギリスで人気があった）をするのも、話をするのも好きだ。きみといるとただただ楽しい。でも、いちばん好きなのは、きみにキスしたり触れたりすることだ。おれの妻になってくれ、ラス。毎朝きみの笑顔を見て目覚めたい。ふたりで美しい子供を作って、いっしょに立派でたくましい男や女に育てあげ、ともに年をとり、きみの腕のなかで死にたい。そこがおれの人生でいちばん天国に近い場所だから」

背後で洟をすする音がして振り返ったオーレイは、女性たちがみんな子供のように泣いているのを見てめんくらった。あろうことか、アリックまで女の子のように泣いていたが、サイはちがった。目はうるんでいるものの、雄々しく涙をこぼすまいとしていた。サイはいつでも期待を裏切らない。

ジェッタに向き直り、息を吐いてから神妙に言った。「でも、身の安全だけのためにおれと結婚してほしくはない。結婚してもしなくても、きみの安全は守る。きみもおれを憎からず思い、おれと同じようにともに人生を歩みたいと思ってくれているなら、結婚してほしい」

「ええ」彼女は小さな声で言った。

オーレイはとまどい、不安そうにきいた。「ええ、とは？」

「ええ、わたしもあなたのために結婚したい、という意味よ」彼女は小さく笑って言うと、彼の手から引き抜いた両手で彼の顔をはさんだ。「あなたを愛しているとまだ言ってなかったかしら？　もしかしたら初めは、あなたを夫だと思っていたから、記憶を失った難破事故のまえからあなたを愛していたのだろうと思っていたのかもしれないけど、なぜあなたを愛しているのかはすぐにわかったわ。あなたはわたしが夫に望むすべてを持ち合わせているのよ、オーレイ。それどころか、望んだ以上の存在かもしれない。あなたの妻になり、あなたの子供を産み、年老いてあなたの腕のなかで死ねるわたしは幸運よ。あなたとなら幸せな未来を手に入れることができるわ」

オーレイはにっこり笑ったが、背後からさらにすすり泣きが聞こえてくると、こう尋ねた。「おれと結婚すれば、おせっかいでうるさく干渉する大家族がついてくるとしても？」

彼の背後に視線を向け、自分たちを取り囲んでいる人びとを見て、ジェッタはにっこり笑ってうなずいた。「ええ。それでもよ、旦那さま。じゃなくて、オーレイ」彼女はすまなそうに付け加えた。「ごめんなさい。あなたをそう呼ぶのにすっかり慣れてしまって――」

「それなんだが、きみには彼をそう呼ぶ立派な権利があるんだよ、ラス」今度はアキールおじが言った。「神父からの祝福は受けていないかもしれないが、習慣と評判からもう結婚したとみなされている」ジェッタからよくわからないという顔で見つめられ、彼は説明した。「きみたちは一組の男女としてひとつ屋根の下に住み、きみは彼を夫と呼び、彼も一、二度きみを妻と呼んでいる。夫婦として社会に存在しているということだ。少なくともわたしたちのまえでは」彼は肩をすくめた。「きみたちは結婚の契約《ハンドファスト》をしている、つまり、スコットランドでは結婚しているのと同じことだ。法的に結婚していると宮廷も認めるだろう」

「まあ」ジェッタはつぶやいたが、やがて顔をくもらせた。

オーレイは彼女の考えていることがわかったので、こう言った。「神父を呼んでちゃんと結婚しよう。それには――」まだ目をうるませているアリックのほうを見て言った。「アリック、神父を呼びに――」

「しまった！　神父のことがあった！」ニルスがオーレイをさえぎって不意に言った。

弟の顔つきを見て、オーレイは目を細めた。「なんだ？　アーチボルド神父に何かまずいことでもあるのか？」

「まずいことというわけじゃない」ニルスは言った。「ここに着いたとき、エディスがひとことあいさつをしたがったんだが、アリックが言うには――」

「厩番頭から聞いたんだけど、神父は今朝、サイとグリアと衣装箱が到着する直前に馬で出かけたそうだ」アリックがニルスをさえぎって言った。

「くそっ」オーレイが渋面でののしった。

「ああ。マッケンナ神父もそうやって消えた」ドゥーガルが暗い顔つきで思い出させた。

「なんだって？」キャムが混乱してきき返した。

「マッケンナ神父というのはおれたちの以前の神父だ」ニルスが説明した。「ドゥーガルがミュアラインをここに連れてきて結婚しようとしたとき、神父は突然馬で出かけてしまって、以来消息不明なんだ」

「ミュアラインの兄といとこのしわざだとおれたちはにらんでいる」ドゥーガルはけわしい顔で言った。「自分たちの計画が台無しになるから、おれたちを結婚させたくなかったんだ」

「今回はマッケンナ神父のときとはちがうだろう」グリアがなだめるように言った。「アーチボルド神父は立派な人だし、今夜か明日の朝には帰ってくるさ」

「もし帰らなかったら、ドラモンドはここからそう遠くないわ」エディスが指摘した。

「そうだよ」ニルスが微笑んだ。「ドラモンドの神父に結婚させてもらえばいい」

「マクダネルも近いわ」サイも言った。「うちで結婚式をあげれば、アルピンに会えるし、三つ子も見られるわよ」

「カーマイケルも忘れないでくれよ」ドゥーガルが口をはさんだ。

「シンクレアもだ」キャムも負けてはいない。「よろこんできみたちの結婚式の場を提供するよ」

オーレイはみんなを見つめ、彼らの申し出に心が温かくなったが、どれかひとつの申し出を受けることを考えると、落ちつかない気分になってきた。

「アーチボルド神父が戻るのを待つべきだろう」オーレイが多くの申し出のなかから無理やりひとつを選ぶまえに、アキールおじが言った。「もし神父が今夜戻らなかったら、明日の朝いちばんに兵士を迎えに出そう。それでも連れ帰れなかったら、どうするかはそのとき考えればいい。だが、少なくともここにいれば、われわれ全員が結婚式に出席できる」彼は指摘した。「彼女をレディと仰ぐことになるブキャナンの民をふくめてな」

「そうだな」ドゥーガルがうなずいて言った。「それがいちばんだ」

「では、アーチボルド神父が戻ることを願おう」ニルスがつぶやいた。

「ああ」アキールが同意した。「さて、このふたりを少し休ませてやろうではないか。長い一日だったし、アーチボルド神父が戻れば、明日はもっと長くなるかもしれないからな」

だれからも反論はなかった。みんな扉に向かい、口々に「おやすみ」や「よく眠ってくれ」と言いながら出ていった。

みんなを送り出すオーレイを見ながら、ジェッタは少し混乱していた。彼が夫ではないという考えになかなかなじめずにいたのだ。それでも、自分に言い聞かせた。明日、もしくは神父が見つかりしだい、わたしたちは結婚するのだ、と。だが、彼女にとってやはり彼は夫だった……思い出せるかぎりずっとまえから。

ため息をついて小さく首を振った。アキールおじによれば——そこで、彼はまだおじではないのだ、と気づいた。それとも、もうおじでいいのかしら？　とにかく、アキールおじによれば、彼女とオーレイはなんとかと評判によってもう結婚しているらしい。彼がなんと言ったか思い出せなかった。覚えているのは、ふたりは手を握った《ハンドファスト》ので、法的に結婚しているとみなされるということだ。つまり、いずれにしろオーレイは彼女の夫で、彼女を家族のように扱ってくれたこの人たちは、ほんとうに彼女の家族なのだ。でも、神父の祝福を受けてきちんと結婚すれば、もっとうれしいだろう。

扉が閉まる音がして、ジェッタが視線を上げると、オーレイが戻ってくるところだった。彼女はちょっと唇を噛んでからきいた。「アーチボルド神父は明日戻ってくると思う？」

「運がよければね」オーレイはベッドに向かいながらつぶやくように言った。「もし神父が戻らなくて、どこで結婚するかを選ぶことになったら、気を悪くする者が出てくる。そうはしたくない」

「ええ、そうね。むずかしい選択だわ」彼女は同意し、うつむいて自分の両手を見つめながら、その問題について考えた。マクダネルを結婚式の場所に選べば――もうすぐ姪になる三つ子に会いたいので、彼女はそうしたかったのだが――ニルスとドゥーガル、それにシンクレアの領主も気を悪くするかもしれない。

「ああ、とてもむずかしい」オーレイは言った。「だれの気持ちもうっかり傷つけたくないから、今回は運が味方してくれることを願うしかないだろう」

ジェッタはうなずいてあたりを見まわしたが、部屋のなかのどこにも彼の姿が見えないのでけげんな顔をした。

「おれと結婚するのはやめようと思われるかもしれないから認めたくはないんだが」オーレイはつづけた。その声だけが彼がいるという証拠だった。「おれはそれほど運のいい男ではないんだよ、愛しい人《マイ・ラブ》」

声をたよりにベッドの横を見ると、彼は床に敷かれたわら布団に横たわって、片腕で顔を隠していた。ジェッタは不安な思いで彼のことばを聞いていたが、それも最後のことばが頭にしみこむまでだった。〝愛しい人〟。彼が愛のこもったことばを使ったのはこれが初めてで、彼女の心はとろけた。しばしその感覚を楽しんだあと、床の上の男性をにらんで言った。「どうしてそんなことが言えるのかわからないわ。わたしにとってあなたはすごく幸運な男性なのに」

オーレイは腕を脇にのけ、驚いた顔で彼女を見あげた。ベッドの脇からこちらに身を乗り出している彼女を見るとは思っていなかったせいもあるが、言われたことのせいでもあった。

「なんだって？」彼は信じられずに尋ねた。「どうしておれが幸運だなんて言えるんだ？」

「どうしてそうじゃないなんて言えるの？」彼女はすぐに言い返した。

「おれの顔を見たことがあるだろう？」彼は冷ややかに言った。

「ばかばかしい」ベッドにふたたび横たわりながら、ジェッタはうんざりして言った。

「いったいどういう意味だ？」オーレイはまた彼女が見えるように起きあがってきた。彼女が肩をすくめるだけで答えないので、彼はなおもきいた。「子供たちが泣きながら逃げていき、婦人たちが恐怖で悲鳴をあげるような、そんな醜い顔で歩きまわりたいと思うか？」

「みんなそんなことはしていないでしょう」彼女は信じられない顔で彼を見て言った。

「したんだ」彼は苦々しげに断言した。

これを聞いてジェッタは眉をひそめ、彼の傷跡をもっとよく観察してから言った。

「負傷したばかりで、傷跡がまだ赤くて生々しかったときは、騒ぎになったかもしれないわね」

「そのとおりだ」彼は腹立たしげに言った。「人びとの反応を避けるために、最初の年はほとんど城から出なかった」

「二年目は?」

「少しましになった」彼はしぶしぶ認めた。

「そして、そのあとはさらにましになったのよね」

彼は悲しげに肩をすくめた。

ジェッタは彼のことを思って少し迷ってからきいた。「じゃあ、ほんとに傷跡がなくて、アダイラ・スチュアートと結婚したほうがよかったと思ってるの?」

「アダイラのことをだれに聞いた?」オーレイは驚いてきいた。

「ふたりの人が話してくれたわ」彼女はうまくかわした。「さあ、質問に答えて。傷跡がなくて、アダイラと結婚したほうがよかったの?」

「まさか」彼は大声で言った。「彼女はおれが思っていたような女性ではなかった。婚約が破棄されてから、彼女のことをいろいろと知ったよ……」彼は首を振った。

「逃れられて幸運だった」

「幸運?」彼女が無邪気にきき返す。

「ああ。知っているか? 彼女は宮廷でシンクレアを誘惑しようとしたんだぞ」彼は自分が〝幸運〟と口にしたことにまったく気づかず、激怒しながら言った。「しかもそれはおれがけがをするまえだったんだ。彼女に許婚がいることを知っていたシンクレアは、誘いを拒絶したと言っていた。そのときは相手がおれとは知らなかったらしい。まだ彼と親しくなるまえだったからね。だが、彼女が身をささげた高潔でない男たちがいたのはたしかだ」

口元を引き締めて、彼はつづけた。「それに、彼女は侍女をたたいた。これも婚約が破棄されたあとでメイヴィスが教えてくれたよ。ブラシを落としたというだけで、メイヴィスの目のまえで侍女をひどくたたいたことがあったらしい。結婚していたら、ここの召使いたちもたたこうとしたかもしれない。そう、あの女はおれが思っていたようなレディなどではなかったよ」

「ふうん。幸運にも逃れられたのは、傷跡があって婚約破棄されたおかげね」彼女はつぶやいた。

「そうだ」彼はうなずいた。そして、彼女のほうをさっと見て目を細めた。「おれに傷跡がなかったら、あの女と結婚していただろうと言うのか？」

「そして、生涯彼女に縛りつけられていた」ジェッタはまじめに指摘した。「レディ・アダイラ・スチュアートと生涯みじめに暮らすのを避けられるのだから、傷跡が治るまで二、三年みじめな思いをするくらいなんでもないでしょう」

「ああ」彼はつぶやいた。「そう言われると、それを避けられたのはたしかに幸運だったのかもしれない」目つきをやわらげてつづける。「おかげで今はきみと結婚できるんだから」

「あなたの幸運はわたしの幸運でもあるのよ、旦那さま。あなたを夫にできるんだもの」彼女は笑みを浮かべて請け合い、こう付け加えた。「それに、あなたのとても愛情深くて世話好きな大家族の一員にもなれるし」

オーレイはそれを聞いて苦笑した。「詮索好きでおせっかいかもしれないが、よかれと思ってのことなんだよ」

「わかってる、それもあなたの幸運のひとつよ」彼女は断言した。

「完全とは言えないけどね」彼は生真面目に言った。亡くした弟のユーアンのことを考えているのだろう、とジェッタは思った。

「いいえ、そんなことないわ」ジェッタはやさしく言った。「あなたには、全員があなたを愛していて、自分にできることがあれば力になろうと駆けつけてくれる、六人の弟とひとりの妹がいる。彼らが今まで生き延びてきただけでも幸運なことよ。あなたの家族は九人兄弟のうちひとりしか失わずにすんだ。それがどんなにめずらしいことかわからないの？　たいていの家族は子供が半ズボンを卒業するまえに三人は失っている。でもあなたの家族が失ったのはひとりだけで、あなたには今も健康なだけでなく、あなたを愛して世話を焼き、必要なときにはそばにいてくれる六人の弟とひとりの妹がいる」彼女はそう言いながら、涙がこみあげるのを感じた。自分はそれほど幸運ではなかったと知っているからだ。そうでなかったら、許婚でさえなく、殺されるかもしれないと恐れている相手と結婚させられるために、送り出されるはずがない。自分なら姉妹がそんな結末を迎えないよう、できることはすべてやったはずだ。その考えを追いやって、彼女は言った。「それに、傷を負ったのも幸運だった」

「ああ、傷跡のおかげでアダイラと結婚せずにすんだ。それは認める」

「今はそのことを言っているんじゃないの」彼女はまじめに言った。「気づかない？ 襲撃者があと五センチか十センチ近くにいたら、あなたは生き延びられなかっただろうということに。あるいは、相手が剣ではなく棍棒《こんぼう》やそれ以外のものを使っていたら、おそらくあなたは殺されていた。あなたが生きているということは、あなたが幸運だというもうひとつの例なのよ」

「そうだろうな」

「それに、傷を負ってもほとんど損なわれないほどの美貌にめぐまれているのに、どうして運が悪いなんて言うの？ 知性とやさしさと騎士道精神も持ち合わせているあなたに出会えて、わたしは幸運よ。いいえ、旦那さま、あなたは不運なんかじゃないわ。もしそうだというなら、あなたの不運はわたしの幸運よ。あなたが負傷せず、許婚に結婚を拒否されなかったら、こうして結婚することはできなかったでしょうから。あなたを夫と呼べることがどんなに幸運か、わたしはわかってる」

彼の顔に疑いを読み取り、それを取り除こうとして、ジェッタは言った。「あなたはいい人よ、オーレイ・ブキャナン。それだけでわたしは幸運よ。でも……」目を閉じて、一瞬唇を嚙む。安全な場所を求めているからではなく、彼だからこそ結婚したいと思っていることを、少しでも疑われたくなかった。それを認めてもらうために思いついた方法はひとつしかなかった……。背筋を伸ばして目を開き、彼が聞きたがっているはずのことを告げた。「わたしはあなたとの床入りをとても楽しみにしているのよ、旦那さま。それどころか、神父さまがいらっしゃらなくて、まだ結婚できていないことにすごくがっかりしているの。だって、あなたにキスされるとわたしの血は燃え、あなたに触れられると体は悦びに震えるから。わたしの望みはただ、あなたの腕に抱かれて――」

オーレイが突然床から立ちあがり、唇を重ねてきたので、彼女のことばは消えた。

# 14

唇が重なると、ジェッタはすぐに口を開いてオーレイを受け入れた。ベッドに座った彼に抱きあげられて、膝の上に座らされ、息をのんで肩につかまった。上半身をひねって彼と向き合い、突き入れられる舌を迎え、その舌と戦いながらキスに応えた。

最初はキスだけだった。長く、深く、飢えたようなキスに、ジェッタはうめき声をあげてしがみついてきた。オーレイは両手を彼女の顔に添えて望む角度に傾けた。されるがままに右へ左へと顔を傾ける彼女に、思う存分キスをした。やがて、片手が首から胸へとすべって片方の乳房をとらえ、キスに合わせてゆっくりとした一定のリズムで、にぎったりゆるめたりを繰り返す。もう片方の手がいつ顔から離れたのかジェッタはほとんど気づかなかったが、ドレスのひもをゆるめていたらしく、一部が突然ずり落ちた。今や隠れているのは片方の乳房だけで、ほてった肉をつかむ彼の手がその布地を押さえていた。もう片方の手がむき出しの乳房を見つけ、そちらももみはじめる。手のひらと皮膚の荒れた指の感触に興奮が高まり、ジェッタはうめいた。愛撫に応えて体を反らせ、キスがいくぶん激しくなる。オーレイがドレスの布を落とすあいだだけさっと手を離し、こちらも荒れた手で直《じか》に愛撫をはじめると、ジェッタは彼と口を合わせたまま、自分でもわからないことをつぶやいた。

つぎの瞬間、オーレイはキスを中断し、抗議の叫びをあげているジェッタをのけぞらせて、首に口をつけた。その口が乳房までおりてきて、手と交代するころには、彼女は頭をよじり、切羽詰まった長いうめき声をあげていた。彼は乳房を思いきり吸いこんだあと、口を後退させて乳首だけを含んだ。

「ああ、あなた」彼女はうめき、彼の頭をつかんで膝の上で身もだえた。下腹部に欲求が集まって、脚のあいだにすべりおりていくのがわかる。

「ああ、愛しい人」彼は肌に口をつけたままささやき、ベッドの上でゆっくりと彼女を移動させて、半ば抱え、半ば寄りそうような体勢になった。もう片方の乳房に注意を移し、脚のあいだを膝で割って、中心部を圧迫する。ジェッタは反射的に脚を閉じて彼の膝をはさみこみ、前後に動く膝に乗る形になった。

少しして、乳首から口を離したオーレイは低い声で言った。「きみと床入りするつもりはないよ、ラス」

ジェッタはぱっと目を開き、しゃべることも反応することもできずに、ぽかんと彼を見つめた。彼女の体は彼が奏でる調べに合わせてハミングしており、なんにせよ集中するのがむずかしい状態だった。

それに気づいたらしいオーレイは、無理やり笑みを浮かべて言った。「ああ、そうしているきみは美しい」

ジェッタは自分の体を見おろした。ドレスの上半身は腰のまわりでくしゃくしゃになり、スカートはほとんどもものあたりまでたくし上げられている。やがて、彼の手がゆるゆると乳房を離れて脚の間にすべっていき、膝がどけられた。

初めてそこに触れられたとき、ジェッタは彼の下でのけぞり、声をあげた。オーレイはすぐにキスで口をふさいで黙らせると、ほてった肌の上で指を踊らせ、円を描いたり興奮の中心をつついたりした。彼女がもうこれ以上堪えられないと思ったとき、何かが押し入ってくるのがわかった。彼は服を着たままで、そのあたりには膝か手しかないので、おそらく指だろうと思い、それがすべるように出たりはいったりしはじめても気にしなかった。親指が興奮の中心を愛撫しつづけていたからだ。

「ああ、あなた《ハズバンド》、お願い」ジェッタはあえぎながらキスを解いたあと、自分の言ったことに気づいて眉をひそめた。「まだ夫《ハズバンド》じゃなくて、オーレイだったわね」

「夫《ハズバンド》と呼んでくれ。すぐにそうなるんだし、響きが好きだ」彼は乳房に顔をうずめてつぶやいた。「血がたぎる」

「そう、それならあなたと呼ぶわ」彼女は舌で乳首をなぶられてあえいだ。

　オーレイはそのことばで本当に血がたぎったかのようにうめき声をあげ、片方の乳首をまた口に含むと、脚のあいだの手をさらに速く動かしはじめ、指をもっと深く入れた。

「ああ、あなた」ジェッタは叫び、彼の脚が乗っていないほうの膝を反射的に上げて、自分から愛撫を迎えにいった。

「ああ、お願い、あなた、お願い、あなた、お願い」ジェッタはあえいで繰り返した。彼が与えてくれようとしているものをなんとか得たいと思いながら、自分でも気づかないいままそうしていた。そのとき、扉をノックする音がして、ふたりとも動きを止めた。オーレイが乳首を口から解放して扉のほうに頭を向けたので、ジェッタは唇を噛んで抗議のうめきをこらえなければならなかった。だれだかわからないけど、返事がなければきっともう寝ていると判断して行ってしまうわよね、と思っていると、オーレイが呼びかけた。「なんだ?」

「アーチボルド神父がたったいま戻った」アリックが扉越しにうれしそうにどなった。

「明日の朝いちばんで兄貴が結婚式をあげてほしがっていると伝えるために、ドゥーガルが教会に行っている」

オーレイはすばやくジェッタに向き直り、見開かれた目と、硬く勃った乳首と、彼女の脚のあいだにもぐっている自分の手を見ると、うなるように言った。「今夜だ」

「はあっ？」アリックとジェッタが驚いて同時に言った。

「今夜ジェッタと結婚するつもりなのか？」ちゃんと聞き取れなかったかのように、アリックがきいた。

「そうだ」オーレイはどなり、ジェッタのドレスを元に戻しはじめた。「準備をしてほしいと神父に伝えに行け。そして、サイに言って、みんなを教会に連れてこさせろ。全員だぞ。ブキャナンの民たちも領主が花嫁を迎えるのを見たいだろうからな。大量のエールとリンゴ酒とウィスキー《ウシュク・ベーハ》を用意させるようコンランに伝えろ。あとで祝宴を開けるように」

アリックが承諾らしきことばをつぶやいたあと、遠ざかっていく足音が聞こえた。

「ほんとうに今夜結婚したいの？」体を欲望にうずかせながら、ジェッタがきいた。今はとにかくドレスを脱がせて、はじめたことを最後までしてほしかった。結婚はあとでもいい、そう思って言った。「明日になればいつでも結婚できるのよ。準備にもっと時間が必要だし、もう夜も遅いわ」

服を着せ終えると、オーレイは両手で彼女の顔をはさみ、欲望と情熱をこめて飢えたように深いキスをした。ジェッタはうめきながらたちまちとろけ、うしろ向きに歩かされるとよろこんで従った。ベッドに導かれるのを願って。たしかにそうなったが期待したような形ではなかった。オーレイは彼女をベッドの柱に背骨が当たるまで後退させると、もものうしろに手を入れて持ちあげ、脚を自分の腰にからませた。そして、片足でバランスをとらせながら、ぴったり合わせた下腹部をこすりつけた。

キスを解き、また体を密着させてきいた。「きみを求めているのがわかるか?」

「ええ、あなた」ジェッタは体に触れる硬いものを押し返し、あえぎながら言った。

「きみがほしくて痛いほどだ」また彼女にこすりつける。「きみを裸にしてベッドの上に押し倒し、激しく深く押し入って、きみの悦びの叫びをみんなに聞かせたくてたまらない」

「ええ、そうして、あなた」ジェッタはすすり泣きそうになりながら、からめた脚できつく彼にしがみついた。

「だが、その叫びを聞くすべての者たちに、きみがおれの妻だと知っていてもらいたいんだ」彼はわずかに体を離して言った。

「まあ」今ここで悦ばせてくれるつもりはないんだわと気づいて、落胆に押しつぶされながら、ジェッタはささやいた。

オーレイは両手でジェッタの顔をはさんでやさしく言った。「神父がいて式をあげられるのだから、そのまえにきみを奪うつもりはない」そっと鼻にキスをし、微笑んで言った。「それほど長くはかからないさ」

「そうね」彼女は弱々しく同意した。

笑顔がずるそうな表情に変わり、彼はスカートの下に手をすべりこませ、上げた脚の内側をたどってうるんだ肌に指で触れ、付け加えた。「おれを夫にするかと神父にきかれているとき、おれのせいできみがまだ濡れているのを知っているのは楽しいだろうな」

「あなたったら！」彼女はぎょっとした声をあげたつもりだったが、彼に愛撫されたせいでせがんでいるように聞こえた。

興奮の硬いつぼみの周囲に指先をめぐらせ、その指を挿入してぐいぐい押しながら、オーレイは彼女の耳元でささやいた。「約束しよう、神父がおれたちを結婚させたらすぐに、きみのスカートをめくりあげて本物でこれをしてやると。そして、きみを満足させるまでやめないと」

「ああ」彼がゆっくりと指を抜いて脚をおろさせると、ジェッタはうめいた。手を引かれて扉に連れていかれると、彼女はおとなしく従ったが、頭のなかはまだぐるぐるしていた。じゃまがはいったのが残念だった。もう少しで狩猟小屋のテーブルの上で経験したあの絶頂が訪れそうだったのに、途中でやめられてしまったので泣きたかった。とはいえ、結婚式のせいで絶頂が後回しになっただけなのはわかっていた。これから結婚すれば、今夜正式に床入りすることになる。それはたしかだ。ここに戻ってきたら、夫がそれをきちんとやり遂げ、絶頂を迎えさせてくれるのはまちがいなかった。問題は、あのニンジンとパンで見せられたとおりのことを彼がするだろうということ、そして自分がそれを気に入るかわからないことだった。

でも、指を押し入れられても痛くなかったわ、とジェッタは自分を励ました。彼のニンジンだって痛くないかもしれない。

希望的観測だということはわかっていた。記憶の多くを失っているかもしれないが、覚えていることもいくらかあり、そのなかのひとつに、接合は痛みをともなうもので、それはイヴの罪に対する罰だからだ、という教会の教えがあった。少なくとも、ジェッタたちの神父はそう教えていた。

またあらたな記憶を取り戻したことに気づいたが、あまり重要とは思えなかった。

なくてもやってこられた記憶だからだ。それに、接合が痛みをともなうということは、どこかほかのところでも聞いた覚えがあった。少なくとも最初はそうだと。歩き方や話し方やチェスのやり方を覚えていたように、その教えについてははっきりと覚えているので、悦楽の夜のまえには苦痛を味わうことになるのだろう。少し熱が冷めたのを感じながら、オーレイに付き添われて寝室を出た。

「アリックに聞いたけど、今夜結婚するそうね」

ジェッタが声のしたほうを見ると、サイがエディスとミュアラインとジョーンを従えて、寝室の外の廊下をやってくるところだった。

「ああ」オーレイがすぐに言った。

サイはうなずいた。「それならジェッタの支度をしないと」

オーレイはそれを聞いて顔をしかめた。「支度をする必要はない。このままでいい」

「いいわけがないわ」ミュアラインが驚いて言い返した。

「そうよ」エディスも同意した。「クリスピンがなくなって髪がくしゃくしゃだし、ドレスはしわだらけじゃないの。こんな姿では結婚できないし、新しい領主夫人としてブキャナンの領民のまえにも出られないわ」

オーレイが困った顔でためらっていると、ジョーンがなだめるように言った。「わたしたち四人でやれば、支度はたちどころにできるわ。あなたもプレードを取り替えたほうがいいわよ、領主さま。少ししわになっているから」

「それに、袖がワインか何かで汚れてる」サイが付け加えた。「ジョーンの言うとおりよ。着替えたほうがいいわ」

オーレイは袖を見おろして悪態をついてからうなずくと、あきらめて言った。「わかった。だがまずおれの部屋からプレードを取ってこないと」

「自分の部屋で着替えればいいわ」ミュアラインがすぐに言った。「わたしたちはドゥーガルとわたしの部屋を使うから。ドレスは廊下に置いてある衣装箱のなかだし、主寝室に行く必要はないもの」

もう一度うなずき、ジェッタの手をにぎって微笑みかけたあと、オーレイは向きを変えて部屋に戻っていった。

「淡いグリーンのドレスがいいと思うわ」オーレイが扉を閉じた瞬間、ミュアラインが宣言した。

「わたしもそう思う」エディスはそう言って、廊下の六個の衣装箱のほうに向かった。主寝室の扉とは反対側に置かれた衣装箱のまえで立ち止まり、ふたを開ける。

ジェッタはエディスからミュアラインに視線を移して言った。「でも、ドレスはまだ衣装箱のなかよ。しわになっているわ」

「いいえ、大丈夫よ」ミュアラインはにっこりして言った。「衣装箱を運びあげてもらったときに出しておいたの。こんなことになるんじゃないかと思ってね」

「ああ、だからここにないのね」エディスがあっさりと言った。そして、衣装箱の中身を見て眉をひそめた。

「どうしたの？」サイが自分も衣装箱のなかを見ようと、エディスのそばに向かいながら尋ねた。

「ドレスがみんなつぶれてるの」エディスが指摘し、ジェッタとミュアラインとジョーンもそばに来た。「何か重いものが上に載せられていたみたい」

「ほんとだ」サイがつぶやいて、生地の下からのぞいているものを拾いあげた。体を起こした彼女の手には、精巧な作りの短剣があった。黒檀《こくたん》の柄《つか》には凝った装飾が刻まれている。「何か重いものというのは、これを落としただれかのことかしら？」

「うーん」ジョーンが目を細めて言った。「もしかしたら、レディを階段から突き落とすのが好きな例の射手とか？」

「ボロック短剣よ」柄の根元にあるふたつの卵型のふくらみを見つめ、そこに彫られた模様に気づいて、ジェッタが静かに言った。「この短剣はまえに見たことがあると思う」

「どこで見たか思い出せる？」サイがきいたが、ジェッタが思い出そうと集中しはじめると、袖のなかに刃物を隠してわめいた。「だめ、思い出そうとしないで。結婚式の夜なのよ。頭が痛くなったらたいへん」

「でも――」ジェッタは反論しようとした。

「だめ、サイの言うとおりよ」ジョーンが口をはさみ、ジェッタの両肩をつかんで、ドゥーガルとミュアラインが滞在している部屋のほうを向かせた。「思い出すのは明日でも遅くないわ。今しなくちゃならないのは――いったい何をしているの、サイ？」

ジェッタがそのことばに驚いて振り返ると、ジョーンがぎょっとしながら、衣装箱のなかにはいってしゃがもうとしているサイを見ていた。

「大きさをたしかめてるのよ」サイはそっけなく言うと、衣装箱のなかでしゃがみ、体をまるめてできるだけ小さくなった。わずかにこもった声で彼女はきいた。「かなり隙間が残ってる？　男の人でもはいれそう？」

「ええ」エディスがまじめに言った。「大きな衣装箱だもの。あなたの上に少なくとも三十センチは余裕があるわ、ふたを別にすれば」

「前後左右も十センチ以上は空いてる」ミュアラインがうなずいて言った。「わたしたちの夫ぐらいの男性でもはいれるわ」

「わたしが考えていたのはそれよ」サイがまた体を起こして満足げに言った。衣装箱から出てつぶやく。「襲撃者が秘密の通路を使ったという男性陣の考えはまちがっていると思う。あれを知っているのは家族だけだもの」

「でも、衣装箱のなかを調べなかったなんて信じられないわ」ジョーンが眉をひそめて言った。

「たぶん調べたのよ」サイは肩をすくめて言ったあと、こう指摘した。「短剣はドレスの下にあった。襲撃者はドレスを一着取り出してなかにはいり、それを自分の上に掛けたのよ。それで兵士たちが開けたとき――」

「ドレスしか見えなかった」ミュアラインがうなずいて先をつづけた。

「ドレスを引っ張り出して、衣装箱のなかをあらためようとは思わないでしょうから。わたしたちがいっぱいまでドレスを詰めたのを知ってるし」

「そうよね」エディスがつぶやき、暗い顔つきで尋ねた。「でも、あの衣装箱にはいっていたドレスはどこにいったの？」

「淡いグリーンのならわたしの部屋にあるわ」ミュアラインが言った。「ダークグリーンのは今ジェッタが着ているし――」突然立ち止まり、困った顔で言う。「ごめんなさい。ソーチャとジェッタ、どっちで呼ばれたい？」

「ほんとのことを言うと、今はジェッタのほうがなじみがあるから、そう呼ばれるほうがいいわ」

「わかった。それなら、ソーチャがいるときにあなたがうちを訪れても混乱しないわね」サイが笑みを浮かべて言った。

「そうね」ジェッタもにっこりして言った。

みんなが微笑むと、エディスが咳払いをして言った。「ドレスに戻りましょう。一着はジェッタが着ていて、淡いグリーンのはあなたの部屋にあるのね、ミュアライン。それでもまだたくさんのドレスが衣装箱から消えたことになるわ」

「そうね」ジョーンが同意した。「狩猟小屋でドレスを選んでいるとき、ジェッタの髪や肌色に合うと思ったものは全部入れたはずだもの」

「今ここに残っているのは二着だけよ」サイはいちばん上のドレスを取りあげて言った。

「襲撃者はまえもって計画を立てて、とっさに隠れる場所を準備するために、ほとんどのドレスを衣装箱のなかから取りのけておいたにちがいないわ」エディスが考えこ

た。

「そうね。でも、取りのけたドレスはどこに置いたの?」ジョーンがいらいらと言った。

みんなは一瞬黙りこみ、やがてサイが手にしていたドレスを衣装箱のなかに戻してばたんとふたを閉じた。「この城のどこかにあるはずよ。だれにも気づかれずに六着ものドレスを運び出せるはずないもの。明日さがしてみましょう。今夜はほかにやることがあるでしょ」

「そうね」ジョーンは同意し、ジェッタに微笑みかけた。

「でも、衣装箱のことはどうするの?」ジェッタをミュアラインの部屋に案内しながら、エディスがきいた。「夫たちに伝えるべきじゃない?」

「結婚式のあとで伝えましょう」サイが判断した。「でも、オーレイに言ったらだめよ。明日まではそんなことを心配する必要はないわ。ジェッタの大事な夜を台無しにしたくないもの」

「そうね」ミュアラインはジェッタをひじで小突いて、からかうような笑みを向けた。

「今夜は快楽だけに集中してもらわなくちゃ」

「ううーん、あああーん」エディスが笑いながら甘い声を出した。

「やめてよ」ジェッタはからかわれて半分笑いながら言ったが、真っ赤になっていた。このあとの夜のことを思うと、少しどころではなく緊張した。

不安そうなジェッタに気づいたらしく、ジョーンが同情するように微笑んで、なだめるように腕をまわした。「大丈夫よ。最初は少し痛いかもしれないけど、オーレイはやさしい人みたいだし、まちがいなくあなたを大切に思っているわ。きっとやさしくしてくれるわよ」

「そう思う？」ジェッタは期待をこめて尋ねた。

「ええ、もちろん。オーレイは思いやりのある人よ。絶対にやさしくしてくれる」ジョーンはジェッタを安心させ、さらに言った。「ローリーが足首に巻いてくれた麻布は効果があったみたいね。もうほとんど足を引きずっていないわ」

「ええ、そうね」ジェッタは上の空でつぶやいた。「でも、ほんとうにオーレイがやさしくしてくれると思うかききたかったわけじゃないの。それはもうわかってる。わたしがききたかったのは……オーレイはほんとうにわたしを大切に思っているのかしら？」彼女は説明した。「つまりね、彼がわたしをほしいと思っているのは知ってるけど、愛しているかどうかはわからないと言ったわ。わたしに感じているのは欲望と、傷跡をいやがらないことに対する感謝だけなのかもしれない」

「でも、あなたは彼の愛がほしいのね」サイが静かに言った。

「ええ。彼を愛しているから」彼女は言った。

「本当に？」サイがやさしくきいた。「あなたが感じているのも欲望と、これまで彼がしてくれたことに対する感謝だけという可能性はないの？」

「それは――」ジェッタは口を開いたが、そこでやめ、その質問についてじっくり考えた。彼を愛する理由が、欲望と、彼がしてくれたことに対する感謝のためだけという可能性はあるだろうか？

「かんべんしてくれよ！」

考え事に割りこまれてびくっとし、ジェッタが驚いて振り向くと、オーレイがいた。すっかり身支度をすませている。服を着替え、部屋のたらいでざっと顔を洗いさえしたようだ。彼は準備ができているのに、彼女の準備はまだはじめられてもいなかった。ミュアラインの部屋にすらたどり着いていないのだ。

「まだ準備にとりかかってもいないのか」彼女の心を読んだかのように、オーレイはわめいた。

「これからやるわよ」サイがきっぱりと言った。ジェッタの腕をつかんで、そのままミュアラインとドゥーガルの部屋の扉まで歩いた。扉を開けてジェッタをなかにいれると、兄にどなった。「先に教会に行ってて。すぐに追いかけるから。それほど時間はかからないわ」

そのあいだにほかの婦人たちは急いで部屋にはいり、サイは言うだけ言ってしまうと扉を閉めた。

サイはジェッタのほうを見て苦笑しながら言った。「あなたが兄を愛しているかどうかも、兄があなたを愛しているかどうかも、今はどうでもいいわ。あなたたちはお互いを必要としているし、もっと大事なのは、お互いを気に入っている。はじまりとしては上々よ。多くの夫婦がそこからはじまるんだから」

「好きだと思うほうがほしいと思うより大切なの？」ジェッタは興味を惹かれてきいた。

「ええ、そうよ」ジョーンは言った。女性たちはジェッタの着ているドレスを脱がせはじめた。「情熱は波のようなもので、時間や日や季節によって、高くなったり低くなったりするの。でも、相手を思う心はもっとずっと安定しているわ。情熱のことなんて考えられないときでも、思いやりがあれば乗り越えられるものよ」

「泣いている赤ちゃんひとりを肩に抱え、ふたりを乳首に食いつかせ、疲れすぎて何も見えなくなっているのに、一発やれば元気になるんじゃないかと夫が考えたときとかね」サイが冷ややかに言った。「彼の頭に戦斧《せんぷ》を振りおろしたくなるわよ」

ジェッタは目をまるくした。

「でも、思いやりがあれば自制してくれる」ジョーンが楽しげに言った。ジェッタの着ていたドレスが床に落ちると、ミュアラインが彼女に着せる淡いグリーンのドレスを持って近づいた。ドレスを持ちあげて頭からかぶせるあいだ、ジョーンはつづけた。「そして、数時間か、数日か、もしかしたら一週間後、充分休んで回復したら、彼がやりたがっていたいいことや、与えてくれる心地よい絶頂感にまた興味が持てるようになるわ」

「そしてそれは彼のほうも同じなの」ドレスに頭と腕を通し、コルセットのひもを締める作業に取りかかりながら、ミュアラインが言った。「彼にだって何もかもうまくいかない日や、疲れすぎて目を開けていられず、夫婦の営みなど考えられなくて、あなたが何をやってもその気にさせられない日がある」

コルセットを締め終え、今度は髪にとりかかりながら、ミュアラインが冷ややかに言った。「男性の場合、そういう日はかなり少ないけどね。ドゥーガルもそう」

「でも、あなたの思いやりがあれば、そういう日も乗り越えられる」エディスが言った。

「そんな心配はもっとあとでいいわよ」サイが言った。「これからしばらく、あなたとオーレイは部屋の外にいるよりなかにいるほうが多くなるでしょうから」

「そうね、わたしたちがここにいてよかったわ。あなたたちが忙しくしているあいだ、襲撃者をつかまえるのを手伝えるもの」ミュアラインがつぶやいた。「襲撃者がどうやって逃げたかをわたしたちが発見したこと、男性陣に話すのが待ちきれないわ」

「ほんと」ジョーンがにっこりして言った。「きっとすごく悔しがるわよ」

「たしかに」サイが明るく言った。婦人たちは一歩さがって作業の成果を見た。

「すてきだわ」エディスが言った。

「ええ、完璧よ」ミュアラインはつぶやいて、ジェッタに自分の姿が見えるように壁の鏡のほうを向かせた。「髪を切られたこともわからないわ」

鏡を見たジェッタは、とても自分とは思えず、目をぱちくりさせた。彼女たちのおかげでジェッタは美しく見えた。

「ありがとう」ジェッタはささやいた。

「お礼なんていいのよ」サイはにっこりして言った。「あなたは家族の一員だもの。教会に連れていきさえすればね」

「教会といえば、そろそろ行きましょうか、みんな?」ジョーンが言って、扉に向かった。

ジェッタは大急ぎで部屋を出て、足早に廊下を進んだ。もうすぐ家族になる四人の美しいレディたちとともに。

# 15

「おめでとうございます、領主さま！　わしらもほんとにうれしいですよ。あなたの幸せを祝ってみんなで乾杯するのが楽しみです」

「ありがとう、ファーガス」オーレイは心から言った。

ジェッタもその男性に微笑んで礼を述べた。一度も会ったことがないが、夫の兵士のひとりだろう。婚礼の儀式が終わってから、多くの兵士や召使たちが立ち止まっては祝いのことばを述べていた。

「戻ったら結婚を祝して乾杯しないとな」最後のブキャナンの人びとが城への帰路につくと、ドゥーガルがにこやかに兄の背中をぴしゃりとたたいた。

ジェッタが見ていると、新郎は一瞬困った顔をしたが、すぐに微笑んでうなずいた。

「ああ。だが、そのまえにジェッタとふたりでアーチボルド神父に感謝の気持ちを伝えないと。長い旅をしてきたあとで、こんな夜遅くに式を執りおこなってくれたのだから」

「そうだな」ドゥーガルは教会の扉付近で人びとと話している神父のほうを見た。

「おまえやほかの者たちは先に行ってくれ」オーレイはなにげなく提案した。「すぐに追いかけるから」

ドゥーガルはうなずいて、もう一度兄の背中をぴしゃりとたたいてから、ほかの者たちを集めて、オーレイとジェッタはすぐに追いつくから、先に城に戻るようにと伝えた。

「行こう」オーレイはさっとジェッタを抱きあげると、教会でも城でもない方角を向き、暗闇のなかを走ってまっすぐ厩のなかにはいった。

「ここで何をするつもり?」彼が厩にはいって速度を落とすと、彼女はわけがわからずに尋ねた。

「部屋を出るまえに約束しただろう、式を終えたらすぐに、途中だったことを最後までやると」彼はまじめな顔でそう言って、彼女を抱いたまま馬房を通りすぎ、厩の奥の干し草が積みあげてある場所に向かった。「だが、城に戻れば、その誓いを果たせなくなる。家族たちは乾杯すると言い張り、つぎにまた別の者たちが乾杯をしたがって、寝室に引きあげられるまで何時間もかかるだろう」

「そうね」ジェッタは赤くなりながら同意した。

「でも、ちょっとだけここに寄れば」彼女の耳元に顔を寄せてオーレイはつづけた。「約束を果たすことができる」

「まあ」

オーレイは顔を離し、少しのあいだ、まるで顔立ちを記憶するかのように無言で彼女を見たあと、また頭をかがめてキスをした。

彼が脚のほうを放したので、ジェッタが口を開けて驚きのあえぎをもらすと、すかさず彼の舌がすべりこんでその口を満たした。最初はあまりの驚きに反応できずにいたが、やがて彼の両手がゆるゆると体をおりてきて背中をさすり、抱き寄せてさらに体を密着させ、お尻をつかんで持ちあげて、脚のあいだに体を押しつけられるようにした。腰の動きに合わせて舌を挿入されると、ジェッタはくぐもった声をあげて降参し、キスに応えはじめた。だが、まだろくに応えないうちに、彼は口を離した。

唇を耳のほうに移動させ、すり寄せながら低い声で言う。「おれはまだ硬いままだよ、愛しい人。きみはまだ濡れているかい？」

「わたし――」ジェッタはそこであっと声をあげた。彼がもの裏に手を当てて、式のまえに部屋でしたように、引きあげた脚を自分の腰にからませたからだ。スカートの下に手をすべりこませ、脚をたどって自分でそれをたしかめた。

「ああ、よかった、濡れているね」彼は低い声で言うと、唇を重ねて情熱的にキスをしながら愛撫をはじめた。

ジェッタはうめき、彼の肩につかまって熱くキスに応え、愛撫に合わせて腰を動かした。突然指を一本差し入れられると、彼女はキスを中断してあえぎにも似た叫び声をあげたが、オーレイはまた耳元に唇を寄せ、今度は耳たぶを噛んだり吸ったりしながら、手で魔法をかけた。

「あなた、お願い」ジェッタはすすり泣いた。とても立っていられないと思い、必死に彼にしがみついた。

「何がほしいんだ？」さらに激しく差し入れながら、彼が尋ねる。「さあ、感じてくれ、妻よ」

「わたし――ああっ――！」

オーレイはキスで叫び声を止め、深く唇を合わせながら、腕のなかで痙攣し、震える彼女のなかに指を差し入れつづけた。ジェッタは彼が乗せてくれた波の上で、狩猟小屋で経験したあのけだるい脱力感に身をまかせるつもりでいたが、愛撫をつづけられるうちに、ふたたび興奮が高まりはじめた。

オーレイは口を離して低い声で言った。「きみの悦びを味わいたい」

そのことばに困惑してジェッタは目を開けた。そして、目のまえで突然ひざまずいた彼を見おろした。動揺のあまりぽかんと口を開けたまま。

「あなた!」ぞっとして声をあげた。厩の開いている扉にさっと視線を向けて戻すと、彼がドレスの裾をつかんでいた。「いったい何を――ああ、なんてこと」彼はドレスの下に消え、ジェッタはあえいだ。生地の上から彼の頭をつかまえようとしながら、ささやく。「だれかがはいってきたらどうするの?」

彼は一瞬スカートから頭を出して言った。「城門は閉まっているし、跳ね上げ橋も上げてある。今夜厩を使う者はいないし、厩番頭はファーガスだ」

「ファーガス?」彼の頭はまたスカートのなかに消え、ジェッタはぽかんとしながらきき返した。そして、最後に祝いのことばを述べた男性のことを思い出した。領主の幸福を祝って飲むのを楽しみにしていたっけ。そのとき、オーレイに脚を開かされて、うしろに倒れてしまった。幸い、倒れたのは干し草の上だった。倒れた瞬間、オーレイは両脚をつかんで都合のいい位置までジェッタを移動させ、望みどおり彼女の悦びを味わった。

彼が口を使いはじめると、ジェッタは片手で口をふさいで叫ぶまいとしながら、つかめるものを求めてもう片方の手を伸ばした。見つかったのは干し草だけで、懸命にそのなかに指をめりこませてかきむしった。オーレイは彼女のすべてをむさぼり食おうとしているようだった。舌は上下に、そして円を描くように動いたあと、やわらかな花びらをそっと吸ってから、興奮の中心に取りかかった。永遠かと思うあいだそれをつづけ、求めてやまない絶頂へと彼女を追い立てたかと思うと、攻める場所を変えてそこから引き戻すので、頭がおかしくなりそうだった……こんな状態でいつまでもつづけられたら、彼をこぶしで殴ってしまいそうだ。

そう思ったら笑いそうになった。サイは正しかったと気づいたからだ。そのとき、オーレイが突然彼女のなかに指を一本入れ、口の動きが激しくなって、その両方の刺激がジェッタの背中を押した。絶頂が訪れ、その圧倒的な感覚に一瞬意識が遠のき、口をふさいだ手のなかに叫びながら、干し草のなかにくずおれた。

どれくらい時間がたったのかわからなかったが、気づくとオーレイは先ほどやっていたことをまだやめていなかった。相変わらず指と口を使って愛撫をつづけているが、今や感じやすくなっている突起からは少し離れていた。そして、なかの指が大きくなったような気がした。そんなことは不可能だとわかっていたので、そっともう一本指を入れたのだろうと考えるしかなかった。二本の指を別々に動かしてもいるようだ。

少しずつ指を広げ、少しずつ道を広げている。準備しようとしているのだろう、彼女が――

「ああ！」ジェッタは口をふさいだままあえいだ。舌が興奮の中心に戻ってきて、彼が何をしようとしているのか当てることへの興味は消えた。ああ、もう堪えられない――これ以上はだめ。とてもではないが――

「あなた！」彼女はふたたび絶頂を迎えて叫び、体が震えて痙攣をはじめた。繰り返し押し寄せる波に完全に身をまかせていたので、オーレイがスカートから出て脚のあいだにはいり、両手でお尻をつかんだことにはほとんど気づかなかった。だが、もちろん彼がはいってきたときは気づいた。気づかずにいるのはいささかむずかしかった。そして、そのときすべてが止まったような気がした。恐れていたようにとてつもなく痛かったからではない。それどころか、痛いという感じではなかった。心地よくないというか、小さすぎるドレスをむりやり着ようとしているような感じだ。いや、その逆だろうか。彼女が小さすぎるドレスで、彼がむりやり着ようとしているような。といっても、もう無理やり着てしまっていたが。ジェッタの体がこの新しい経験を受け入れようと奮闘するあいだ、彼は彼女を満たしたまま、じっと動かずにいた。

「大丈夫かい、愛しい人？」

ジェッタは目を開けて彼を見あげた。短剣は彼女の横の干し草の上に置かれ、プレードは消え、身につけているのはシャツだけだったが、まえの部分を引きあげて頭のうしろにまわし、腕だけを袖に入れているので、ホルターネックのようになっていた。ただし、肩の隠れるホルターネックで、美しい胸やほかの部分はすべて見えている。というか、彼女とつながっている部分以外のすべてが。

「愛しいおまえ？　大丈夫か？」

あわてて視線を上げて彼と目を合わせると、つらそうな表情をしていたので眉をひそめた。尋ねた声もつらそうだったので、答える代わりに彼女はきいた。「あなたはどうなの、旦那さま？」

おそらく「ええ、わたしは大丈夫よ」という意味にとったのだろう、彼はまた動きはじめ、ほんの少し引き抜いたあと、また押し入れた。

ジェッタは唇をかんで待ったが、何も起こらなかった。痛みはないが、悦びもなく、奇妙な違和感があるだけだった。

「痛いか？」彼はまた止まってきいた。

「いいえ」とジェッタは伝えた。

オーレイはうなずいてまた引き抜き、今度はさっきよりもう少し離れてからすべりこんだ。そうしながら彼女の顔を見ているので、ジェッタは彼が何を期待しているのか、何を見たがっているのかわからないまま、笑みを浮かべようとした。おそらく正解の表情ではなかったのだろう、彼の口から息を殺した笑いがもれた。そして、ふたりのあいだに手を入れて、つながっているすぐ上あたりを愛撫しはじめた。

ジェッタは信じられないというように目を見開いた。たちまち先ほどの興奮がどっと戻ってきたのだ。まるでこの新しい経験に慣れさせるために、ちょっと脇にどいていたけれど、嬉々として帰ってきたかのように。つぎにオーレイが動いたとき、不快感は無視できるほどになり、三度目には自分から腰を動かしていた。四度目に彼が動くと、さらに協力せずにはいられなくなり、干し草の上にずりあがって片手を彼の首にまわして引きおろし、キスを求めた。

オーレイはすぐに応じ、逆上させるほど興奮を掻き立てながら、速く激しく腰を動かしはじめた。ジェッタは絶頂を迎えて叫び、今回はオーレイも同時に叫び声をあげたが、彼があげた声は咆哮《ほうこう》に近かった。先ほどの彼女と同様、脚の力が抜けてしまったらしく、仰向けに倒れた彼女の上にくずおれた。だが、彼女を抱いてすぐに寝返りを打ち、つぶしてしまわないように自分の上にのせた。そして、引き寄せて額にキスすると、やさしく両手で背中をさすった。

ジェッタはため息をついて彼にすり寄ったあと、驚いて体を硬くした。

「どうした、愛しい人？」オーレイがきいた。その声にはけげんそうな響きがあった。

頭を上向けて不思議そうに彼を見あげ、彼女は言った。「あなたはまだ――」赤くなって口ごもる。彼がまだ硬いままで自分のなかにいるとは言えなかったのだ。

だが、彼は平気で口にした。「ああ、おれはまだ硬いし、きみのなかにいる」

「そう」なんと言えばいいのかわからなかった。これが普通のことなのかどうかもわからなかった。

「もう長いことこの状態なんだ」彼女が何も言わず、体を硬くしたままなので、彼はおだやかに説明した。「式のまえからね。治まるにはしばらくかかる」

「そう」とまた言ってから、彼女はきいた。「それって普通なの？　つまり、あなたにとっては……？」

「ああ、そうなんだ」彼はおもしろがって言った。「そして、そう、普通のことだよ。おれにとってはね」彼はからかうように付け加えて目を閉じた。

ジェッタはそれについて考えてからきいた。「もう一度したい？」

オーレイはぱっと目を開けて顔を上げ、彼女を見つめてからきいた。「きみはもう一度したいのか？」

「ええ、してほしいわ」彼女はまじめな顔で言った。

「じゃあ――うっ」彼女が両手で彼の胸を押して起きあがったので、彼はあえいだ。

「ごめんなさい」一瞬彼の呼吸を止めてしまったことに気づいてつぶやき、姿勢を変えて彼にまたがった。

「これならいい」オーレイはすばやく言うと、手を伸ばしてドレスの胸元を引っ張った。

ジェッタが見おろすと、生地は乳房の下まで引きおろされ、彼が両手で自由にさわれるようになっていた。乳房を両手で覆われ、つかまれ、もまれ、乳首をもてあそばれながら、目を閉じて唇をかみ、彼の上で身もだえた。

「きみはとても美しいよ、愛しい人」彼は低い声で言うと、彼女の背中を膝で押して少しまえのめりにさせ、よりしっかりと乳房を愛撫できるようにした。

「あなたもよ」彼女はささやくと、目を開けて両手を彼の胸に置いてバランスをとりながら、体を動かしはじめた。試しに少し腰を浮かせてまた沈めてみた。

オーレイはそのことばが信じられずにくすっと笑い、彼がうそだと思っていることを口にした彼女を罰するように、軽く乳首をつねった。そして、こう言った。「自分でさわってごらん」

また目を閉じていたジェッタは、ささやくように言われたそのことばの意味に気づくと、ぱっと目を開けた。

「さあ」また乳房をつかみ、情熱的にもみながら、彼は言った。「手を下にすべらせて、自分をさわるんだ。どうやるのがいちばん好きなのか見せてくれ」

ジェッタはどうすればいいかわからずに、一瞬動きを止めてごくりとつばをのんだ。

「たのむ」彼はまじめな顔で付け加えた。

彼をがっかりさせたくなかったので、ジェッタはしぶしぶ片手を彼の胸から下にすべらせ、おずおずと自分に触れた。

「目を閉じて、それがおれの手だと想像するんだ」彼はうながした。「きみがおれの手を導いているのだと」

ジェッタは目を閉じて、愛撫しているのは彼だというふりをした……すると、驚いたことに、たしかに少しちがった。今や、指はしっかりとそこに触れ、彼がしてくれたようにひどく感じやすい部分のまわりをなぞり、片側ずつたどったあと、また円を描くように触れた。

「そうだ」オーレイがうなるように言った。「好きなようにさわってごらん、ラス。悦びを感じてくれ。きみの好きなように」

そのときになってようやく、彼がしたように上下に動いているわけではないことに気づいた。ジェッタは全方向に動いていた。上下、左右、前後、そしてその動きはもうためらいがちではなかった。彼に腰をこすりつけ、片手を足のあいだに、もう片方の手で乳房をもんでいる彼の手首をつかんでバランスをとりながら、やみくもに彼を乗りこなした。この動きでは彼のほうはたいして快感を得ていないのかもしれないが、彼女はとても気持ちがよくて、もう少しで……。

そのとき、登っていた山の頂上に着き、ジェッタは長々と吠えるような声を発した。それと同時にオーレイは乳房から手を離してお尻をつかみ、何度も激しく突きあげて彼女の絶頂を長引かせると、勝利の雄叫びをあげながら自分ものぼりつめた。

疲れ切ってオーレイの上にくずおれたとき、ジェッタの心臓はまだ早鐘を打っていた。彼が何か言っている。耳の下にある彼の胸で轟く音のせいで、何を言われたのかはわからなかった。くたくただったので、うとうとと眠りこんでしまった。

「そろそろ例の乾杯に加わらないと」しゃべれるくらい息が整うと、オーレイがしぶしぶ言った。もう一回してほしいとジェッタにせがまれるまえに言うべきだろうと思った。もう一戦したあとで歩けるかどうか、心もとなかったからだ。彼女はおそろしいほど情熱的だった。

答えがないのに気づいて、彼は眉をひそめた。

「ラス？」彼女が黙ったままなので、頭を浮かせてその顔を見ようとした。すると、胸の上でぐっすり眠っていた。オーレイは驚いて目を見開いた。その光景は彼の顔に笑みをもたらしたが、彼女が病床から抜け出したばかりで、まだ回復途中だということを思い出すと、たちまち渋面になった。頭のけがだけでなく、今は足首のねんざもあるのだ、と思って、小声で悪態をついた。一度でやめておけばよかった。やりすぎて彼女を疲れさせてしまった。

ため息をつき、オーレイは頭をおろして目を閉じた。あともう少しだけ寝かせてから、起こしてドレスを着るのに手を貸し、城に連れて帰らなければ。また抱いていくことになるだろう。彼はあくびをもよおした口を覆った。彼が男衆たちと待つ教会に連れてこられたとき、ジェッタは明らかに片足をかばうように歩いていた。教会まで歩かせたのがよくなかったのかもしれない。しばらくはあまり歩かせないようにして、足首が治るまで安静にしたほうがいいだろう。

問題は言うことをきいてくれるかどうかだ。おそらく聞かないだろうと思いながら、彼女を見おろすと、彼の上で眠ったまま姿勢を変え、それに反応して彼のものが頭をもたげた。記憶を取り戻そうとするジェッタの気をそらしたときのように、また彼女の気をそらさなければならないかもしれない。もう結婚したのだから、望むところだ、と思いながら、オーレイはゆるゆると目を閉じた。


ジェッタは痛みで目覚めた。眠たげに頭を上げながら、口を覆って咳をし、ずきずきする足首を見おろした。火明かりのおかげで痛みの原因が見えた。オーレイの胸からすべり落ちて、彼の横でまるくなって眠っていたら、どういうわけか痛めた足首が彼の脚の下になってしまったのだ。痛みを引き起こしたのはその脚の重さだった。

彼の脚の下から自分の脚を引き抜こうとしはじめると、ようやく頭が働いて、火明かりに疑問を覚えた。ふたりがいるのは厩のなかで、はいったときは扉のそばにたいまつがひとつあるだけで真っ暗だった。火明かりがあるのはおかしい。

明かりのほうに顔を向けたジェッタは、一瞬ぽかんと見つめたあと、ぞっとして起きあがり、オーレイは強くたたいた。「あなた？　ねえ、起きて！　厩が燃えてる！」

「なんだって？」オーレイは背中に短刀を突きつけられたかのようにあわてて体を起こした。あんぐりと口を開けて、閉じられた扉を這いあがる炎を見つめてつぶやく。

「いったいどういうことだ？」

ジェッタは答えなかった。どういうことかは見ればわかる。それに、ドレスの上半身を引きあげ、スカートを引きさげて元に戻すのに忙しくて、それどころではなかった。

「馬たちが」

かすれた声に顔を上げたジェッタは、干し草から這い出たオーレイがいちばん近い馬房に走るのを見て、目をまるくした。彼は身なりにまったくかまっていなかった。まだシャツだけの姿で、そのシャツは首のうしろにまわしてハーネスのようになっている。ジェッタは首を振りながらまた咳をし、干し草からすべりおりると、傷めた足首に体重をかけてしまい、顔をしかめた。痛みを無視し、かがんでオーレイのプレードを拾いあげて彼のあとを追った。彼はいちばん近い馬房の扉を開け終え、二番目の馬房に移っていた。

「あなた、プレードをつけてちょうだい」二番目の馬房の扉を開け、三番目の馬房に移った彼にプレードを差し出して、ジェッタは言った。

オーレイは手を振って拒否し、三番目の馬房の扉を開けると、けわしい顔で見わたした。馬たちは恐怖にいななき、馬房のなかで暴れているが、外に出てこようとはしない。火に近づくことになるので当然だとジェッタは思った。

オーレイは悪態をつきながら、残りの馬房のほうを向いてどなった。「奥の馬房から馬たちを出してくれ。入り口近くの馬房と火には近づくなよ」

ジェッタはまた咳をして馬房に目をやり、早くここから出ないとたいへんなことになると思ったが、最も危険が迫っているのは入り口近くの馬房の馬たちだった。火はまだ馬房には届いていない――扉から三メートルあたりまでしか――が、炎は恐ろしいほどの速さでこちらに向かってきていた。

背筋を伸ばし、まさにオーレイにやるなと言われたことをした。火にいちばん近いふたつの馬房のうちのひとつに走ったのだ。厩のそちら側の隅はものすごい熱さで、煙が立ちこめ、黒い壁のようになっていたが、ジェッタは息を止めて手探りで進み、急いで最初の馬房の扉を開けた。奥の馬たちとちがって、この馬は出たがっていた。炎から逃れようと躍起になって、彼女を踏みつけそうになった。ジェッタはなんとか蹄をかわしたが、横によろけ、星が見えるほどの勢いで隣の馬房にぶつかった。幸い、馬を導く必要はなかった。地獄の猛犬に追われているかのように、納屋の奥に駆けていったからだ。

首を振って頭をはっきりさせ、しがみついていた馬房を押して体を離すと、オーレイが踏みつけられないように、気をつけてと叫んだ。そして、馬を解放したばかりの馬房の向かいに移り、つぎにその列の両隣を、そして三番目へと進んだ。だが、最初の馬のあとは用心して、自由にした動物の進路をふさがないようにした。

右側の六番目の馬房に向かっているとき、ドスドスと音がした。オーレイのほうを見ると、彼は干し草から短剣を取ってきて、それで厩の奥の壁を切りつけ、ふたりと馬たちが逃げる穴を開けようとしていた。燃え盛る炎の爆《は》ぜる音のせいで、近くに来るまでその音が聞こえなかったのだろう。すでに穴はかなりの大きさになっていた。彼女が通り抜けられるだけの大きさなのはたしかだ。

それだけのことをなんとか考えたとき、オーレイが短剣をおろして、ジェッタに向かって叫んだ。何を望んでいるか察しがついたので、ジェッタは手を振って拒絶し、つぎの馬房の扉を開けた。彼ひとりにすべてをまかせて脱出するわけにはいかない。それが彼の望みなのだろう、体力を奪う熱や、息の詰まる煙や、肌を焼く炎から彼女を逃れさせ、自分ひとりで戦うことが。彼は忘れているわ、とジェッタは苦々しく思った。わたしはか弱い花ではない。いざというときは——

突然背後からつかまれ、向きを変えて持ちあげられたので、思考が中断した。

「あなた！」ジェッタが脚をばたばたさせて抗議した。「おろして！」

「ここから出るんだ。あとはおれがひとりでなんとかする」彼は吠えるように言い、自分が開けた穴に向かって大股で歩いた。

「あなたをここに残していくつもりはないわ」彼女はまた脚をばたつかせて、嚙みつくように言った。

「だめだと言ったらだめだ！」彼はどなった。

「残ると言ったら残ります！」彼女はどなり返した。そのとき何かをたたく音がして、ふたりはさっと顔を向けた。オーレイが開けた穴がどんどん大きくなっていく。いくつかの短剣や斧そのほかの武器が、布でできているかのように厩の奥の壁を引き裂いていた。

「ありがたい」オーレイはつぶやき、またまえに進みはじめた。「助けが到着したようだ」

「そうね」ふたりともすぐに出られるとわかって、彼の腕のなかで力を抜きながら、ジェッタがささやいた。

厩の奥に着くころには、穴はすでに自由になった馬たちが通れるほど大きくなっていた。走り出る馬たちに踏み潰されないようにオーレイはあとずさり、ジェッタは一瞬、外にいる人たちもうまくよけて、踏み潰されないことを願った。すると、人びとがなかにはいってきた。

残りの馬を解放するのはその人たちにまかせ、オーレイは急いで彼らの横を通りすぎて、燃える建物の外にジェッタを運び出した。新鮮でひんやりした、煙のない空気に触れるまで足を止めなかった。

「オーレイ！　ジェッタ！　いったい何があったんだ？」

咳の発作の最中にその声を聞いたジェッタは、一瞬あたりを見まわした。新しい家族全員が城から走り出て中庭を横切り、自分たちのほうに突進してくるのを見ることになった。それは実に美しい光景だった。人びとがあと三メートルのところまで迫り、みんなが水から出た魚のようにあんぐりと口を開けるまでは。

オーレイの服装を思い出したのはそのときだった。正確には服を着ていないことを。肩のところでまとまり、頭のうしろにまわされているシャツをのぞけば、彼の体を隠しているのは彼女だけだった。だが、かなり高い位置で彼女を抱いているので、胸のあたりしか隠せていないだろう。ジェッタがそう思ったとたん、オーレイは腕を下げ、彼女のお尻で股間が隠れるようにした。少なくとも、隠れていることを願った。

「プレードをつけるようにと言ったでしょ」彼女はため息をついて言った。

驚いたことに、オーレイは彼女の〝言ったでしょ〟にいらだつことなく大笑いした。

「ああ、たしかに言われたな、愛しい人。つぎはかならず言うことを聞くとしよう」

「ふたりとも大丈夫か？」ローリーがまた進み出て、心配そうにふたりを見ながらきいた。

「おれは大丈夫だが、ジェッタは少し煙を吸いこんでいる」オーレイがまじめな顔で言った。

「わたしは大丈夫」彼女はかすれた声で言った。「ほんとうよ。わたしたち、とても運がよかったのね」

「ああ、そうだな」オーレイは彼女の目を見て言った。「とても運がよかった」

「ところで」アキールおじがふたりを見ながら言った。「干し草と土まみれで、大嵐にあったように見えるぞ。とてつもなく刺激的な初夜をすごしたようだな」

ジェッタはまたうめいてにわかに紅潮した顔をオーレイの首に埋めたが、彼は歩きはじめながら言った。「ええ、それがおれたちのしていたことです……厩が炎に包まれるまでは」

すると笑い声がわき起こり、ジェッタは何より無事だったことにほっとした。だが、オーレイがジェッタを抱いて城に向かっても、家族たちはその場から動かなかった。ジェッタが興味を覚え、彼に抱かれたまま首をまわしてうしろを見ると、一同は深刻な顔つきで厩のほうを示したあと、彼女とオーレイのほうを示した。しばらく会話がつづいたあと、ローリーとコンランとアリックは厩に引き返し、残りはオーレイたちに急いで追いついた。

もちろん、うしろにいる者たちからはオーレイのお尻がまる見えだった。ジェッタはジョーンとミュアラインとエディスがおおいに感心しながらそれを眺めているのに気づき、自分も気になって下を見た。自分の夫だし、裸のお尻をちゃんと見たことがなかったからだ。残念ながら、今もちゃんと見ることはできなかった。上から曲線は見えたが、角度がよくなかった。女性たちに注意を戻してきいた。「ローリーとコンランとアリックは火事の後片づけを手伝いにいったの？」

「ええ」サイが言った。「コンランとアリックはね。ローリーはけがをした人や助けを必要としている人がいないかたしかめに」

ジェッタがうなずいてまえを向くと、城はもうすぐそこだった。子供のように夫に運んでもらわなければならないのを心苦しく思い、歩けるからおろしてくれと言おうかとも思ったが、足首はひどくずきずきしていた。それも当然かもしれない。目覚めたときから痛かったのだし、その足で急いで馬たちを逃そうとしたのだから。

抑えた笑い声がしたので、何事かと背後の女性たちに注意を戻した。

ミュアラインがそれに気づき、すまなそうに微笑んで説明した。「どうして火が出たのかについて話していたの」

「ねえ」エディスがからかうような笑みを浮かべてきいた。「厩に火がついたのは、あなたたちの情熱のせいだったの？」

「いいや、妻よ」ニルスが彼女に腕をまわして言った。「オーレイがあせってランタンをひっくり返したんだ」

ジェッタは赤くなりながら首を振った。「どちらもちがうわ。火がついたとき、わたしたちは眠っていたの」

「眠っていた？」キャムが鋭くきき返す。「オーレイ、それはほんとうか？」

「ああ」とオーレイは答え、立ち止まって渋面で厩を振り返った。「ジェッタが目を覚まさなかったら……」

彼は最後まで言わなかった。言う必要はなかった。全員がかつて厩だった建物が燃えあがるのを見ていた。今や建物はすっかり炎に包まれており、井戸から厩まで列になった男たちが、水をかけて消火するための桶をリレーしていた。ジェッタは中庭に集められたままの馬たちに目をやり、すべての馬が逃げられたこと、飛びこんでいってなかに閉じこめられた人がだれもいないことを願った。

「きみはどうして目が覚めたんだ？」オーレイが尋ね、ジェッタが火事場の混沌と炎から目を離すと、彼がまじめな顔で自分を見つめていた。

「あなたの脚の下敷きになって、足首が痛かったから」彼女は正直に言った。

彼女の夫はうなずき、視線を脚にさまよわせてから、また妻を見てきいた。「目覚めたとき、何かを見たり聞いたりしたか?」

ジェッタは首を振った。「火が燃えていることだけ。だれもいなかった」

「だれかが火をつけたと考えているのか?」ドゥーガルが混沌から目を離し、ふたりのほうを見てきいた。

オーレイは肩をすくめて苦笑した。「自然に火がつくよりもずっとありうるからな」

「くそっ」ニルスがつぶやいた。「結婚しても意味はなかったということか」

オーレイが弟を視線で黙らせたのを、ジェッタは見逃さなかった。彼女に微笑みかけながら、彼は言った。「危険が去っていないという意味ではそうかもしれないが、おれにとってはいいことだったよ。ジェッタはもうおれのものだ。射手も襲撃者も火事もくそくらえさ。おれは幸福な男だ」

そう言って向きを変えると、彼はまた城に向かいはじめたが、ジェッタは彼の肩越しに燃える厩を見つめた。オーレイが彼女をがっかりさせまいとしているのも、今回の襲撃の責任を感じているのもわかっていたし、その気持ちはうれしかった。だが、この問題のそもそものはじまりが、自分が海から引きあげられたことにあるのもよくわかっていた。それについてはどうすればいいのかわからなかった。どうしてこんなことが起こっているのかも、この背後にだれがいるのかも。記憶を取り戻さないかぎりわからないだろう。なんとしてでも思い出さなければ。

# 16

「ああ、よかった！　おふたりとも今まで何をしてらしたんですか？　ご無事なんですか？　どちらかにおけがは？」

ジェッタはオーレイの肩から顔を上げ、叫び声がしたほうを見た。城のなかにはいって大広間を横切りはじめたところで、メイヴィスが取り乱した様子で飛んできたのだ。ジェッタは微笑んで安心させようとしたが、声をかけたのはオーレイだった。

「おれたちは無事だ、メイヴィス。騒ぎ立てるな」

「無事じゃないですよ。その姿はなんですか。ふたりとも体じゅうすすだらけで、髪からは干し草が飛び出しているし――まさか、厩にいたんですね！」メイヴィスは事情を察して叫んだ。「火が出たときなかにいたんですか？　服はどうしたんです、オーレイさま？　まったくもう、赤ん坊みたいな素っ裸で。さあ、いらっしゃい。階上《うえ》に行きますよ。ふたりともお風呂と清潔な服が必要だわ」そう言うと先に立って階段に向かい、途中歩く速度を落としてどなった。「フローラ、お湯をわかして、男衆に浴槽を運ばせて！　それから、領主さまご夫妻の食事を盆に用意するよう料理人に伝えて。領主さまの尻《おいど》をあんぐり口を開けて見るんじゃないよ、失礼だろうが」そして、いきなり向きを変えてオーレイのうしろにまわった。

ジェッタが驚いて見ていると、侍女はオーレイのかかとにぶつからないぎりぎりのところまで近づき、スカートを掲げて彼の臀部を隠そうとしながら歩いた。老侍女は、首を振りながらぶつぶつ言った。「こんなものを見せられたら、侍女たちは夜じゅう大騒ぎですよ、領主さま。はいってくるまえにだれかにプレードとシャツを取ってこさせればよかったのに。おや、シャツは着ているんですね。いちおうは。いったいどうしてそんな着方を？」

唇をかんで笑いをこらえながら、ジェッタはオーレイの肩にまた頭をもたせかけ、二階の寝室に向かうあいだじゅう侍女がぶつぶつ言うのを聞いていた。侍女が領主にこんな口のきき方をするなどありえないが、ジェッタはちがった。そもそも、狩猟小屋で推測していたとおり、メイヴィスはただの侍女ではなかった。階段から落ちたあと、テーブルで話をするあいだに、ブキャナンの切り盛りはほとんど彼女がしていることを知った。少なくとも城内に関してはそうだ。厨房の使用人や侍女たちを監督し、オーレイが快適であるように気を配っていた。

サイによると、メイヴィスは使用人というより家族に近いという。若いころは子守だったので、今もブキャナン兄弟が全員まだ子供であるかのように何くれとなく世話を焼き、小言を言う。兄弟たちもそれがいやではないらしかった。彼女が母親のように世話をしてくれたおかげで、実の母親がいない寂しさもやわらいだのだろう。だれでもときには母親のように世話を焼いてもらう必要があるのだから。

「さあ、着いた。扉はわたしが開けますよ」メイヴィスはオーレイの尻を隠すのをやめ、急いでまえにまわって扉を開けた。

「ありがとう、メイヴィス」オーレイは愛情をこめて言うと、ジェッタを抱いて部屋にはいった。

「どういたしまして、旦那さま。あなたは――ちょっと！」侍女は突然声を荒らげた。

「なんですか、あなたたちは？　出ていってください！　ほら、早く！」

ジェッタが驚いて顔を向けると、家族たちも部屋にはいろうとしたらしく、メイヴィスが廊下に押し出そうとしていた。

「おれたちはオーレイと話をしなくちゃならないんだよ、メイヴィス。だれかが厩に火をつけたんだ。対策を考えないと」ドゥーガルが文句を言った。

「あなたたちは火を消しなさい！　そんなことをオーレイさまに知らせる必要はありません」メイヴィスはまだ彼らを押し出そうとしながら、怒りもあらわに言った。

「それはコンランとアリックが手伝っているよ。おれたちはオーレイとジェッタを警護することになっているんだ」

「ジョーディーとケイティーもね」ニルスが言い添えた。

メイヴィスは顔を不安にくもらせたまま、がんとして立ちつづけた。「警護なら寝室じゃなくて、廊下でやってちょうだい。さあ、とっとと行った。おふたりともお風呂にはいらなきゃならないんだし、オーレイさまはお客を迎えるまえに服が必要なんだから」

「兄貴の裸ならまえにも見てるよ、メイヴィス」ニルスがいらいらしながら指摘した。「それにジェッタとオーレイをふたりだけにはさせない。だれかがふたりを殺そうとしたんだ。おれたちが守らないと」

「なんですって？」メイヴィスは押し出そうとするのをやめて、うろたえながらオーレイのほうを見た。

「大丈夫だ」オーレイはまじめな顔で侍女に言った。「だが、厩に火をつけられたのは本当だ。おれたちを殺すのが目的だったのだと思う」メイヴィスが蒼くなったので、急いで付け加えた。「おれたちはとても幸運だった。無傷で脱出できたし、馬もほかの者たちもけがをすることなく逃げられたはずだ。新しい厩を作らなければならないことをのぞけば、すべては問題ない」

メイヴィスは悲しげに首を振った。「いったいどういうことなんですか？ 火事は起きるし、ケイティーは矢を射られるし、ジェッタさまは階段から突き落とされるし。ああ、ソーチャさままでしたね。いや、奥方さまでした」侍女は顔をしかめて言い、ジェッタの腕を軽くたたいた。「許してくださいよ、奥方さま。そのうち奥方さまかレディ・ソーチャと呼べるようになりますから」

「ジェッタでいいわ」ジェッタはやさしく言った。

「本当に？」メイヴィスは言った。「もしお望みなら、ソーチャさまと呼ぶようにしますけど」

「気にしないで。本当にジェッタと呼ばれるほうがいいの」彼女は打ち明け、苦笑しながら説明した。「ソーチャがどんな人なのかもわからないんだもの。彼女だったときの記憶がないから。今はジェッタよ」

「そうですか。でもまあ、記憶が戻って、やっぱりソーチャさまと呼ばれたくなったら、言ってくださいよ」メイヴィスは言った。そして、オーレイを見た。「ジェッタさまをおろして、何かで体を隠してください。部屋はあなたと話したがっている人でいっぱいなんですよ。それに、もうすぐ侍女たちが食べものやお湯を持ってきます。またじろじろ見られたくはないでしょう」

オーレイはうなずき、ベッドのほうを向いて、その上にジェッタをおろそうとしたが、たちまちメイヴィスが甲高い声をあげた。「いけません！　ベッドの上はやめてください、オーレイさま！　何を考えてるんですか？　おふたりとも汚れてるんですよ。今朝シーツを替えたばかりなのに、また侍女たちにシーツを替えさせることになってしまいます。暖炉のそばの椅子におろしてください」

ため息をついて向きを変え、ジェッタを暖炉にいちばん近い椅子に運んだ。彼女をそこに座らせて体を起こそうとしたとき、メイヴィスがプレードをつかんで持ってきた。そして、オーレイが体を起こした瞬間、その腰にプレードを巻きつけ、すばやくピンで留めながら言った。「よくおしめを替えてさしあげたことを思い出しますよ」

腰から下を覆ってしまうと、メイヴィスはシャツに注意を向け、げんなりした顔になった。手を上げて引っ張りながら尋ねる。「いったいどうしてシャツがこんなふうになってるんですか？　なんでまた全部頭のうしろにまわってしまったんです？　だれに着方を教わったんですかね、まったく」

「おまえだよ」オーレイはおもしろがって言った。大騒ぎする侍女に動じずに、手を上げてシャツの前身頃をつかみ、頭のうしろからまえに引きおろして元どおりにした。そして、片方の眉を上げて尋ねた。「これならいいか？」

「ましになりました」彼女は冷ややかに答えたあと、戸口に集まった人びとのほうを見やった。「では、はいって話をしてもいいですよ。でも、お風呂の準備ができたら、みんな外に出てもらいますからね。このふたりをきれいにしなくちゃならないんだから。汚れてひどいにおいだもの。ふたりともどうしてがまんできるのかしら」

ジェッタは驚いて腕を上げ、においをかいだあと顔をしかめた。父親が何よりも好きだった料理、燻製《くんせい》豚肉のようなにおいがした。そう思って一瞬固まり、父親が燻製豚肉好きだったことを思い出したとオーレイに伝えそうになったが、やめておいた。それほど役に立つ情報ではないからだ。

ため息をついて顔を上げ、暖炉のそばに集まってきた新しい家族たちに向けて、なんとか笑みを浮かべた。

最初に口を開いたのはグリアで、真剣な顔つきで提案した。「きみが昨日ジェッタにつけると言っていた警護を、すぐにつける必要があると思う。きみがそばにいるから明日の朝まで待つ計画だったのは知っているが――」

「わかった」オーレイがさえぎった。「厩の作業が終わりしだいそうしよう」

「だれがいいと思う？」ドゥーガルが心配してきいた。

「カレンに信頼できる三人を選ばせて、四人で彼女の警護にあたらせようと思っている」

「そうか、カレンはできる男だからな」ドゥーガルがつぶやいた。

「あなたはどうするの？」ジェッタがきくと、男たちは黙りこみ、全員がけげんそうに彼女を見た。オーレイをにらみながら彼女は言った。「あなたも厩にいたのよ。警護が必要だわ」

オーレイは首を振った。「いいや。おれは標的ではない。たまたまそこにいただけだ」

「どうしてわかるの？」彼女はすぐに言い返した。「最初にケイティーが矢で射られ、つぎにわたしが階段から突き落とされ、今度はわたしたちふたりともが燃える厩に閉じこめられたのよ。標的なんかいないように思えるわ。だれかがとにかく人を殺そうとして走りまわっているのよ」

オーレイはうれしそうに彼女に微笑みかけた。「気づいたんだね？　厩の扉が開かないようになっていたことに」

「あなたがわたしを運びこんだとき、厩の扉は開いていたわ。あなたは戻って扉を閉めたりしなかった。だから最初はとてもいやだった。せめて扉を閉めてほしくて、そうたのもうとしたら、あなたに気をそらされて」彼女は打ち明けた。頬が熱いことから真っ赤になっているのがわかり、勢いこんでつづけた。「わたしたちが眠りこんだとき、扉が開いていたのはたしかよ。あの……あとで……」今や顔が燃えるようだった。自分たちがしていたことをことばで表現することはできないので、そこははしょった。「でも、目が覚めて厩が燃えているのに気づいたとき、扉は閉まっていた。それが気になって、お城に戻りながら思い返してみたら、扉は閉まっていただけでなく、木片をかませて開かないようにしてあった」

「扉が開かないようにしてあった？」ドゥーガルが驚いてきき返した。「それならどうやって外に出たんだ？」

「オーレイが厩の奥の壁をたたき割ったの」ジェッタが誇らしげに言った。

「ジェッタが通れる程度の穴が開いたところでいったんやめて、彼女を逃がそうとしたんだが、城の者たちが到着して、外から作業を手伝ってくれた」オーレイは肩をすくめて言った。「ジェッタを逃がそうと連れてきたときは、もう壁をたたくのをやめていたが、そのまえに彼らは近くまで来ていて、壁をたたき割る音を聞いたのだろう。

その音か別の何かのせいで厩の裏を調べることになり、おれが開けた穴を見つけたんだ」

「運がよかったな」ドゥーガルが言った。そして、首を振った。「もっと早く行けなくてすまなかった、オーレイ。ハイテーブルで兄貴とジェッタが来るのを待ちながら、遅れている理由のことで冗談を言っていたんだ。何かがおかしいと気づくころには、男たちの半数は外に出ていて、残りの半数はそのあとを追いかけようとしていたから、なかなか外に出られなかった」

ドゥーガルの話から、ジェッタの頭にその光景が浮かんだ。食事どきの大広間はいつも動きが多くて騒がしかった。人びとがひっきりなしにやってきては去っていき、テーブルからテーブルへと大声をあげながら移動していた。扉からいちばん遠いハイテーブルにいたら、だれかが中庭から知らせを持ってはいってきても、何が起こっているかを知るのはたいてい最後になるだろう。

「さあ、来ましたよ」男性ふたりが部屋のなかに浴槽を運んでくると、メイヴィスはきびきびと言った。数人の侍女たちが桶にはいったお湯を持ってあとにつづいた。その仕事が女性たちに割り当てられたことにジェッタはちょっと驚いたが、男性たちは今みんな手が離せないのだと気づいた。浴槽を運ぶためにふたり見つかっただけでも運がよかったのだろう。

メイヴィスが張り切ってほかの者たちを追い出すのを、ジェッタは無言でおもしろそうに見守った。彼らがまだ手のかかる子供であるかのようにきびしく接し、彼らもそうされてあたりまえのようにしている。兄弟たちばかりか、グリアとキャムとエディスとミュアラインまで、メイヴィスに育てられたわけでもないのに、追い立てられておとなしく部屋から出ていった。だがそこで、自分もこの侍女には同じような反応をしていると気づいた。彼女の母親気質と仕切り屋の性分のせいで、本能的に彼女をよろこばせたいと思って従ってしまうのだ。

「さて」メイヴィスはふたりのほうを向くと、オーレイを見て眉を上げた。「お風呂はいっしょにはいりますか、それともわたしがジェッタさまにお風呂を使わせて、あなたは——」

「いっしょにはいる」オーレイがにやりとしてすかさず言うと、やっと赤みの消えたジェッタの顔がたちまちまた赤くなった。

「ではわたしは、料理人が食事の盆を用意するのにどうしてこんなに時間がかかっているのか見てきます」メイヴィスは扉に向かいながら宣言した。だが、立ち止まって口を引き結んでからこう言った。「ジェッタさまのお話から……というか、話されなかったことからすると、床入りは厩ですまされたんですよね？」

ジェッタはうめき、恥ずかしさのあまりうつむいた。

「何も説教したいわけじゃないんですよ、オーレイさま、よりによって厩でなさったからってね」メイヴィスはつづけた。「マリアさまがイエスさまをお産みになるほどいい場所なんですから、それをなさるにもいい場所なんでしょう。ですが、困りましたねえ、明日それを証明できるように、せめてシーツを持っていけなかったんですか？」彼女はいらいらと尋ねた。

朝になったら神父が取りにくる、処女の証である血の付いたシーツがないことに気づき、ジェッタははっとして顔を上げた。

メイヴィスはため息をつきながら首を振った。「どこかで血が手にはいるかどうかさがしてみましょう。料理人にたのむのはやめておきます。なんに使うんだと詮索されますからね。だれにも知られずに血を手に入れるには、鶏か何かを殺さなければならないでしょうね」

「その必要はないよ、メイヴィス」オーレイがおだやかに口をはさんだ。「おれがなんとかするから」

侍女は驚いた顔できいた。「本当ですか？」

「ああ」と彼が言うと、侍女は心の底から安堵した様子で向きを変え、扉を開けて出ていった。鶏を殺すのは気が進まなかったのだろう。

ジェッタは扉が閉まるのを見守ったあと、近づいてくるオーレイに微笑みかけた。

「メイヴィスって……」ためらったあと、唯一思いついたことばを口にした。「得難い人ね」

「ああ」オーレイはまじめな顔でそう言うと、コルセットに手を伸ばしてひもをゆるめはじめた。「母はすばらしい人だったが、九人の子供たちの世話と城の仕事でいつも忙しかった。メイヴィスが母の代わりに、おれたちが必要なものを与えられているか、母がほかの子の世話をしているあいだ、だれも淋しい思いをしていないか、いつも気を配ってくれた」

「あなたたち全員にとって、第二の母親のような存在だったのね」ひもをゆるめたドレスを腕から引き抜いてもらいながら、ジェッタは言った。

「そうなんだ。母が亡くなると、メイヴィスが母の仕事を引き継ぎ、いまだにおれたちの母親をしている」ドレスとその下に着ていたシュミーズを床に落として、彼は言った。そして、彼女を抱きあげ、浴槽に運んでなかに入れると、急いで自分も服を脱いで彼女のうしろに収まった。

「具合はどうだ？」腰をつかんで背中を引き寄せ、伸ばした脚のあいだにもたれさせながら、彼は尋ねた。

「いいわ。もうのどもほとんど痛まないし」と彼女は言い、くすっと笑う声を聞いた。

オーレイは両腕を彼女の腰にまわし、髪をかき分けて首にキスしたあと、つぶやくように言った。「認めるのは気がひけるが、具合はどうだときいたとき、あれだけの煙を吸いこんだ影響については考えていなかったよ」

「そうだったの？」ジェッタは驚いて言った。「じゃあ何を——あっ」彼の片手が脚のあいだにおりてきて息をのんだ。

「ひりひりしているんじゃないかと思ったんだ」彼は愛撫をはじめながら耳元でささやいた。

「少しね」彼女は正直に言った。すると、すぐに彼の手の動きが止まった。彼に寄りかかってうしろに手を伸ばし、硬くなったものを恐る恐るつかんだ。そして、体をひねって首を傾け、彼を見ながら言った。「でも、ほんの少しだけよ。どうかやめないで、あなた。あなたがしてくれることが好きなの」

「ああ、妻よ」オーレイはささやき、目を閉じて彼女の愛撫を受けた。「おれもきみがしてくれることが好きだよ」

そのことばが口から出るやいなや、彼は目を開けて頭を傾け、愛撫を再開しながら唇を奪った。


「妻よ？　起きているか？」

ジェッタは眠たげに目を開けて、何事かとオーレイを見あげた。「なあに？」

「起きているか？」彼は笑みを浮かべて繰り返すと、頭をかがめて歯で乳首をはさみ、舌の先をちろちろと動かした。

「いま起きたわ」ジェッタは背中をそらせて興奮が戻ってきた体を伸ばした。結婚式から二度目の朝だった。それとも三度目だったかしら？　ちょっと考えて、すぐに放念した。別にどうでもいい。大事なのはオーレイがしてくれることだけだった。火事のあとここに戻って以来、ふたりは部屋から出ていなかった。翌朝みんなが部屋に来て、処女の証ということになっている血のついたシーツを持っていったが、その血はオーレイが手を切ってつけたものだった。必要なしみを作るために彼がそうしたとき、ジェッタはぞっとしたが、厩でのひとときはそれだけの価値があったと彼は言ってくれた。だがそれを別にすれば、だれにも会わず、どこにも行かなかった。少なくとも、ジェッタは。オーレイは彼女が眠っているあいだに一、二度そっと部屋を出て、用事をすませていたようだった。だが、彼女は結婚式の夜からずっと部屋のなかにいた。目覚めるたびにオーレイにキスされ、または愛撫され、すぐにまた床入りすることになった。いつもベッドでとはかぎらなかった。部屋のなかのあらゆるところで床入りした――ベッドで、床で、テーブルの上で、椅子の上で、壁にもたれて……。

こんなにさまざまな体勢で床入りができるとは、ジェッタは思ってもいなかった。これは驚くべきことだった。彼への自分の反応にしてもそうだ。今ではほとんど自動的に反応していた。オーレイにキスされ、触れられ、愛撫されると、たちまち興奮して体のスイッチがはいり、かまってほしくて絶頂を求め、脚のあいだがうずきはじめるのだ。今もそうだわ、と思いながら、手を下に伸ばして、彼女を絶頂に導いてくれる硬いものを見つけた。

オーレイはその手をつかんで彼女を止め、乳首を吸うのをやめて顔を上げると、唇を奪った。ジェッタは熱く口づけに応え、すぐに両腕を彼の首にまわしたが、彼女をしがみつかせたまま彼が突然起きあがったので、驚いて声をあげた。オーレイは彼女を腕に抱いたまま立ちあがり、床に届かない彼女の足は少しのあいだぶらぶらしたあと、彼の手で床におろされた。

唇が離れ、手も離れたので、ジェッタが驚いて目を開けると、オーレイが歩き去ろうとしていた。どうしたのだろうと見ていると、彼は壁際に置いてある衣装箱のひとつを開けて、いちばん上にはいっていたドレスを取った。衣装箱のふたを置き、戻ってきてドレスを差し出した。

「服を着るんだ」すぐにドレスを受け取らないジェッタをせかす。「朝食は特別な場所に行ってとろう」

ジェッタは目をまるくしてドレスを受け取り、急いでかぶった。オーレイは彼女がドレスを着るのを手伝い、ブラシを取ってきて、すばやく髪を梳《と》かしてくれた。やさしくやろうとしてくれたし、ジェッタにもそれは伝わったが、推定三日間も入浴せず、梳かしもしないで、さまざまなものの上をさんざん転がったあとなので、彼女の髪はひどいありさまだった。

「お風呂にはいらなきゃ」くしゃくしゃの髪にからんでブラシが引っかかり、顔をしかめながら彼女はつぶやいた。

「そこに行けばはいれるよ」とオーレイは約束し、またブラシが引っかかって悪態をついた。あきらめて彼女の手を取り、扉のほうに導きながら、安心させるように言った。「そこにいるあいだに髪もなんとかしよう」

「そこってどこ？」ジェッタは興味を覚えて尋ねた。

「行けばわかる。着いてからのお楽しみだ」彼は寝室の扉を開け、彼女とともに廊下に出た。

ジェッタは彼のことばに驚き、廊下を見わたすと四人の兵士がいたのでまた驚いた。ふたりは寝室の扉の反対側の壁に立ち、扉の両側にもひとりずつ立っている。全員が近づいてきて、オーレイとジェッタは囲まれた。おもしろいことに、ひとりはかごを持っていた。やがて、ふたりの兵士が先に立って廊下を歩きはじめ、あとのふたりは、ジェッタの手を取って部屋から出てきたオーレイのうしろについた。

ジェッタは黙って歩きながら、警護兵たちの様子をこっそりうかがった。彼女に警護をつけるというオーレイの計画のことをすっかり忘れていた。だが、彼らと関わるのはこれが初めてだ。どう判断すべきかわからなかった。こんなに男性に囲まれているると自意識過剰になってしまう。やがて一行は階段をおりはじめ、ジェッタは大広間の床が眠っている人びとでいっぱいなのを見た。

「いま何時なの？」ひそひそ声でオーレイにきいた。

「早朝だ」彼はささやき返したが、彼女にすればあまり役に立たない答えだった。だが、だれも起こしたくなかったので、それ以上はきかず、できるだけすばやく進むことに集中しながら、階段をおり、オーレイのあとから城の玄関に向かった。広間で眠る人びとのあいだには玄関につづく小道ができていたが、あまり広くないので、一列になって進まなければならなかった。まえにふたりの兵士、うしろにふたりの兵士を従え、寝ている人たちを見ないように、踏まないようにしながら、オーレイのうしろをしのび足で進んだ。玄関に着いたときはほっとしたが、中庭に出ると驚いてあたりを見わたした。

オーレイの〝早朝〟はかなり控えめな表現だった。太陽はまだ昇っていなかった。地平線にちょっと顔をのぞかせた程度で、馬が収容されているパドックに向かったときは、まだかなり暗かった。それでもジェッタには、火事で破壊され、取り壊された古い厩の残骸と、その場所に建設中の新しい建物が見えた。

「週末までには完成するはずだ」彼女の視線の先にあるものに気づいて、オーレイは急いで言った。

ジェッタはうなずいただけで何も言わなかった。すぐに一行はパドックに着いた。オーレイはジェッタを起こすまえに起きて準備をしていたにちがいない。鞍をつけた五頭の馬が待っていたのを見て、ジェッタはそう判断した。少なくとも、部屋の扉から頭だけ出して、警護兵のひとりに、馬に鞍をつけておけと命じたのだろう。

用意されていた馬は五頭だけだったので、当然ジェッタは騎乗したオーレイに抱きあげられてまえに乗せられた。全員が馬上に落ちつくと、オーレイはみんなを見まわしてうなずいた。まずふたりの兵士が、早くも開きはじめている城門と跳ね橋のほうに向かって出発した。オーレイはそれにつづき、残ったふたりの警護兵が後方を守る。

目的地まではそれほど遠くなかった。それどころか、まわりの木々が突然消えて開けた場所に出たとたん、オーレイと兵士たちが馬を止めたので、ジェッタは驚いた。目をまるくして背筋を伸ばし、あたりを見まわす。草地は湖のほとりにあった。なだらかに起伏する丘陵にはさまれているが、水際とその先の湖に向かっていくぶん傾斜している以外は、ほぼ平坦な土地だ。

ジェッタはゆっくりと息を吸い、オーレイにもたれて言った。「美しいわ」

「だろう」オーレイは言った。「ブキャナンでいちばん気に入っている場所だ。昔からずっと。ここで朝食をとって水浴をしようと思ってね」

「水浴？」彼女は目をまるくして、同行した兵士たちから夫へと視線を移した。

「気持ちいいぞ」彼はなだめるように言うと、彼女を馬から抱きおろして、すぐ横に立たせた。自分もすばやく地面に降り立ち、近くにあった木のいちばん低い枝に馬をつないだ。「ちょっとここで待っていてくれ」

ジェッタはうなずき、馬を降りた兵士たちが集まっている場所に向かうオーレイを見送った。彼は彼らと短い会話をかわしたあと、先ほどから彼女が気になっていたかご と、折りたたんだブレードを受け取り、向きを変えて戻ってきた。兵士たちは背後の森から草地のあいだに散開して警護の任務についた。

オーレイはかごの取っ手の下にブレードをかぶせ、ジェッタの腕を取って岸辺まで歩いた。

湖の岸辺は海岸よりずっとせまく、露出した岩礁が両側から湖のなかに突き出て、さらに小さな湾になっていた。小さくてよかった、とジェッタは思った。それほど歩かなくてすむし、そこに行くまでの砂浜部分もほとんどないからだ。二週間以上まえに意識を取り戻したときよりは体力がついたが、ジェッタはまだ自分でも悲しくなるほど弱々しかった。頭をけがするまえは、こんな短い距離で息があがることはなかったはずだ。結婚式以来、彼女とオーレイは何度も愛を交わしているが、動くのはほとんど彼だけにもかかわらず、終わったあとはいつも疲れ切っていた。この二日間は起きている時間より寝ている時間のほうが多かったぐらいだ。

「ここへはよく来るの？」水辺で立ち止まると、ジェッタは息を切らしてきいた。

「ああ。たいてい朝来て、朝食まえに水浴する」彼はかごを置き、ブレードを振って広げると草地の上に敷いて言った。「もちろん、狩猟小屋にいたときは来なかった。

狩猟小屋からここまでは遠いし、そんなに長くきみのそばを離れるわけにはいかなかったから」

「まあ」ジェッタはその告白に感動し、小さな声で言った。

「先に食事にするかい、それとも泳ぐ？」プレードを敷き終えてオーレイは尋ねた。

ジェッタは迷い、かごと湖を見比べた。さっきより太陽が高くなって、地平線から離れかけているし、そのせいで空は明るくなりつつあったが、空気はまだ少しひんやりしていた。いずれ完全に明るくなって、空がふわふわの白い雲を配した明るい青になれば、空気は暖かくなる。空気が冷たいほうが、早く水が温かく感じられるようになることを、ジェッタは経験から知っていた——どんな経験かは思い出せなかったが。それに、今はそれほどお腹がすいていなかった。

「泳ぎましょう」彼女はそう言って、兵士たちのほうを振り返った。

「彼らには背を向かせておくさ」そう言って安心させ、オーレイはドレスをゆるめる手伝いをするために彼女に近づいた。

ジェッタはこの機会にキスや愛撫をしてもらえるのではと半分期待したが、彼はしてくれなかった。彼女がドレスを脱ぐのに手を貸したあと、すばやく自分も服を脱ぎ、彼女を水辺に連れていった。思ったとおり水は冷たかったが、冷たい空気のせいで水は実際より温かく感じられたので、できるかぎり体を水に浸けた。ふたりで数分ほど水に浸かったあと、オーレイが近づいてきて彼女の腰に両腕をまわし、自分のほうに引き寄せた。

ジェッタは目を見開いて不安そうに兵士たちのほうを見たが、オーレイは微笑んで言った。「大丈夫だよ、愛しい人。そうしたいのはやまやまだが、あいつらがここにいるのに何かをはじめたりはしないから。それは別のときのためにとっておこう」

ジェッタがほっとしてうなずき、両腕を彼の首にまわしてつかまると、オーレイは彼女を抱いたまま水のなかを歩いて岩礁のまえを通り、プレードが敷いてあるせまい岸辺の右手に移動した。

移動しながらジェッタは唇を噛んだ。兵士たちがいるから何もはじめないと彼は言ったが、彼女はしてほしい気分になってきたのだ。水中で乳房が彼の胸をこするので、乳首が硬くなってきていたし、彼の脚はたびたび脚のあいだに侵入して、やさしくそこを刺激していた。気をそらそうとして、彼女はきいた。「どこに行こうとしてるの？」

「ここだ」彼はつぶやき、岩礁を超えた先にさらに小さな入り江が見えるやいなや足を止めた。

せまい砂地をのぞけば、平坦な場所はなかった。それどころか、この小さな入り江は周囲の丘陵から彫り出されたようだ、とジェッタは思った。

「あの岩山の左手に大きなやぶがいくつか見えるだろう？」だれにも聞かれまいとするかのように、オーレイがかすれた声で言った。

「ええ」ジェッタはうなずき、問題のやぶに目を凝らした。

「あのうしろに洞穴があって、そのなかに城の秘密の通路につながるトンネルの入り口がある」

「そうなの？」ジェッタは驚いてオーレイを見た。つい彼の唇を見つめてしまう。

「ああ。いつかふたりだけでここに来たときに見せてあげよう。今はどこにあるかだけ知っておいてもらいたい」

ジェッタはうなずいたが、視線はまだ彼の口に釘づけだった。移動を終えて、さらにぴったりと彼の胸にもたれていたので、彼が硬くなっているのが感じられた。

オーレイはうめき声をあげて言った。「ラス、そんなふうに見るのはやめてくれ」

「そんなふうって？」彼女はきいた。甘えるような声が出てしまい、自分でも驚いた。

「キスしてほしそうに、愛を交わしてほしそうに見ている」彼は低い声で言った。

「ごめんなさい、あなた。でも……したいんだもの」彼女はすまなそうに認めた。

　オーレイはそれを聞いてかすれた声で笑った。「謝ることじゃないだろう」

「でも、するわけにはいかないんでしょう?」彼が少し体を離すと、彼女は残念そうにきいた。

「ああ」今度は彼がすまなそうに言った。「ここには兵士たちがいるからな。愛し合うとき、きみはおとなしいほうではない。声を聞かれてしまう」

「なるべく静かにするわ」彼女は言った。

「ラス、きみが静かだったら、悦んでくれていないのかと心配になる。それに、きみの叫び声やうめき声はおれを興奮させる。あれがなかったら楽しめないし、きみも静かにしていたら楽しめないだろう」

「そうね」彼女はため息をついた。

　オーレイはジェッタを引き寄せて、鼻の頭にキスすると、また体を離した。「約束するよ、つぎに来たときは、何キロも離れた場所にいる鳥でさえ驚いて止まり木から飛び立つほど、大きな叫び声をきみがあげるまで愛を交わそう」

　ジェッタはその約束にくすっと笑ったあと、首を振った。「それなら、自力でさっきいたところまで戻らせてもらったほうがいいみたい。でないと途中でがまんできなくなりそう」

彼は迷ったすえにうなずいた。だが、すぐには彼女を離さず、水面に頭を出せるように岸に近づいてからおろした。

「ありがとう」ジェッタはつぶやき、もう一度小さい入り江のほうを見た。水のなかを広いほうの岸辺へと戻りはじめながら言った。「サイとほかの女性たちが、お城の秘密の通路のことで何か言ってたわ」

「本当か？」オーレイは驚いてきいた。

「ええ」彼女は彼を振り返った。「わたしを階段から突き落とした人物は、通路のことを知っていて、それを使って逃げたと、あなたたちは考えているのよね」

「そうだ」彼はけわしい顔で言った。「問題は、あの通路については家族以外だれも知らないはずだということだ」

ジェッタは彼の暗い表情に気づいて言った。「サイは通路が使われたとは思っていないわ」

オーレイはそれを聞いて驚いた顔をした。「どうしてだ？」

「廊下に置いてあった衣装箱からドレスがごっそりなくなっていて、残っていたドレスはだれかがその上に寝たみたいにつぶれていたの。わたしを突き落としたあと、衣装箱のなかに隠れたんだとサイは思ってる」

オーレイは首を振った。「衣装箱はニルスが調べた」

「ふたを開けてみただけで、すぐつぎの箱に移ったんじゃない？　それとも、ドレスを出してみたり、押してみたりした？」ジェッタはきいた。「というのも、サイがドレスの下にボロック短剣を見つけたの。きっとドレスをかぶって隠れているあいだに落としたのよ。外に出てドレスを箱に戻したから、隠れて見えなかったんでしょう」

「ボロック短剣？」彼は驚いてきき返した。

「ええ。つばのこぶのような部分に彫刻が施された、とても美しいものだった」

彼は驚いて尋ねた。「妹はそれをどうした？」

「彼女が持っているわ。サイとほかの女性たちは、結婚式のあとでこのことを男性たちに話すつもりだったの。でもサイは、あなたにはつぎの日まで言わないほうがいいって。わたしたちが楽しめるように……」彼女は赤くなって肩をすくめた。「彼女にはそう言われたけど、わたしは結婚式のあと部屋に戻ってふたりきりになったらあなたに話すつもりだったの。でも、わたしたちは部屋に戻らなかったし、それからいろんなことがあったものだから、今まで忘れていたのよ」

オーレイはうなずき、ジェッタを連れて水のなかを来たほうに戻りはじめた。「食べたら城に戻ろう。その短剣を見たい」

「あなたさえよければ、食べないですぐに戻りましょう。わたしはかまわないし、あなたはこのことについてほかの人たちと話すまで落ちつかないでしょうから」

オーレイがためらうと、彼女はさらに言った。「朝食はほかのみんなといっしょにお城で食べればいいわ、話をしながら」

オーレイはうなずき、ジェッタを抱いて水からあがった。

# 17

帰りは行きより速かった。ほんの数分で城に着いたように感じられた。まだ早い時間だったが、大広間で寝ていた人びとは起きて動きまわっており、オーレイの弟妹たちとその配偶者たちの姿はどこにも見えなかった。まだベッドのなかにいるのだろう。

オーレイは城にはいるとそれを見て取り、ジェッタをテーブルに連れていこうとしたが、引き止められた。

「朝食のまえに階上《うえ》に行って、髪をなんとかしてくるわ」後頭部を気にしながら彼女は言った。まえと横の長い髪はまだ濡れていたが、後頭部の短い髪はすっかり乾いている。さぞ奇妙に見えるだろうと思い、女性たちにもらったクリスピンを使って早く整えたかった。

オーレイは軽くうなずき、持っていたかごとプレードを兵士のひとりにわたすと、彼女を抱きあげた。

「歩けるわ」彼が階段に向かうと、ジェッタは抗議したが、それほど強硬にではなかった。実は疲れていたのだ。

「きみを抱いて運ぶのが好きなんだ」彼はあっさりそう言ってから、やさしく付け加えた。「それに、足を引きずりはじめているぞ、愛しい人。きみがまだ本調子ではないことをどうしても忘れてしまうんだ。パドックから歩いたりせずに、城の玄関まで乗りつけて、パドックに馬を戻すのは兵士にまかせるべきだった」

「ありがとう」それ以上抗議せずに、ジェッタは言った。泳いだり、馬に乗ったり、歩いたりしたことでへとへとだったので、甘やかしてもらえるのがうれしかった。

階上に着くと、アリックがあくびをしながら後頭部を掻きつつ自分の部屋から出てきた。オーレイが夫婦の部屋に向かったとき、ジェッタは彼に気づき、彼のほうでもふたりに気づいたようだった。弟はふたりを見て凍りつき、口を開けて腕を上げたが、そのまましばらく口を開けていた。おもにジェッタのことばかり見ている様子だったが、やがて首を左右に振ってつぶやいた。「きっとあれは夢だったんだ」

「何が夢だったんだ？」部屋に向かうために弟に近づきながら、オーレイがおもしろがって尋ねた。

「いや」アリックは苦笑いした。「ゆうべうとうとしながら思ったんだ、兄貴はジェッタに見せないといけないって――」

「何を見せるって？」急にことばが途切れたので、オーレイはきいた。

アリックは答えずに顔をしかめ、ふたりのうしろにいる兵士たちに視線を向けた。

弟が何を話すつもりもりせよ、兵士たちに聞かれたくないことなのだと理解して、オーレイは言った。「おれたちの部屋に来い」

アリックがふたりに歩調を合わせると、オーレイは言った。「カレン、兵士のひとりにメイヴィスを連れてくるよう言ってくれ」

「わかりました、領主どの」カレンが静かに言って、兵士のひとりにうなずいて見せると、がっしりした若い赤毛の兵士が即座に向きを変えて、来た道を急ぎ戻っていった。

「一分だけなかにいる」オーレイはつぶやくように言うと、ジェッタを抱いて寝室にはいり、アリックがあとにつづいた。アリックに扉を閉めさせ、ジェッタをベッドにおろして、暖炉のそばのテーブルに向かうと、問いかけるように眉を上げて振り返る。

アリックはためらってから自分も暖炉のそばに行き、ふたりは廊下の兵士たちに聞こえないように静かに話しはじめた。だが、ジェッタには聞こえたので、ブラシを見つけて乾いた髪を梳かしはじめながら堂々と耳を傾けた。

「それで、おれはジェッタに何を見せるべきだとおまえは思ったんだ?」オーレイは椅子のひとつに腰を下ろして問いかけた。

「秘密の通路だよ」アリックはジェッタがやっと聞き取れる程度まで声を落として言った。

「夢にまで見たということは、よほどそれが気になっていたんだな」オーレイが言った。

アリックは顔をしかめた。「ああ。火事のことがあったからな。もしまたあんなことが城で起きても逃げられるように、通路のことを知っておくべきだと思ったんだ。だって、寝室の扉にでも火をつけられたらたまらないだろう。そうなったらだれもジェッタを助けられないし、彼女も扉から逃げることはできない」

「そうだな、兄弟。よく気がついた」オーレイはまじめな顔で言った。

アリックはうなずいた。「夢のなかで、おれは自分の部屋とこの部屋の秘密の通路をジェッタに見せて、出入り口の開け方と閉め方と開かないようにする方法を教えた。階段に出られる出入り口も見せ、トンネルにも抜けられる、階段の下にある出入り口の開け方も教えた。でも、ほかの部屋の出入り口については、まだそこでみんなが眠っていたから、話すだけにした」苦笑いをしながら付け加える。「そのときはすべてが現実に思えたけど、頭がぼんやりして何もかもがあっという間だったし、ジェッタには髪が全部あった」彼は顔をしかめて言った。「今朝起きたら部屋は揺れなくなっていたし、胃も落ち着いていたからほっとしたよ。夢を見ているあいだはものすごく気分が悪かったんだ」

「それなら、もう心配はいらないぞ。今すぐジェッタにこの部屋の通路の入り口を開く方法を教えるつもりだし、みんなが起きてきたらほかの部屋についても教える」オーレイはそう言うと、立ちあがってアリックを扉まで送った。「階下《した》に行って朝食をとったらどうだ？ メイヴィスが来たらすぐにおれたちも行くよ――ああ、来たようだ」オーレイは皮肉っぽく言った。扉を開けると、目の前でメイヴィスがノックしようと片手を上げていたのだ。アリックを引っ張ってうしろにさがり、メイヴィスをなかに通してから、弟を部屋の外に送り出して言った。「すぐにおりていくから」

「わたしを待つことはないわ、あなた」駆け寄ってきてブラシを取りあげたメイヴィスに微笑みかけながら、ジェッタが言った。「ふたりの兵士がわたしに同行するために待っていてくれるから、あなたは残りのふたりを連れて階下に行って」

「彼らはきみの護衛なんだぞ、ジェッタ。おれのではなくて」彼は部屋のなかに戻ってベッドの縁に腰掛け、メイヴィスが妻の髪を整えるのを眺めながら言った。「それに、メイヴィスがどうやって髪をクリスピンに収めるのか見たいんだ。そうすれば、今度早朝に馬で出かけたとき手伝えるだろう」

それを聞いてジェッタは驚きを隠せなかった。わたしの髪結いを手伝いたいですって？　本当にこんな人はなかなかいないわ。

「そんな驚いた顔で見ることないですよ、ラス」メイヴィスはおもしろがって言った。「そりゃオーレイさまは髪結いの方法を知りたいでしょうよ。昔から賢い若者でしたからね。いつも今みたいな状態の髪で帰ってくることになるなら、いいことをしに馬で出かけるのをあなたがいやがることを知っているんですよ」

ジェッタは驚いて目を見開き、メイヴィスの手を離れて鏡のまえに走った。自分の姿を見てぞっとし、思わず口を開けた。帰りの馬の旅で風を受けても髪は半分しか乾かなかったが、風に吹かれてくしゃくしゃになっていた。

その顔つきを見たメイヴィスは、くすくす笑いながらジェッタの背後にやってきて、また髪をブラッシングしはじめた。「大丈夫ですよ。わたしが直してさしあげますから。一分もかかりません」

「すまなかった、オーレイ。衣装箱からドレスを引き出すことも、押してみることも思いつかなくて」ニルスが言った。十五分まえに階下におりてきてから、おそらくこれで六回目だ。

今朝目覚めてテーブルにやってきたのは、家族ではニルスとエディスが最後だった。このふたりがおりてくるころには、ほかのみんなは朝食をすませ、ジェッタは横になって少し眠るために寝室に戻っていた。彼女が十回目のあくびをしたあとで、オーレイが提案したのだ。あっさり同意したところをみると、かなり疲れていたのだろう。あんなに早く起こすべきではなかった、とオーレイは思った。だが、今朝彼女は風呂を使いたがっていたし、彼は湖を見せたかった。今朝泳ぎに連れていけば、一石二鳥だと思ったのだ。

「ドレスの束に剣を突き刺せばよかったよ」ニルスは怒ってつぶやき、また繰り返した。「ほんとうにすまなかった、兄貴」

「わかってるよ。おまえのことは怒っていない」これで六回目になるが、オーレイも辛抱強く言った。

「でも、おれがそうするのを思いついていたら、もう犯人はつかまっていただろう。厩は火事にならなかっただろうし――」

「ニルス」ついに辛抱しきれなくなって、オーレイがさえぎった。「おまえが謝ることはない。おれでもすべての衣装箱からドレスを取り出したり、押すことは思いつかなかっただろう。おそらく箱を開けてドレスがたくさんはいっているのを確認したら、つぎの箱に進んでいたと思う。もう謝るな。すぎたことだ」

「わかった」ニルスはぼそぼそと言った。「犯人があそこに隠れていたことをよろこぶべきなんだろうな。つう——ほかの場所ではなくて」だれが聞いているかわからないテーブルでは、通路のことを口に出すべきではないと最後の瞬間に思い出し、歯切れの悪い言葉で締めくくった。オーレイは弟の顔色の悪さとろれつがまわらない様子が心配になった。「今朝のアリックよりも調子が悪そうだな。いったい昨夜はふたりで何をしていたんだ?」

ニルスは顔をしかめた。「アリックが酒飲み対決をしようと言ってきたんだ」

オーレイは弟の陰気な口調をおもしろがって微笑んだ「そんなに退屈だったのか?」

ニルスは肩をすくめた。「いらいらしてたというほうが当たってるかな。火事のあと城に戻って、女性たちから衣装箱のなかのボロック短剣と彼女たちの推理をきいた。みんなで話し合ったが、兄貴と話して意見を聞きたかった。ところが兄貴はその夜おりてこなかったし、つぎの夜も、そのつぎも——」

「そうだったな」オーレイはさえぎった。ジェッタを運びこんでから、ほとんど寝室から出ていなかった。一、二度そっと部屋を出たが、カレンと話して、何か問題はないかときくだけだった。カレンはブキャナンの通常業務で生じたすべての苦情や意見を伝えたが、短剣のことも、家族たちが心配していることも知らなかった。それでオーレイは、彼にわかる問題については何をすればいいか指示を与えると、またジェッタのもとに戻っていた。そのあいだ一度もケイティーの容体をきかなかったが、これはあえてそうした。現実にふたたびまみえ、殺人未遂事件その他に取り掛かるまえに、一日か二日ジェッタとの時間をすごし、彼女が法的に自分の妻になったという事実を楽しみたかったのだ。

だが、現実世界からの休暇は終わり、今や彼らを悩ます襲撃者についての仮説や懸念に、首までどっぷり浸かっていた。もし自分が領主でなかったら、今すぐ階上に行ってジェッタのいるベッドにはいり、彼女の体にのめりこんですべてを忘れるだろう。領主であってもその考えは心惹かれるもので、一瞬そうしようかとも思ったが、その魅力的な考えも追いやった。オーレイには領主としての責任があるのだ。

「アリックとコンランがマストを失った船を見つけるまで、どれくらいかかると思う？」

キャムからそうきかれて、オーレイは渋面を向けた。ボロック短剣についてひととおり意見が出たあと、アリックとコンランは海岸に沿っていくつもの港を訪れ、船についてききこみをするために派遣された。ただし今回は、沈没した船ではなく、マストを失った船について調べることになっている。マストに縛りつけられていた人物の名前はわからなくても、その船にだれが乗っていたかがわかるかもしれないからだ。

十五分ほどまえにニルスがおりてきて、アリックとコンランは出発した。彼らが戻るまでは待つしかない。今はだれもそれ以外にやることを思いつけなかった。どちらかひとりでも、必要な情報を得てくれればと思うばかりだ。だが、それが手にはいってもどうすればいいのかオーレイにはわからなかった。残りの記憶が戻ることを願って、本名のフルネームと、乗っていた船、どこに向かっていたかをジェッタに告げ、襲撃の背後にいる人物に関する手がかりを探るべきか？　それとも、彼女の家族と、彼らがジェッタを結婚させようとしている男のところに乗りこんで、彼女はもうブキャナンの人間で、保護されていると伝え、襲撃をやめさせるか？

問題は、それだけでは気がすまないことだった。彼とジェッタは襲撃を生き延びたが、ケイティーはまだけがから生還できるかどうかわからず、彼女に報いてやりたかった。

「幸運に恵まれるかどうかによるな」ようやくオーレイは言った。「船が近隣の港から出発してそこに戻ったのだとすれば、一日ほどで戻ってくるだろう。もっと遠くの港から出発していたり、たどり着いた先がもっと遠くの港だったりすれば、一週間か十日ほどかかるかもしれない」

「マストが狩猟小屋の近くに漂ってきたということは、船はその近くの港に向かった可能性が高い」グリアが静かに言った。「メインマストがない状態で遠くまでは行けないだろう」

「そうだな」オーレイは同意したが、すぐに指摘した。「だが、マストは嵐で海岸沿いに遠くまで流されてきたのかもしれない」

「たしかに」グリアは眉をひそめて言った。

「やっぱり待つしかないな」ドゥーガルが神妙に言った。「ふたりが答えを持って戻ってくるまで、できることはあまりない」

「もう一度襲撃があれば別だがな」オーレイはけわしい表情で言った。

「それはないよ」ドゥーガルが断言した。「ジェッタには警護をつけている。ケイティーの部屋の扉にもだ。警護つきの女性を襲おうとするのは愚か者だけだよ」

「かもしれない」オーレイはまじめな顔で言った。たとえ秘密の通路のなかから見張っている者がいるにしても、ケイティーをおとりに使うのはフェアではないと思って、結婚式の翌朝、あの娘の部屋の扉にも警護兵を立たせることにしたのだ。厩では自分がいっしょにいたのに、ジェッタは死にそうになった。ふたりともあの火事で死ぬところだった。もしジョーディーが大切に思うあの娘に同じようなことが起こったら、決して自分を許せない。

ニルスのため息が聞こえ、目をやったオーレイは眉をひそめた。弟はいつになくおとなしかった。いつもならなんにでも意見を述べるニルスが、ひとしきり謝罪を繰り返したあとは、まったくことばを発していない。それだけでも心配だ。両手で頭を抱えているのに気づくと、心配は深まるばかりだった。エディスもひどく心配そうに夫を見守っており、その気持ちはよくわかった。ニルスがそんなにひどい二日酔いに苦しんでいるとは。アリックでさえ、部屋から出てきたときはこれほどつらそうではなかった。だが、酒飲み対決でニルスが勝ったなら、アリックが自分を敗者と認めたか意識を失うかしたあとで——だれも途中でやめようとしないので、たいていそうなる——ニルスはそれまで飲んでいた水差しに残った酒も飲んだことになる。それでも……。

「部屋にさがって少し休んだらどうだ？」オーレイは言った。

「ああ、そうするよ」ニルスはほっとしてそう言うと、立ちあがってわずかによろめいた。エディスも立ちあがったが、彼は手を振って座らせた。「いや。きみは来なくていい。眠るだけだし、おれのせいできみがサイやほかの女性たちとすごせないのは心苦しいからね。それに、悪いのはおれだ。飲みすぎたんだから。もうこんなことはしないと誓うよ」

「暖炉のそばに移動して、ジェッタのためにドレスをこしらえる作業をつづけない？」ジョーンが不意に提案し、ニルスの後ろ姿を見送っていたオーレイが視線を転じると、エディスがひどく心配そうな顔で夫を目で追っているのがわかった。

おそらくジョーンはそれに気づいて、彼女の気をそらそうとしたのだろう。幸い、ミュアラインとサイも気づいたようで、すばやく立ちあがった。

「ええ、そうね。それがいいわ」ミュアラインは芝居とわかる明るさで言った。「行きましょう、エディス。ニルスなら大丈夫よ。少し休めばまた元気になるわ」

「そうね」エディスはあまり信じていない様子で力なく言うと、立ちあがって暖炉のそばの椅子に向かう友人たちを追った。

「ご婦人たちはおれの妻のためにドレスを作っているのか？」オーレイは暖炉のそばに置かれた椅子に向かう彼女たちを見ながら、驚いてきいた。

「ああ。襲撃者が隠れていたと思われる衣装箱から消えたドレスが見つからなかったんだ。サイズがぴったりでジェッタに似合いそうなドレスはそれだけだったから、ジョーンが提供した生地を使って、新しいドレスを作ることにしたらしい」グリアが答えた。

オーレイはうなずいてニルスに視線を戻し、階段をのぼる足元のおぼつかなさに眉をひそめた。それに気づいたのは彼だけではなかった。

「ローリーにニルスを診てもらったほうがいいかもしれないな」弟を見ながらドゥーガルが言った。「あいつが酒であんなに具合が悪くなったことはないし、なんだか……」

口ごもった弟に鋭い視線を投げて、オーレイがきいた。「なんだ?」

ドゥーガルはためらったあと、首を振った。「気になるんだ。あんなニルスは一度も見たことがないし、ここで起きているすべてのことを考え合わせると……」

「彼の目に気づいたか?」グリアが不意にきいた。

「あいつの目がどうしたんだ?」オーレイはすぐにきき返した。ローリーはいつも患者の目を診ていた。目が何かを語ってくれるとでもいうように。

「まんなかの黒い部分が針ほどの大きさにまで小さくなっていた」グリアは心配そう

に言った。「それが何を意味するのかはわからないが、普通ではないように見えたよ」

オーレイもその意味はわからなかったが、キャムとクリアとドゥーガルを見たところ、彼らの目の黒い部分は、大広間の薄暗い明かりのなかでももっと大きかった。とても針ほどの大きさとは言えない。彼は口を引き結んで立ちあがった。「すぐにニルスを診てくれるようローリーにたのんでこよう」

ほかの者たちをテーブルに残し、オーレイは急いで階上に向かった。階段をのぼりきったところで、視界の隅に動きを感じた。すばやく頭をめぐらすと、ジェッタがニルスとエディスの部屋にしのびこむのが見え、思わず動きを止めた。呆然としながら扉が閉まるのを眺め、いったい妻の警護兵はどこに行ったのかと、廊下の反対側を見たが、両方向とも廊下に人影はなかった。

妻を警護していなければならないのに、彼らを見つけたら一発お見舞いしてやると思いながら、ニルスとエディスの部屋に向かった。ジェッタを無事に自分たちの部屋まで送ってから、ローリーのところにニルスのことを相談しにいこうと思ったのだ。扉のまえに着いてノックをしようと手を上げたとき、ニルスが声を荒らげるのが聞こえた。

「おい、あんた《ウーマン》、出ていってくれ。気分がよくないんだ」

ニルスの声に表れた嫌悪感と、ジェッタを侮辱するように〝あんた〟と呼んだことに驚いて、オーレイはこぶしをにぎりしめた。

それに対するジェッタの返事は、あまりにも小さくてささやきにしか聞こえなかったが、ニルスの返事ははっきりと聞こえた。

「どうかしてるぞ、ジェッタ」ニルスは言った。怒っているというより困惑しているようだ。「オーレイはおれの兄で、きみはその妻なんだぞ」

わずかに扉を開けると、今度はジェッタのとげとげしい返事が聞こえた。「目を開けてわたしを見なさいよ！　わたしは美しいわ！　美しい男がふさわしいと思わない？　あなたは美しい。ブキャナン兄弟はみんな美しい……オーレイ以外は」

「だが、彼はきみを愛しているし、きみは彼を愛している」ニルスは当惑した様子で抗議した。

「愛ですって？」彼女はいやそうに言った。「あの人は傷跡のある怪物よ。見ただけで胃がひっくり返るわ。さわられるのだって耐えられない。耐えられる女なんていないでしょうね。あの顔を見るたび、眠っているあいだにだれかが殺してくれないかと思うもの」

オーレイは固まった。胸のなかで心臓がしぼんでいく。

かってるのよ」

「でもあなたはちがう」彼女はつづけた。「あなたもわたしをほしがっているのはわ
「おれはこのひどい吐き気が治まるまで眠りたいだけだ」ニルスはうめいた。

　衣擦れの音を聞いてオーレイがさらに扉を開けると、ニルスがベッドに寄りかかって片腕で顔を隠していた。わずかに見えるその肌は緑色だった。だが、ジェッタは気にしていないようだった。見ていると、彼女はベッドにあがって弟にキスした。口を引き結んで歯を食いしばり、オーレイはニルスがぎょっとして顔をそむけ、両手を彼女の髪をつかんで顔を引き離すのを見た。

「悪魔が乗り移ったか！」ニルスはうなるように言った。「出ていけ、ひとりにしてくれ」

「いやよ。わたしを悦ばせてちょうだい」

　オーレイは部屋にはいりかけて立ち止まり、両手をにぎりしめてあとずさった。あえて介入はすまい。今の状態では、背信行為をしたうそつきで不誠実で売女のような妻を、死ぬまで殴ってしまうかもしれないと思った。

　衣擦れの音がしたので、階段のほうに注意を向けると、エディスが急いで最後の数段をのぼって階上に着くところだったのでぎょっとした。こんなところを彼女に見せ

るわけにはいかない。ニルスは何もまちがったことはしていないが、それでもいま部屋にはいっていけば、エディスは傷つくだろうし、それだけでも充分まずいことだ。寝室の扉をそっと閉め、急いで向きを変えて彼女を見た。

「オーレイ」階段をのぼりきると、彼が道をふさぐように近づいてきたので、エディスは驚いて言った。「ニルスの様子をたしかめようと思って。あの人は――」

「ローリーがいっしょだ」オーレイはうそをついて彼女の腕を取り、階段のほうに向きを変えさせた。「診察が終わってから話を聞けばいい」

「ええ、でも――」エディスは引きずられながら肩越しに振り返った。「彼が無事かどうかたしかめたいの」

「わかるよ。診察を終えたら、ローリーが階下に来て知らせてくれるだろう」オーレイは彼女を引っ張りながら言った。「診察中はじゃまをしないほうがいい。何かミスがあるといけないからね」

「え、ええ、そうね」エディスはそう言ってため息をつき、彼に抗《あらが》うのをやめた。

「よかった」オーレイはつぶやき、彼女を連れて階段を最後までおりると、テーブルに向かった。「ドゥーガルとキャムとグリアといっしょに座っていてくれ。おれはちょっと……」

彼は最後まで言わなかった。一刻もはやくみんなから離れたかった。たったいま階上で目にした光景が、頭のなかで何度も再現されていた。**あの人は傷跡のある怪物よ。見ただけで胃がひっくり返るわ。さわられるのだって耐えられない。耐えられる女なんていないでしょうね。あの顔を見るたび、眠っているあいだにだれかが殺してくれないかと思うもの。**

そのことばは鋭いカミソリのように彼の心をずたずたにした。ジェッタが、彼のジェッタが、彼が愛し、彼のことも愛してくれていると思っていた女性があんなふうに感じていたなんて……まるでアダイラの再現ではないか。今回はもっとひどい。アダイラのことは愛していなかったからだ。愛していると思っていたが、彼女に拒絶されたときに経験した痛みなど、いま彼を引き裂いている苦悩に比べたらなんでもなかった。

オーレイはさっぱり理解できなかった。ジェッタが彼の傷跡を見てわかるほどひるんだことは、今まで一度もなかった。そんな様子は見たことがない。だが、彼女が初めて目を覚ましたとき自分は眠っていて、目覚めるまでどれくらい時間がかかったのかわからないことを思い出した。彼は見ていないが、そのときの彼女は嫌悪感を表し、そのあとはなんとか隠していたのかもしれない。

もしそうなら、ほかに何を隠しているのだろう？　何も思い出せないというのは本当なのだろうか？　それとも、それもうそなのか？　彼女の恐怖さえうそかもしれない。もしかしたらすべてが。すべてうそで、彼女が告げていない真実から逃れてブキャナンに隠れるために、彼を愛するふりをしているのかもしれない。

それにしてもジェッタはなんとうそが上手なことか。頭のなかではまだ彼女の甘い愛の誓いが聞こえた。あの誓いと偽のよがり声が彼を苦しめた。彼女がどんなふうにあえぐふりをしたか、どんな偽りの熱心さで彼のキスと愛撫に応えたかを思った。すべてうそだったのだ。あの娘は――

「領主殿？」

声のしたほうをさっと向くと、カレンが急いでやってくるところだった。彼こそ妻を警護しているべきだった男なのに。もし彼がそうしていれば、オーレイはあの部屋であんな場面を目撃することもなく、おめでたくも妻は自分を愛しているとまだ信じていられたのに。彼の人生はまだ灰になっていなかったのに。

「いったいどこにいたんだ？　妻を警護しているはずだったのに！」オーレイは激怒してどなり、苦痛と怒りをカレンにぶつけた。もしこの男がきちんと仕事をしていたら、彼は幸せなことにまだジェッタの本性に気づかず、さっき耳にしたとおり眠っているあいだに彼女に殺されたとしても、少なくとも自分は愛され大切にされていると思いながら、幸せに死ぬことができただろう。彼女は彼を望んでもいなければ愛してもいなかったのだ、そんなことができる人もいないのだと知って、打ちのめされることもなく。この男のおかげで、彼はだれもそばにいない気の毒な老人として、淋しく死ぬことになるのだ。

「していました。もちろん、今はちがいますが」カレンは困惑して言った。「ほかの兵士たちが今もそばにいます。もっとも、今は廊下に出ていて、寝室にいるのは奥方さまだけですが、寝室にお送りしてからこの一時間はずっとそこにいました。でも命じられたとおりそこで警護していましたし、わたしもこれからすぐに戻ります。あなたをお連れするようにと奥方さまに命じられて来ただけなので」

　オーレイはそのことばを理解しようとしながら、ぽかんと部下を見つめた。「なんだと？」

「奥方さまはお部屋に引きあげてすぐ、扉を開けて顔を突き出すと、ベッドを移動させるのを手伝ってもらえないかとたのまれました」カレンは説明した。「もちろんわれわれは承知しました。でも、ベッドだけではありませんでした。奥方さまは寝室の模様替えをなさろうとしていたんです。隣の部屋も。それがすんだので、気に入るかどうかたしかめたいから、あなたをお連れするように言われたんです」彼は眉をひそめて付け加えた。「お気に召すことを願っていますよ。すべてをまた元に戻すのは遠慮したいですから」

オーレイはしばしぼんやりと彼を見つめてから、そのまえを素通りして城に向かった。頭のなかは混乱していた。何ひとつ筋が通らない。ニルスとエディスの部屋にいるジェッタをこの目で見たのだ。彼女のあのセリフを聞いたのだ。それなのにカレンは、ジェッタが階上に行ってからずっと、自分とほかの兵士たちといっしょに階上の寝室にいたと言っているのか？　もしかしたら彼女は、兵士たちが忙しく働いているあいだにこっそり抜け出したのかもしれない。だが、それはなさそうだ。もし兵士ふたりだけならなんとか抜け出せるかもしれないが、四人いるのだから。

テーブルにいる人びとを無視して、大股でまっすぐ階上の自分の部屋に向かった。残りの三人の兵士がそこにいた。扉の両側にひとりずつ、そして、向かいの壁際に扉のほうを向いてひとり立っている。オーレイは彼らも無視して寝室にはいり、いきなり立ち止まった。ジェッタがベッドの横でぐらぐらする椅子の上に立ち、頭上の天蓋に吊るそうとカーテンをいじくっていた。だが、そのベッドは窓の近くに移動していた。それどころか、カレンが言ったように、部屋のなかの何もかもが移動していた。

一瞬、見つめることしかできなかった。頭のなかで今朝の出来事のつじつまを合わせようとする……やがて、ジェッタがちがうドレスを着ていることに気づいた。彼がこの部屋で、そして朝の湖でも着付けを手伝ったのと同じドレスだが、ニルスの部屋で着ていたものとはちがった。あれは銀色のドレスだった。

それに、このジェッタの体はドレスのなかで泳いでいるが、もうひとりのジェッタは銀色のドレスを満たしていた。あのジェッタの服は体にぴったりと合っていたが、このジェッタはちがう。ドレスはひとサイズかふたサイズ大きかった。病のせいで体重が落ちたからだ。

ジェッタは悪態をつきながら別の方向に首をかしげ、手がけている仕事の出来栄えを見ようとした。オーレイの視線は、湖から帰ったあとでメイヴィスがかぶせてくれたクリスピンに引きつけられた。侍女がジェッタにそれを装着するのを見ていたし、普通は女性の髪を上げて入れるのにこんなに複雑なものは必要ないのだろうと思ったが、ジェッタにはそれが必要だった。メイヴィスは上部と両側の髪をうしろに引っ張ってきて編み、毛束をカールさせて、広範囲にわたって髪が失われた部分を覆ってから、クリスピンをピンで固定した。ジェッタひとりでは絶対にできないことだ。だが、テーブルをあとにしたときはクリスピンをつけていたのに、ニルスとエディスの部屋ではつけていなかった。そして、今はまたつけている。

ニルスとエディスの部屋でネットをつけていなかったことだけでなく、ニルスが両手で彼女の髪をつかんで引き離そうとしていた光景が頭に浮かんで、オーレイは不意に気づいた。ジェッタの黒髪は長かった……まんべんなく。頭を剃ったために髪が失われている部分などなかった。それどころか、後頭部の長い髪をニルスがつかんで引き離していた。

あれはジェッタではなかったのだ、と気づいてオーレイはほっとしたが、すぐに眉をひそめた。あの女性がジェッタではなかったのなら、いったいだれだったんだ？

# *18*

「ああ、あなた！　カレンが見つけてくれたのね。よかった。この部屋をどう思う？」

オーレイはもの思いから引き戻され、声をかけてきた女性に意識を向けた。自分の妻に。おそらく弟たちを誘惑し、そのことばと行動で彼の心を引き裂いた双子の姉妹がいるはずの――

そのことが頭をよぎると、オーレイは不意に動きを止めた。双子。ジェッタは姉妹がいることを思い出していた。それは双子の姉妹で、ニルスとエディスの部屋にいた女性がそうなのだろうか？　髪がすべて生え揃っていて、健康的な体重だということをのぞけば、ジェッタにそっくりだった彼女が。

いや、それはおかしい。たとえジェッタに双子の姉妹がいたとしても、彼女がここにいることは知らないはずだ。だれも知らないのだから。知られないよう気をつけていたのだから。

それとも、何か見逃していることがあるのだろうか？　顔をしかめ、きみの姉妹は双子なのかどうか思い出してくれないかとたのむつもりで口を開けたが、すぐにまた閉じた。ジェッタは単刀直入に尋ねられると何も思い出せず、思い出そうとすると頭痛が起きる。これまで取り戻せた記憶は、ローリーの言う〝思いつき〟によるものだけだ。直接尋ねることなく情報を引き出せる方法を考えなければならない。

「あなた？　気に入った？」

オーレイは気もそぞろにジェッタのほうを見たが、すぐにその顔つきに気づいた。自分のしたことが気に入ってもらえなかったのかもしれないと思って不安になり、がっかりしているようでさえあったので、彼は無理に笑みを浮かべてうなずいた。

「ああ、いいね」急いで彼女を安心させる。

「よかった」ジェッタはほっとしたように言って、彼ににっこり微笑みかけてから、やっていたことに注意を戻した。

そして、オーレイも彼女からうまいこと記憶を引き出す方法を考えることに意識を戻した。あるいは、記憶を植えこむ方法を。彼女が気をそらしたままならうまくいくかもしれないと思い、彼は尋ねた。「今は何をしているんだ?」

「このカーテンをどうやってベッドのまわりの天蓋にくっつけるか考えようとしているところよ。ジョーンがくれた布地がたくさんあるから、それを少し使って新しいカーテンを作ったらいいかもしれないと思ったの。これは古くて少し擦り切れているから」

「ふむ」彼はつぶやき、何もいいことばが思い浮かばないまま言った。「ところで、きみの姉妹が双子だとは聞いてないぞ。きみとは全然ちがうらしいね」

「ええ、そうなの」彼女はカーテンに気をとられたままつぶやいた。「見た目は双子だけど、性格はちがうって、母がよく言ってたわ」

「じゃあ彼女はきみに似ていないのか?」彼は慎重に尋ねた。

「全然」彼女はさらに頭をうしろに傾けて布を見ながら、笑って言った。「わたしたちは夜と昼だった。キャットはいつもおしゃべりで魅力的だけど、わたしはおとなしくてもっと控え目めだった。母はよく言ってたわ、キャットはクジャクで、わたしは
――まあ」彼女は小さな声で言った。

ジェッタは両手を上げたまま不意に動きを止めた。傾けた頭を少しまえに戻していたので、オーレイにはもうその表情が見えなかった。彼女が手を下ろして額をもんで

初めて、自然な記憶が止まって無理に思い出そうとしていることに気づいた。

気をそらそうと手を伸ばしかけたが、触れるまえに止まった。もうひとりのジェッタのことばが頭のなかにこだまする。あの人は傷跡のある怪物よ。見ただけで胃がひっくり返るわ。さわられるのだって耐えられない。耐えられる女なんていないでしょうね。あの顔を見るたび、眠っているあいだにだれかが殺してくれないかと思うもの。

両手を引っこめて、彼は言った。「ジェッタ?」

「はい」ジェッタはつぶやき、うつむいてこめかみをもみつづけた。集中と苦痛の両方が現れた顔つきだ。

「ジェッタ」オーレイは渋面で繰り返し、彼女に触れまいとこぶしをにぎりしめた。

「やめるんだ、ラス」

「待って……何か重要なことがそこまで……どうしても思い出さないと」

「だめだ、ラス。やめなさい」オーレイは低い声で言い、心配そうに彼女から扉へと視線をすべらせた。偽のジェッタを具合のよくないニルスのもとに残してきてしまった。弟をあのままにしておくべきではなかった。だが、今は思い出すのをやめてくれるまで、彼女をひとりにすることはできない。妻に向き直って言った。「たのむ、ジェッタ。やめないと――ジェッタ！」

オーレイは叫び声をあげ、足元がぐらぐらして椅子から落ちた彼女を受け止めた。胸にぎゅっと抱き寄せてから、ベッドの反対側にまわって、彼女をベッドに寝かせた。体を起こし、心配そうに見おろす。目を閉じているので気を失ったのだろうと思ったが、顔は苦痛にゆがんでいた。そしてそのまま意識を失った。また無理をしすぎたのだ。

オーレイはしばらくなすすべもなく彼女を見つめてから、「ローリーを連れてくる」とつぶやいて扉に向かった。

扉を開けて廊下に出ると、どなった。「ジェッタを部屋から出すな。ローリーかおれ以外は部屋に入れるな」

「わかりました、領主殿」カレンがまじめな顔で言った。

オーレイはうなずき、廊下を急ぎ足でケイティーが寝かされている部屋に向かった。扉の両側に立っている兵士たちにうなずいて扉を開け、なかをのぞいた。ジョーディーとケイティーしかいなかったので、渋面になる。

「ローリーはどこだ？」彼はきいた。

「薬草を取りに行った。ジェッタにもケイティーにも必要だし、手持ちが少なくなったから、追加しないといけないって」ジョーディーは答えた。そして、けげんそうに尋ねた。「なぜだ？　どうかしたのか？」

　オーレイは悪態をついて背を向けようとしたが、足を止めて暗い声で言った。「ジェッタと思われる人物がここに来ても、彼女を信じるな。そして、どんな状況であれ、彼女とケイティーをふたりきりにするな。その女はジェッタではない」

「なんだって？」ジョーディーがうろたえて言った。

「事情はあとで説明する」オーレイはどなるように言うと、扉を閉めて、そのままニルスとエディスの部屋に向かった。ここにローリーがいないなら、ジェッタのために今できることは何もない。ニルスのところに行かなければ。弟をあの売女とふたりきりにするべきではなかった。彼女はすでにケイティーを矢で射っているし、おそらくメイヴィスとジェッタが食べるはずだったシチューに毒を入れてもいるし、ジェッタを階段から突き落として、厩に火をつけてもいる。つぎに何をするかわからなかった。ケイティーは明らかにまちがえられたのだ。ジェッタの双子の姉妹は――彼女はキャットと呼んでいた――矢を放ったとき、ケイティーをジェッタだと思ったのだろう。だが、どうして姉妹を殺そうとするのかわからなかった。どうしてジェッタがまだ生きていてここにいると突き止めたのかも。それに――

ニルスとエディスの部屋に近づくと、扉が開いたので、オーレイのもの思いはいきなり途切れた。飛びこんでキャットをつかまえようと身がまえたが、出てきたのはエディスだった。彼女が扉を閉めた瞬間、オーレイは駆け寄って彼女の腕をつかみ、すばやく扉から引き離して階段に向かった。

「オーレイ？」エディスは驚いて息をのんだ。「なんなの……？」

階段のそばで立ち止まり、怒った声で彼は言った。「階下で待っているように言っただろう」

「ええ、でもローリーがおりてきて外に出ていったから、ニルスの診察が終わったのかと思って」彼女は眉をひそめて説明した。「ローリーはまだ彼を診てもいなかったわ」

「そうだ。おれもまだやつに会えていない。薬草を取りに出かけたそうだ」彼はつぶやき、エディスが出てきたばかりの扉のほうを見た。「部屋にはいったとき、何があった？」

「どういうこと？」彼女はけげんそうに尋ねた。

「ジェッタとニルスは何をしていた？」彼はもっとはっきりときいた。

「ジェッタ？」彼女は驚いた顔をした。「いなかったわ。ニルスはベッドに横になって、頭を抱えていた。ひどく痛がってる」彼女は心配そうに付け加えた。

「ニルスはひとりなんだな？」オーレイはそれ以外のことばを無視してきいた。

「ええ」彼女は断言した。「ローリーがいつ帰ってくるかわかる？　ニルスには彼の治療がどうしても必要なの。ほんとうにつらそうなのよ」

「まずいな」彼は暗い声で言った。「いっしょに来てくれ」彼女の腕を取って、また問題の扉まで連れていき、ためらったすえに言った。「部屋のなかを確認するまで、ここで待っていてくれ」

「どういうこと？」彼女は驚いてきいたが、彼はすでに扉を開けて、部屋のなかにはいっていた。

　エディスが言ったとおりニルスはベッドに横たわっていたが、眠っているようだった。ひとまずそっとしておき、オーレイは部屋のなかを見わたした。だれもいないようだし、隠れる場所はわずかしかない。ベッドの下と、室内にある衣装箱ぐらいだ。廊下の衣装箱と、ジェッタを階段から突き落とした後、襲撃者はそこに隠れていたのだという女性たちの説を思い出して、最初の衣装箱に歩み寄り、ふたを開けてなかにはいっていたドレスを引っ張り出しはじめた。

「オーレイ！　何をしているの？」

悲鳴のような声に振り返り、エディスに渋面を向けた。「廊下で待っているようにと言ったはずだ」

「そうだけど——ちょっと、やめて」彼女はニルスのほうを心配そうにうかがいながら怒って言うと、急いで進み出てドレスをひったくった。

「すまない」オーレイはつぶやき、衣装箱のなかの残りのドレスは取り出さずに押した。ドレス以外何もないと確認すると、つぎの衣装箱に移った。ふたを開けると、これにはプレードと麻のシャツと武器がはいっていた。ニルスの衣装箱だと気づき、いくつかの品をすくいあげてから落とし、ふたを閉めた。

「襲撃者がここにいると思っているのね」エディスが気づいて言った。

オーレイは何も言わず、ベッドまで行ってしゃがみこみ、下をのぞいた。キャットはエディスが来るまえに出ていったようだ。彼は悪態をつきながら立ちあがった。

「オーレイ？」扉に向かう彼に、エディスが声をかける。返事がないので、ドレスを取り落として彼に走り寄り、手首をつかんだ。「オーレイ！　いったいどういうことなの？」

オーレイは腕を引き抜き、返事をしないまま出ていきかけたが、立ち止まった。そして、エディスのほうを向いて尋ねた。「ここに来る途中、廊下でジェッタのそばを通ったか？」

「ジェッタ？　いいえ」彼女は眉間にしわを寄せて言った。「廊下にいたのは兵士たちだけよ」

「兵士たちか」彼はつぶやいて、また扉のほうを向いた。

「オーレイ、待ちなさいよ、この唐変木《とうへんぼく》！」エディスはまた彼の手首をつかんでどなった。

　今回オーレイを立ち止まらせたのは、手首をつかまれたことではなく彼女の悪態だった。エディスは悪態をつくような人物ではないので、いかに動揺しているかがわかった。もう一度彼女と向き合うと、彼は打ち明けた。「襲撃の背後にいるのはジェッタの姉妹のキャットだ」

「なんですって？」彼女はうろたえた。「どうして？」

「わからない」彼は暗い顔つきで言い、弟のほうを見た。「だが、彼女はジェッタの双子の姉妹で、さっきここにいた。おれは彼女をジェッタだと思ったが、そのあいだじゅうジェッタは護衛兵たちといっしょにおれたちの部屋にいた。そして――」息をひとつして、考えをまとめてから言った。「キャットがここにいることをジェッタは知らない。混乱を避けるために、ジェッタを部屋から出すなと護衛兵に伝えておいた。

つまり、ジェッタと思われる人物を見かけたなら、それはジェッタではない。気をつけてくれ、彼女は危険だ」

彼はもう一度ニルスのほうを見て、付け加えた。「彼女が戻ってくるといけないから、きみはニルスのそばにいたいだろう。広間にいる男たちに、きみたちの部屋の扉も見張るように伝えておく」

「あなたは何をするつもり？」エディスが心配してきいた。「どうやってその姉妹をさがすの？」

オーレイはためらってから、心を決めた。「捜索隊を手配する」

そして、彼女がそれ以上質問をするまえに背を向けると、部屋を出ていった。

気がついたとき、ジェッタの頭はずきずきしていた。あまりに痛くて頭に手をやろうとしたが、できなくて顔をしかめた。わけがわからず、目を開けてあたりを見まわした。ジェッタは横向きに寝て、うしろにまわした両手を何かで縛られ、そばには何か銅でできたものが――

浴槽だ、と不意にジェッタは気づいた。男性ふたりに運びあげてもらい、主寝室につながる小部屋に設置してもらった浴槽。その足元に横たわっているのだ。主寝室の一部とその隣の部屋を一部つなげて、オーレイの父親がこの部屋を作ったとメイヴィスは言っていた。あいだの壁を壊して、そこにふたつ壁を作ることで、小部屋にしたのだ。そこは赤ん坊の部屋だった。最新の家族の一員が眠る場所、赤ん坊が夫婦の寝室にいなくても、母親のそばですごせる場所だった。

ジェッタもそれはいい考えだと思ったが、自分たちにはまだ子供がいないので、浴槽を置いておく場所に決めた。置いておくといっても、赤ちゃんができるまでだ。ここに置いておけば、使いたくなったとき召使がわざわざ浴槽を運んで階段をのぼることもない。召使や兵士たちは、厨房の奥に置いた二台の大きな木の浴槽を使っているようで、階上のお客やほかのだれかが使いたがったときは、この小部屋からその人の部屋に運べば、階下から運ぶよりもずっと楽だ。

彼女はそれをすばらしいアイディアだと思い、メイヴィスも同意したので、警護兵たちに主寝室とこの小部屋の模様替えを手伝ってもらった。だが、鍋に入れる直前の七面鳥のように縛られて、浴槽のそばに横たわることになるとは思ってもいなかった。

「気がついたのね。ソーリー。よかった」

ジェッタは頭を上げ、背後に立っている女性を振り返って見た。そして、仰向けになってぽかんと口を開けた。

「ケイトリン」その名前がささやきとなって唇から出ると、たちまちすべての記憶が戻ってきた。コップに注がれる水のように、突然頭のなかに押し寄せてきたわけではない。ベールをめくったら、すべてがただそこに、いつもの場所にあった、という感じだった。それは姉妹が現れたせいではない。キャットことケイトリンが使った昔のあだ名のせいだった。ソーリーは、本名から転じた悪意のあるあだ名で、彼女がずっと嫌ってきた名前だ。「ソーリー・ソーチャ、なんて哀れな《ソーリー》生き物」とからかわれていたからだ。

今回は記憶が戻っても頭は痛くならなかった。思い出そうと苦労したわけではなかったからだ。すべてがそこにあった。自分のフルネーム、フィットンの自宅、子供時代、両親、そしてこの娘、光と影のように、自分とはちがう双子の姉妹。

マストに縛りつけられて海に浮かんでいたことも、唐突に思い出した。その記憶に思わず双子の姉妹をにらみつけてから、ジェッタは冷たく言った。「悪いけどキャット、わたしを無理やりフランスに送って自分の許婚と結婚させようと考えているなら、その計画はもう実行できないわよ。わたしはもう結婚しているんだから」

「そうね。結婚式はわたしも見ていたわ」キャットはおもしろがっているように言った。

ジェッタはぎょっとして固まった。「見ていた——？　いつからブキャナンにいるの？」と尋ねる。これまで考えてもいなかったことだった。覆いかぶさるように立っているケイトリンを目にして以来、何もまともに考えられなかった。たとえば、なぜ自分は主寝室の小さなつづき部屋の床に横たわっているのだろう？　どうして縛られているのだろう？　オーレイはどこ？　ケイトリンが自分の双子の姉妹で、自分とは全然ちがうことを思い出したとき、彼はいっしょにいたはずだ。ジェッタがそのほかの記憶、もう少しで思い出せそうな何か重要なことを思い出そうとしているとき、そばに立っていた……そして、それをやめさせようとしていた。でも、彼女は痛みを押して思い出そうとし、そのあと……。

「また気を失ったんだわ」ジェッタは顔をしかめて言った。

「気を失うという言い方は適切じゃないと思うわ」ケイトリンは考えこみながら言った。「あなたの夫が部屋を出ていったあとは、何をしても目を覚まさなかったもの。顔を平手で打っても、水をぶっかけても……転がしてベッドから落としても、足を持ってここに引きずってきても目覚めなかった」

ジェッタは信じられずに彼女を見たあと、自分の姿を見て、髪が濡れていることや、シュミーズしか着ていないこと、それが腰のあたりまでめくれあがっていることに気づいた。顔をしかめてなんとか体を起こし、縛られた両手で必死にシュミーズを押しさげようとしたが、脇までしか届かなかったうえ、戒めで皮膚が切れ、傷を負うことになってしまった。

「どうして縛られているの？　それに、わたしのドレスはどこに——」ケイトリンを見て、今ではそれを彼女が着ているのに気づき、途中できくのをやめた。

「気に入ったの。だからもらったわ」キャットは肩をすくめて言った。「わたしのほうが似合うと思って。あんたもそう思わない？」

ジェッタは背筋を伸ばして姉妹をにらんだ。「これからどうするつもりなの、キャット？」

「はじめたことを終わらせるわ」キャットは無表情で言った。

ジェッタは目を細めた。「言ったでしょう、あなたもお父さまも、わたしをあなたの許婚と結婚させることはできないのよ。もう結婚しているんだから」

「お父さまはもうあんたに何もさせやしないわ」キャットはぼんやりと言い、手のなかの短刀をもてあそびはじめた。彼女の指のあいだに現れるまで、ジェッタが気づかなかったものだ。

「どうして？」何かが引っかかり、ジェッタは尋ねた。

「死んでるからよ」夕食ができたとでも言うように、キャットは言った。

それを聞いてジェッタは目を見開いた。動揺や悲しみに襲われるのを待ったが、感じたのはあきらめと安堵だけだった。父はもう何年も飲酒で寿命を縮めていたのだ。母はゆっくりと病《やまい》にむしばまれていき、回復することはない、つまり、どんな食べ物も受けつけず、ただ弱ってやせていくだけで、痛みはますますひどくなり、やがて慈悲深い死を迎えることになると治療者《ヒーラー》に告げられた日から。父はそれを受け入れられず、引きこもってエールの大きな酒びん《フラゴン》のなかに隠れた。ウィスキーのフラスクのときも、ワインの大樽《キャスク》のときもあった。それは彼の気分や手に入るものによって変わった。

「とうとうお酒のせいで命を落としたのね」ジェッタは静かに推測した。

キャットは小さく鼻で笑うと、うんざりした様子で言った。「あんたはいつもなんでも知ってる気でいたわよね」

「ちがうの？」ジェッタは彼女をじっと見つめ、両手を縛っているロープの結び目をつつきはじめながらきいた。ブキャナンでの襲撃の背後にいたのはキャットなのかもしれないという考えが不意に浮かんだ。彼女がここにいることにあまりにも驚いたせいかもしれない。記憶が戻ったことにあまりにも圧倒されていたからかもしれない。

受け止めなければならないことが多すぎた。だが実際、キャットはここにいるばかりか、意識を失っていたらしいジェッタを見つけ、ドレスを脱がせ、寝室の隣の小部屋に引きずりこんで、背中で両手を縛った。過去に自分のやったことを謝罪し、父親が死んだ今、もっと親しい関係になりたくて来たとはとても考えられない。

それに、態度も変わっていない、とジェッタはけわしい顔で考えた。キャットは昔から自分勝手な甘やかされた子供で、少なくともこれまでは、作り笑いやまつ毛をぱたぱたさせることでごまかそうとしてきた。今はそれがまったくない。目のまえにいる娘は、冷たくて辛辣で、怒りに満ちていた……以前なら憤慨したり、激昂するだけだったのに。いま目のまえにいるケイトリンには、たしかに少しぞっとさせるものがあった。彼女が襲撃の裏にいたことも、ここで自分を殺そうとしていることも信じられた。そうなると、助かるためにはわずかな可能性にかけて戒めを解かなければならない。だが、それには時間が必要だ。キャットに話をつづけさせなければ。

「ええ、あんたはまちがってる」キャットは冷たく笑った。

「それなら、わたしが出発してから何があったのか教えてもらえないかしら？」ジェッタは静かに言った。「わたしを商船のマストに縛りつけて、あなたの許婚と結婚させるために送り出したあと、あなたとお父さまは、意気揚々とフィットンに帰ったんでしょう？」

「ええ」彼女はゆがんだ笑みを浮かべた。「勝ったと思った。その日はとても幸せだったわ。その日の午後とつぎの日一日、フィットンに帰る旅のあいだじゅう、ずっと上機嫌だった」

「午後とつぎの日一日？」ジェッタは驚いてきき返した。「船までは午前中しかかからなかったのに」

「ええ、でも、あんたは旅の途中でお父さまに飲ませなかったでしょ」

「帰りは飲ませたのね」ジェッタは悲しげに言った。

キャットは首をすくめた。「帰りの道中で上首尾を祝っていたのよ……わたしは上機嫌だったから、旅そのものも、お父さまを二日酔いから回復させるために足止めさせられたせいで旅が長引くのも気にならなかった。わたしが旅嫌いなのは知ってるでしょ」

「ええ。いつも拷問だと思っていたのよね」

「まさに拷問よ」キャットはかみつくように言った。「馬の背中で何時間も揺さぶられ、たいてい雨か少なくとも冷たい風が吹いていて、用を足すのはやぶのなかで、冷えた食べ物か火で焼かれてほとんど灰になったものを食べ、冷たくて硬い地面で眠るなんて」さもいやそうに身震いする。「旅ほどいやなものはないわ……でもあの旅は」彼女は口調をやわらげてつづけた。「どちらの日もずっとお天気で、食べ物はがまんできるものだったし、地面でさえ寝るのに冷たいとも硬いとも思わなかった」笑みが消えてため息が出た。「そして家に着き、自分のベッドで気持ちよく眠って、翌朝目覚めたら、階下《した》でケイシー船長が待っていた」

ジェッタは目をぱちくりさせた。自分が乗った船の船長の名前を今まで忘れていたのだ。だが、以前から知っていたわけではないし、彼は卑劣なやくざ者だった。不潔でひどい臭いをさせ、ジェッタをマストに縛りつけて死ぬ運命へと送り届けることを、硬貨二枚でよろこんで引き受けた男だ。そう、いま思い出した。彼とその船《雄鶏《ルコック》号》こそ悪夢そのものだった。

「船が嵐にあった、と彼は言った」キャットはけわしい顔でつづけた。「そして、あんたもろともマストを失ったと。船は南に流され、出発した日の夜になんとか港にたどり着いた。それで、船の修理がすむと、急いでフィットンに戻って、お父さまの判断をあおぐことにしたというわけ」

きつくなった声で彼女はつづけた。「お父さまはわたしに丁寧に謝って、婚約が破談になれば、すべてを失うことになると説明した。最善を尽くしたけれど、もうわたしを差し出すしかないと。抗議すると、縛られてさるぐつわをかけられ、船長の馬の背に腹這いに積まれて、あんたがなんとか逃げおおせた男のもとに送られたのよ」

「彼はあなたの許婚だったのよ、キャット」ジェッタが怒って指摘した。「わたしの許婚は子供のころに死んだわ」

「だから？」ケイトリンは語気荒く叫んだ。「それがなんなの？　あんたは逃げてよくて、わたしは彼と結婚しなくちゃならないの？」

そうよ、とジェッタは思ったが、口ではこう言った。「逃げたわけじゃないわ。それどころか死にかけたのよ。ひどい嵐でね、キャット。波は山ほどの高さになって、さんざん揺さぶられた船は、ある時点で波に対して横向きになって、ふたつの波にはさまれた。船は傾き、マストのてっぺんと船首の一部が波をかぶって水に浸かった。そして、マスト全体がわたしをくくりつけたまま折れたの」説明するうちに記憶がよみがえってきた。

恐ろしい嵐だった。マストが折れるまえから、絶対に生き延びられないと思っていた。嵐に襲われたのは港を出てすぐのことで、あっというまの出来事だった。海が少し荒れはじめてから、風と雨が激しく打ちつけ、雷が轟音を響かせ、あまりのうるささに耳が聞こえなくなるまで、数分しかたっていないように思われた。波はこれまで

たマストのてっぺんが、船が傾いたせいで今は水上にあった。

背後でマストが折れたとき、ジェッタはほとんど気づかず、膝の少し上で雷のような破壊音がしたのを感じただけだった。つぎにわかったのは、マストが海のなかに投げ出され、彼女はそれに縛りつけられているということ、とてつもなく大きな波に襲われればマストは水没し、水面に浮かんでくるまえに、きっと溺れてしまうだろう、ということだった。パニックに襲われてすばやく息を吸うと、自分がマストとともにまた水のなかに向かっていくのがわかった。それが繰り返されるたび、頭はうしろの硬木に打ちつけられ、しまいには朦朧としてわけがわからなくなり、痛みと溺れまいともがくことしか考えられなかった。

やがて、おだやかな気分で目覚めた。嵐は去り、目を開けると真上に真っ青な空を背にしたオーレイの顔があった。ジェッタにはそれが、これまで見たこともないほどすばらしいものに思えた。

「もう、いまいましいったら！」キャットがかみつくように言った。「あんた、彼に何を約束したのよ？」

「だれに？　オーレイに？」ジェッタは当惑してきいた。

「ちがうわよ！　ケイシー船長によ」キャットは激怒しながら言った。「彼に何を与えたの？　あんたはお金を持っていなかった。寝るのと引き換えに、逃がしてもらってマストが折れたと言わせたの？　でなかったら、ほんとうに嵐が来てマストからおろされ、船室に避難させてもらったのに、恩を仇《あだ》で返して船外に逃げたとか？」

ジェッタは信じられずにキャットを見つめた。「まさか、ちがうわよ。さっきも言ったようにマストが折れたの。船に連れ戻されたとき見なかったの？」

「《雄鶏号》に乗せられたとき、マストはなんともなかったわ。それどころか、船に着くとすぐにそこに縛りつけられたんだから。つい二日まえにあんたがされたのとまったく同じように」

「ああ、そうだったわね。船を修理してからフィットンに向かったと、さっき言ってたものね」ジェッタはそう言って思い出させようとしたが、キャットは信じてないのがわかった。ジェッタが何かずるい策を講じて、キャットが彼女のために仕組んだ運命から逃れたと決めつけていて、それ以外のことは信じたくないのだ。

一瞬ふたりとも黙りこんだあとで、キャットは首を振った。「あんたがわたしを裏切って侯爵との結婚から逃れたなんて、まだ信じられない」

「裏切ったですって？」ジェッタは語気荒く言い返したあと、うんざりしながら首を振った。「裏切ってなんかいないわ、キャット。わたしはあなたを救おうとしていたのよ。自分がマストに縛りつけられているのに気づき、あなたがわたしを自分の身代わりにしようとしているのだと知る直前までね」首を振り、傷つき悲しい気持ちで尋ねた。「どうしてそんなことができたの？　わたしはあなたを救うためにできることはすべてしようとしたわ。思いつけるかぎりの理由をあげて、婚姻の約束を遂行しようとするお父さまの決意をぐらつかせようとした。何を言っても無駄だとわかると、あなたが逃げる助けをしたいから、いっしょにお母さまの実家に助けを求めに行きましょうとまで言った」

「そうよ」キャットはいやそうに言った。「さぞかし楽しかったでしょうね。ちがう？　哀れなものね、親戚の慈悲にすがらなければならないなんて。許婚はいない、将来の見こみもない、持参金もない。わたしたちふたりとも、無給の召使程度の立場にまで身を落として、食べるために床を磨かせてもらえることに感謝しながら生きるところだったのよ。わたしはそんなものに興味はなかった」

ジェッタは反論しようと口を開けたが、主寝室の扉が開く音が聞こえ、つぎの間との仕切り戸口にさっと目を向けた。

「ジェッタ?」オーレイの呼ぶ声がした。

返事をする機会はなかった。動きを感じて視線を転じると、キャットの短刀の柄が迫ってくるのが見えた。額で痛みがあざやかに熱く弾けたかと思うと、すばやく引いていき、残ったのは闇だった。

# 19

不安をつのらせながら、オーレイは空っぽのベッドからつづき部屋の戸へと視線を転じ、そちらに向かいながらもう一度妻を呼んだ。「ジェッタ？」

もうすぐ着くというところで、ジェッタが戸口から飛び出してきて、彼にぶつかった。

「あら、あなた」彼女は彼の腕をつかんで胸にもたれながら笑った。「びっくりするじゃないの」

「ごめんよ、きみが赤ん坊部屋にいるかどうかたしかめに来たんだ」両腕を彼女にまわし、気もそぞろに背中を軽くたたいた。

「赤ん坊部屋？」彼女は体を引いて、困惑気味に彼を見た。

「ああ。おれの両親は、きみのうしろにある小部屋を、赤ん坊部屋として使っていたんだ」彼は説明した。

「そう」彼女は力を抜いてかすかに微笑み、うつむいてオーレイのプレードの生地にからめた自分の手を眺めながら尋ねた。「わたしに会いたかった理由があるの？」顔を上げ、大きな緑色の目を輝かせて彼を見る。「もしかして、夫の権利を行使したいとか？」

オーレイはその質問に微笑したが、首を振った。「いいや。部屋にいるようにと注意するために来たんだ」

「そうなの？」彼女は驚いた顔できいた。

「ああ」彼はまじめな顔で言った。「襲撃者は城のなかにいると思う。これからみんなで追い詰めるつもりだが、きみに危険が及ぶのは避けたい。だからここにいてくれ。警護兵たちにもきみを部屋から出すなと命じておいた」捜索を手伝わせてほしいと言われるか、部屋に閉じこめられることに文句を言われるのは重々承知のうえで、オーレイは言った。

だが、ジェッタはやさしく微笑んで、こう言っただけだった。

「わかったわ」

オーレイは少し驚いたものの、「よし」と言って、彼女を放そうとしたが、ジェッタはプレードをつかんだまま、口をとがらせてふくれ面をした。

めてキスをした。
「行くまえにキスしてくれないの、あなた？」
「ああ、もちろんするよ」甘ったるい声でねだられるまでそうしなかったことを不思議に思いながら、オーレイは小声で言った。もちろん、捜索をはじめようとみんなが廊下で待っている今は、そのことで頭がいっぱいだからだろう。彼は謝り、身をかがめてキスをした。

せがませてしまった罪悪感から、オーレイがしたのは軽くついばむようなキスではなかった。激しく、深く、飢えた、むさぼるようなキス、歯のあいだから肉を吸いこむようなキスだった。どうやらジェッタには予想外だったらしく、胸にもたれて、しがみつくものが彼しかないとでもいうように、両腕を首にまわしてはいるものの、ちゃんとキスに応えてはいなかった。

それでも両手両足でオーレイにしがみつき、彼がキスを終わらせて彼女を引き離すと、不満そうなうめき声をあげた。

ジェッタのぼうっとした表情や上下する胸を見たオーレイは笑みを浮かべ、彼が来るまえに何かしていたらしいつづき部屋の扉のほうに向けて彼女を押した。「さあ、行きなさい。できるだけ早く戻ってくる。できれば、襲撃者をつかまえたという知らせを持って」

「わかったわ」ジェッタはささやき声で言った。

少し太ったようだな。歩いていくジェッタの臀部を見ながらオーレイは思った。失った体重が戻りつつあるのをうれしく思い、息を切らしてぎこちない足取りで扉に向かう姿がおかしくて、からかうように言った。「だが、襲撃者をつかまえても、つかまえなくても、きみが言った夫の権利は行使するからな」

「あなたに楽しませてもらうのが待ちきれないわ」彼女はささやいた。彼が見ていると、その背中に震えが走り、かすかに肩が上がった。

困惑気味に笑みを浮かべ、なんだかひどくまちがっているような気がしたのはなぜだろうと思いながら、オーレイは向きを変えて部屋を出た。階段の上で待たせている人びとのほうに向かって半ばほど進んだとき、それに気づいて動きを止めた。

「オーレイ？」

心配そうな声で目をしばたたかせ、人びとを率いて近づいてくる人物を見たオーレイは、相手をにらんで言った。「コンラン。いったいここで何をしている？　おまえを送り出したのは――」

「ブキャナンの領地からも出ないうちに、アリックの馬の蹄鉄《ていてつ》がはずれたんだ。それで、おれの馬で二人乗りをして、馬を連れて戻ってきた。ここに来たのは、厩番頭が蹄鉄をつけるのを待っているあいだに、事情を報告するためで、ここで何が起こっているかはみんなから聞いた。おれたちに残ってほしいんじゃないかと思ってね。ジェッタの姉妹をさがす手伝いがいるんだろう？」

「ああ」オーレイはうなずいて言ったが、そのあと首を振った。「いいや」

「いいや？　手伝わなくていいのか？」コンランは驚いて尋ねた。

「ああ、捜索の必要はない」オーレイは暗い声で訂正した。「妻の姉妹はみつけたと思う。それどころか、いま彼女とキスしたばかりだ」そう言って顔をしかめた。当然大騒ぎになった。

「彼女とキスした？」

「襲撃者とキスしたのか？」

「妻の姉妹とキスしたのか？」

「正気か？」

耳の痛い質問が浴びせられ、オーレイは冷ややかに言った。「いや、そのときは彼女だと気づかなかったんだ。ジェッタだと思った」主寝室の扉を振り返り、眉をひそめて言った。「もっと部屋から離れたところで話そう」

「ジェッタじゃないことに気づかずにキスするなんて信じられないわ」一同が廊下の

突き当たりまで行って足を止めると、サイが文句を言った。

オーレイは大きなため息をついてうなずいた。「もっと早く気づくべきだったが、自己弁護させてもらうと、彼女はおれがジェッタを残した部屋にいた。彼女が出て行かないように、そしてだれもはいらないように警護兵に見張らせていた部屋に。そして、彼女はジェッタのドレスを着ていた。ジェッタが今朝着ていて、さっきおれと別れたときにも着ていたドレスだ」

「そう」サイがけわしい顔で言った。「それはまずいわね」

「ああ」オーレイは同意した。話しながらそれに気づき、今は心配そうに考えこんでいた。

「ジェッタの姉妹というのはたしかなのか?」アリックがきいた。「今度は本物のジェッタかもしれないぞ」

「たしかだ」オーレイは断言した。「おそらく彼女はジェッタより三キロほど重い。おれたちが見つけたときのジェッタは、ちょうどそれぐらいの目方だった」

「ああ、彼女は病のあいだに六キロはやせて、今は半分ほど体重が戻ってきていた」ローリーがつぶやいた。

オーレイはうなずいた。「そして、おれがキスした娘は、ジェッタになりかわるためのドレスを着ていたが、クリスピンをつけていなかったし、髪が失われた箇所もなかった」

「おお」全員が暗い表情でうなずいた。髪がすっかりあるなら、ジェッタであるはずがない。

「つまり、その姉妹は秘密の通路を知っているということだな」グリアがまじめな顔で言った。

グリアの言うとおりだと気づいて、オーレイは不機嫌そうにうなずいた。「そういうことになるな。扉に警護兵がいるのに部屋にはいるには、それしか方法がない」

「つまり、ジェッタはそこにもいないかもしれない、ということね」サイが暗い表情で言った。

「なんだと?」オーレイはぎょっとして妹を見た。

「だって、兄さんは部屋のなかでジェッタを見ていないんでしょう」彼女はそう言って、そのとおりだと彼がうなずくと、つづけた。「そして、姉妹はジェッタのドレスを着ていた。理由として唯一考えられるのは、そうすれば城のなかを自由に移動できるからよ。ジェッタだと思わせればそれができる。だから、ジェッタのドレスを脱がせてそれを自分で着た。そして、彼女を無理やり通路に入れて、トンネルから外に出し――」口を引き結んでオーレイの視線を避け、最後まで言わずに疑問を口にした。「どうしてその姉妹は戻ってきたの？　どうして城のなかを自由に移動したがるの？　ジェッタを……その、もう手に入れたのに」

オーレイにはわからなかったし、何も思い浮かばなかった……それというのも、サイのことばに動揺していたからだ。これまでキャットはジェッタを誘拐しようとしていたわけではない。殺そうとしていたのだ。それこそサイが言おうとして言えなかったことだろう。ジェッタは服を脱がされ、秘密の通路とトンネルを通って城の外に出されて、殺されたのだと。

主寝室に戻ろうと、オーレイは突然向きを変えた。ジェッタが赤ん坊部屋にいるのかどうか、たしかめずにはいられなかった。彼女が死んでいるはずがない。

「オーレイ、待て」キャムが彼の腕をつかんで強い口調で言った。「あの部屋に戻るわけにはいかないぞ。ジェッタを危険にさらすことになる。姉妹は赤ん坊部屋から出てきたと言ったな。ジェッタはそこにいるかもしれない。だが、いないかもしれない。いないとすると、姉妹がジェッタだと信じているふりをするほうがいいだろう。彼女を追えばジェッタの居所がわかる」

「キャムの言うとおりだ」グリアもまじめな顔で言った。「きみが何かするまえに、ジェッタがそこにいるか確認する必要がある。その小部屋にも通路の出入り口はあるのか?」

「ああ」とドゥーガルが言うと、オーレイはキャムの手を振り払ってまた歩きはじめ、今度はほんの数歩離れた場所にある扉に向かった。そこはニルスとエディスの部屋の扉で、彼はノックもせずに扉を開けてずかずかとはいっていった。

「なんだよ!」ニルスがどなった。清潔なシャツを着る途中で固まっている。シャツを引っ張って着ると、プレードをつかんで体を隠し、大勢の者たちをにらんだ。

「ノックってものを知らないのか?」

「何があったの?」エディスが窓辺からオーレイたちを心配そうに見ながらきいた。

「お願い、襲撃者をつかまえたと言って。でないとニルスは捜索を手伝うと言いだすわ」

「まだだが、もうすぐつかまえる」オーレイはどなりながら通路の出入り口に向かい、すばやく開いた。

「目が普通に戻っているな」背後でグリアの声がした。ニルスに向かって言ったらしい。「気分はどうだ?」

「ずっとよくなった」ニルスはすぐに言った。「いったいなんの騒ぎだ?」

「おれたちはジェッタの姉妹をつかまえようとしているんだ」オーレイのすぐうしろでアリックが言った。そのことばに、オーレイは片足を一歩通路に踏み入れた状態で固まった。顔をしかめて振り返る。

「おれたちじゃない」彼はきっぱりと言った。「おれがこっそり赤ん坊部屋にはいって、ジェッタがいるかどうか確認する。残りの者たちはここで待て」

「ふたりとも赤ん坊部屋にいたらどうする?」すぐにキャムが言った。「やみくもにのりこむわけにはいかないぞ。きみが近づくまえに、姉妹がジェッタののどを切り裂くかもしれない」

「オーレイはばかじゃないわ。やみくもにのりこんだりしないわよ」サイが憤慨して言った。「まずはのぞき穴を見て、はいっても安全かどうか確認するでしょう」

「何穴だって?」オーレイが困惑してきき返した。実はやみくもにのりこむつもりでいたのだ。

「のぞき穴」サイは繰り返し、兄の顔つきを見て眉間にしわを寄せた。「偵察穴のことよ。わたしに見せてくれたとき、お母さまはそう呼んでたの。部屋のなかの様子がわかるから」

「偵察穴があるのか?」彼は信じられずにきいた。

「ええ」彼女は驚いた顔をした。「もちろん知ってるわよね？」

「いいや」彼は嚙みつくように言うと、弟たちのほうを見た。「だれか知っていたか？」

「いいや」全員が声を揃えて言った。どこか動揺した様子で首を振っている。

「なんてことだ」オーレイはうなるように言うと、妹に向き直った。「どうしておれたちはそのことを教えられていなかったんだ？　せめておれには話してくれるべきだったのに。おれはこの城の主《あるじ》なんだぞ」

サイは悪びれずに肩をすくめた。「お母さまはわたしに話してくれたわ。お母さまかお父さまがあなたたちにも話してくれたんだと思ってた」

「理由はわかる気がする」ジョーンが思慮深く言って、全員の視線を引きつけた。

オーレイは驚いて眉を上げた。「両親が偵察穴のことをおれたちに話さずに、サイにだけ話した理由が、どうしてきみにわかるんだ？」なんとしてでも知りたくて、彼はきいた。

「わたしにも息子がいるからよ」ジョーンは苦笑しながら言った。そして尋ねた。「秘密の通路のことを知らされたのは子供のころよね？」

兄弟全員がうなずいた。

「いくつのとき？」彼女はすかさずきいた。

「五歳か六歳だ」オーレイもすぐに答えた。

「おれもだ」ドゥーガルが同意した。「それが何か関係あるのか？」

ジョーンは答えずに質問した。「あなたたちが子供で、お城にお客さまがいらしたとしましょう。そうね、うっとりするような、豊満なブロンド美女か、曲線美の赤毛の美女が。そして、侍女がその人の部屋にお風呂の支度をしていると耳にはさんだとする」彼女はつづけた。「秘密の通路にしのびこんで、偵察穴から彼女をのぞく？それとものぞかない？」

公然と侮辱され、オーレイは答えようと口を開けたが、ジョーンが手を上げて止めた。

「ブキャナンの男性全員にきくわ。今もそうだと言ってるわけじゃないけど、十二歳かそこらの少年時代だったら、穴からのぞいてみる？」

オーレイはためらい、弟たちと視線を交わしたあと、ため息をついて「ああ」と認め、弟たちもそうした。だが、こう付け加えた。「若者ならみんなそうするはずだ」

ジョーンは思っていたとおりだったとばかりにうなずいた。「だから子供のころ教えてもらえなかったのよ」そして、キャムに向かって言った。「同じ理由で、シンクレアの秘密の通路にある偵察穴のことは息子には教えませんからね。大人になって、必要なとき以外はのぞかないと信用できるようになるまでは」

「シンクレアの秘密の通路にも偵察穴があるのか？」キャムは驚いて尋ねた。

「ええ。結婚したあとであなたのお母さまが見せてくださったわ」ジョーンは告げた。

「なんだって？」彼は信じられない様子でき返した。「どうして母上も父上もそのことをおれに教えてくれなかったんだ？」

ジョーンがさあねとばかりに肩をすくめると、ドゥーガルが言った。「きみが大人になって、のぞかないと信用できるようになるまで待ってるんじゃないか？」

キャムは固まったが、まじめな顔でうなずいた。「そうだろうな。そして、きみたちの両親が、亡くなるまえにきみたちに教えてくれなかったのも、おじ上がいまだに教えてくれないのも、それが理由だろう」

軽口のたたきあいに、オーレイは思わず破顔しそうになったが、結局しなかった。だれも笑わなかった。みんな頭から離れないのだ。ジェッタが危険にさらされていることが……もしかしたら死んでいるかもしれないことが。

「それで、偵察穴はどこあるんだ？」早くジェッタの無事を確認したくてたまらないオーレイは、サイに鋭く尋ねた。

「小さな石がたくさん壁から突き出ているの」サイは説明した。「壁に沿っていろんな高さで何ダースもつづいている。石はかんたんにはずれて、小さな穴が現れるから、そこから部屋のなかを見るのよ」

オーレイはうなずき、向きを変えてそのまま通路のなかにはいったが、また立ち止まると、だれかが背中にぶつかってきた。彼のあとにつづこうと、みんなが押し寄せているのがわかった。エディスとニルスまでが通路に向かっており、オーレイにぶつかったのはアリックだった。

「おれひとりで行く」彼は語気荒く言った。「ほかの者たちはここに残れ」

「手助けが必要になるかもしれない」ドゥーガルがすぐに反論した。

「おれなら大丈夫だ。大勢いては音をたてすぎる」オーレイも言い返す。

「ネズミみたいにおとなしくしてるよ」アリックが言った。

「オーレイ」サイが静かに言った。「兄さんが助けを拒否したせいでジェッタが死んだら、絶対に自分を許せないわよ……そして、わたしも兄さんを許さない。ジェッタのことがとても好きなの」

オーレイは一瞬目を閉じたあと、あきらめのため息をついた。「わかった。だが、絶対に音をたてるなよ」

全員が真面目な顔でうなずくと、オーレイはくるりと向きを変えて通路のなかを進んでいった。

ジェッタを目覚めさせたのは冷たい水しぶきだった。驚いてぱっと目を開け、恐る恐るあたりを見ると、ケイトリンが目にはいり、今の状況を思い出して凍りついた。「やっと気がついたわね」空の水差しを放ってキャットは言った。「もう目覚めないかと思ったわ」

ジェッタは嫌悪のまなざしで彼女を見た。「ブキャナンにあなたが現れたのはただの悪夢であってほしいと思ったけど、望みが高すぎたようね」

「あらまあ！」キャットは驚きとよろこびで目をまるくした。「子猫ちゃんにも爪が生えたのね。いつ怒ることを覚えたの、シスター？　フィットンではわたしにそんな口のききかたをしたことはなかったのに」

ジェッタは首を振っただけで目を閉じた。姉妹げんかをはじめるつもりはなかった。子供のころからずっと、大人になってからもけんかは避けてきた。勇気がなかったからではなく、母親が悲しむからだ。逃げる方法を考える必要があるので、今もするつもりはなかった。キャットに話をさせておけば考える時間ができ、侮辱しあって頭を無駄に使うよりも役に立つだろう。

話をつづけさせることに決め、ジェッタは尋ねた。「あなたとお父さまがわたしを船に乗せたあと何があったのか、話してくれる気はないの？」

間があったので、キャットは話をつづけずに、つぎの計画に移るのではとジェッタは心配になったが、やがてキャットは言った。「いいわよ。どこまで話したかしら？」

「あなたが《雄鶏号》に乗せられたところまで」ジェッタはすぐに言った。そして、キャットがなかなか話しはじめないので、唐突に尋ねた。「侯爵との結婚から逃れるために、船長に体を提供したの？それでここまで来られたの？」

「いいえ。彼はわたしより一等航海士に興味があったの」キャットは不快そうに言った。

「じゃあ、フランス南部に着くまでずっとマストに縛りつけられていたの？」ジェッタは話を引き出そうとしてきいた。

「いいえ。船長はまた嵐が来て報酬がふいになるのを恐れていた。港から遠く離れて、わたしが泳いで逃げられなくなると、マストからおろして、代わりに彼の船室のベッドに縛りつけた」

ジェッタは身をこわばらせて頭を上げた。「彼のベッドに？　まさか彼は――？」

「わたしを強姦したか？」ジェッタがきくのをためらったことを、キャットがつづけた。そして、冷たく笑いながら言った。「いいえ。彼は一等航海士のほうに興味があったと言わなかった？」

「ああ、そうだったわね」ジェッタは小声で言った。

「とにかく」キャットはつづけた。「旅は短く、何事もなかった。五時間しかかからなかった。嵐にはならなかったけど、風は強かった。なんとも退屈な旅だったわ。フランスに到着すると、船長はわたしの戒めを解いて、体を洗えと命じ、窓の外には見張りを立たせているし、自分も扉のまえに立って、逃げないように見張っていると言ってから、わたしを船室に閉じこめた」

「それで、どうしたの？」ジェッタはきいた。無理だとはわかっていたが、しきりに指を動かして、自分を縛っているロープの結び目を解こうとしながら。戒めはひどくきつく、解こうにもロープをろくにつかめないありさまだった。

「わたしに何ができた？　運命を受け入れる覚悟を決めたわよ」キャットは冷ややかに言った。「そのころにはそれが運命だとあきらめるようになっていた。侯爵と結婚してレディ・ホワイトになり、彼に痛めつけられないよう祈ろうとね」

「痛めつけられたの？」ジェッタは静かに尋ねた。

キャットは一瞬ジェッタに冷たい視線を向けてから口を開いたが、質問に答えるのではなく、話の先をつづけただけだった。「侯爵は港で待っていてくれなかった。でもまあ、嵐とあんたが逃げたせいで、船は二日遅れて到着したんだから当然よね。それで、船長は荷馬車を雇い、礼儀を重んじるために同行させる侍女も雇って、自分でわたしを侯爵に送りとどけたの」

彼女はまた黙りこみ、何を考えているのだろうと思いながらジェッタはキャットを見つめた。記憶を取り戻した今、自分はこれまで彼女のほんとうの姿を知らなかったのではないか、その多くは軽薄さや大げさな動作の下に隠されていたのではないかと思った。たしかにキャットはたびたび自分勝手な行動をとっていたとはいえ、自分が《雄鶏号》のマストに縛りつけられたとき、ジェッタは完全に面食らった。今のような状態になることもまったく予想できなかった。目のまえにいる娘は、幼いころから知っていると思っていた姉妹ではなかった。空っぽで冷たくてなんとも恐ろしい女だった。

「侯爵は美しかった」キャットはようやく言った。その声には驚きがあった。「ほんとうに、あんなに美しい男は見たことがなかったわ。髪は紡《つむ》がれた金系のようだし、目は雲ひとつない空と同じくらい青かった。微笑むと、聖人でも泣きたくなるほどの美しさだった」ジェッタの目を見て、彼女はつづけた。「それにすごく魅力的で親切だった。

すぐに式をあげるんだと思っていたら、一週間待とう、わたしのためにそのように手配した、と彼に言われたわ。わたしが彼に心を許せるようになってから夫婦になりたいと」ジェッタの目を見て、彼女は尋ねた。「そんな心温まる話、聞いたことある？」

「たしかにやさしいわね」ジェッタは認めた。オーレイが彼女の命を救い、安全と一日も早い回復を願って夫のふりをするなど、もっとずっと思いやりを示してくれたことや、彼女が海岸に流されてきてから、ほかにも百もの方法で大切にしてくれたことは言わずにおいた。

「あれはほんとうに、わたしの人生でいちばんすばらしい一週間だったわ」ケイトリンは夢見るような声でつづけた。「褒めことばが彼の舌からハチミツのように滴《したた》った。わたしを妻にできる自分ほど幸運な男はいないと言った。わたしはこれまで見たなかでいちばん美しい娘だと。きっと世にも美しい子供たちを産んでくれることだろうと。ともにすごす興奮と驚異に満ちた未来が待ち遠しいと」

軽く微笑みながら、彼女はつづけた。

「その週、わたしはほんとうに彼に恋してしまった。あんたの死は思いがけなかったけど、これも神の配剤で、わたしがこの人と——わたしのために生まれてきたこの人と結婚できるようにするためだったんだと思った。これから先の人生が見えたし、それはまるでおとぎ話のようだった。そしてあの結婚式！」彼女は至福のときを思い出して叫んだ。「侯爵はまえもって計画を立て、準備していたの。あんたの結婚式みたいに、急ごしらえの安っぽいものじゃなかった」

ジェッタはオーレイとの結婚式のことを言われて固まった。急ごしらえだったかもしれないが、彼女にとって安っぽいところなどどこにもなかった。

「わたしの結婚式は美しかった」ケイトリンはつづけた。「その週に彼がわたしのために作らせたドレスは、これまで見たこともないほど壮麗なものだったわ。食べ物や飲み物の費用は惜しまなかったし、広く遠くから何人もの吟遊詩人や芸人を呼んだのよ。夢のようだったわ」彼女はため息まじりに言った。「そして、床入りのときが来た。わたしは感情が高ぶって緊張していたけど、床入りはなくなった。わたしが怖がっているようだから、新居や夫としての彼に慣れるまで、もうひと晩待とうと彼が言ったの。そして、自分の手を切って、翌朝神父が確認するシーツに血をこすりつけた。でも、ベッドから去ったわけではなかった。わたしに腕をまわして、まるで世にも貴重な生き物であるかのように、ひと晩じゅう抱いていてくれたの」

そして彼女はジェッタと目を合わせ、まじめな顔で言った。「わたしは大切にされ、愛されていると感じながら眠りに落ち、世界でいちばん幸運な娘だと思いながら目覚めた」そのときの気分を楽しむかのように、一瞬間をとってから、キャットはつづけた。「もちろん、翌朝になると招待客たちは帰った。式が遅れたせいで、みんな予定したよりも長く、すでに一週間も滞在していたから、夕食までにはひとり残らず帰っていった。正直、みんなが帰るのを見てうれしかったわ。早く新郎といっしょにすごしたくてたまらなかったから。でも、ようやく全員が帰り、ふたりで夕食をとったあと、やさしい夫はわたしを夫婦の部屋に連れていき、本当の初夜がはじまった……そして、すてきな夢は悪夢に変わったのよ」

ジェッタは目をぱちくりしたが、黙ったまま、キャットが自分のペースで話すのを待った。

「蜜の舌を持つ美しい侯爵は消え、冷酷で恐ろしい獣に取って代わった。新婚初夜は、終わらない拷問と辱めの一週間になった」ふたりの目が合い、その目に一瞬、子供のころにジェッタの知っていたケイトリンがのぞいているのが見えた。若く、傷つきやすく、途方に暮れた彼女は言った。「彼はわたしを痛めつけた……そして、痛めつけることを楽しんでいた。いろんなことをされたわ……」

キャットは身震いをして顔をそむけながら告白した。「最初は、召使や兵士たちに隠そうとした……わたしを痛めつけていることを。でも、二度目か三度目の夜のあとは、もうあざややけどを隠せなくなった。あらゆるところにできていたから。召使たちも兵士たちもわたしを哀れみの目で見るようになった。一週間は耐えたけど、そのうちに夫婦の部屋での拷問だけではすまなくなった。彼は裸のわたしを引きずって大広間におり、みんなの見ているテーブルの上でわたしを殴り、強姦したの」

ジェッタはぞっとして息をのんだが、キャットの話はまだ終わりではなかった。

「終わると彼はわたしを転がしてテーブルから床に落とし、おまえに似合いだと言って犬といっしょに寝かせて、おしっこをかけた」

「ああ、キャット」ジェッタが恐ろしさで声をあげると、ケイトリンの頭が攻撃する蛇のようにくるりとこちらを向いた。そこには激怒しかなかった。

「うるさい！」彼女は怒りにまかせて叫んだ。「あんたのはずだったのよ！　あのむかつくような仕打ちに耐えるのはあんたのはずだったのに……」彼女は鋭く息を吸い、また顔をそむけた。少しして、彼女は落ちついた冷たい声でつづけた。「とにかく、そのころにはもう……」ジェッタに顔を向け、ゆがんだ笑みを浮かべて言った。「そう、わたしはひどく殴られ、あざだらけで、かなり弱っていたから、寝室に戻る途中、侯爵が階段から落ちて首の骨を折ったとき、だれもわたしが関わっているとは想像もしなかった」

# 20

　ジェッタはケイトリンを見つめた。明かされた事実が頭のなかをめぐり、さまざまな思いがあふれだした。キャットが経験してきたのは想像もできないことであり、想像したくもないことだった。だれもそんな経験をするには値しないし、神の意志の介在がなかったら自分がその運命にあったことも、ジェッタにはよくわかっていた。だから、侯爵が死んだことは気の毒だと思わなかった。キャットのことも、ほかのだれのことも、もう二度と傷つけることができないとわかって、むしろほっとした。そういう男なら、最初の妻とキャットだけでは飽き足らず、相手が女性というだけで残虐行為をはたらくに決まっているからだ。

　だが、キャット自身のほうが心配だった。ジェッタの見たところ、彼女は怒りの下に苦痛のかたまりを隠していた。そして、その怒りが電光石火の速さで生まれ、同じくらいすばやく消えることに、ジェッタはひどくとまどった。今はキャットのことも、彼女が何をしようとしているかも、少しは理解しているつもりだった。以前のキャットは自分勝手で甘やかされていたが、今は壊れていた……そして、とてつもなく危険に思えた。

　大きく息を吸いこみ、ゆっくりと吐き出してから、ジェッタは単にこう言った。

「階段から突き落としたのね」

「そうよ」ケイトリンは苦々しげに口元をゆがめた。「まったくなんの苦労もなかったわ。そして、すべてを遠縁のいとこか何かが相続することになった。地位も、城も、財産も、すべてを。わたしの持参金まで！」激怒しながら付け加え、恐ろしい形相でつづけた。「新しい侯爵は四日後にやってきて、わたしには目もくれなかった。彼にとってわたしは侵入者だったの。夫を殺してから一週間後、新しい侯爵はわたしをケイシー船長に託した」

　ジェッタは驚きの声をあげ、キャットは苦笑した。「そう、わたしをフランスに送り届けたあの船長よ。あのろくでなし。ここでの仕事がすんだら、彼のところにも行ってやるわ」

　ジェッタは反応するまいとしたが、心のなかではこう思っていた。どうしよう、どうしよう、どうしよう。キャットは壊れているどころではない。自分をひどい目にあわせたと思う相手を殺してまわろうと計画するなんて、完全にどうかしている。ケイシー船長のことも好きではないけれど、考えてみれば、若い娘を許婚のもとに送り届けるという、自分の仕事をしただけなのだ。若い娘はいやがっていたとしても、婚姻の契約自体は本物だった。

「わたしはまだひどく具合が悪かった」キャットはつづけた。「それなのに新しい侯爵は、これ以上ないほどすばやくわたしを追い払った。たったひと袋の硬貨とともに船長に引きわたされたの。結婚祝いに送られた宝石も取りあげられた。それは侯爵家に代々伝わる宝石で、新しい侯爵夫人のものになるから。

わたしはまだ打ちのめされてあざだらけだったけど、侯爵は船長にわたしを船で故郷に送らせるよう手配した。ケイシー船長はまた自分でわたしを送り届けることになったんだけど、そのまえにやることがあったらしくて、部下のひとりに荷馬車を借りてこさせ、そこにわたしを乗せた。そして、船長の用事が終わるまで、わたしはそのいまいましい荷馬車のなかに寝かされたまま、水兵に見張られながら四時間も待たされた。

あんたがまだ生きていることを知ったのはそのときよ」キャットはゆがんだ笑みを浮かべて言った。「わたしは荷馬車の床に寝かされ、毛皮にくるまって、いらいらしながら船長が戻るのを待っていた。するとそこに若い男がやってきた。男は見張りに、三週間と少しまえの嵐で沈んだ船はなかったかときいた。なんでそんなことをきくのかと見張りが尋ねると、マストが浮いているのが見つかったと聞いたので、船が沈んだのではないかと思ったのだ、と男は言った。そういう話は何も聞いていないと見張りが言うと、若い男は去っていった。

それからほどなくして、ようやく船長が姿を現した。見張りは何があったかを話した。彼らはそれが自分たちの船のマストではないかと思い、おそらくそうだろうが、まだあんたが縛りつけられているはずはないし、もし縛りつけられていたらそう言うだろう、と判断した。でも、わたしにはわかった」キャットは満足そうに言った。「骨の髄で感じたのよ。あの若い男かその縁者があんたを見つけ、あんたはまだ生きていると」

「でも、どうしてわたしの居場所がわかったの?」ジェッタはすぐにきいた。

「質問をしてきた男はブキャナン兄弟のひとりだと見張りが言ったの。彼らはみんなよく似ているけど、おそらく末の弟のアリックだろうって」

ジェッタは目を閉じてため息をついたが、彼女が船長に賄賂を使ったわけでも、船から逃げたわけでもないことを、ケイトリンはずっと知っていたのだと不意に気づいて固まった。ジェッタを縛りつけたままマストが折れたことを知っていたのだから。見つけられるかぎりの方法で、自分の苦しみを彼女のせいにする必要があったのだろう。

「その晩船長はわたしをうちに送り届けた」キャットはつづけた。「わたしが生きて元気なのを見て、お父さまはよろこんでいるふりをした。わたしが無事に生き延びることは〝わかっていた〟と言ったわ。わたしは微笑んでうなずき、帰還を祝ってほしいと言った」

ケイトリンは歯を見せて微笑んだ。「最初はだめだと言われたけど、押し切った。せっかく生還したんだから乾杯しないとね。ようやくお許しが出て、わたしはウィスキーを出してきた。わたしの生還に乾杯したあとは、あんたの悲しい死に献杯しようと言った。つぎはお母さまに。ほかにもいろいろな名目で乾杯した。自分のウィスキーは飲まなかったけど、お父さまには確実に飲ませるようにした」そこで彼女は何かを思い出そうとするように上を向き、考えこむように言った。「七杯目か八杯目だったかしら、ウィスキーに毒を入れ、最後にお父さまの健康に乾杯しましょうと言って、死ぬのを見届けたわ」

ジェッタは糸を引かれたように頭を上げた。「お父さまを殺したの？」

「楽しみながらね」キャットはうなるように言った。

「どうして?」ジェッタは驚いて尋ねた。父はキャットがほしがるものはなんでも与えていたのに。キャットに言われて彼女の代わりに侯爵と結婚させるためにジェッタを送ることまでしたのに。

「いいかげん頭にきてたのよ」キャットはうなるように言った。激しい怒りが一瞬ひらめき、すぐに消えると、彼女はおだやかに言った。「それに、あんたがいなくなってから期待してたのに、お酒で死にそうになかったし。それどころか、ほとんど飲んでいなかった。お母さまの死はお父さまを飲酒に走らせたけど、あんたが死んだという知らせで酔いが覚めたようだった。夕食のときジョッキ一杯のエールを飲む以外、まったく飲むのをやめてしまった」口を引き結んだが、相変わらず軽い調子で言った。「死ぬことになる夜までは」

ジェッタはうなだれた。正気でないどころではない。侯爵を殺したのはわかるとしても、実の父親を殺すのは話が別だ。それに、キャットの代わりにジェッタを送る作戦において、父は仲間だったはずだ。

「もちろん、治療者はお酒のせいだと言って、いずれお酒で命を落とすことになると警告していた自分は正しかったと得意気だった。わたしは悲しんでいるように見せかけながらうなずいた」にやりと笑ってつづける。「そして、いきなりすべてがわたしのものになった！　わたしはレディ・フィットン。フィットンの女主人よ」

「あらたな婚姻が整うまで、国王が後見人を任命するはずでしょう」ジェッタは静かに言った。

「国王からはもう沙汰があったわ——後見人はお父さまの弟、アルバートおじさまよ」

ジェッタはあんぐりと口を開けた。「でも、アルバートおじさまは——」

「頭がおかしい？　正気じゃない？」キャットはにっこりして言った。「ええ、そうよ。わたしにとっては好都合。いつも本にのめりこんで、悪魔がいることを証明しようとしてるから、わたしは好きなことができる」彼女は肩をすくめた。「だから、舵をとるのはわたし。おじさまはなんでもわたしのやり方でさせてくれる。それどころか、きっとわたしが今フィットンにいないことさえ知らないわよ。今はそれほど自由なの。わたしがどれだけお金を使おうと、自分の時間に何をしようと、彼は気にしないから」

「それならなぜここにいるの？」ジェッタはきいた。答えはわかる気がしたが、まちがいであってほしいと心から望みながら。「どうしてフィットンにいて、新たに手にした自由を満喫していないの？」

「まだあんたがいるからよ」キャットは言った。「あんたはお父さまと同じくらいわたしを苦しめた。あんたが自分の運命から逃げなかったら、わたしが身代わりにされることもなく、侯爵の虐待と侮辱に苦しめられることもなかったのに」

「それはわたしのせいじゃないわ。わたしは――」

「だからあんたも見つけて殺すことにしたのよ」ケイトリンはつづけた。「ブキャナンに到着した最初の朝、森で浮かれ騒いでいるあんたとここの領主を見たと思った。娘はわたしたちと同じような髪をしていたし、顔立ちもよく似ていた。お父さまが十五、十六年まえにこのあたりまで来て、侍女でも孕《はら》ませたのかと思ったくらい。とにかく、娘はわたしたちにそっくりだった。少なくとも、遠くから見たかぎりでは。近づいて見ようとするころには、ふたりは馬に乗って城に向かっていた。わたしは追いかけていって、門をはいる直前に娘に矢を放った」

ジェッタはごくりとつばをのんだ。ケイトリンは昔から弓矢の使い手だった。「あなたが矢を放ったのは、わたしじゃなくて侍女のケイティーよ」

「ええ、あとから知ったわ」彼女は冷ややかに認め、顔をしかめた。「あんただと思った娘に矢を放った直後、ひとりの兵士が門から飛び出してきたの。わたしの矢と関係があるはずだと思って、彼を追いかけた。何があったのか……あんたは死んだのか、そうじゃないのかを、なんとかして知りたかった。兵士が野宿するために止まるまで待ってから、刃物を突きつけてしゃべらせようと決意したとき、狩猟小屋に到着した。ばあさんが出てきて、兵士は報告した。ジョーディーと馬に乗っていた侍女のケイティーが矢傷を負ったので、ローリーが必要だと。

わたしはひどくがっかりした」彼女はため息をついて言った。「でもそのとき、ばあさんが言った。ローリーと領主さまなら〝イングランドの若い娘〟と海岸で朝食をとっていると」ケイトリンは舌を鳴らした。「またピンときた。アリックが沈没船のことをききまわっていたのを聞いたときと同じようにね。だから兵士を海岸までつけていった。そうしたらあんたがいたのよ！」

首を振りながら彼女は言った。「とんでもなくやせていた。骸骨みたいだった。着ているものもひどくおかしかった。でも、あんたは笑っていたし、頬に赤みが差して、すばらしい時間をすごしているように見えた」笑みが消え、いらだたしげに付け加える。「わたしが苦しんでいたあいだ、ずっとすばらしい時間をすごしていたかのように」

「何週間も意識がなかったのよ、キャット。意識が戻ったのは、あなたが家に送り届けられたのと同じころで、それからまだ二週間しかたっていなかった。海岸にいたあの日は、意識が戻ってから初めて部屋を出た日だった。わたしは記憶を失っていたの。オーレイが夫だと思っていたのよ」

「ふん」キャットは疑わしそうに言った。「とにかく、兵士とローリーはすぐに出発したけど、あんたたちは荷物をまとめて狩猟小屋に戻った。そして、オーレイだけがすぐにローリーを追って出発した。彼が出たあと、あんたとばあさんが階上《うえ》にいるあいだに、こっそり小屋のなかにはいった。煮立ったシチューの鍋が火にかけてあったから、策略がうまくいくことを願って毒を入れた。よくかき混ぜてから、そっと外に出て歩くうちに、近くに野営できて少し休める場所を見つけた。あんたがシチューを食べるまで待つつもりだった。その夜遅く、あんたとばあさんが死んでいるのを期待して小屋に戻った。ところが、そこには男たちが大勢いて、死んだのは犬一匹だけだった」彼女はうんざりしながら言った。

ジェッタは火にかけたシチューが焦げてしまったせいで捨てられたことは説明しなかった。なぜその必要がある？

「もちろん、アキールや兵士たちがいたから、いつまでもそこに残ってはいなかった。兵士たちのなかに紛れるのはとても無理だから、野宿したところに戻ってどうするべきか考えることにした。そのとき、あんたが落としたあのプレードを思い出したの」

「あのプレード？」ジェッタはなんのことかわからずに繰り返した。

「そう、朝食のあと嵐が来て、帰るまえに海岸に落としていったやつよ」

「ああ」ジェッタは思い出してつぶやいた。実際にプレードを落としたのはオーレイで、気づいてすぐに取りにいくのかと思ったら、雨がひどくなってきて……彼がそれを残したまま狩猟小屋に戻ったので、ジェッタはほっとしたのだった。オーレイがあとで取りにいくのだろうと思っていたが、彼がすぐにブキャナンに発ったあとは、あらためて考えてみることもなかった。それで、きいてみた。「あのプレードにどんな使い道があったの？」

「ほら、高価なドレス姿じゃブキャナンにしのびこめないでしょ？」キャットは冷ややかに言った。「あのプレードのおかげで目を引かずにしのびこむことができるのよ。プレードでアリセド（スコットランドの女性が身につける肩掛けのような衣類）を作って、イグサやラベンダーを集めながらブキャナンに戻り、馬を森のなかにつないでから、そこの人間のような顔をして野草を抱えたまま難なく歩いてブキャナンに侵入したわ。だれもわたしに目を留めなかった。城壁の警備兵たちですらね。当然でしょう？　罪のないひとりの若い娘だもの」

不意にことばにならない疲れを感じ、聞き流すことにしてジェッタは言った。「わたしを階段から突き落としたのはあなたね」

キャットは肩をすくめた。「夫のときはうまくいったわ」

「そのあと見つかるのを避けるために、廊下の衣装箱のなかに隠れた」

キャットは驚き、渋面で尋ねた。「どうしてわかったの？」

「そこに隠れているあいだに、お父さまのボロック短剣を落としたでしょう。あとで見つけたわ」

「ああ。どこにいったのかと思ってたのよ。あんたに使うつもりで持ってきたの。毎晩眠れずに横たわったまま、あれであんたに何をしてやろうかと想像したわ」

「わたしたちは姉妹なのよ、キャット」ジェッタは必死に言った。「姉妹以上だわ――双子なんだもの――それなのにあなたはわたしを憎んで――」

「当たり前でしょう！」彼女はどなった。「あんたが《雄鶏号》から逃げたせいで、わたしは侯爵と結婚しなくちゃならなくなったんだから！」

「彼はあなたの許婚だったのよ！」ジェッタはどなり返した。「それに、わたしが逃げたわけじゃないことは、あなたもよくわかってるでしょ。マストに縛りつけられて、それが折れたのよ。神ご自身が手を伸ばして折ったかのように」

「神ね」キャットは冷笑した。「今回も神が救ってくれると言うつもり？　わたしが必要としていたとき、神はどこにいたのよ？　どうしてわたしが結婚させられるまえに夫を殺してくれなかったの？　そもそもどうして別の人と婚約させてくれなかったの？　若くて、たくましくて、ハンサムで、男らしい人と？」

「もしかしたら神さまは、若くて、たくましくて、ハンサムで、男らしい夫をあなたに与えようとしたのかもしれないわよ」ジェッタが言い返した。

「なんですって？」キャットはわけがわからずにきき返したあと、いらだって嚙みつくように言った。「今さら何ばかなことを言ってるの？」

「思ったんだけど、もしあなたがわたしを自分の代わりに侯爵と結婚させようとしなかったら、そして、最初からわたしではなくあなたが《雄鶏号》に乗っていたら、折れてオーレイの狩猟小屋近くの海に浮かんでいたマストに縛りつけられていたのはあなただったわけよね。その場合、いま彼と結婚して、若くてたくましくてとてもハンサムで、信じられないくらい男らしいうえ、とてもやさしくて、妻を痛めつけることなど考えもしない旦那さまとの暮らしを楽しんでいるのは、あなたということになるわ。

考えてみれば」ジェッタはさらに付け加えた。「わたしはあなたの裏切り行為に感謝するべきかもしれないわね。わたしが享受してきた幸せはすべて、あなたが悪巧みでお父さまを説得し、自分の代わりにわたしを侯爵のもとに送り出した日があったからこそだもの」

キャットは目を細め、大笑いした。「あんたの夫のどこがハンサムなのよ。わたしはおこないが怪物じみた男と結婚していたかもしれないけど、あんたの夫は見た目が怪物じみてるわ。正直、彼にさわられてどうして耐えられるのか理解できない」

「わたしは彼の顔が好きだし、ハンサムだと思うわ」ジェッタは落ちつきを保ったまま言った。「わたしにとって彼は、これまで会ったなかでいちばん美しい男性よ」

「もちろん、あんたならそう思うでしょうね」キャットはあざ笑いながら言った。「あんたはいつも傷のないものより傷もののほうが好きだったから。ソーチャはきっと目が見えないんだと以前お母さまに言ったら、いいえ、あの子は不完全なもののなかに美を見出すのよと言ってた」彼女はぐるりと目をまわして自分の意見を示すと、口をぎゅっと閉じて、しばし葛藤するそぶりをみせてから言った。「でも、彼がとても男らしいのは認めるわ。彼が厩であんたにしたあれやこれや……それをされながらあんたがうめき、叫び、もだえる様子……」思い出して小さく身震いする。「もしかしたら、床入りはあんなに痛かったり屈辱的だったりする必要はないのかもしれないと思わされたわ。それで、自分でその悦びを経験したくなったの」

「厩でわたしたちを見ていたの？」ジェッタはぎょっとして、うろたえながら言った。

「それまでわたしがどこで眠っていたと思うの？」キャットはきつい口調で言った。

「城のなかで眠るわけにもいかないし、あんたに見られて正体がばれるわけにもいかなかった。ほかのやつらは顔に土でもつけて、髪を覆えばごまかせるかもしれないけど、あんたはだまされないとわかっていた。だから干し草置き場にあがって眠ったの。あんたたちの結婚式も、そのあとの床入りもよく見えたわ」

「そのあとわたしたちを閉じこめて火をつけたのね」ジェッタは言った。その声も少し冷たくなっていた。

「そうよ」キャットは悪びれずに認めた。「あんたたちが眠りこむとすぐ、こっそり下におりて火をつけ、逃げられないように扉をふさいだの」そして、口元をゆがめてつづけた。「でもあんたたちは生き延びた。またしても」

ジェッタににらまれたキャットは、一瞬にらみ返したが、やがて意地悪く微笑んで言った。「でも、最後にはわたしが勝つのよ。なぜだか教えてあげましょうか、シスター。殺すまえにあなたのオーレイに楽しませてもらおうと思っているからよ」

「なんですって？」ジェッタは鋭くきき返した。

キャットは肩をすくめた。「あんたを殺したあと、急いでうちに帰る必要もないでしょ。ケイシー船長も殺さなくちゃならないけど、急ぐことはないわ。ここで一日か二日ぶらぶらして、あんたが楽しんでいたあの快感を味わってから、ブキャナンが眠っているあいだにのどを切り裂くつもりよ」

「うそでしょ？」ジェッタはびっくりして叫んだ。「どうしてオーレイを殺すの？」

「わたしが苦しんでいるときに、あんたに悦びを与えたからよ」キャットは猛然と言ったかと思うと、肩にとまったうるさいハエであるかのように、肩をすくめてその怒りを振り払って付け加えた。「罰せられるまえに、わたしにもその悦びをいくらか与えてくれたっていいでしょ」

不意に力が抜け、ジェッタは首を振った。「いいえ。それは無理よ。彼は怪物じみた顔をしているから、さわられてどうしてがまんできるのか理解できないって言ったじゃない」彼女は思い出させた。

「ええ、言ったわ。ほんとうのことだもの。だから最初は、兄弟のだれかと試すつもりだったの」キャットは白状した。「もちろん、覚えていられると困るから、エールの水差しに野草と薬草を少し入れて、髪を覆い、顔を土で汚して、コンランのまえに水差しを置いた。いまいましいことに、アリックがその水差しを取って、ニルスに飲み比べをしようと提案し、結局そのふたりが全部飲んでしまったから、コンランにはその特製エールをひと口も飲ませることができなかった」彼女はいらだたしげに言った。

だが、ふたたび笑顔になって告げた。「でも、幸運だったのかもしれないと今では思ってるわ。残念ながらニルスはエディスとベッドにはいったから、先にアリックのところに行った。彼を誘惑してわたしと寝る気にさせようとしたけど、薬を盛られて頭が働いていないくせに、罪の意識が強すぎて、兄の妻と寝るなんて考えられないみたいだった」

「当たり前だろ」暗い通路のなかのオーレイのそばで、アリックがむっとしながらつぶやいた。オーレイは弟の腕をこぶしでたたいて黙らせた。だが、ついてきた者たちがみんなあまりにも静かなので、内心驚いていた。ときおりぎょっとして息をのんだり、げんなりと舌打ちする以外、だれもが静かなままだった。話の内容に引きこまれていたのだ。彼ですらそうだった。そっと壁を移動して通路の出入り口から主寝室にはいり、妻を助けに行っていないのはそれが理由だった。

「あなた、アリックを誘惑しようとしたの？」うろたえながらきくジェッタの声が聞こえ、偵察穴に注意を戻した。彼女は抗議した。「彼はまだ子供なのよ」

弟をよく知るオーレイは、すばやくアリックの口を手でふさぎ、その意見に対する憤怒のわめき声を抑えつけた。怒り狂った目を向けてきた弟に、ささやき声で言う。「ネズミのようにおとなしくしているんだろ?」

しゃべることができないアリックはうなずいた。

安堵のため息をついて、オーレイは偵察穴に向き直った。キャットはつづけた。「たぶんそれでよかったのよ。どうせあんまりよくなかっただろうし。おだてて何度かキスさせてみてわかったの、べちゃっとキスする人だって。あんたがオーレイと経験したっていう情熱はみじんも感じなかったわ」

オーレイはぱっとアリックのほうを見たが、今度はドゥーガルがさらに早く動いて、弟の口をふさいだ。

「おれの妻にキスしたのか?」ひそひそ声で問い詰める。

「こいつがキスしたのはキャットだよ、ジェッタじゃない」ドゥーガルがなだめるように言った。「それに、無理やりさせられたんだ。拒否されたと彼女が言ったのを聞いただろう」

オーレイはのどの奥で低くうなり、また穴に向き直った。

「でも、あの夜はまったくの無駄ではなかった」キャットは言った。「秘密の通路の出入り口を見せてもらうことができたから。アリックはわたしの意のままだったわ。薬草のせいで従順になっていたのかもしれないけど。彼の部屋にある出入り口を見せてもらって、そこから通路を抜けて階段につづく出入り口に出て、トンネルを通って洞穴まで行った。そのあとまた通路を戻りながら、通りすぎる部屋の出入り口を開ける方法を教えてもらった」彼女は顔をしかめた。「何度か彼を静かにさせなくちゃならなかったけどね、部屋にいる人たちを起こしちゃうといけないから。でも、なんとか無事に戻ってきた。

それから、ニルスのことがあった」キャットがそうつづけると、オーレイは穴から目を離し、エディスをさがして黒い人影のほうを心配そうに見た。これから聞く話に動揺するのは彼女だろうから、そうなったときにニルスがうまく察して黙らせてくれることを願った。

「ニルスがひとりでいるところを見つけたのは朝だった」キャットの声に注意を引き戻された。「彼とエディスは朝食をとりに階下《した》に行ったけど、それほどたたないうちにひとりで戻ってきたのよ」キャットは口をきつく閉じた。「わたしが飲ませたお酒の効果はもうほとんどなくなっていたから、彼はキスもしてくれなかった。オーレイの妻の行動に動揺し、気分を害していたわ」彼女はいらだたしげに言った。「そのとき気づいたの、オーレイがあんたに与えた悦びを経験するには、オーレイ自身が相手じゃなきゃだめなんだって」

「夫をわたすつもりはないわ」ジェッタはけわしい顔で言った。

キャットは笑ってあざけるように言った。「あらあら、シスター、そんなに欲張らなくてもいいでしょ。お母さまに言われたじゃない、おもちゃはふたりで仲よく使いなさいって」

「オーレイはおもちゃじゃないわ。わたしの愛する人で、夫なのよ」

オーレイはごくりとつばをのんだ。心臓が破裂しそうだった。彼女の自分への愛を疑うことなどもう二度とするまい。

キャットは肩をすくめた。「つまり、あなたに化けさえすれば、彼はわたしを拒絶しないこの城でただひとりの男というわけね。それどころか、わたしを悦ばせようとがんばってくれるんだわ」彼女は悦びを期待して小さく身震いし、さらに言った。

「それに、どうなるかわからないでしょ？　期待どおり彼がすばらしくうまければ、しばらく殺さないでおくかもしれないし。少なくとも、わたしが飽きるまでは」

「でも、彼の顔を見るのは耐えられないって言ってたじゃない」ジェッタはほとんどわめいていた。

「ろうそくもたいまつも全部消すわ」キャットはあっさりと言った。「それでもだめで、暖炉の炎で顔がはっきり見えてしまうようなら、目を閉じてる。それに、あんただって、彼がスカートの下にはいってたときは、顔なんてほとんど見てなかったでしょ」ジェッタの表情を見て笑いながら付け加える。「実際、もう心を決めたから、彼に悦ばせてもらうのを楽しみにしてるの。醜くてもそうじゃなくても、さっきは彼のキスを楽しませてもらったし」

「彼があなたにキスしたの？」ジェッタは傷ついた声できいた。オーレイはこぶしをにぎりしめ、妻の姉妹の首を絞めてやりたいと思った。

「ええ、あれは……」キャットはうれしそうに身震いし、ささやくように言った。「そうね、あれならもっとしてほしいわ」

オーレイは想像して口を引き結んだ。あの女に触れることなど絶対にありえない。取り押えるときを別にすれば。

「ところで」キャットが言った。「オーレイやみなさんがそろそろ捜索を終えるころね。彼は戻ってきたら夫の権利を行使すると約束したから……兵士に命じて彼を連れてきてもらえるように、さっさとあんたを片づけないと。見学したことによると、彼が部屋にはいるとすぐにわたしは裸になって、仰向けに寝て、あえいだりうめいたりすることになるみたいだから」

「わたしの死体を越えていくがいいわ」ジェッタは低い声で言った。

「そのつもりよ、シスター。文字どおりね」キャットは笑って言った。「まずあんたを殺す。でも、もろもろ落ちついてからじゃないと動かせないから、死体はベッドの下に押しこむわ。あんたの夫は、文字どおりあんたの死体の上でわたしに悦びを与えてくれるのよ」

キャットが短刀を振りまわしながらジェッタに向かっていったとき、オーレイの心臓は止まりそうになった。

# 21

長いこと放っておきすぎた、とうろたえながら気づいた。ふたりの女性がいるのを見た瞬間に乗りこむつもりだったのに、キャットの話に気をそらされてしまった。悪態をつきながら、秘密の通路の出入り口が開くレバーを押して、小部屋に飛びこんだ。だが、オーレイがキャットのそばに行くより、彼女がジェッタのそばに行くほうが早かった。彼のたてる音が聞こえていたにちがいない。おそらく服の衣ずれか、足音で気づかれたのだろう。それはわからなかったが、キャットをつかまえようとすると、正気でない娘はジェッタに走り寄って彼女の背後にまわった。そして、すばやくしゃがみこみ、ジェッタの陰にかくれるようにして、彼女の首に短刀を当てた。

オーレイはたちまち凍りついた。全身をめぐる動揺をさとられまいとしながらどなる。「短刀をおろせ、キャット。もう逃げられないぞ」

「まだつかまっていないわ」彼女はにこりともせずに言い、彼から通路の出入り口に視線を移した。

オーレイもそこに目をやり、通路にだれもいないのを見てほっとした。アリックにも追ってこないだけの分別はあったようで、姿はどこにもない。キャットに向き直って、彼は言った。「たしかにそのとおりだ。それに、つかまえるつもりはない。ジェッタを放してくれれば——」

「わたしはばかじゃないわ」彼女は冷ややかにさえぎった。「この女を放した瞬間、襲いかかるつもりでしょ」視線が通路に向かい、また戻る。ジェッタを立たせて言った。「だから……この女は連れていく」

「おれもばかじゃないぞ、このアマ」オーレイはどなった。「ジェッタを連れて逃げられたら、彼女の命が危ない」

「ジェッタですって」キャットは嫌悪感もあらわに言った。「彼女の名前はソーチャか、ソーリーよ。わたしならそう呼ぶわ。ジェッタじゃない」

「今はジェッタだ」オーレイは冷静に言った。意地悪なあだ名で呼ばれたとき、ジェッタは嫌そうな顔をしていた。今後だれかがジェッタをそう呼ぶのを耳にしたら、地面にめりこむほど殴ってやる。先ほどまでの話題に戻って、彼女に言った。「通路の出入り口までならジェッタを連れていっていい。そこで彼女を放したら、勝手に通路から逃げるがいい。おれたちは追わない」

キャットは考えているかのように、通路のほうを見てまた彼に視線を戻してから言った。「それなら、そこから離れて」

オーレイはうなずき、一瞬ジェッタを見た。これまではあえて見ないようにしていたのだが、彼女の目を見て励ますような笑みを浮かべ、何も心配はいらないと伝えようとした。だが、ジェッタにすまなそうに見つめ返されて、心臓がつぶれそうになった。それは彼女がすでにあきらめていることを意味した。

口を引き結んでゆっくりと左に移動し、浴槽に近づいた。浴槽の向こう側にはふたりの女性たちがいる。キャットは手品でも期待するように、目を細くして彼を見つめながら、ジェッタを連れて通路のほうに移動した。頭をぐいっと動かして、オーレイを浴槽に沿ってさらに左に短く二歩、部屋の奥の壁のほうに移動させた。

彼がそれに従うと、キャットはジェッタを一・五メートルほど反対方向に進ませたあと、不意に立ち止まった。

キャットが通路の出入り口に向かって目を凝らしているのに気づいて、オーレイは意気消沈した。

「そこいるのはだれ?」彼女はいきなりどなった。「出てきなさい」

間をおいて、アリックが悔しそうな様子で出入り口から出てきた。

「オーレイのところに行って」キャットがきつい口調で言う。

アリックはごめんとつぶやきながらオーレイのそばに来た。ふたりはキャットが暗闇のなかをよく見ようと首をかしげるのを見守った。しばらくそうしていたので、どうやらほかには何も見えなかったようだ、とオーレイは判断した。弟たちはばかではない。彼女が通路にはいるまで、存在をさとらせないよう、奥に引っこんでいるはずだ。気づかれることはないとオーレイは確信していた。だが、敵もさる者で、こう言った。「そこにいるのはわかってるんだからね。出てきたほうがいいわよ」

返事はなく、だれも現れないので、彼女はさらに言った。「この女ののどを切り裂いて、おしまいにしてほしいの？」

オーレイはジェッタが顔をしかめるのを見て、キャットが短刀の先をさらに押しつけたのに気づいた。妻の肌に血の粒が現れている。なすすべもなくこぶしをにぎりしめ、彼はどなった。「出てこい！」

ドゥーガルが現れ、つづいてミュアラインとアキールおじとコンランも……。

口を引き結び、どうやってこの場をまとめるつもりだろうと思いながらキャットに目をやると、彼女は語気荒く言った。「みんなオーレイのところに行って。早く」

部屋はそれほど広くないので、みんななんとなく通路の出入り口を隠すように立っていたが、ドゥーガルがアリックとオーレイのところに移動すると、ニルスとエディス、グリア、キャム、ローリー、ジョーンがそれにつづいた。

キャットは自分の向かい側に集まった一同をにらみつけた。ジェッタを引きずって数歩あとずさりながら、増えていく人びとから離れ、今は主寝室の戸口に立って、いらだった目で全員を見つめている。

「あとひとりはどうしたの？」キャットが鋭くきいた。

「わたしが矢を射った侍女といっしょにいた男は？」

「ジョーディーならまだケイティーのところだ。彼女に矢が刺さってから、ずっとそばを離れていない」オーレイは彼女を落ちつかせようと、まじめな顔で言った。彼女は焦りはじめているように見えた。

「きっと、わたしをつかまえようと待ちかまえている兵士がいるわね」彼女はひとりごとをつぶやいた。

兵士はいないとオーレイが請け合おうとしたとき、ジェッタが言った。「逃げることはできないわ、キャット。もうおしまいよ。お願いだから、けがをするまえにあきらめて」

「あんたはそうしてほしいでしょうね。わたしを城の地下牢に死ぬまで閉じこめて、ときどき訪れては、いかに自分がうまく立ちまわったかひけらかすんでしょう？」

「そんなつもりは――」ジェッタが言いかけた。

「いいえ、うそよ」キャットは吐き捨てるようにさえぎった。短刀をさらに突きつけ、ジェッタの耳元に口をつけて言う。「これでおしまいじゃないことを願ったほうがいいんじゃないの。もしおしまいなら、あんたを道連れにしてやるわよ、ソーリー」

「キャット」オーレイがすばやく言った。

彼にとってありがたいことに、キャットが注意を向けてくれたので、少なくともそれ以上ジェッタののどに短刀が突きつけられることはなかった。

「取引しよう」オーレイは何気なく言った。必死だったが、それを見せたらうまくいかないだろう。恐怖は捕食者の好物だ。

キャットはジェッタの肌から短刀をわずかに離したが、オーレイはまだ安心できずに、首から流れてシュミーズの襟ぐりを濡らす血の筋を見つめた。

「どんな取引かしら？」キャットは用心深く尋ねた。

「何がほしい？」と尋ね、両手を広げて領地のすべてを示すように言った。「ジェッタと引き換えに、なんでも好きなものをやろう」

彼女は興味深げにオーレイをながめたあと、ジェッタに視線を戻した。その顔にゆっくりと笑みが浮かび、彼女が口を開くまえから、オーレイは嫌な予感がした。

「あなたがほしい」

「それは無理よ」ジェッタがすぐに言った。「神父さまのまえで誓ったんだから。彼はわたしのものよ。あなたにあげるわけにはいかないわ」

「もう、よしてよ」キャットが笑って言った。「わたしの夫だって、結婚式でわたしを愛し敬うと誓ったんだから。あんな誓いに意味はないの。それに、オーレイはわたしのほうがいいと思うかもしれないわよ、あんたみたいな哀《ソーリ》れ《ー》な生き物よりもね、ソーリー・ソーチャ。わたしは昔からあんたよりきれいだったし、双子のおもしろいほうだった。あんたはしみだらけのドレスを着て、お母さまにあれを持っていくだの、これを持っていくだのと、いつだって忠犬みたいに走りまわってた」

「お母さまは瀕死の状態で、痛みもひどかったのよ」ジェッタはむっとして言った。

「楽にしてあげるためにできることをすべてするのは当然でしょう」

「おかげであんたはさえない娘になった」キャットは冷たく微笑んでつづけた。「そして、口うるさい娘に。あんたはお父さまが飲めないように、ウィスキーやワインに鍵をかけつづけた。だから、わたしの代わりにあんたを侯爵のもとに送るよう、お父さまを説得するのがあれほど簡単だったのよ。好きなだけ飲ませてあげると約束したの」彼女は眉をつり上げて尋ねた。「オーレイのウィスキーにも鍵をかけるの？」

「まさか、かけないわよ」ジェッタはむっとして言った。「オーレイは命を縮めるほど飲まないもの。お父さまがあの調子で飲みつづけるのは自殺行為だと、治療者《ヒーラー》に言われたでしょ」

「少なくとも、幸せに死んだでしょうね」キャットは肩をすくめて言った。

「あなたがウィスキーに毒を入れても、幸せに死ねたのかしら？」ジェッタはけわしい顔できいた。

キャットの目が細くなった。すぐにオーレイに視線を転じて言った。「わたしたちは双子だけど、すべてにおいてわたしのほうが上よ。それはわかるでしょ？　わたしのほうがきれいだし、賢いし、おもしろい。だからお母さまはいつも、わたしは金の鷹で、ソーリー・ソーチャはガチョウだと言っていたわ。哀れなガチョウよりわたしを妻にしたほうがいいでしょう？」

オーレイはあきれながらその女を見つめた。ふたりは一卵性双生児だ。彼女のほうがきれいということはありえない。ジェッタをガチョウと呼び、キャットを金の鷹になぞらえたとき、母親はおそらく見た目のことではなく、性格のことを言ったのだろう。どちらの鳥も姉妹の髪のように黒くはないが、ガチョウは子育てをする鳥で、面倒見がよく、群れの仲間に忠実だが、金の鷹は獰猛な捕食者だ。オーレイは一度、鷹がヤギを引きずって崖から落として殺し、その上に止まって、まだ生きているうちに食べはじめるのを見たことがあった。そう、母親はふたりの性格について言っていたのだ。彼が見たところ、ジェッタの性格はいいところばかりなのに対し、キャットは冷酷で、怒りっぽくて、人殺しも厭《いと》わない女だ。もちろんジェッタのほうがいいに決まっている。

「この女に言ってやって」キャットは自信たっぷりに言った。「わたしのほうがいいって。あなたがそう思っているのは知ってるのよ。キスしてくれたときにわかったの」

オーレイはもう少しで〝ああ《アイ》〟と言いそうになった。この女をよろこばせて、あわよくばそのうそでなんとかジェッタを救うために。だが、妻のほうをちらりと見ると、不安と疑念の表情を浮かべていた。彼がほんとうにキャットのほうがいいと思っているのではと恐れているのだ。そう思われていることに、一瞬とまどった。どうして妻は自分の価値に気づかないのだろう？　どうして彼の愛に気づいてくれないのだろう？

最後の疑問に少しばかり驚いた。

愛。

彼女を愛しているのだろうか？　答えは簡単だ。イエス《アイ》。体と心の両方で愛していた。もちろん、彼女に告げたことはない。彼女が自分の価値を知らないことについて言えば……ジェッタは記憶を取り戻したが、彼女が自分に自信を持てずにいることは、姉妹の話からわかった。キャットの話は、ジェッタの過去をあざやかに描き出していた。

ジェッタが淡々と自分にできることをして、母親の苦しみをやわらげ、命に関わる飲酒から父親を遠ざけているあいだ、キャットの関心ごとといえば、着飾ることや兵士たちを誘惑することぐらいだったのだろう。そして、〝哀れな《ソーリー》ソーチャ〟をいじめることも。ジェッタの不安感がどこからきているのかわかる気がした。あばずれの姉妹にうそをつくことで、さらに彼女の不安感をあおり、傷つけるわけにはいかない。それどころか、きみなどほしくない。

「いいや」彼はきっぱりと言った。「ジェッタよりきみがいいとは思わない。それどころか、きみなどほしくない」

「うそつき！」彼女は火がついたように怒って言った。

「オーレイはうそをつかない」アリックが言った。

「でも——」と言いかけてやめ、キャットは不意に微笑んだ。「わたしだとはわからなかったでしょう。さっき部屋にはいってきたとき、あなたがキスしたのはわたしだったのよ。あなたはジェッタに城の捜索をすることになったと言いにきた。ここにいる妻を守れと兵士たちには命じてあった。思い出した？」

「覚えているよ」彼はまじめな顔で請け合った。「そして、愛する人だと思っている人とのキスが、ひどくもの足りなく感じられたのを不思議に思いながら、部屋をあとにしたのを覚えている」

「うそよ！」彼女は金切り声で叫んだ。「キスはすごくすてきだったわ。あなたはわたしを求めていた。わたしたち、いい夫婦になれるはずよ。あなたとソーリーよりも」

「おれが愛しているのはソーリーじゃない」彼女がその名前を使うのが許せず、怒って言い返した。「ジェッタを愛しているんだ。おれにとってきみは……愛する女性によく似た、頭のおかしい人殺し女だ」

オーレイはいささか正直に言いすぎたことにすぐに気づいた。キャットが動物じみた金切り声をあげて、ジェッタの首から短刀を離し、その下の心臓に向けたからだ。愛へだてられた空間を飛びこえて、その攻撃を阻止しようとする時間さえなかった。

する人が死ぬのを見ることになるのだと確信した。すると、短刀の刃がジェッタの心臓に届くまであと三センチもないというところで、キャットが不意に動きを止めた。

　オーレイが驚いて見ていると、キャットは信じられない様子で目を見開き、何かを思い出そうとして根《こん》を詰めたときのジェッタのようにくずおれた。イグサに覆われた床の上にうつ伏せに倒れたせいで、小部屋の向こうの主寝室のまんなかに立っている、暗い表情のサイが見えた。

　一瞬、オーレイは混乱した。サイは遠すぎてあの女を殴り倒せなかったはずだ。だが、ジェッタに駆け寄り、キャットをちらりと見た彼は、ひと目で事情を理解した。背中からボロック短剣が突き出ていたのだ。たしかこれは、サイが廊下に置いてあった衣装箱のなかから見つけたものだ。その後はサイが持っているとジェッタから聞いていた。持ち主に返したというわけか。オーレイは両腕に抱いたジェッタの頭越しに、妹にうなずいた。

「自分の短剣でやられるとはな」ローリーがキャットに駆け寄り、ひざまずいて調べはじめると、オーレイはつぶやいた。

「父の短剣よ」ローリーを見守りながら、ジェッタが訂正した。「キャットはわたしを殺すまえにあれでいたぶるつもりだったの。短剣をなくすまえは、そのことについてずいぶんいろいろと想像していたみたい」

それを聞いて、オーレイがジェッタを抱く腕に力をこめたとき、ローリーが顔を上げて首を振り、キャットが死んだことを伝えた。彼女が殺した父親のものである短剣で死ぬのは、正しいことのように思えた。

「きみの首も見せてもらおうか」ローリーが体を起こして近づいてきながら言った。

オーレイはジェッタを抱いている腕をゆるめ、弟に言われて彼女が傷から手を離すのを見守った。切り傷を見て、口を引き結んだ。それほど深くはないようだが、傷跡は残るだろう。ジェッタはかなり運がよかったのだ。キャットはもう少しで血管を傷つけるところだったのだから。

「包帯と熱湯とおれの薬草袋が必要だ」ローリーはきっぱりと言った。

アリック、コンラン、ドゥーガルの三人が、必要なものを取ってくるために部屋から出ていった。

彼らが出ていくとすぐ、ローリーは提案した。「主寝室に移ったほうがいいだろう」

弟が床の上の遺体を軽く示したのに気づき、オーレイはすぐにうなずくと、ジェッタを抱きあげた。そして、小部屋から主寝室のベッドに運んだ。彼女をベッドにおろしたとたん、ローリーに押しのけられ、診察が再開された。

「額にまた新しいこぶがあるね、ラス。どうしたんだ?」かがみこんで腫れたあざをよく見ながら、ローリーがきいた。

「オーレイが部屋に来たとき、キャットが短刀の柄で殴って、わたしを昏倒させたの」ジェッタは顔をしかめて説明した。

「ほかにもどこか殴られた?」こぶを見つめてローリーがきいた。

いいえという返事に、オーレイはほっとした。そして、人びとの動きに気づいて振り返った。女性たちが全員彼のそばに集まっており、一種の壁を作っていた。隣の小部屋がジェッタに見えないようにしているのだとすぐにわかった。そちらを見ると、キャムとグリアがキャットの両手と両足を持って運んでいるところだった。

「遺体は地下牢に運ぶみたい。彼女をどうするか兄さんが決めるまで」サイが静かに言った。

「地下牢?」オーレイが驚いてきき返した。地下牢はもう何年も使われていなかった。

サイは肩をすくめた。「寝室は全部ふさがってるのよ」

オーレイはサイを見て、心から言った。「ありがとう。おれにもできなかったのに、おまえはジェッタの命を救ってくれた」

「兄さんならきっと何か思いついていたわ」彼女はまじめな顔で断言した。「でも、力になれてよかった」ジェッタに目を向け、微笑んで付け加えた。「まえにも言ったけど、ジェッタのことが大好きだから。兄さんの妻として申し分ないし、またすてきな家族が増えたわ」

オーレイもそう思ったが、冷静に言った。「おまえによろこんでもらえてうれしいよ」

「でしょうね」彼女は明るく言った。

そのとき扉が開いて、弟たちがローリーに言われたものを持って戻ってきた。ローリーがジェッタの首の傷を洗浄し、縫う必要はないと判断すると、オーレイはほっとした。ローリーは最新の頭の傷に軽く触れ、痛むかときいたが、やがてうなずいてうしろにさがった。「よくなると思うけど、もし気分が悪くなったら知らせてくれ」

「わかったわ」ジェッタは小声で返すと、扉のほうを見た。グリアとキャムが仕事を終えて戻ってきたのだ。

オーレイはうなずいてふたりに感謝を伝え、ジェッタの気をそらすために、指でやさしく頬をなでた。こちらを向いた彼女に、彼はまじめな顔で尋ねた。「たいへんな思いをしたのだから、休みたいか？」

「いいえ」とつぶやいたあと、ジェッタは彼の目を見て悲しげに言った。「ごめんなさい、あなた。全部わたしのせいね。わたしの姉妹が――」

「きみのせいじゃない」彼女のことばをさえぎって、オーレイはきっぱりと言った。

「いいえ。わたしのせいよ」ジェッタは言い張った。「キャットはわたしを追ってきたのよ。そのせいであなたの厩は焼け落ち、ケイティーは矢傷を負い、ロビーの犬は死んだ」

「妻よ――」彼は口をはさもうとしたが、ジェッタはつづけた。

「それに、父も殺された」ジェッタは顔をくしゃくしゃにして言った。

「ああ、ラス」オーレイは彼女の手をつかんで立たせると、抱き寄せてつぶやいた。

「かわいそうに」

「キャットの代わりにわたしを侯爵のもとに送ることに同意した父を、あのときは許せないと思っていた。でも、父を殺したと言われたとき、わたし……」

「わかるよ」胸にすがって泣く彼女の背中をさすりながら、オーレイは言った。

「ごめんなさい。そのうえ今度はあなたをびしょびしょにしてる。わたしは災難以外の何者でもないわ。嫌われて当然よ」彼女はぼそぼそと言い、彼の胸から顔を上げてみじめそうに洟をすすった。

「謝らなくていいんだよ、愛しい人」彼は低い声で言った。「きみは何も悪いことをしていない。それに、きみを嫌うことなどできない。愛しているよ、ラス」

「そんなこと言ってくれなくていいのよ、あなた」彼女は洟をすすりあげた。「親切にしてくれているだけなのはわかってるから」

オーレイは体を引いて彼女をにらんだ。「親切で言っているのではない。本当だ」

ジェッタは首を振って言い募った。「わたしを愛せるわけないわ。海から引きあげて以来、不愉快なことや不安以外何もあなたに与えられないわたしを、どうして愛せるっていうの？」

オーレイはそうきかれて笑みを嚙み殺した。彼女は絶望のあまり吠えんばかりだった。

「わからないよ」彼はにっこりして言った。「きみが勇敢で、聡明で、おれがきみのためを思って何かしようとすると、魚売り女みたいにおれをどなりつけるからかもしれないな。あるいは、あらゆる場所にきみを見てしまうからかもしれない。雲を見てきみの肌を思い、草を見てきみの目を思い、馬の尾を見てきみの髪を思うんだ」

「ほう」アキールおじがつぶやき、ふたりきりではないことを思い出させた。「オーレイよ、おまえが吟遊詩人でないことは知っているが、せめておまえの馬のたてがみと言うことはできなかったのか？」

肩越しにおじをにらみつけ、彼はむっとしながら返した。「いいえ。おれの馬のたてがみは焦げ茶色です」ジェッタに向き直って付け加える。「でも、しっぽの毛はきみの髪と同じ漆黒で美しい」

見開いた目をうるませ、ジェッタはどのを詰まらせながら言った。「まあ」

「どっちのほうが美しいんだい？」ニルスが混乱した様子できいた。「兄貴の馬のしっぽ？　それとも彼女の髪？」

「彼女の髪に決まっているだろう」オーレイはどなり、弟に顔を向けてにらみつけた。

「この人のことは無視して」エディスが夫をたたいて言った。そして、励ますようにオーレイに微笑みかけて付け加えた。「つづけて。彼女の髪と目が好きなのよね」

「彼女の目が好きだとどうしてわかるんだ？」ドゥーガルがおもしろがってきいた。

「兄貴が言ったのは、草を見て彼女の目を思う、ってだけだぞ」

「あなた」ミュアラインが声を殺して注意した。

「だって、ほんとうのことじゃないか」

オーレイはジェッタに向き直り、一瞬目を閉じて小さく息を吐いてから言った。

「ごめんよ、ラス。女性が好むような麗《うるわ》しいことばで愛していると伝えたかったんだが、すっかり台無しにしてしまった」

「ああ、あなた」ジェッタは彼にぎゅっと抱きついて言った。彼が目を開けると、涙ながらに微笑んでいる彼女を見ることになった。片手を上げて彼の頬に触れ、まばたきで涙をこらえながら、彼女はやさしく言った。「麗しいことばなんていらないわ。わたしに必要なのはあなたの愛だけ。ほしいのはそれだけよ。あなたは正真正銘、神さまからの贈り物。わたしだけの天使、わたしが愛するために遣わされた救世主よ」

オーレイはもう一度目を閉じ、そのことばを味わった。ひどい傷を負ってから、自分のことをそんなふうに思ってくれる女性と出会えるとは思ってもいなかった。だが、愛しいジェッタは思ってくれた。彼女は彼を救世主だと思ってくれているようだが、ジェッタこそ救世主だった。自分を醜すぎて弟妹以外からは愛してもらえない怪物だと思いながら生きる、長く淋しく、まちがいなくつらい人生から救ってくれたのだから。

目を開け、彼女の目を見てまじめに言った。「臨終のときまできみを守り、愛しつづけるよ。約束する。おれが約束を守ることは知っているだろう」

「ええ、知っているわ」ジェッタは神妙に言うと、つま先立って彼のあごにキスしようとした。少なくとも彼女はそのつもりだったのだろうが、最後の瞬間にオーレイが顔をさげて、あごではなく唇を提供した。唇が重なると彼女はとまどったが、短く甘いキスをしたあと、かかとを床につけた。

彼女の口元に笑みが浮かんでいるのに気づき、彼は不思議そうに首を傾げた。「何をにこにこしているんだ、ラス？」

「あなたが果たしてくれたいちばん新しい約束を思い出したの」彼女は言った。

オーレイもそれは覚えていた。その約束がいかにして厩での新婚初夜につながっていったかも。彼は笑みを押し殺して言った。「まだ果たしていない約束を思い出したぞ」

ジェッタは一瞬考えこんだが、どうやらその約束を思い出せないらしく、首を振ってきいた。「どんな約束？」

「すぐにわかるよ」オーレイはにやりとして言うと、彼女を抱きあげた。部屋のなかにいる大勢の人びとを迂回しながら扉のまえまで行き、立ち止まる。彼が開けられないのに気づいて、ジェッタが手を伸ばして扉を開けた。扉が大きく開かれると、オーレイはまえに進みはじめたが、廊下にいた四人の兵士がすぐに気づいて、ふたりを囲もうと近づいてきたので速度をゆるめた。

「妻にはもう警護は必要ないんだ、カレン。おまえもほかの者も下がっていい」オーレイはきっぱりと言った。

「はあ、領主殿」カレンはつぶやくように言い、兵士たちに向かってうなずいた。彼らが廊下を引きあげはじめた瞬間、オーレイもまた歩きはじめ、ジェッタを抱いたまま階段に向かった。

「おれたちどこに行くんだ？」不意にすぐうしろでアリックの声がした。

オーレイはぎょっとして振り返り、家族全員に加えてジョーンとキャムまでもがついてきているのを見て、しかめ面になった。

彼は首を振って、また歩きはじめた。「おれたちはどこにも行かない。おれが妻を湖に連れていくんだ、ちょっと休んで少しくつろぐためにね」

「釣りをしてくつろぐのかな、それとものんびりするためにくつろぐのかな……？」

アリックがからかうような声できいた。

「愛し合う男女としてくつろぐためだ」オーレイはきっぱりと言った。「ほかのみんなは遠慮してもらおう」

ありがたいことに、家族たちはついてくるのをやめ、階段をおりる彼を見送った。

「あなたがまだ果たしていない約束がなんだかわかったわ」大広間の階に着くと、ジェッタがゆっくりと微笑みながら言った。「つぎはふたりきりでまた湖に行こうと約束してくれたのよね」

「そして、何キロも離れた場所にいる鳥でさえ驚いて止まり木から飛び立つほど、大きな叫び声をきみがあげるまで愛を交わそうとね」オーレイは最後まで言った。

「あなたはいつも約束を守ってくれる」ジェッタはにっこりして言った。やがて、真剣な顔つきになって言った。「わたしがいちばん愛しているところのひとつがそれよ、旦那さま」

「ああ、愛している、妻よ」オーレイは彼女を抱く腕に力をこめて熱っぽく言った。

「わたしも愛しているわ、あなた」彼女も心から言った。

「おれは幸運な男だ」

# 訳者あとがき

中世スコットランドを舞台にしたキュートでコミカルな〈新ハイランド〉シリーズを読むと、いつも新鮮な驚きがあります。現代から見ればかなり原始的なこの時代のスコットランド高地地方の生活は、愛や情熱ややさしさをシンプルに、ときにワイルドに表現するのになんとぴったりなことか。もちろん、ハイランダーのお約束、たくましい肉体美やお姫様だっこも欠かせません（笑）。ハイランダーものがロマンスのなかで人気の高いジャンルなのもわかります。しばし現実逃避ができますから。思わずくすっと笑ってしまう、リンゼイ・サンズらしいユーモアあふれる仕掛けがそこここにあるのも、このシリーズの特徴です。

さて、シリーズ第六弾の『忘れえぬ夜を抱いて』は、ついにあのブキャナン兄弟の長男オーレイのお話です。シリーズファンならきっと気になっていたはずのオーレイの恋。お相手はいったいどんな女性なのでしょうか。

海辺の狩猟小屋に滞在中、釣りをしようと小舟を出したオーレイと末弟のアリックは、折れたマストが海に浮かんでいるのを発見します。マストには若い娘が縛り付けられていました。オーレイたちは弱っていた娘を狩猟小屋に運んで看病しますが、娘は記憶を失っており、オーレイを夫だと勘ちがいします。美しい漆黒《ジェットブラック》の髪からジェッタと呼ばれるようになった娘にしだいに惹かれていくオーレイ。戦《いくさ》で負傷し、今も傷跡のある顔がコンプレックスの彼は、かつて許婚に手ひどく拒絶された過去があり、生涯ひとり孤独に生きていくつもりでいたのですが、ジェッタは彼の顔を見ても少しもひるまず、むしろ好ましく思っている様子。ブキャナン家の長男にもようやく春が……しかし、思い出せないとはいえ、彼女には複雑な家庭の事情があるらしく、そのことがふたりのあいだに暗い影を落としつづけます。

ブキャナンの領主であり、これまで妹や弟たちのために尽力してきた長兄のオーレイに幸せになってもらいたい一心で、弟妹とその配偶者たちは総出でこの恋を応援します。一作目をのぞいてシリーズのこれまでのヒーローとヒロインが総出演で、みんながあれこれ口を出すので、他作品を読んでいない方でも一族の事情がなんとなくわかっていただけると思います。茶化したりからかったりしながらオーレイを祝福し、あれこれ助言する拡大家族たち。でも本人は照れくさいのでしょうか、彼のために駆けつけたサイとミュアラインとエディスとジョーンをヨハネの黙示録の四騎士になぞらえたりしています。黙示録の四騎士といえば、不吉なことが起こる先ぶれのような存在ですから、いくら口うるさい女子たちの到来に戦々恐々としているからといって、ちょっとひどいですよね。

ブキャナンの領主であり、八人兄弟の長兄だけあって、オーレイはとにかく誠実で責任感が強く、面倒見がいいキャラ。徹底して自分よりも他人を優先するところが、懐の広さと包容力を感じさせます。プロポーズにもオーレイらしさがあふれていて、思わずキュンとしてしまいました。個人的にはこのシリーズのなかでいちばんぐっとくるプロポーズでした。さすがお兄ちゃん。ブキャナン家総選挙があったら一位確実だと思うのですが、いかがでしょうか？

ジェッタは過酷な運命に翻弄されながらどこまでもポジティブ。けなげで勇敢な娘で、どこかブキャナン兄弟の紅一点であるサイに通じるところがあり、応援したくなるキャラクターです。後半では驚きの事情が明らかになりますが、彼女にはピンチをチャンスに変える不思議な力があるようです。

さまざまなカップルの恋模様を描く〈新ハイランド〉シリーズは、それぞれ独立したお話なので、どの作品から読んでも楽しんでいただけますが、登場人物たちが家族だったり友人だったりして、ゆるやかに結びついているという特徴があり、それがシリーズのおもしろさになっています。本書にも登場したキャムとジョーンのシンクレア夫妻の事情は二作目の『愛のささやきで眠らせて』、サイとグリアのマクダネル夫妻については三作目の『口づけは情事のあとで』、ミュアラインとドゥーガル・ブキャナンについては四作目の『恋は宵闇にまぎれて』、エディスとニルス・ブキャナンについては五作目の『二人の秘密は夜にとけて』で、それぞれカップルの詳しいいきさつを知ることができます。

シリーズ次回作の *The Wrong Highlander* は、ブキャナン兄弟の四男コンランの物語です。こちらもいつかご紹介できる日が来ることを願っています。

二〇一九年七月

ザ・ミステリ・コレクション

# 忘《わす》れえぬ夜《よる》を抱《いだ》いて

著者　リンゼイ・サンズ
訳者　上條《かみじよう》ひろみ

発行所　株式会社 二見書房
東京都千代田区神田三崎町2-18-11
電話 03(3515)2311［営業］
03(3515)2313［編集］
振替 00170-4-2639

印刷　株式会社 堀内印刷所
製本　株式会社 村上製本所

落丁・乱丁本はお取り替えいたします。
定価は、カバーに表示してあります。

ISBN978-4-576-19111-9
https://www.futami.co.jp/

## 二見文庫 ロマンス・コレクション

### 約束のキスを花嫁に
リンゼイ・サンズ
上條ひろみ［訳］
〔新ハイランドシリーズ〕

幼い頃に修道院に預けられたイングランド領主の娘アナベル。ある日、母に姉の代役でスコットランド領主と結婚しろと命じられ…。愛とユーモアたっぷりの新シリーズ開幕！

### 愛のささやきで眠らせて
リンゼイ・サンズ
上條ひろみ［訳］
〔新ハイランドシリーズ〕

領主の長男キャムは盗賊に襲われた少年ジョーンを助けて共に旅をしていたが、ある日、水浴びする姿を見てジョーンが男装した乙女であることに気づいてしまい!?

### 口づけは情事のあとで
リンゼイ・サンズ
上條ひろみ［訳］
〔新ハイランドシリーズ〕

夫を失ったばかりのいとこフェネラを見舞ったサイは、しばらくマクダネル城に滞在することに決めるが、湖で出会った領主グリアと情熱的に愛を交わしてしまい……!?

### 恋は宵闇にまぎれて
リンゼイ・サンズ
上條ひろみ［訳］
〔新ハイランドシリーズ〕

ギャンブル狂の兄に身売りされそうになったミュアライン。ドゥーガルという男と偽装結婚して逃げようとするが、結婚が本物に変わるころ、新たな危険が…シリーズ第四弾

### 二人の秘密は夜にとけて
リンゼイ・サンズ
相野みちる［訳］
〔新ハイランドシリーズ〕

妹サイに頼まれ、親友エディスの様子を見にいったブキャナン兄弟は、領主らの死は毒を盛られたと確信し犯人探しにとりかかる。その中でエディスとニルスが惹かれ合い…

### 誘惑のキスはひそやかに
リンゼイ・サンズ
田辺千幸［訳］

国王の命で、乱暴者と噂の領主ヘザと結婚することになったヘレン。床入りを避けようと、あらゆる抵抗を試みるが……。大人気作家のクスッと笑えるホットなラブコメ！

### 今宵の誘惑は気まぐれに
リンゼイ・サンズ
田辺千幸［訳］

伯爵の称号と莫大な財産を継ぐために村娘ウィラと結婚したヒュー。次第に愛も芽生えるが、なぜかウィラの命が狙われ……。キュートでホットなヒストリカル・ロマンス！